北方民族大學文庫

北方民族大學引進人員科研啓動項目（2020KYQD09）資助

東亞《詩經·豳風·九罭》文獻彙纂

李雷東 編著

社會科學文獻出版社
SOCIAL SCIENCES ACADEMIC PRESS (CHINA)

整理説明

　　《東亞〈詩經·豳風·九罭〉文獻彙纂》彙集中國、日本、韓國現存唐至清代《詩經》注釋和研究著作近 200 種，從中梳理出《豳風·九罭》篇的注釋，分總説、句解、章旨、分章、集評五部分分類彙解，並加按語，以便讀者能據此書檢索查找《豳風·九罭》篇由唐至清的注解和研究成果。現對整理情況作一説明。

　　1. 所録著作原文中的雙行小字，均以圓括號標示。如，宋朱熹《詩序辨説》在"周大夫刺朝廷之不知也"一句後有雙行小字"二詩東人喜周公之至，而願其留之詞。《序》説皆非。"在本書中，將這兩句置於圓括號中，標示此句在原文中爲雙行小字。

　　2. 所録著作中的旁批文字，亦以圓括號標示。如，日本安藤龍《詩經辨話器解》在"《九罭》，美周公也"旁有旁批文字，本書以"（旁行小字：詩人）"方式標示旁批。

　　3. 所録著作原文中無法辨識的文字，均以"□"標示。如，清姜兆錫《詩傳述藴》："召伯《甘棠》之歌，□王化也。"説明"歌"後一字在原書中模糊不清，無法辨識，以"□"標示，不再出注。

詩經・豳風・九罭

九罭之魚，鱒魴。我覯之子，袞衣繡裳。

鴻飛遵渚，公歸無所。於女信處！

鴻飛遵陸，公歸不復。於女信宿！

是以有袞衣兮，無以我公歸兮，無使我心悲兮！

目　錄

總　説 …………………………………………………………………… 1

首章句解 ……………………………………………………………… 42
　　九罭之魚，鱒魴 ………………………………………………… 42
　　我覯之子 ………………………………………………………… 80
　　袞衣繡裳 ………………………………………………………… 92

首章章旨 …………………………………………………………… 126

次章句解 …………………………………………………………… 139
　　鴻飛遵渚 ………………………………………………………… 139
　　公歸無所 ………………………………………………………… 161
　　於女信處 ………………………………………………………… 176

次章章旨 …………………………………………………………… 192

三章句解 …………………………………………………………… 211
　　鴻飛遵陸 ………………………………………………………… 211
　　公歸不復 ………………………………………………………… 222
　　於女信宿 ………………………………………………………… 235

三章章旨 …………………………………………………………… 246

卒章句解 …………………………………………………………… 258
　　是以有袞衣兮 …………………………………………………… 258

無以我公歸兮 …………………………………………… 273
　　　無使我心悲兮 …………………………………………… 290
四章章旨 ……………………………………………………… 300
分　章 ………………………………………………………… 314
集　評 ………………………………………………………… 316
附　錄 ………………………………………………………… 344

總　說

《毛詩序》（《毛詩正義》卷八）：

《九罭》，美周公也。周大夫刺朝廷之不知也。

唐·孔穎達《毛詩正義》卷八：

正義曰："作《九罭》詩者，美周公也。周大夫以刺朝廷之不知也。"此《序》與《伐柯》盡同，則毛亦以爲刺成王也。周公既攝政而東征，至三年，罪人盡得。但成王惑於流言，不悦周公所爲。周公且止東方，以待成王之召。成王未悟，不欲迎之，故周大夫作此詩以刺王。經四章，皆言周公不宜在東，是刺王之事。鄭以爲，周公避居東都三年，成王既得雷雨大風之變，欲迎周公，而朝廷群臣猶有惑於管、蔡之言，不知周公之志者。及啓金縢之書，成王親迎，周公反而居攝，周大夫乃作此詩美周公，追刺往前朝廷群臣之不知也。此詩當作在歸攝政之後。

既反之後，朝廷無容不知。《序》云"美周公"者，則四章皆是也。其言"刺朝廷之不知"者，唯首章耳。

宋·歐陽修《詩本義》卷五：

論曰：《九罭》之義，毛、鄭自相違戾，以文理考之，毛說爲是也。

《本義》曰：其卒章因道東都之人留公之意云爾。是以有衮衣者，雖宜在朝廷，然無以公歸，使我人思公而悲也。詩人述東都之人猶能愛公，所以深刺朝廷之不知也。

宋·李樗《毛詩詳解》（《毛詩李黃集解》卷十八）：

李曰：此詩與《伐柯》之詩皆以謂大夫刺朝廷之不知者，蓋以周公居東之時，成王猶信管蔡之言，故周公留滯而不得歸。此周大夫所以刺朝廷之不知周公之忠信。如此詩與《伐柯》《破斧》之詩皆是言美周公，然《破斧》先言美周公，後言周大夫以惡四國焉，此詩與《伐柯》先言美周公，繼之不知，蓋四國流言而有譖周公之心，朝廷皆不知其聖而疑周公，疑之則不足以明周公之聖德之美也。

王氏以謂，"周公之道，可謂在彼無惡，在此無斁矣。然而朝廷不知，此大夫所以刺之也。"此實名言也。蓋以周公居於東而西人乃欲其歸，西人既欲其歸，使周公留滯於東方而不歸，則是成王未悟，成王未悟，則是天下之事未可知也。惟其朝廷迎而歸之，則社稷宗廟可得而安，而恩澤豈不遠暨於東人哉。東人所以欲其留者此，以見詩人之言周公之德，其爲東人之所愛也。詩人之言，甚言周公之得民心，亦以見不知者可謂智不足以知周公矣。以周公與召公盛德大業，股肱王室，民之戴其德者未有少忘，愛之者，無彼疆此界之殊，彼時此時之異。《甘棠》之詩，則知召公之德，民愛之也，不易世而忘。《九罭》之詩，則知周公之德，民愛之也，無東人西人之異。成王之於周召二人，各分陝而治，豈不盛哉。【黃講同】

宋·范處義《詩補傳》卷十五：

《九罭》，美周公也。周大夫刺朝廷之不知也。

是詩之美周公，刺朝廷，其意與《伐柯》相類。然《伐柯》則言朝廷不能以禮迎周公，是詩則言周公之尊，不當久處外地。詩辭可見也。

東人見周公以上公之服處此地，是以刺朝廷不能速還公也。

前三章引大義而責諸臣，後一章述私情而欲留公，此東人之志也。

宋·王質《詩總聞》卷八：

總聞曰：鄭氏："是東都也。東都欲留周公爲君，謂成王齎來袞衣，願其封公於此，以袞衣命留之，無以公西歸。"此說極有理。東都爲周公之計，則甚精也。初欲少留以觀事變，又欲終留以奠別都。若爾，則不利孺子之讒乃驗。周公之心上通乎天，下通乎地，當是武王遘厲，以成王托周公，故曰：是有丕子之責于天。蓋已屬後事也。其後南面負扆之事，雖以爲疑，然不必疑也。聖人不事形迹，如後世之肺腸。《大誥》之作，正危疑洶湧之時，亦以王命告天下東征。西歸又十年，乃沒。天下康平，國勢尊安。若使周公避嫌遠疑，如常情所存，則非所謂出乎其類，拔乎其萃者也。並載於此。

宋·朱熹《詩序辨説》：

《九罭》，美周公也。周大夫刺朝廷之不知也。（二詩東人喜周公之至，而願其留之詞。《序》説皆非。）

宋·呂祖謙《呂氏家塾讀詩記》卷十六：

《九罭》，美周公也。周大夫刺朝廷之不知也。

程氏曰：周公居東未反，士大夫始刺朝廷不知反周公之道。（《伐柯》是也。）既又思之切，刺之深，責在朝廷之人不速還公也。

成王既發金縢，悔悟而迎周公，其言曰："惟朕小子其逆，我國家禮亦宜之。"此正國人之所望於朝廷者也。首章曰"我覯之子，袞衣繡裳"，卒章曰"是以有袞衣兮，無以我公歸兮"，所謂禮亦宜之者也，乃此篇之大指也。說詩者徒見"信宿"兩字偶相屬，遂以爲"過宿曰信"之信。故其釋二章三章，或以爲西人語東人，或以爲東人自相語，而不見國人深望乎上，誠懇切至之意。求一字之通，而失一篇之旨，學者苟能玩味程氏之說，則詩人之心可見矣。

宋·楊簡《慈湖詩傳》卷十：

是詩大旨已見《伐柯》。

李雷東按：楊簡於《伐柯》篇云："《毛詩序》曰：'《伐柯》，周大夫刺朝廷之不知也。'言刺，大悖。是詩周人欲成王盡誠於周公，則公可安矣。金縢之書謂成王執書以泣曰：'今天動威以彰周公之德，惟朕小子其新逆。'則成王於周公無間矣。而周人猶有《伐柯》《九罭》《狼跋》之詩，何也？成王雖深感周公之德，其疑釋然。及公歸，燕饗之禮雖設，獻酬交錯，籩豆之薦，行踐以致禮，而中心猶有毫髮未盡之疑，終以前者流言之故，今雖尊禮而政柄不歸，故《九罭》云'公歸無所'，又云'公歸不復'，言不復其故所也。周公歸不授以政，猶伐柯而不以斧，取妻而不以媒。何以伐柯，何以得妻，何以得周公之心，詩人於是再發其義曰：執斧柯以伐木爲柯。二柯相去甚不遠。成王執書以泣之心，與周公之心相去本無間，以其後隱然之疑，復有以間之，故未合覯見也。我惟見周公籩豆有踐而已，意謂成王不委之以政也。詩人致意含隱不露如此。"

宋·輔廣《詩童子問》卷三：

《伐柯》，喜其得見之辭。《九罭》，願其久留之辭。東人之愛公，可見其有加而無已也。使天下之人愛戴之如此，則何爲而不成，宜乎制禮作樂而卒成周家太平之治也。

宋·魏了翁《毛詩要義》卷八：

《九罭》，《序》無傳、箋，意與《伐柯》同。

《正義》曰：作《九罭》詩者，美周公也。周大夫以刺朝廷之不知也。此《序》與《伐柯》盡同，則毛亦以爲刺成王也。四章皆言周公不宜在東，是刺王之事。鄭以爲周公避居東都三年，成王既得雷雨大風之變，欲迎周公，而朝廷群臣猶有惑於蔡之言，不知周公之志者。及啓金縢之書，成王親迎周公，反而居攝，周大夫乃作此詩美周公，追刺往前朝廷群臣之不知也。此詩當作在歸攝之後。

宋・嚴粲《詩緝》卷十六：

《九罭》，美周公也。周大夫刺朝廷之不知也。（補傳曰：是詩與《伐柯》相類。然《伐柯》則言朝廷不能以禮迎周公，是詩則言周公不當久處外也。）

宋・戴溪《續吕氏家塾讀詩記》卷一：

《九罭》，詩人望周公之歸也。

始焉言之子，終焉言我公。始猶不敢斥言其人，詫言之子，以致其意。末乃直言我公，亦見其不得已之意也。方流言之起，周公身任天下之安危，果于東征，無所避就，及三監既平，周公居東不歸，以待成王之察，可謂善處天下之變矣。

宋・朱鑑《詩傳遺説》卷四：

《九罭》詩分明是東人願其東，故致願留之意。

止緣《序》有"刺朝廷不知"之句，故後之説詩者，悉委曲附會之，費多少詞語，到底鶻突。熹嘗謂死後千百年須有人知此意，自看來，直是盡見得聖人之心。（葉賀孫録）

元・胡一桂《詩集傳附録纂疏・詩序》卷八：

【附録】《九罭》詩分明是東人願其來，故致願留之意。……此爲東人願留之詩，豈不甚明白。正緣《序》有"刺朝廷不知"之句，故後之説詩者悉委曲附會之，費多少辭語，到底鶻突。某嘗謂去後千百年須有人知此意，自看來，直是盡得聖人之心。賀孫。

元・劉瑾《詩傳通釋》卷八：

此詩分明是東人願其來，故致願留之意。公歸豈無所，於汝但寓信處耳。公歸將不復來，於汝但寓信宿耳。"是以"兩字而今都不説，蓋本謂緣公暫至於此，是以此間有被衮衣之人。其爲東人願留之詩，豈不甚明白。正緣《序》有"刺朝廷不知"之句，故後之説詩者悉委曲附會之，費多少辭語，到底鶻突，某嘗謂去後千百年須有人知此意，自看來，直是盡得聖人之心。愚按：則此詩其作於周公避居之日，成王將迎公歸之際乎。

《序》：美周公也。周大夫刺朝廷之不知也。

二詩東人喜周公之至，而願其留之詩。《序》、説皆非。（寬裕溫柔，詩教也。若如今人説《九罭》之詩，乃責其君之詞，何處討寬裕溫柔之意。）

元·朱公遷《詩經疏義》（《詩經疏義會通》卷八）：

輔氏曰："《伐柯》，喜其得見。《九罭》，願其久留。東人之愛公有加而無已也。"愚謂：周公之心，軍士知之，周公之德，東人喜之，而成王幾或不如軍士東人之智。非《鴟鴞》之詩貽於前，雷風之變彰於後，則王之疑終不可解，公之忠卒不可白，而文武之業隳矣。所幸周公之誠足以動乎天而應乎人，故亂不終於亂，而反乎治也，其功不既大哉。

元·朱善《詩解頤》卷一：

鴻飛而戾天，宜也。而有時乎遵渚，復有時而遵陸，則亦暫焉而已耳。公歸而在朝，宜也。而于此乎信處，于此乎信宿，則亦豈久于是哉。夫惟其信處信宿于此也，是以東方有此服袞衣之人，此固東土之幸也。然相位不可以久虛，君德不可以無輔，人心天意不可以久咈，則必有迎公以歸者，而使我心悲矣。蓋留公者，東人之私情，而迎公者，天下之公論。一人之私情不足以勝天下之公論，此東人所以拳拳於公，雖欲挽而留之，而卒不可得也。

元·劉玉汝《詩纘緒》卷八：

蓋《伐柯》《九罭》二詩為周公在東之始終。始見，東人得見公而喜，終見，東人聞公將歸而悲。東人之悲喜如此，自非深知公之心，敬公之德，感公之恩，而重公之望，何能如是哉。夫東人非不知公之歸相成王，將大惠天下，東人亦與受其賜，而敬愛眷戀之私情自有不能已者。然則此詩之作，豈非周公東方之《甘棠》也哉。

明·梁寅《詩演義》卷八：

周公居東之時，東人喜得見之，故作此詩。　今按：居東者，非東征也。乃先遭謗之時，避居東都也。此詩末章言無以我公歸，為成王迎公以歸，亦明矣。

明·胡廣《詩傳大全·詩序》卷八：

朱子曰："此詩分明是東人願其來，故致願留之意。……其為東人願留之詩豈不甚明白。正緣《序》有刺朝廷不知之句，故後之說詩者悉委曲附會之，費多少辭語，到底鶻突，某嘗謂去後千百年須有人知此意，自看來，直是盡得聖人之心。"安成劉氏曰："《周官·司服》云'凡兵事，韋弁服'，蓋用赤色皮為弁與衣，而素裳白舄。今東人所見者，乃公之冕服，則此詩其作於周公避居之日，成王將迎公歸之際乎。"

明·吕柟《毛詩說序》卷二：

《九罭》，美周公也。周大夫刺朝廷之不知也。姜瀾曰：何也？曰：言九罭之網，則得鱒魴之美魚。我遘之子，則宜袞衣繡裳以迎之也。故鴻鴻高飛本以戾天，而反遵渚遵陸，公之聖賢本在朝廷，而乃無所于歸，於汝信宿安處乎，且朝廷之有袞衣者，以爲聖賢之服也，不以衣袞衣之周公而歸焉，其心如之何而不悲乎。……故毛公以爲《伐柯》刺群臣，《九罭》刺王也。

明·季本《詩說解頤》卷十四：

經旨曰：周公征東將歸，而東人願留之，故作此詩。周公之歸，事畢而歸，非成王迎之也。成王之迎，不在東征之後，辯見《說理會編》卷十《書論》下。

明·黃佐《詩經通解》卷八：

此亦周公居東之時，東人喜得見之而作此詩。

章章須不脫喜幸之意，方合詩旨。

吕氏曰："成王既發金縢，悔悟而迎周公，其言曰：'惟朕小子其新逆，我國家禮亦宜之。'此正國人之所望於朝廷者也。首章曰'我遘之子，袞衣繡裳'，卒章曰'是以有袞衣兮，無以我公歸兮'，所謂禮亦宜之者也，乃此篇之大指也。説詩者徒見'信宿'兩字偶相屬，遂以爲'過宿曰信'之信。故其釋二章三章，或以爲西人語東人，或以爲東人自相語，而不見國人深望乎上，誠懇切至之意。求一字之通，而失一篇之旨，學者苟能玩味程氏之說，則詩人之心可見矣。"

按，輔氏曰："《伐柯》喜其得見，《九罭》願其久留。東人之愛公有加而無已也。夫聖人作而萬物睹，理勢之自然。何周公之元聖，能動東人之愛，而不能止二叔之流言，能感風雷之變，而不能使成王之自悟，能致越裳重譯來獻，而不能使武庚之歸化，蓋公之所能者，天也，其所不能者，人也。厥後武庚討，管蔡誅，金縢啓，則人之天亦定矣。申包胥曰：天定亦能勝人。詎不信夫。"

《詩序》曰："《九罭》，美周公也。周大夫刺朝廷之不知也。"朱子謂："二詩東人喜周公之至，而願其留之詞。《序》説皆非。"

明·鄒泉《新刻七進士詩經折衷講意》卷一：

此詩首章是得見而致喜幸之意，下是將歸而切願留之情，俱是一時事。

明·豐坊《魯詩世學》卷十五：

《九罭》，美周公也。周大夫刺朝廷之下知也。（《補傳》曰："是詩與《伐柯》相類，然《伐柯》則言朝廷下能以禮迎周公，是詩則言周公不當久處外也。"）

周公歸于周，魯人欲留之，弗克，賦《九罭》。

【正説】《小序》以爲周大夫刺朝廷，謬妄之甚。朱傳得之，然亦以爲東人喜周公之至，則不免支離□□□矣。

【正説】申公曰："周公歸于周，魯人欲留之而不可得，故作是詩。"

明·李資乾《詩經傳注》卷十八：

既嘆其不留，又嘆其不易留，故受之以九罭之魚鱒魴。

明·許天贈《詩經正義》卷九：

東人喜於見聖，因惜其將去而欲留之也。

首章分上是得見而致夫慶幸之情，下是將去而致夫願留之意。此詩是周公將去時所作。

此詩總是喜於見聖。

首章分上是得見而致夫慶幸之情，下是將去而致夫願留之意。東人喜見周公而又恐其將去也，故作此詩。

明·顧起元《詩經金丹》卷三：

（旁批小字：難題秘旨：《伐柯》章，東人作此，自道其慶幸之情，追叙本□，重在將見上。）

然東人所以喜公者，亦總説不盡，寫不出，故始終只以服言之，以致其戀戀無已之情。

明·江環《詩經闡蒙衍義集注》（《詩經鐸振》卷三）：

【《九罭》全旨】此詩作于周公將歸之時。首章是得見而致喜幸之意，下是將歸而切願留之情，俱是一時事。方幸其得見，又恐其迎歸，故並叙之。通詩俱重喜幸上。末言且留，亦喜幸也。悲其去，正見喜其來也。勿以始至將歸分對。

【全破】東人喜于見聖，因惜其將去而復留之也。

【首章】此亦周公居東之時，東人喜得見之而作此詩。

徹弦云："召公之南，則愛及于甘棠，周公之東，則願見其衮衣，于此可以見二公之盛德。"

明·方從哲等《禮部訂正詩經正式講意合注篇》卷四：

【左諭德兼纂】此詩作于周公將歸之時。首章分上是利其得見而致喜幸之意。下是叙其將歸而切願望之情，俱一時事。方幸其得見，又恐其迎歸，故並叙之。《伐柯》喜其得見，《九罭》願其久留。東人之愛公有加無已也。

明·郝敬《毛詩原解》卷十六：

古《序》曰："《九罭》美周公也。"毛公曰："周大夫刺朝廷之不知也。"前篇諷成王以饗禮迎公，此篇諷王以冕服迎公。朱子改爲"周公居東，東人喜之而作"，非也。夫居東，公之不幸也。不以朝廷失公爲憂，而以東人見公爲喜，其于君子立言大義，近兒女私情，謂周大夫托東人愛公諷王則可，謂東人喜之而作，則謬矣。

是時公居東已二年矣。信處信宿，諷王之速迎公也。蓋王雖不諒公，而公終未忍忘王。往迎則必反，故東人悲公歸，而朝廷不恤公去。詩所以嘆其不知而表公之盛德精忠，無絲毫怏怏懟主之情，其辭義懇惻微婉矣。

誦《九罭》而知聖人忠愛之無已也。臣之事君，無所逃於天地之間，始以王見疑而去。負罪引慝，人臣自靖之分也。苟君能諒臣之無他，則懽然相與，棄其舊而圖其新，豈復有纖介不釋之憾。詩人所以深知公而托詠于九罭之魚也。爲人臣者，師周公可矣。

明·馮時可《詩臆》卷上：

《九罭》之章，亦美周公而刺朝廷也。

明·徐光啓《毛詩六帖講意》卷一：

《序》曰：《九罭》，美周公也。周大夫刺朝廷之不知也。

明·沈守正《詩經說通》卷五：

此詩作於將歸之時，首章叙得見之喜，下三章切願留之情，皆一時事。

【附録】《小序》云：周大夫刺朝廷之不知也。歸云：小網而得美魚，喻東方而乃見之子之衮衣繡裳也，此服宜在朝廷者也，乃見於東方，非意所擬之詞。東方何以有衮衣，"公歸無所，于女信處"，"公歸不復，于女信宿"，是以有衮衣兮。

明·朱謀㙔《詩故》卷五：

《九罭》，美周公也，非美也，東人送周公之詞也。周公始避流言，武服即戎，至是成王感悟，以衮繡上公之服迎之，故曰"我覯之子，衮衣繡裳"，故曰"是以有衮衣兮"，托爲創見之詞也。

明·曹學佺《詩經剖疑》卷十二：

《詩傳》："周公歸于周，魯人欲留之，弗克，賦《九罭》。"

明·駱日升《詩經正覺》卷四：

首章分上是叙其得見而致喜幸之意，下是叙其將歸而切願留之情，俱一時事。

方幸其得見，又恐其迎歸，故並叙之。

明·凌濛初《詩逆》：

此亦周公居東之時，東人喜得見之而言。

明·陸燧《詩筌》卷一：

此詩作于將歸之時，重"無以我公歸"二句，悲從喜中來，故首章叙得見之喜，下三章切願留之情，皆一時事。

明·徐奮鵬《詩經尊朱删補》（《詩經鐸振》卷三）：

東人喜見周公，而又恐其將去也，故作此詩。

首章幸其得見而致喜，下三章計其將歸而願留，此東人好德之情，而亦見周公之所感者深也。

明·顧夢麟《詩經説約》卷十：

【説通】此詩作於將歸之時，首章叙得見之喜，下三章切願見之情，皆一時事。

明·鄒之麟《詩經翼注講意》卷一：

此詩作於周公將歸之時，重"無以我歸"二句，悲從喜中來，故首章叙得見之喜，末章點出袞衣字，與首章相應，極有脉絡。

明·張次仲《待軒詩記》卷三：

《序》：美周公也。（《傳》："周公歸于周，魯人欲留之，弗克，賦《九罭》。"此詩在成王迎公時，非公初居東時也。）

明·黄道周《詩經琅玕》卷三：

此詩作於將歸之時，重"無以我公歸"二句，悲從喜中來，故首叙得見之喜，下三章切願留之情，皆一時事。以公之忠聖而鬱鬱辟居東土，故東人不勝憤憤而曰："我遘之子，袞衣繡裳。"見公不優游于端揆，而顧周旋于下風，隱然若有惜公之去者。曰于女信處信宿，見留相爲公之常，居東爲公之暫，又隱然若有願公之還者。雖留公之意惓惓，終非其本心也。當知風人意在言外。熊寅牧曰：東人所以喜公者，亦德，説不盡，寫不出，故始終只以服言之，以致其戀戀無已之情。

【傳】周公歸於周，魯人欲留之，弗克，賦《九罭》。

明·錢天錫《詩牗》卷五：

以公之忠聖，而鬱鬱避居東土，故東人不勝憤憤而曰：我覯之子，袞衣繡裳，見公不優游于端揆，而顧周旋于下國，隱然若有惜公之去者。其曰於汝信處信宿，見留相爲公之常，居東爲公之暫，又隱然若有願公之迎者。雖留公之意惓惓，終非其本心也。當知風人意在言外。

《序》曰：美周公也。周大夫刺朝廷之不知也。

郝云："前篇諷成王以饗禮迎公，此篇諷王以冕服迎公。朱子改爲'周公居東，東人喜之而作'，非也。夫居東，公之不幸也，不以朝廷失公爲憂，而以東人見公爲喜，其于君子立言大義，近兒女私情，謂周大夫托東人愛公諷王則可，謂東人喜之而作，則謬矣。"

明·何楷《詩經世本古義》卷十之上：

《九罭》，迎周公歸自東也。（郝敬云："前篇諷成王以饗禮迎公，此篇諷王以冕服迎公。"愚按：此當是使者將命而至東之作。）

是詩也，其亦二公所作與。

《序》見《伐柯》篇。子貢傳、申培說，皆云："周公歸于周，魯人欲留之，弗克，賦《九罭》。"朱子亦以爲周公居東，東人喜之而作。今按本文有"於女信處""於女信宿"之語，其爲使者所作，而非出于東人之口可知已。且公，天下之公也，居東，公之不幸也。不以朝廷失公爲憂，而以東土得公爲喜，何所見之昧而所愛之細乎。

明·黄文焕《詩經嫏嬛》卷三：

《九罭》全旨：此詩作于周公將歸之時，須重無以我公居一句。首章之喜提起，看下重一悲字，全要得一片留公之情。

然東人所以喜公者，亦總說不盡，故始終只以服言之，以致其戀戀無已之情。通篇須在喜字上發意。

【考核】聖人作而萬物睹，理勢之自然。何周公元聖，能動東人之愛①，而不能止二叔之流言，能感風雷之變，而不能啓成王之自悟，能致越裳重諸來獻，而不能使武庚之歸化。蓋公之所能者，天也，所不能者，人也。厥後武庚討，管蔡誅，金縢啓，則人定天亦定矣。申包胥之言豈虛語哉。

明·唐汝諤《毛詩蒙引》卷七：

許南台曰："首章是得見而致慶幸之情，下是將去而致願留之意。"又曰：後三章與上俱一時事，方幸其得見，而又恐其將迎，故其言如此。又曰：以公之忠聖而鬱鬱避居其土，故東人不勝憤憤而曰："我覯之子，袞衣繡裳。"見公不以磬

---

① 愛下有一"而"字，疑衍，删。

折於端揆，而顧以周旋於下國。隱然若有惜公之去者，其曰"於汝信處信宿"，見留相爲公之常，居東爲公之暫，又隱然若有願公之迎者，雖留公之意惓惓，終非其本心也。當知風人意在言外。

沈仲容曰："居東非東征，蓋避謗於野也。東不詳地名。意反而居魯，時豐鎬西而魯東。古者罷相則歸就封國。"

輔潛庵曰："《伐柯》慕其得見，《九罭》願其久留，東人愛公有加而無已也。"

徐徹弦曰："召公之南，則愛及於甘棠，周公之東，則願見其袞衣，於此見二公之盛德。"

茅鹿門曰："《伐柯》《九罭》《狼跋》諸詩，皆周公居東之時，士大夫憤鬱公之困居其土，而相與賦頌其賢者也。毛、鄭諸家因誤解金縢之居東，即詩所言東山，遂混合而附會其說耳。嗟乎！仲尼没而六籍不得其傳，若此者多矣。"

明·楊廷麟《詩經聽月》卷五：

【章旨】此詩作於周公將歸之時。重"無以我公歸"一句。首章之喜提起，壓下重一悲字，全要得他一片留公之情。

倪玉汝曰："東人所以喜公者，亦總說不盡，寫不出，故始終只以服言之，以致其戀戀無已之情。通篇須在喜幸上發意。"

【附傳】周公歸於周，魯人欲留之，弗克，賦《九罭》。

【附序】《九罭》，美周公也。周大夫刺朝廷之不知也。

愚按：詩宜爲一人之詞。朱子所注正與《傳》意合。即如《序》云"周大夫刺朝廷之不知"，夫周大夫設爲東人願留公之言，便是美周公，便是刺朝廷之不知矣。毛必欲以迎周公未得禮，強合朝廷不知句。鄭又忽爲曉喻東人，忽爲東人自言，未免乖離不一，總不如朱注爲得。

【附證】聖人作而萬物睹，理勢之自然，何周公元聖能動東人之愛，而不能止二叔之流言，能感風雷之變，而不能使成王之自悟，能致越裳重譯來獻，而不能使武庚之歸化。蓋公之所能者，天也，其所不能者，人也。厥後武庚討，管蔡誅，金縢啓，則人定天亦定矣。申包胥之言豈不信乎。

明·萬時華《詩經偶箋》卷五：

此詩作於將歸之時，首章叙得見之喜，下三章切願留之情，皆一時事。

明·陳組綬《詩經副墨》：

此亦周公居東之時，東人喜得見之，故作此詩。

《序》曰：美周公也。

【章意】此詩作于將歸之時。首敘得見之喜，下三章切願留之情，皆一時事。

明·朱朝瑛《讀詩略記》卷二：

《序》曰：美周公也。東人見周公之歸，且喜而且悲也。喜者，喜朝廷之得公。悲者，悲東人之失公也。

明·胡紹曾《詩經胡傳》卷五：

《序》：美周公也。周大夫刺朝廷之不知也。

《詩説》：周公歸于周，魯人欲留之不可得，作是詩。

朱子自記云：説此詩者多少委曲附會，到底鶻突，此爲東人願留之詩，豈不甚明。自看來，《集注》已盡得聖人之心，千百年後，須有人知此。按：朱子恁地説倒。今細讀之，較諸家果顯易了然，但若以爲成王迎公，而東人願留，尤覺合情。

明·范王孫《詩志》卷九：

《序》曰：《九罭》，美周公也。周大夫刺朝廷不知也。

郝仲輿曰："前篇諷成王以饗禮迎公，此篇諷成王以冕服迎公。朱子變爲周公居東，東人喜之而作。非也。夫居東，公之不幸也，不以朝廷失公爲憂，而以東人見公爲喜，其于君子立言大義，近兒女私情。謂周大夫托東人愛公諷王則可，謂東人喜之而作，則謬矣。"

徐筆峒曰："詠公而始終以衣服言者，蓋周公遜居東土，袞衣其所不服。是時成王感悟，始以上公袞衣迎之，故東人始云'我覯之子'，謂必是袞衣繡裳之服也。而歸豈無所乎，歸寧不復相乎。惟其歸有所而復相，是以有袞衣兮，但以我公來歸，則吾人不得以遂常覯之願，無以我公歸而使我心悲方好也。"

明·賀貽孫《詩觸》卷二：

《序》曰：美周公也。

此詩續《序》亦云：朝廷之不知也。鄭箋前二章與所解《伐柯》篇意同。然以前章爲迎公當以禮，二三章又爲朝廷曉喻東人之言，四章乃東人留公之語。前後相舛，不如朱注之渾成。首章喜見公也，下三章願留公也。

明·陳元亮《鑑湖詩説》卷一：

首章敘得見之喜，下三章切願留之情，皆一時事。

清·朱鶴齡《詩經通義》卷五：

《序》：《九罭》，美周公也。刺朝廷之不知也。

郝敬曰："朱子改爲周公居東，東人喜之而作。恐未必然。夫居東，公之不幸也。不以朝廷失公爲憂，而以東人見公爲喜。立言失輕重之義矣。"

此詩作于成王迎公之時。《序》云"刺朝廷不知"，與前篇同，皆是追刺，亦只言外意耳。

清·錢澄之《田間詩學》卷五：

《序》曰：美周公也。周大夫刺朝廷之不知也。（郝氏云："前篇諷成王以饗禮迎公，此篇諷王以冕服迎公。……是時，公居東已二年矣。信處信宿，諷王之速迎公也。王雖不諒公，公終未忍忘王，往迎則必返耳。嗟乎！東人悲公歸，而朝廷不恤公去。"《序》所以刺其不知也。）

朱注以爲，周公居東，東人喜之而作。

清·張沐《詩經疏略》卷四：

《九罭》，美周公也。周大夫刺朝廷之不知也。（是時，朝臣見公事完不歸，皆有殷望之意，而不知所以焉。故大夫諷之。即所以美周公也。）

問：成王之意如何？曰：有二心焉。一似思周公而望其歸，信之于素也。又有所疑而聽之，惑于流言也。此即周公所宜避也。問：終不迎奈何？曰：歸其士卒，行教化于東國，俟成王終不爲意，退山林可也。問：何不避于未征之前？曰：亂誰定乎。聖人器度自遠，徐徐而去，不悻悻而逃。己方攝政，王室有難，未可委之他人。況此行，尚有許多教化仁政施于東國，而即借以避焉耳，雖姜召不能代焉。問：請之成王乎？曰：中外事，皆已由己，特告之耳。問：成王不欲奈何？曰：未便如此悖戾。況君疑于臣而去其側，正所欲也。君子不知周公之行。觀《鴟鴞》《伐柯》《九罭》《狼跋》四詩詞氣，亦可知其從容，而不必避之于前矣。今證之《尚書·大誥》及《汲冢周書》，皆可知也。問：避居東都，迎而後東征，其說非與？曰：《詩》《書》皆無此說。如求可驗，即信《詩》爲經可也。況此時無東都，亦未封魯，皆儒者臆語曲說耳。如今且宜即《詩》《書》以信其事，且宜即古《序》以求《詩》《書》，不宜即棄置以行我意。

清·陳啓源《毛詩稽古編》卷八：

《伐柯》《九罭》皆刺王不知周公。（此毛說。鄭謂"刺群臣"，非也。王肅、孫毓皆是毛。）而因告王以迎公之道，詞旨略相同。……《九罭》篇首尾皆言衮衣，欲王以上公之位處公，即上篇以禮迎公之意也。中二章以鴻不宜於陸渚喻東土下國非所以居公，亦見王之迎公當早也。毛、鄭、孫、王諸家說雖小殊而大旨不外此，不獨見周公之德爲人所說服，亦見作詩者惟恐王之不用周公，又惟恐王之待公未盡其道。憂國之情，好賢之意，纏綿懇惻，具見於詩，故足爲訓也。《集傳》悉埽斯義。……於《九罭》不過曰"喜得見公，惟恐其歸"而已。夫東人以見公爲喜，而欲留之，乃一人之私情，何關朝廷理亂之故哉？不但令讀者絶無觀感，且使古人作詩之苦心，無由白於後世矣。"

清·冉覲祖《詩經詳説》卷三十二：

《小序》：《九罭》，美周公也。周大夫刺朝廷之不知也。

朱子曰：二詩東人喜周公之至而願其留之辭，《序》説皆非。

按："美周公"，是也，"刺朝廷之不知"，添設。

朱子曰："此詩分明是東人願其來，故致願留之意。公歸豈無所，於汝但寓信處耳。公歸將不復來，於汝但寓信宿耳。'是以有袞衣兮'，'是以'兩字而今都不説，蓋本謂緣公暫至於此，是以此間有被袞衣之人，其爲東人願留之詩，豈不甚明白。正緣《序》有刺朝廷不知之句，故後之説詩者悉委曲附會之，費多少辭語，到底鶻突。某嘗謂去後千百年，須有人知此意，自看來，直是盡得聖人之心。"

安成劉氏曰："今東人所見者，乃公之冕服。則此詩其作於周公避居之日，成王將迎公歸之際乎。"

【正解】此詩作於周公將歸之時。首章是得見而致喜幸之意，下是將歸而切願留之情，俱是一時事。方幸其得見，又恐其迎歸，故並叙之。通詩俱是喜幸，而重在"無以我公歸"二句上，言"且留"亦喜幸也，悲其去，正見喜其來也。勿以始至將歸分對。

清·李光地《詩所》卷二：

周公將歸，而東人思慕不能舍也。或曰：此與《甘棠》之愛同，不入《周南》何也？曰：二《南》者，皆所以著文王之德。召伯奉命施仁，《甘棠》之歌，文王之化也。東征之役，大傷厥考，心而不得已焉，豈得與《關雎》《麟趾》之篇相混哉。

清·祝文彦《詩經通解》：

《九罭》（全旨），此詩作于周公既歸之時，重在欲留上。首章是得見而致喜幸之意，下是將歸而致其願留之情。東人愛公之情有加而無已，可知矣。

清·王鴻緒等《欽定詩經傳説彙纂》《詩序》上：

《九罭》，美周公也。周大夫刺朝廷之不知也。

【辯説】二詩東人喜周公之至，而願其留之詞。《序》説皆非。

清·姚際恒《詩經通論》卷八：

《大序》謂："周大夫刺朝廷之不知。"其説甚支離。鄭氏以"鴻飛"二章爲周人曉東都人之詞，于末章又言"東都人以公西歸而心悲"，前後不貫。嚴氏以"鴻飛"二章爲西人謂東人，末章爲東人答西人，亦鑿。《集傳》以爲皆東人作，是已。但以首章爲"周公居東之時，東人喜得見之"，又未然。下章皆言公歸，周公居東已二年，豈方喜得見，便即歸乎？蓋此詩東人以周公將西歸，留之不得，心悲而作。

解此詩者，最多執滯，于"九罭"或以爲小網，或以爲大網；于"衮衣繡裳"以爲迎歸之服；于"遵渚""遵陸"，或以爲鴻不宜在渚陸，或以爲鴻當在渚不當在陸；于"女"字或以爲東人指西人，或以爲西人指東人，皆非。《集傳》只取大意，得之。

清·嚴虞惇《讀詩質疑》卷十五：

《九罭》，東人願留周公。

《九罭》，美周公也。周大夫刺朝廷之不知也。

程氏曰："周公居東未反，士大夫思之切，而責在朝之人不速還公也。申公説：周公歸於周，魯人欲留之不可得，作是詩。"

虞惇按：此詩以歐陽説爲正，其訓詁則朱子得之。鄭箋於首章云：王迎周公當以上公之服往見之，末章云：成王所齎來衮衣，願其封周公於此。皆衍説"鴻飛遵渚"。毛、鄭爲優。

清·王心敬《豐川詩説》卷十一：

《毛序》曰：《九罭》，美周公也。周大夫刺朝廷之不知也。

原解曰："前篇諷王以饗禮迎公，此篇諷王以冕服迎公。朱《傳》改爲周公居東，東人喜之而作。非也。夫居東，公之不幸也。不以朝廷失公爲憂，而以東人見公爲善，其於君子立言大義近兒女私情已。故謂周大夫托東人愛公諷王則可，爲東人喜之而作則非。……蓋王悔始之失公，而詩人諒公之忠順，惟王還其舊服而已。上公衮冕，即冢宰之服。"

清·姜文燦《詩經正解》卷十：

《傳》：周公歸于周，魯人欲留之，弗克，賦《九罭》。

《序》：《九罭》，美周公也，周大夫刺朝廷之不知也。

【全旨】此詩作于周公將歸之時。首章是得見而致喜幸之意，下是將歸而切願留之情，皆是一時事。方幸其得見，又恐其迎歸，故並叙之。通詩俱是喜幸而重在"無以我公歸"二句，上言"且留"亦喜幸也，悲其去，正見喜其來也。勿以始至將歸分對。

一說以公之忠聖而降爵避居東土，故東人不勝憒憒，而曰"我遘之子，衮衣繡裳"，見公不優游于端揆，而顧周旋于下，因隱然若有憐公之去者，其曰于女信處信宿，見留相爲公之常，居東爲公之暫，又隱然若有願周公之迎者，雖留公之意惓惓，終非其本心也。當知風人意在言外。如此說，則似非喜得見之旨，還重嘆留上，言我今日幸得睹公之容服，而公將歸相王室，則我雖欲留之而不可得也。蓋方幸其得見，而又恐其將迎，故其言如此。

【合參】此亦周公居東之時，東人喜得見之，故作此詩。

朱子曰："此詩分明是東人願其來，顧致願留之意。……其爲東人願留之詩，豈不甚明白。正緣《序》有刺朝廷不知之句，故後之說詩者悉委曲附會之，費多少辭語，到底鶻突。某嘗謂去後千百年，須有人知此意，自看來，直是盡得聖人之心。"

徹弦云："召公之南則愛及于甘棠，周公之東則願見其衮衣，于此可以見二公之盛德。"

清·陸奎勳《陸堂詩學》卷五：

合衮衣章甫之歌而讀之，見大聖人過化之妙。

朱子《語錄》云："此東人願留之詩，豈不甚明白。止緣①《序》有'刺朝廷不知'句，後之說詩者委曲附會，費多少辭語，到底鶻突。自看來，直是盡得聖人之心。"愚謂：說之當者，雖起詩人于九原而質之不惑，豈獨《九罭》一詩爲然哉。

清·姜兆錫《詩傳述蘊》

按《集傳》，東人喜得見公而又感其忽歸也。夫周公居東，變也，而其德孚于

---

① 緣，原文誤作"綠"，據上下文改。

人，而人信之，變而正也。詩所云東人之愛公，與《召南·甘棠》之愛召伯同，而諸詩不入《周南》，何也？蓋二南皆以著文王之德，召伯《甘棠》之歌，歌王化也。東征之役，大傷厥考，心而不得已焉。豈得與《關雎》《麟趾》之篇相混哉。觀詩所之言，可以知正變之轍矣。

清·方苞《朱子詩義補正》卷三：

孟子稱周公伐奄三年討其君，非六師之盛，不能壓其城而急攻之，亦非奄有險阻可憑，負固而不能克也。文王三分有二，德教獨未漸于東夏，故殷之渫惡民，染于商辛之暴德者，不能自安，其善良又緬思殷先王之遺澤而不忍背，故武庚三監因之以倡亂。周公東征，雖震之以武威，而實欲喻之以德義，故駐師徐兗之間，庶邦之保疆以俟王命者，則教告之。其阻兵安忍者，乃戰，要囚之，《多士》所稱是也。至于三年之久，東土士庶咸喻乎周公之志，而惟恐公之西歸，則奄亦不能自固矣。然後正其君之罪，而簡別殷民之淑慝。其尤難馴者，則使其長帥之以遷于洛。聖人之師，所至如時雨，而無後殃，惟其始之終之，一歸于仁義而已。其後奄人復畔，成王滅之，不勞而定，以東人皆心饜周公之德，而蔑與同惡耳。故因定魯封，使殷民六族輯其分族，將其醜類，以法則周公，皆原于此。

清·黃夢白、陳曾《詩經廣大全》卷九：

亦周公居東，東人喜得見之而作。　此詩作于將歸之時，首章叙得見之喜，下三章切願留之情。

清·張叙《詩貫》卷五：

《九罭》，東人願留周公也。

此周公將歸而東人思慕不能舍也。其情詞最爲深至。朱子曰："此東人願留之詩，豈不甚明白。止緣《序》有'刺朝廷不知'句，説者委曲附會，費多少詞語，到底鶻突。自看來，直是盡見得聖人之心。"

清·汪紱《詩經詮義》卷四：

此詩作於成王將迎周公之日，故東人追述其初至得見之喜，以起下願留之情。惟喜之深，故留之切也。

清·顧棟高《毛詩訂詁》卷三：

【《小序》】美周公也。周大夫刺朝廷之不知也。

【歐陽《本義》】周公久處于外，譬猶鱒魴大魚反在九罭小罟，又如鴻雁不得高飛雲際，而下循渚陸，皆不得其所也。袞衣繡裳，上公之服。言公宜服此服在朝廷。又道東都之人留公之意，言公雖宜在朝廷，然無以歸，使我思公而悲。東都之人猶能愛公若此，所以深刺朝廷之不知也。毛謂成王當被袞衣以見周公，鄭謂王當遣人持上公袞衣以賜公而迎之，皆疏且迂矣。

【朱子《辨説》】此與《伐柯》二詩，東人喜周公之至而願其留之詞。《序》説皆非。朱子《語類》：此詩分明是東人願其東，故致願留之意。公歸豈無所，于汝但暫寓信處耳。公歸將不復來，于汝但暫寓信宿耳。"是以有袞衣兮"，"是以"二字如今都不説。蓋本謂緣公暫至于此，是以此間有被袞衣之人。"無以我公歸兮，無使我心悲兮"，此爲東人願留之詩①，豈不甚明白。止緣《序》有"刺朝廷不知"之句，故後之説詩者悉委曲附會，費多少詞句，到底鶻突。某嘗謂死後千百年，須有人知此意。自看來，直是盡見得聖人之心。又曰：寬厚温柔，詩教也。若如今人説此詩，乃全是責其君之辭，更何處討寬厚温柔之意。

《詩記》曰：成王既發金縢，悔悟而迎周公，曰："惟朕小子，其親逆我國家，禮亦宜之。"此正國人之所望于朝廷者也。首章曰："我覯之子，袞衣繡裳。"卒章曰："是以有袞衣兮，無以我公歸兮。"所謂禮亦宜之也。此乃一篇之大指也。説詩者徒見"信宿"二字偶相屬，遂以爲"過宿曰信"之信，故其釋二章三章或以爲西人語東人，或以爲東人自相語，而不見國人深望乎上，誠懇切至之意。求一字通而失一篇之旨，學者苟能玩味程氏之説，則詩人之心可見矣。

黄氏《日抄》曰：晦庵以《伐柯》爲東人喜見周公之詞，以《九罭》爲東人願留周公之詞。東人始終之情如此，而朝廷之不知在其中矣。諸家以"朝廷不知"之語，謂《伐柯》之籩豆爲朝廷當待公以此禮，謂《九罭》之袞衣爲朝廷當被公以此服，然迎公之禮豈在籩豆，而袞衣固周公之所素被者也，前未嘗有襐，今安用以爲迎耶。

案：此詩程、朱二子之説各異。程子謂國人祈反周公之切，而責朝廷不速還公，蓋宗《序》説。朱子謂東人致其願留之意，而深以《序》説爲非。東萊《詩記》及秦對巖俱主程子，且謂東人當以朝廷失公爲憂，不當以東土得公爲喜，其論甚正。然如朱子説，則理明詞順，且四章一氣貫通。……竊謂聖人所居民樂，所去民思。沈氏守正謂：此詩作于將歸之時。則以此爲東人送行之作，亦無不可。

---

① 詩，原文爲時，據上下文改。

清·鄒聖脈《詩經備旨》卷三：

【《九罭》全旨】此詩作於周公將歸之時。首章是得見而致喜幸之意，下是將歸而切願留之情，俱是一時事。通詩俱重喜幸上，未言且留亦喜幸也，悲其去正見喜其來也，勿以始至將歸分對。

御案：《伐柯》《九罭》二篇序說以爲皆周大夫美周公而責在朝廷之太不速迎公之詞。朱子改爲東人愛慕公之詞，以末章語氣而定之也。然當時人情，周大夫則速迎公歸以相王室，東人則望公少留以盡私情，要爲美周公其義二也。

清·許伯政《詩深》卷十五：

古《序》：美周公也。

續《序》：周大夫刺朝廷之不知也。

《集傳》：此亦周公居東之時，東人喜得見之。

東人聞王將迎公以歸而作此。

九罭四章。

成王初立。洛邑未建，而九鼎已遷焉。使管叔構逆時，民心一搖，則東土莫保，而天下大勢分裂矣。周公避居僅二年耳，而東人之愛戴，深入肺腑若此。雖有管叔武庚百輩，無能爲矣。然則不動聲色，而措天下于泰山之安，磐石之固，非周公其孰能之。厥後成周既定，卒命公後，毋亦順民心歟。《書》稱周公誕保文武，受命惟七年。民心之繫屬，即天命所由誕保也，豈非一絲懸六鑪者哉。

清·劉始興《詩益》卷十六：

《序》說同上篇。朱子曰："二詩東人喜周公之至，而願其留之辭。《序》說皆非。"《集傳》"周公居東之時，東人喜得見之"云云。今按前篇及此，朱子佢云《序》說皆非，而未詳其辨。後儒或復申《序》義，及毛、鄭氏舊解。（郝氏仲輿說如此）考《金縢》，成王因風雷之變，啟書而泣曰："惟朕小子，其親迎我國家，禮亦宜之。"是成王當日已悟流言之非，而欲以禮迎公矣。斯時朝廷豈敢有悖天子命，黨於逆惡，惑管蔡之言，而疑於迎公之禮者哉。《小序》及鄭氏《箋》說甚無理也。學者不察而欲從之，惑矣。

清·劉始興《詩益》卷三：

此亦東人美周公之詩。

清·顧鎮《虞東學詩》卷五：

二詩俱美周公。《伐柯》是大夫諷迎周公，（《傳》《箋》）《九罭》，則大夫迎周公，東人願留之而不得也。（《箋》義、《集傳》）……《伐柯》篇既諷王迎公，《九罭》篇則王啓金縢後，使大夫以冕服致迎之事。三章皆大夫語。末章則東人愛公之切，而大夫爲之述其情，所以甚美周公也。

二詩次《東山》之後，明於誅管蔡後迎公。

清·傅恒等《御纂詩義折中》卷九：

《九罭》，留周公也。夫東方非公久居之處也。東人非不知之而又心悲者，則其情有所不能已也。聖人之於人也，德化有以動其性，禮教有以服其心，先得其所同然，故人見而莫不悦之，亦不能言其所以然也。後世循吏所居民愛，所去民思，亦何以異此。

清·胡文英《詩經逢原》卷五：

《序》：《九罭》，美周公也。周大夫刺朝廷之不知也。

《集傳》："此亦周公居東之時，東人喜得見之。"

周公既平武庚，將歸成周，東人因乍見而忽離，賦《九罭》。

此河南人作。

清·汪梧鳳《詩學女爲》卷十五：

朱子《語録》：此東人願留之詩。最爲直捷。説詩者泥《序》説"刺朝廷不知"之句，委曲附會，可謂詞費。

清·姜炳璋《詩序補義》卷十三：

《九罭》，美周公也。周大夫刺朝廷之不知也。

成王既悟，出郊躬迎，而猶刺朝廷之不知，無是理矣。

清·牟應震《詩問》卷三：

王使大臣迎公，而豳人留之也。

清·汪龍《毛詩異義》卷一：

下三章《傳》謂周公未得王迎之禮，（末章首二句當謂王有上公之服，不以迎周公。）與《叙》"刺朝廷不知"義合。《箋》以《叙》刺朝廷爲刺群臣，而謂於時王已迎公，而東人欲留之。二三章兩章爲告曉東人。末章爲東人欲封周公於東，東人之欲留公，乃一邑之私情，非王朝治亂所繫。《叙》何以言周大夫作此詩，又何以不言美周公，爲東人所留，而唯刺朝廷不知。《箋》説恐未與經合。

清·牟庭《詩切》：

此篇作於周公將歸之時，《東山》篇作於既歸之後，而編詩先《東山》後《破斧》，何也？《東山》以上，周公所作，《破斧》以下，豳人所作。故次於周公詩之後也。張融以爲簡札誤編，非矣。

清·劉沅《詩經恆解》卷二：

眉批：愛之而欲留之，又知其不可久留也，悅服之至矣。若並此前後數章詩，後人不將疑周公以力服人乎。

周公平武庚亂，暫留安輯殷民，民樂其德。其賢者尤愛之，故詠之如此。

附解：《序》：美周公也。亦無大謬。毛氏以爲周大夫刺朝廷不知。《傳》《箋》孔《疏》義皆牽強。朱子改爲東人喜得見公，乃得經旨。而以九罭鴻飛爲興，了無意義，令詩人之心不明。今以本文神理詁之，然後見公之德入人者深，而詩詞之纏綿有由來也。起訖皆重言"衮衣"，蓋紂王蕩棄湯之典型，禮樂衣冠存者如綫。商民未見公時，爲武庚所煽動。及見公而睹其禮樂衣冠，欣然肅然，故以取魚興起，言己平日網羅賢俊，欲存先王之舊，然所得者皆緒餘，如以九罭網魚，所得不過尋常。今見之子衮衣繡裳，乃先王之舊，安得不鄭重而敬愛之。是以謀其處宿，欲久留之。既而知其不可久留，則曰：自公之來是地，乃有此衮衣兮，毋以公歸而使我悲兮。夫聖人之德，蘊於中者難知，而著於外者易見。公之盛德感人，其一見而即心悅誠服者，人亦不自知其所以然也，而愛敬之心，流連於衣冠言動間，故其言如此。而爲此詩者，亦必賢者也。爲見公而喜，亦爲殷民有公而喜。欲久留之，又言己求賢士如網魚，則其平日關心世教可知。或曰：子以公爲留撫殷民，毋乃臆乎。曰：武王克商，所以救民，且其甫下車，而即封武庚。至公至仁之心，殷民固已諒之。及武王崩，成王幼，三叔流言，謂公將不利於孺子，殷民惑之，恐公果有二志，不復體文武之心也。及公東征，禁之以武，和之以禮，民遂豁然。故武庚卒滅，成王甫立，公之制作禮樂，蓋猶有未周及於天下，而三叔武庚謀亂，其不遵公禮樂可知。公平亂而安輯民人，然後歸朝，請於成王，析殷地而別封國。君求微子以繼殷後，此書籍之事可考而知者。惟殷人喜於見公，樂其禮而懷其德，是以願留之衷，至於以公歸爲心悲。古人記載簡質，往往有可得諸文字外者，況公東征本末至詳者乎。

清·徐華嶽《詩故考異》卷十五：

《九罭》，美周公也。周大夫刺朝廷之不知也。（《正義》：毛以經四章皆言周公不宜在東，是刺王之事。鄭以首章言周公不宜居東，王當以衮衣禮迎之，是未迎時事。二章三章陳往迎周公之時，告曉東人之辭。卒章陳東人欲留周公，是公反後之事。其刺朝廷之不知唯首章耳。）

清·胡承珙《毛詩後箋》卷十五：

《序》云："《九罭》，美周公也。"何氏《古義》曰："《金縢》'予小子其親迎我國家，禮亦宜之。'"孔穎達云："國家尊崇有德，宜用厚禮。《詩》稱袞衣、籩豆是也。《伐柯》言以饗禮迎公，《九罭》言以冕服迎公也。周公關王室安危，二詩斷當主周人幸公歸立說。"承珙案：《伐柯》但美周公，經中未見迎公之意。此詩首尾皆言袞衣，是欲王以上公之禮迎公也。

清·徐璈《詩經廣詁》：

朱謀㙔曰："東人送周公之詞也。"

清·李詒經《詩經蠹簡》卷二：

此述東人喜見周公之詞，以諷諭成王也。

清·李允升《詩義旁通》卷五：

秦松齡云："諸家多以爲東人欲留周公之辭。夫居東，周公之不幸也，東人當以朝廷之失公爲憂，不當以東土之得公爲喜。謂東人留公者未必然也。故先儒謂此章，祈反公誠切之意。"

清·潘克溥《詩經說鈴》卷六：

【正說】《詩經疑問》："此東人繾綣不忍公去之至意也。"

【輔說】胡文英曰："周公既平武庚，將歸成周，東人因乍見而忽離，賦《九罭》。" 朱謀瑋①曰："東人送周公之詞。"

【彙說】劉克云："成王新逆之初，東山之人未知朝廷歸周公之意，不能不以前日爲憂，是以作此詩。" 朱《傳》："此亦周公居東之時，東人喜得見之而言。"何楷云："《九罭》，迎周公歸自東也，當是使者將命而至東之作。 《序》：《九罭》，美周公也。周大夫刺朝廷之不知也。" 《正蒙》："《九罭》言王見周公，當大其禮命，則大人可致也。"（以衣冠爲禮命之大）

郝仲輿曰："前篇諷成王以饗禮迎公，此篇諷成王以冕服迎公。朱子改爲'周公居東，東人喜之而作'。夫居東，公之不幸也，不以朝廷失公爲憂，而以東人見公爲喜，其于君子立言大義，近兒女私情。謂周大夫托東人愛公諷王則可，謂東人喜之而作，非矣。" 《傳》："周公歸於周，魯人欲留之，弗克，賦《九罭》。"

---

① 瑋，或爲㙔字之誤。

清·魏源《詩古微》上編之二：

《九罭》，美周公也。豳人美東人化于周公，因述其留公之詞也。（無周大夫刺朝廷之義，說同上篇。）

李雷東按：同書上篇爲《伐柯》，《詩古微》："《伐柯》，美周公也。豳人美周公能化東人，因代爲東人之詞也。（《毛序》：'周大夫刺朝廷不知也。'作於王朝大夫，則非民風，刺朝廷不知，則是刺二公矣。）"

清·李塨《詩說活參》卷上：

前篇東人喜其得見，此篇東人願其久留。文本明白。《序》云"刺朝廷不知"。試問篇中何語曾譏，何字帶刺？朱子云："此詩分明是東人願其來，故致願留之意。止緣《序》有'刺朝廷不知'句，說詩者悉委曲附之，多少辭費。"此語不特深中說詩者之病，凡說經者，句外添字，字外添意，皆大病也。又云："死後千百年，須有人知此意，直是盡得聖人之心。"可見《序》說亂經，萬世自有公論，不必曲護。

清·顧廣譽《學詩詳說》卷十五：

《箋》以卒章爲東人欲留公。呂氏斥爲不見國人深望乎上誠懇切至之意，是也。其以二三章爲曉東人，則未可謂非。呂引程子、陳氏說，謂是深責在朝廷之人語，明與詩辭有未合，主持似過。《集傳》則統以爲東人喜周公之至，而願其留之辭。義尤未安。郝氏敬謂：前篇諷成王以饗禮迎公，此篇諷王以冕服迎公。夫居東，公之不幸也，不以朝廷失公爲憂，而以東人見公爲喜，立言失輕重之義。此言却當兩詩，誠合從序。（錢氏《詩學》曰："篇中有'于女信處''于女信宿'之語，則非出於東人之口可知。"）

《疏》於上篇以王肅追刺之說爲未然，於此又云"追刺朝廷"，當作在歸攝政之後，前後未畫一。

若嚴氏以首章爲主，二三章西人欲公歸，卒章東人欲公留，亦近《箋》義，未若毛、程之渾厚得大體也。

清·沈鎬《毛詩傳箋異義解》卷五：

鎬案：《序》云：周大夫刺朝廷之不知。是成王尚未有迎公之意，亦並無東人留公之意。《箋》既以爲東人欲留周公於東都，何以鴻飛遵渚，《箋》云"以喻周公與凡人處東都之邑，失其所"乎。語意支離不貫串，何如《傳》語意一綫，悉與《序》義合乎。

清·方玉潤《詩經原始》卷八：

《九罭》，東人送周公西歸。

清·龔橙《詩本誼》：

《九罭》，豳人從公東征將歸，謂東人之詞。（《毛序》："美周公。"續同上。）

清·黃雲鵠《群經引詩大旨》卷四：

《詩》曰："在彼無惡，在此無射。庶幾夙夜，以永終譽。"君子未有不如此，而蚤有譽於天下者也。

《詩》言"永終譽"，《中庸》言"蚤有譽"，意雖不同，其貴譽一也。可見有實之譽聞，雖聖人亦不有心避之。有心求譽，賢者不爲，有心避譽，聖人不爲也。

清·鄧翔《詩經繹參》卷二：

【集解】東人喜周公之得歸，而又思念不舍，作爲此詩。

《序》曰："美周公也。"德稱其服。讀《九罭》而東人美其袞衣，讀《狼跋》而西人美其赤舄，載詠其服，實彰其德也。

清·龍起濤《毛詩補正》卷十四：

《九罭》，美周公也。（周大夫刺朝廷之不知也。案：此與上篇續《序》皆言"刺朝廷不知"，詩中殊無此意，殆枝説也。）朱《傳》："周公居東之時，東人喜得見之。"

東人留公也。周之有周公，猶商之有伊尹也。伊尹廢太甲而異議不生，周公輔成王而流言滋起。將周公之聖不及伊尹歟？亦時勢使然耳。夫以周公之聖，足以感東人，而獨不能格西土，西土之人未有能爲公一言者，毋乃太公召公諸人亦不能釋然耶。世變愈下，則疑忌愈深。漢魏以降，元勳國戚，動輒芟夷。人心愈附，則主疑愈滋，翻以人材凡劣，幸而保全者有之矣。予每讀《九罭》諸詩，未嘗不爲公危，謂其所以愛公者，適所以禍公也。而卒也，公道大明，公歸不復，不爲羅網之鴻，亦不爲高飛之鴻，而終爲儀羽之鴻。鴟鴞伏竄，鸞鳳翺翔，此三代之所以異於後世也。第周、召皆元功，召公廣而儉，西人指其服曰"羔羊之皮"，思其居曰"甘棠之下"，召公之所以能勤也。周公文而有禮，東人詠其服曰"袞衣繡裳"，見其物曰"籩豆有踐"。文公之所以爲文也，千載以下，誦其詩知其人矣。

清·吕調陽《詩序議》卷二：

《九罭》，美周公也。成王將迎公歸，東人願留之而不得也。

清·梁中孚《詩經精義集鈔》卷二：

沈氏守正曰："《九罭》作於將歸之時。首章叙得見之喜，下三章切願留之情。"

御纂："《九罭》，留周公也。"

輔氏廣曰："《伐柯》喜其得見之詞，《九罭》願其久留之辭，東人之愛公可見其有加而無已也。使天下之人愛戴之如此，則何爲而不成，宜乎制禮作樂而卒成周家太平之治也。"

《集傳》："此亦周公居東之時，東人喜得見之而言。"《小序》："《九罭》，美周公也。周大夫刺朝廷之不知也。"

清·王先謙《詩三家義集疏》卷十三：

【疏】《毛序》："美周公也。周大夫刺朝廷之不知也。"三家無異義。

民國·王闓運《詩傳補》：

《九罭》，美周公也。（補曰：亦美公以諷朝廷。）周大夫刺朝廷之不知也。

民國·馬其昶《詩毛氏學》卷十五：

昶按：此詩當作於居東二年，罪人斯得之後。

呂曰："成王悔而迎周公，其言曰：'惟朕小子，其新迎我國家，禮亦宜之。'此正國人之所望於朝廷者也。首章曰'我覯之子，袞衣繡裳'，卒章曰'是以有袞衣兮'，所謂禮亦宜之也。……國人深望乎上，誠懇切至之意。"

民國·李九華《毛詩評注》：

《九罭》，美周公也。周大夫刺朝廷之不知也。（《詩序》）

民國·焦琳《詩蠲》卷四：

然前篇於初見之時，謂其則不遠，是聖德感人之易入，此篇於將去之日，言僅覯其衣裳，是聖德時出而日章，亦可窺過化存神之妙矣。

日本·中村之欽《筆記詩集傳》卷五：

《娜嬛》云：此詩作於周公將歸之時，須重"無以我公歸"一句。

日本·岡白駒《毛詩補義》卷五：

案：此詩之作亦與前篇同。

李雷東按：同書《伐柯》篇："案：此詩周公出居東時大夫之知周公者，刺朝廷之不知周公也，不斥成王而曰朝廷，所以兼刺也。"

郝敬云："朱熹改爲'周公居東，東人喜之而作'，非也。夫居東，公之不幸也。不以朝廷失公爲憂，而以東人見公爲喜，其于君子立言大義，近兒女私情。何所見之昧，而所愛之細乎。"

日本·皆川願《詩經繹解》卷七：

此篇言：九罭之中鱒魴存焉，《國風》之義所在，則二雅之德亦存焉。二雅之德之爲物，不置《國風》之義以存之，則其暫似存者，亦尋必至于亡之矣。

日本·伊藤善韶《詩解》：

此诗尊慕周公之德，及其西歸之日惜別之詞也。《序》云"美周公也"，固也。其下云云者，亦如前詩之意也。

日本·冢田虎《冢注毛诗》卷八：

《九罭》，美周公也。周大夫刺朝廷之不知也。（罭，于逼反。朝，直遥反。是成王迎周公，東人慕其德而欲留之詩耳。子貢《詩傳》及申《詩說》皆以爲周公歸于周，魯人欲留之不克之詩。）

眉批：朱云："寬裕溫柔，詩教也。若如今人説《九罭》之詩，乃責其君之詞，何處有寬裕溫柔之意。"

今云此詩實未見刺譏之詞。然朱說固失詩。蓋詩諷詠之極，以正人情爲教耳。所謂寬裕溫柔，豈以其詞謂之乎，亦其聲音之化而已。然豈無責君之詞乎，如小大雅譏責幽厲之詞，亦固不寡也。其詞則雖譏責之，其吟詠之際，自不使聽者恚怒。是詩之道也，故曰"可以怒"。

日本·大田元貞《詩經纂疏》卷七：

《九罭》，王肅云："以興下土小國不宜久留聖人。"

日本·仁井田好古《毛詩補傳》卷十五：

【論】陳長發曰："《伐柯》《九罭》，皆告王以迎公之道，詞旨略相同。不獨見周公之德爲人所說服，亦見作詩者惟恐王之不用周公，又惟恐王之待公未盡其道。憂國之情，好賢之意，纏綿懇惻，具見於詩，故足爲訓也。《集傳》悉埽斯義。""夫東人以見公爲喜，而欲留之，乃一人之私情，何關朝廷理亂之故哉。不但今讀者絕無觀感，且使古人作詩之苦心，無由白於後世矣。"

日本·龜井昱《古序翼》卷四：

《辨説》云：二詩東人喜周公之至，而願其留之詞。《序》説皆非。

翼曰：朱説享否，不必辨矣。至非《序》説則不可不辨。毛、鄭之解並非。

朱子曰："説《詩》者緣《序》有刺朝廷不知，委曲附會之，費多少辭語。

寬裕溫柔，詩教也。今人説《九罭》乃責其君，何得寬裕溫柔。"予曰：此説者之失也，不可以匠人之劉而咎工師焉。夫群小窘杵周公，君子之責之何疑，非責其君也。溫柔敦厚，亦總全之義也。朱子若絞説之，其所謂淫穢二十有八篇，寬裕溫柔安在？若乃《古序》，則雖曰刺淫，亦復無詩，况是詩乎。郝敬駁朱子曰：夫居東，公之不幸也，不以朝廷失公爲憂，而以東人見公爲喜，其于君子立言大義，近兒女私情，何所見之昧而所愛之細乎。

日本·岡井鼎《詩疑》：

何楷《小引》云："《九罭》，迎周公歸自東也。"

鼎按：此詩東人見成王使人以冕服迎周公，喜公得歸，又叙其私情，悲不得復親公也。

何楷云："朱子以爲周公居東，東人喜之而作。"今按：公，天下之公也。居東，公之不幸也，不以朝廷失公爲憂，而以東士得公爲喜，何所見之昧而所愛之細乎。"

日本·上田元冲《説詩小言》：

魯人欲周公之永留於魯也。

日本·安藤龍《詩經辨話器解》卷八：

《九罭》，（旁行小字：詩人）美周公也。周大夫刺朝廷之（旁行小字：群臣）不知（旁行小字：周公聖德）也。

日本·山本章夫《詩經新注》卷中：

《九罭》，東人愛周公而不可止，以此言慰衆也。

《小序》：美周公也。周大夫刺朝廷之不知也。誤矣。

此篇周公將西歸時，東人惜別，所相告而作也。

日本·竹添光鴻《毛詩會箋》卷八：

《九罭》，美周公也。（《箋》曰：《伐柯》唯刺其不知，《九罭》悲公之不歸。）周大夫刺朝廷之不知也。（《箋》曰：此《詩序》以爲周大夫美周公，而責朝廷不速迎公之詞。朱《傳》改爲東人愛慕公之詞，以末章語氣而定之也。蓋當時人情，周大夫則願速迎公歸，以相王室，東人則望公少留以盡私情，要爲美周公，其義一也，而詩人述東人猶能愛公，即所以刺朝廷之不知也。）

韓國·朴世堂《詩經思辨錄》：

今公當歸復其位，不得留也，東都之人欲周公留，故願其封公於此，以袞衣命之,無以公西歸,周公西歸,而東都之人心悲。恩德之愛至深也。

東人雖憫周公之失所居東,而亦自幸其得見也。及聞王之迎歸,則有願留而不可得之意焉耳,故作是詩也。

韓國·正祖《詩經講義》(《弘齋全書》卷八十九):

此亦似東人之詩,而大旨泛稱詩人,何歟?

有榘對:此詩《序》以爲周大夫所作,且稽之經文,亦未見其必爲東人之詩。《集傳》之泛稱"詩人",誠可謂盛水不漏矣。

韓國·金羲淳《講説·詩傳》(《山木軒集》卷五):

御製條問曰:此詩以下章"公歸無所""公歸不復"觀之,明是將迎歸之時。首章蓋追叙其見公之初,而大旨不言此意,泛以居東之時言之,何歟?

臣對曰:其言"公歸無所""公歸不復"者,非是迎歸之時,即不過聞所聞而私相告語,則此與送別之語有異。首章所謂"我覯之子"者,恐非追叙之意,則大旨之泛以居東時爲言者,其以是歟?

韓國·成海應《詩説》:

《序》之美周公者,與《伐柯》同。蓋言袞衣繡裳,上公之服,何爲乎居外也。鴻之遵渚遵陸,皆處非其處,公之不歸,於心安乎?何汝乃反安處而不之迎乎。又説東人愛慕周公之言,而責朝廷之反不如東人也。

《序》云:周大夫刺朝廷之不知,然我覯之子,袞衣繡裳。又曰:"是以有袞衣兮,無以我公歸兮"者,國人之情皆欲王之以禮迎周公也。鄭云:成王所齎來袞衣,願其封周公於此,無以公西歸者,又何其曲也。但其解末句云:周公西歸,而東都之人心悲,恩德之愛至深也。《集傳》曰:其義而解其一篇之旨,然東人之情如此,朝廷之不知,尤可嘆也。然則《集傳》與《序》説實亦一義也。

韓國·趙得永《詩傳講義》:

御製條問曰:此詩以下章"公歸無所""公歸不復"觀之,明是將迎歸之時。首章蓋追叙其見公之初,而大旨不言此意,泛以居東之時言之,何歟?

臣對曰:以"公歸無所"等語觀之,明是迎歸之時,然其曰"於女信處""信宿""是以有袞衣"等語,莫非喜得見之辭,則大旨之云不亦宜乎。

韓國·崔璧《詩傳講義録》(《質庵集》卷三):

御製條問曰:此詩以下章"公歸無所""公歸不復"觀之,明是將迎歸之時。首章蓋追叙其見公之初,而大旨不言此意,泛以居東之時言之,何歟?

（臣）璧對曰：留公者，東人之私情，而聞成王迎歸之日，叙其得見之喜，寓其處宿之情，以爲我公一歸則不復來此，其願留之意至矣。然則兩"歸"字非既歸之後也，乃周公未歸之時，則其不爲居東之時乎。舊注爲告曉東人，亦未知其順語也。

韓國・沈大允《詩經集傳辨正》：
周公作洛，成王作此詩，欲周公之留治也。

韓國・尹廷琦《詩經講義續集》：
此詩蓋周人喜公之西歸而作也。

韓國・朴文鎬《詩集傳詳説》卷六：
安成劉氏曰：凡兵事，韋弁，服用赤色，皮爲弁與衣，而素裳白舄，今乃冕服，則此詩其作於周公避居之日，成王將迎之際乎。

李雷東按：

上所録總説部分文獻，有作者、寫作時間、主題等幾個問題。關於此詩主題，《毛詩序》説："《九罭》，美周公也。周大夫刺朝廷之不知也。"此《序》與《伐柯》序全同（《毛詩正義》卷八）。《正義》認爲，毛解《九罭》主旨與《伐柯》同，皆以爲刺成王也。鄭《箋》釋《伐柯》序説："成王既得雷雨大風之變，欲迎周公，而朝廷群臣猶惑於管、蔡之言，不知周公之聖德，疑於王迎之禮，是以刺之。"（《毛詩正義》卷八）《正義》認爲，鄭主刺群臣之不知。《九罭》序下鄭無説，《伐柯》箋或可補充。在該詩其他問題上，後世也往往將《九罭》與《伐柯》比並解説，此一情形當先作説明。

現將上述問題分述如下。

一 作者

1. 周大夫。《毛詩序》説："《九罭》，美周公也。周大夫刺朝廷之不知也。"鄭《箋》於此序下無説。《伐柯》序與此同。鄭《箋》釋《伐柯》序説："成王既得雷雨大風之變，欲迎周公，而朝廷群臣猶惑於管、蔡之言，不知周公之聖德，疑於王迎之禮，是以刺之。"《正義》在《伐柯》篇説："鄭以爲，周公避居東都，三年之秋，得雷風之後，啓金縢之前，王意稍悟，欲迎周公。而朝廷大夫猶有不知周公之志，故周大夫作此詩以美周公，刺彼朝廷大夫之不知也。"《正義》在

《九罭》篇説："鄭以爲……周大夫乃作此詩美周公，追刺往前朝廷群臣之不知也。"（《毛詩正義》卷八）

2. 西人與東人互答之作。鄭《箋》在此詩次章後説："時東都之人欲周公留不去，故曉之云：公西歸而無所居，則可就女誠處是東都也。今公當歸復其位，不得留也。"又於此詩卒章中説："東都之人欲周公留之爲君，故云'是以有衮衣'。"（《毛詩正義》卷八）鄭《箋》認爲，二三章西人曉東人，卒章東人答西人。《正義》説："首章言周公不宜居東，王當以衮衣禮迎之。所陳是未迎時事也。二章、三章陳往迎周公之時，告曉東人之辭。卒章陳東都之人欲留周公，是公反後之事。"（《毛詩正義》卷八）《正義》認爲鄭《箋》解釋與《序》"刺朝廷之不知"不相融貫，説："既反之後，朝廷無容不知。"（《毛詩正義》卷八）

3. 詩人。宋·歐陽修曰："詩人述東都之人猶能愛公，所以深刺朝廷之不知也。"（《詩本義》卷五）歐陽氏以爲作者爲"詩人"，實爲泛指。

4. 詩人，但雜有東人西人之義。宋·李樗《毛詩詳解》："東人所以欲其留者此，以見詩人之言周公之德，其爲東人之所愛也。"（《毛詩李黄集解》卷十八）

5. 東人。宋·范處義："東人見周公以上公之服處此地，是以刺朝廷不能速還公也。"又："前三章引大義而責諸臣，後一章述私情而欲留公，此東人之志也。"（《詩補傳》卷十五）宋·朱熹："二詩東人喜周公之至，而願其留之詞。《序》説皆非。"（《詩序辨説》）

6. 士大夫。宋·吕祖謙引程氏説："周公居東未反，士大夫始刺朝廷不知反周公之道。"（《吕氏家塾讀詩記》卷十六）其後，明·唐汝諤引茅鹿門説："《伐柯》《九罭》《狼跋》諸詩，皆周公居東之時，士大夫憤鬱公之困居其土，而相與賦頌其賢者也。"（《毛詩蒙引》卷七）清·張沐："是時，朝臣見公事完不歸，皆有殷望之意，而不知所以爲。故大夫諷之。即所以美周公也。"（《詩經疏略》卷四）

7. 國人。宋·吕祖謙説："説詩者……釋二章三章，或以爲西人語東人，或以爲東人自相語，而不見國人深望乎上，誠懇切至之意。"（《吕氏家塾讀詩記》卷十六）

8. 周人。宋·楊簡在《伐柯》篇説："是詩周人欲成王盡誠於周公，則公可安矣。"又："周人猶有《伐柯》《九罭》《狼跋》之詩，何也？"（《慈湖詩傳》卷十）楊簡在《九罭》篇説："是詩大旨已見《伐柯》。"是以録《伐柯》篇所述，列於此條。此條與上兩條"士大夫"説、"國人"説近似。

9. 魯人。明·豐坊引《詩傳》說："周公歸于周，魯人欲留之，弗克，賦《九罭》。"（《魯詩世學》卷十五）

10. 詩人，指深知周公者。明·郝敬："詩人所以深知公而托詠于九罭之魚也。"郝氏又說："謂周大夫托東人愛公諷王則可，謂東人喜之而作，則謬矣。"（《毛詩原解》卷十六）此兩句當合看。

11. 將命至東之使者。明·何楷："此當是使者將命而至東之作。"又："今按本文有"於女信處""於女信宿"之語，其爲使者所作，而非出于東人之口可知已。"（《詩經世本古義》卷十之上）

12. 使者、東人互答之作。清·錢澄之認爲此詩非出自東人之口，"當是迎公之時，望公至者，初爲使者諭東人之詞，既爲東人請諸使人留公之辭，皆所以重公而悟王也。"（《田間詩學》卷五）

13. 使東之大夫。清·顧鎮："《九罭》篇則王啓金縢後，使大夫以冕服致迎之事。三章皆大夫語。末章則東人愛公之切，而大夫爲之述其情，所以甚美周公也。"（《虞東學詩》卷五）

14. 河南人。清·胡文英："周公既平武庚，將歸成周，東人因乍見而忽離，賦《九罭》。此河南人作。"（《詩經逢原》卷五）

15. 豳人。清·牟庭："《東山》以上，周公所作，《破斧》以下，豳人所作。"（《詩切》）又，清·牟應震："王使大臣迎公，而豳人留之也。"（《詩問》卷三）

16. 賢者。清·劉沅："周公平武庚亂，暫留安輯殷民，民樂其德。其賢者尤愛之，故詠之如此。"（《詩經恒解》卷二眉批）又："而爲此詩者，亦必賢者也。爲見公而喜，亦爲殷民有公而喜。"（《詩經恒解》卷二）

17. 東山之人。清·潘克溥引劉克說："成王新逆之初，東山之人未知朝廷歸周公之意，不能不以前日爲憂，是以作此詩。"（《詩經說鈴》卷六）

18. 豳人從公東征將歸者。清·龔橙："《九罭》，豳人從公東征將歸，謂東人之詞。"（《詩本誼》）

19. 尊慕周公之德者。日本·伊藤善韶："此詩尊慕周公之德，及其西歸之日惜別之詞也。"（《詩解》）

20. 成王。韓國·沈大允："周公作洛，成王作此詩，欲周公之留治也。"（《詩經集傳辨正》）

二　寫作時間

1. 周成王時。毛以爲此詩刺成王，鄭亦以爲成王時作。《詩譜》將《豳風》七篇定爲成王時詩。

2. 周公東征三年，居東未返，成王未悟時。《正義》說毛以爲"周公既攝政而東征，至三年，罪人盡得。但成王惑於流言，不悦周公所爲。周公且止東方，以待成王之召。成王未悟，不欲迎之，故周大夫作此詩以刺王。"（《毛詩正義》卷八）

3. 避居東都三年，歸攝政之後。《正義》說鄭以爲"周公避居東都三年，成王既得雷雨大風之變，欲迎周公，而朝廷群臣猶有惑於管、蔡之言，不知周公之志者。及啓金縢之書，成王親迎，周公反而居攝，周大夫乃作此詩美周公，追刺往前朝廷群臣之不知也。"（《毛詩正義》卷八）

4. 周公居東之時。宋·李樗《毛詩詳解》："蓋以周公居東之時，成王猶信管蔡之言，故周公留滯而不得歸。此周大夫所以刺朝廷之不知周公之忠信。"（《毛詩李黄集解》卷十八）此説泛言周公避流言而居東未返。

5. 周公歸而成王不予政柄時。宋·楊簡："及公歸，燕饗之禮雖設，獻酬交錯，籩豆之薦，行踐以致禮，而中心猶有毫髮未盡之疑，終以前者流言之故，今雖尊禮而政柄不歸，故《九罭》云"公歸無所"，又云"公歸不復"，言不復其故所也。"（《慈湖詩傳》卷十）

6. 三監既平，周公居東以待成王之察。宋·戴溪《續吕氏家塾讀詩記》卷一有此説。

7. 周公避居之日，成王將迎公歸之際。元·劉瑾《詩傳通釋》卷八有此説。

8. 東人聞公將歸時。元·劉玉汝："蓋《伐柯》《九罭》二詩爲周公在東之始終。始見，東人得見公而喜，終見，東人聞公將歸而悲。"（《詩纘緒》卷八）此泛言周公居東，東人聞公將歸而作此詩。

9. 周公居東之時，東人喜得見之。明·黄佐《詩經通解》卷八有此説。

10. 周公征東將歸時。明·季本："經旨曰：周公征東將歸，而東人願留之，故作此詩。周公之歸，事畢而歸，非成王迎之也。"（《詩説解頤》卷十四）

11. 周公歸于周，魯人欲留之時。明·豐坊："周公歸于周，魯人欲留之，弗克，賦《九罭》。"（《魯詩世學》卷十五）此説以居東爲居魯。

12. 周公居東二年時。明·郝敬《毛詩原解》卷十六有此説。

13. 明確作於誅管蔡後迎公時。清·顧鎮："二詩次《東山》之後，明於誅管蔡後迎公。"（《虞東學詩》卷五）

14. 居東二年，罪人斯得之後。民國·馬其昶《詩毛氏學》卷十五有此説。

15. 周公作洛時。韓國·沈大允《詩經集傳辨正》有此説。

三　主題

1. 美周公，刺成王。《毛詩序》説："《九罭》，美周公也。周大夫刺朝廷之不知也。"（《毛詩正義》卷八）《正義》認爲，毛主刺成王也。

2. 美周公，刺群臣。此詩《序》與《伐柯》序全同。鄭《箋》釋《伐柯》序説："成王既得雷雨大風之變，欲迎周公，而朝廷群臣猶惑於管、蔡之言，不知周公之聖德，疑於王迎之禮，是以刺之。"（《毛詩正義》卷八）《正義》認爲，鄭主刺群臣之不知。

3. 述東都之人愛公，所以深刺朝廷之不知。宋·歐陽修《詩本義》卷五同意毛義，又有此説。

4. 刺朝廷之不知周公之忠信。宋·李樗《毛詩詳解》（《毛詩李黄集解》卷十八）有此説。

5. 美周公之德，民愛之也，無東人西人之異。宋·李樗《毛詩詳解》："蓋以周公居於東而西人乃欲其歸，西人既欲其歸，使周公留滯於東方而不歸，則是成王未悟，成王未悟，則是天下之事未可知也。惟其朝廷迎而歸之，則社稷宗廟可得而安，而恩澤豈不遠暨於東人哉。東人所以欲其留者此，以見詩人之言周公之德，其爲東人之所愛也。"又："《甘棠》之詩，則知召公之德，民愛之也，不易世而忘。《九罭》之詩，則知周公之德，民愛之也，無東人西人之異。"（《毛詩李黄集解》卷十八）

6. 言周公之尊，不當久處外地。宋·范處義："是詩之美周公，刺朝廷，其意與《伐柯》相類。然《伐柯》則言朝廷不能以禮迎周公，是詩則言周公之尊，不當久處外地。"（《詩補傳》卷十五）宋·嚴粲《詩緝》卷十六采録此説。

7. 東都留周公，以釋不利孺子之讒。宋·王質："東都爲周公之計，則甚精也。初欲少留以觀事變，又欲終留以奠別都。若爾，則不利孺子之讒乃驗。"（《詩總聞》卷八）

8. 周公不以成王疑己爲慮。宋·王質："周公之心上通乎天，下通乎地，當是武王遺屬，以成王托周公，故曰：是有丕子之責于天。蓋已屬後事也。其後南面負扆之事，雖以爲疑，然不必疑也。聖人不事形迹，如後世之肺腸。《大誥》之作，正危疑洶湧之時，亦以王命告天下東征。西歸又十年，乃没。天下康平，國勢尊安。若使周公避嫌遠疑，如常情所存，則非所謂出乎其類，拔乎其萃者也。"（《詩總聞》卷八）

9. 東人喜周公之至，而願其留之詞。宋·朱熹："二詩東人喜周公之至，而願其留之詞。《序》説皆非。"（《詩序辨説》）又元·劉瑾述朱熹語："此詩分明是東人願其來，故致願留之意。公歸豈無所，於汝但寓信處耳。公歸將不復來，於汝但寓信宿耳。"是以"兩字而今都不説，蓋本謂緣公暫至於此，是以此間有被袞衣之人。其爲東人願留之詩，豈不甚明白。正緣《序》有刺朝廷不知之句，故後之説詩者悉委曲附會之，費多少辭語，到底鶻突，某嘗謂去後千百年須有人知此意，自看來，直是盡得聖人之心。"（《詩傳通釋》卷八）宋·朱鑑《詩傳遺説》卷四引葉賀孫録朱熹語，自"正緣"至段末。

10. 以"寬裕温柔，詩教也"責時人解此詩。元·胡一桂述朱熹語："寬裕温柔，詩教也。若如今人説《九罭》之詩，乃責其君之辭，何處討寬裕温柔之意。"（《詩集傳附録纂疏·詩序》卷八）

11. 成王迎公，而東人願留。明·胡紹曾同意朱熹，又謂："朱子恁地説倒。今細讀之，較諸家果顯易了然，但若以爲成王迎公，而東人願留，尤覺合情。"（《詩經胡傳》卷五）

12. 士大夫責在朝廷之人不速還公。宋·吕祖謙引程氏説："周公居東未反，士大夫始刺朝廷不知反周公之道。（《伐柯》是也。）既又思之切，刺之深，責在朝廷之人不速還公也。"（《吕氏家塾讀詩記》卷十六）

13. 國人深望朝廷以禮迎周公。宋·吕祖謙："成王既發金縢，悔悟而迎周公，其言曰：'惟朕小子其逆，我國家禮亦宜之。'此正國人之所望於朝廷者也。……所謂禮亦宜之者也，乃此篇之大指也。"又："其釋二章三章，或以爲西人語東人，或以爲東人自相語，而不見國人深望乎上，誠懇切至之意。求一字之通，而失一篇之旨，學者苟能玩味程氏之説，則詩人之心可見矣。"（《吕氏家塾讀詩記》卷十六）

14. 周公歸，然政柄不復。宋·楊簡在《九罭》篇中説："是詩大旨已見《伐柯》。"（《慈湖詩傳》卷十）在《伐柯》篇下説："成王雖深感周公之德，其疑釋然。及公歸，燕饗之禮雖設，獻酬交錯，籩豆之薦，行踐以致禮，而中心猶有毫髮未盡之疑,終以前者流言之故,今雖尊禮而政柄不歸,故《九罭》云'公歸無所',又云'公歸不復',言不復其故所也。"(《慈湖詩傳》卷十)

15. 東人愛周公有加而無已,願其久留。宋·輔廣:"《九罭》,願其久留之辭。東人之愛公,可見其有加而無已也。使天下之人愛戴之如此,則何爲而不成,宜乎制禮作樂而卒成周家太平之治也。"(《詩童子問》卷三)

16. 周公能動東人之愛,此天也。明·黃佐引輔廣語(見上條),又申説:"夫聖人作而萬物睹,理勢之自然也。何周公之元聖,能動東人之愛,而不能止二叔之流言,能感風雷之變,而不能使成王之自悟,能致越裳重譯來獻,而不能使武庚之歸化,蓋公之所能者,天也,其所不能者,人也。厥後武庚討,管蔡誅,金縢啓,則人之天亦定矣。申包胥曰:天定亦能勝人。詎不信夫。"(《詩經通解》卷八)

17. 詩人望周公之歸也。宋·戴溪《續呂氏家塾讀詩記》卷一有此説。

18. 三監既平,周公居東不歸,以待成王之察。宋·戴溪:"方流言之起,周公身任天下之安危,果于東征,無所避就。及三監既平,周公居東不歸,以待成王之察,可謂善處天下之變矣。"(《續呂氏家塾讀詩記》卷一)

19. 周公之誠足以動乎天而應乎人。元·朱公遷:"周公之心,軍士知之,周公之德,東人喜之,而成王幾或不如軍士東人之智。非《鴟鴞》之詩貽於前,雷風之變彰於後,則王之疑終不可解,公之忠卒不可白,而文武之業隳矣。所幸周公之誠足以動乎天而應乎人,故亂不終於亂,而反乎治也,其功不既大哉。"(《詩經疏義會通》卷八)

20. 留公是東人之私情,迎公是天下之公論。元·朱善:"蓋留公者,東人之私情,而迎公者,天下之公論。一人之私情不足以勝天下之公論,此東人所以拳拳於公,雖欲挽而留之,而卒不可得也。"(《詩解頤》卷一)

21. 周公居東之時,東人喜得見之,故作此詩。明·梁寅《詩演義》卷八有此説。明·黃佐《詩經通解》卷八述此説。

22. 周公征東將歸,而東人願留之。明·季本《詩説解頤》卷十四有此説。

23. 周公歸于周,魯人欲留之。明·豐坊《魯詩世學》卷十五引《詩》傳。

24. 既嘆其不留,又嘆其不易留。明·李資乾《詩經傳注》卷十八有此説。

25. 此詩總是喜於見聖。明·許天贈《詩經正義》卷九有此説。

26. 東人喜於見聖,因惜其將去而欲留之也。明·許天贈《詩經正義》卷九有此説。

27. 東人好德之情，亦見周公之所感者深也。明·徐奮鵬《詩經尊朱刪補》（《詩經鐸振》卷三）有此説。

28. 周大夫托東人愛公諷王。明·郝敬不同意朱子對此詩得解説，認爲："夫居東，公之不幸也。不以朝廷失公爲憂，而以東人見公爲喜，其于君子立言大義，近兒女私情，謂周大夫托東人愛公諷王則可，謂東人喜之而作，則謬矣。"（《毛詩原解》卷十六）清·顧廣譽引郝氏之後，説："此言却當兩詩，誠合從序。"（《學詩詳説》卷十五）

29. 嘆朝廷不知而表公之盛德精忠。明·郝敬："蓋王雖不諒公，而公終未忍忘王。往迎則必反，故東人悲公歸，而朝廷不恤公去。詩所以嘆其不知而表公之盛德精忠，無絲毫怏怏懟主之情，其辭義懇惻微婉矣。"（《毛詩原解》卷十六）

30. 君臣之義。明·郝敬："誦《九罭》而知聖人忠愛之無已也。臣之事君，無所逃於天地之間，始以王見疑而去。負罪引慝，人臣自靖之分也。苟君能諒臣之無他，則懽然相與，棄其舊而圖其新，豈復有纖介不釋之憾。詩人所以深知公而托詠于九罭之魚也。爲人臣者，師周公可矣。"（《毛詩原解》卷十六）

31. 君臣相與。清·王心敬引郝氏語後，説："蓋王悔始之失公，而詩人諒公之忠順，惟王還其舊服而已。上公袞冕，即冢宰之服。"（《豐川詩説》卷十一）

32. 東人送周公之詞。明·朱謀㙔："《九罭》，美周公也，非美也，東人送周公之詞也。周公始避流言，武服即戎，至是成王感悟，以袞繡上公之服迎之，故曰：'我覯之子，袞衣繡裳。'故曰：'是以有袞衣兮。'托爲創見之詞也。"（《詩故》卷五）清·徐璈《詩經廣詁》述此説。

33. 風人意在言外。明·黄道周："以公之忠聖而鬱鬱辟居東土，故東人不勝憤憤而曰：'我遘之子，袞衣繡裳。'見公不優游于端揆，而顧周旋于下風，隱然若有惜公之去者。曰于女信處信宿，見留相爲公之常，居東爲公之暫，又隱然若有願公之還者。雖留公之意悁悁，終非其本心也。當知風人意在言外。"（《詩經琅玕》卷三）

34. 使者將命而至東之作。明·何楷《詩經世本古義》卷十之上有此説。

35. 周公居東，士大夫相與賦頌其賢。明·唐汝諤引茅鹿門（坤）説："《伐柯》《九罭》《狼跋》諸詩，皆周公居東之時，士大夫憤鬱公之困居其土，而相與賦頌其賢者也。"（《毛詩蒙引》卷七）

36. 東人見周公之歸，且喜而且悲。明·朱朝瑛："東人見周公之歸，且喜而

且悲也。喜者，喜朝廷之得公。悲者，悲東人之失公也。"(《讀詩略記》卷二)

37. "刺朝廷不知"乃言外意。清·朱鶴齡："《序》云：刺朝廷不知，與前篇同，皆是追刺，亦只言外意耳。"(《詩經通義》五)

38. 迎公之時，望公至者，重公而悟王。清·錢澄之："篇中有'于女信處''于女信宿'之語，則非出于東人之口可知。當是迎公之時，望公至者，初爲使者諭東人之詞，既爲東人請諸使人留公之辭，皆所以重公而悟王也。"(《田間詩學》卷五)

39. 大夫諷之，即所以美周公。清·張沐："是時，朝臣見公事完不歸，皆有殷望之意，而不知所以焉。故大夫諷之，即所以美周公也。"(《詩經疏略》卷四)

40. 美周公，是也，刺朝廷之不知，添設。清·冉覲祖《詩經詳說》卷三十二有此說。

41. 周公將歸，而東人思慕不能舍也。清·李光地《詩所》卷二有此說。

42. 論《九罭》不入《周南》何也。清·李光地："或曰：此與《甘棠》之愛同，不入《周南》何也。曰：二《南》者，皆所以著文王之德。召伯奉命施仁，《甘棠》之歌，文王之化也。東征之役，大傷厥考，心而不得已焉，豈得與《關雎》《麟趾》之篇相混哉。"(《詩所》卷二)

43. 東人以周公將西歸，留之不得，心悲而作。清·姚際恒《詩經通論》卷八有此說。姚氏贊同朱熹《詩集傳》對此詩的解釋(《詩經通論》卷八)。

44. 周公東征，一歸于仁義而已。清·方苞："孟子稱周公伐奄三年，討其君，非六師之盛，不能壓其城而急攻之，亦非奄有險阻可憑，負固而不能克也。文王三分有二，德教獨未漸于東夏，故殷之潠惡民，染于商辛之暴德者，不能自安，其善良又緬思殷先王之遺澤而不忍背，故武庚三監因之以倡亂。周公東征，雖震之以武威，而實欲喻之以德義，故駐師徐兗之間，庶邦之保疆以俟王命者，則教告之。其阻兵安忍者，乃戰，要囚之，《多士》所稱是也。至于三年之久，東土士庶咸喻乎周公之志，而惟恐公之西歸，則奄亦不能自固矣。然後正其君之罪，而簡別殷民之淑慝。其尤難馴者，則使其長帥之以遷于洛。聖人之師，所至如時雨，而無後殃，惟其始之終之，一歸于仁義而已。其後奄人復畔，成王滅之，不勞而定，以東人皆心壓周公之德，而蔑與同惡耳。故因定魯封，使殷民六族輯其分族，將其醜類，以法則周公，皆原于此。"(《朱子詩義補正》卷三)

45. 東人追述周公初至得見之喜，以起下願留之情。清·汪紱："此詩作於成

王將迎周公之日，故東人追述其初至得見之喜，以起下願留之情。惟喜之深，故留之切也。"（《詩經詮義》卷四）

46. 認爲朝廷以袞衣迎公之説不確。清·顧棟高引黄氏《日抄》説："然迎公之禮豈在籩豆，而袞衣固周公之所素被者也，前未嘗有褫，今安用以爲迎耶。"（《毛詩訂詁》卷三）

47. 周公得民心而安周室。清·許伯政："成王初立。洛邑未建，而九鼎已遷焉。使管叔構逆時，民心一揺，則東土莫保，而天下大勢分裂矣。周公避居僅二年耳，而東人之愛戴，深入肺腑若此。雖有管叔武庚百輩，無能爲矣。然則不動聲色，而措天下于泰山之安，磐石之固，非周公其孰能之。厥後成周既定，卒命公後，毋亦順民心歟。《書》稱周公誕保文武，受命惟七年。民心之繫屬，即天命所由誕保也，豈非一絲懸六鑪者哉。"（《詩深》卷十五）

48. 認爲《序》説"刺朝廷之不知"不確。清·劉始興："考《金縢》，成王因風雷之變，啓書而泣曰：'惟朕小子，其親迎我國家，禮亦宜之。'是成王當日已悟流言之非，而欲以禮迎公矣。斯時朝廷豈敢有悖天子命，黨於逆惡，惑管蔡之言，而疑於迎公之禮者哉。《小序》及鄭氏《箋》説甚無理也。學者不察而欲從之，惑矣。"（《詩益》卷十六）又，劉氏："此亦東人美周公之詩。"（《詩益》卷三）劉氏肯定前序，而否定後序。清·姜炳璋亦認爲《序》説"刺朝廷之不知"不確，其説："成王既悟，出郊躬迎，而猶刺朝廷之不知，無是理矣。"（《詩序補義》卷十三）

49. 王啓金縢後，使大夫以冕服致迎之事。清·顧鎮《虞東學詩》卷五有此説。顧氏又説："二詩次《東山》之後，明於誅管蔡後迎公。"（《虞東學詩》卷五）

50. 王使大臣迎公，而豳人留之。清·牟應震《詩問》卷三有此説。

51. 殷人喜於見周公，願其留，至於以其歸爲心悲。清·劉沅《詩經恒解》卷二有此説。

52. 王見周公，當大其禮命，則大人可致也。清·潘克溥《詩經説鈴》卷六引《正蒙》。潘氏説："以衣冠爲禮命之大。"（《詩經説鈴》卷六）

53. 豳人美東人化于周公，因述其留公之詞。清·魏源《詩古微》有此説。

54. 豳人從公東征將歸，謂東人之詞。清·龔橙《詩本誼》有此説。

55. 有實之譽聞，雖聖人亦不有心避之。清·黄雲鵠："可見有實之譽聞，雖聖人亦不有心避之。有心求譽，賢者不爲，有心避譽，聖人不爲也。"（《群經引詩

大旨》卷四）

56. 德稱其服。清·鄧翔："德稱其服。讀《九罭》而東人美其袞衣，讀《狼跋》而西人美其赤舄，載詠其服，實彰其德也。"（《詩經繹參》卷二）

57. 東人留公。清·龍起濤："東人留公也。周之有周公，猶商之有伊尹也。伊尹廢太甲而異議不生，周公輔成王而流言滋起。將周公之聖不及伊尹歟？亦時勢使然耳。夫以周公之聖，足以感東人，而獨不能格西土，西土之人未有能爲公一言者，毋乃太公召公諸人亦不能釋然耶。世變愈下，則疑忌愈深。漢魏以降，元勳國戚，動輒芟夷。人心愈附，則主疑愈滋，翻以人材凡劣，幸而保全者有之矣。予每讀《九罭》諸詩，未嘗不爲公危，謂其所以愛公者，適所以禍公也。"（《毛詩補正》卷十四）

58. 可窺過化存神之妙矣。民國·焦琳："然前篇於初見之時，謂其則不遠，是聖德感人之易入，此篇於將去之日，言僅觀其衣裳，是聖德時出而日章，亦可窺過化存神之妙矣。"（《詩蠲》卷四）

59. 論朱熹"溫柔寬裕，詩教也"之不確。日本·冢田虎："今云此詩實未見刺譏之詞。然朱説固失詩。蓋詩諷詠之極，以正人情爲教耳。所謂寬裕溫柔，豈以其詞謂之乎，亦其聲音之化而已。然豈無責君之詞乎，如小大雅譏責幽厲之詞，亦固不寡也。其詞則雖譏責之，其吟詠之際，自不使聽者恚怒。是詩之道也，故曰可以怨。"（《冢注毛詩》卷八）

60. 恐王不用周公，又恐王待公未盡其道。日本·仁井田好古："不獨見周公之德爲人所説服，亦見作詩者惟恐王之不用周公，又惟恐王之待公未盡其道。"（《毛詩補傳》卷十五）

61. 論朱熹"溫柔寬裕，詩教也"之不確。日本·龜井昱："夫群小窘梏周公，君子之責之何疑，非責其君也。溫柔敦厚，亦總全之義也。"（《古序翼》卷四）

62. 周公作洛，成王作此詩，欲周公之留治。韓國·沈大允《詩經集傳辨正》有此説。

四 全篇大意

1. 毛以爲，經四章，皆言周公不宜在東，是刺王之事（《毛詩正義》卷八）。
2. 鄭《箋》認爲，二三章西人曉東人，卒章東人答西人。
3. 《正義》説："首章言周公不宜居東，王當以袞衣禮迎之。所陳是未迎時事也。二章、三章陳往迎周公之時，告曉東人之辭。卒章陳東都之人欲留周公，是

公反後之事。"(《毛詩正義》卷八)

4. 宋·范處義："前三章引大義而責諸臣，後一章述私情而欲留公，此東人之志也。"(《詩補傳》卷十五)

5. 宋·戴溪《續呂氏家塾讀詩記》卷一："始焉言之子，終焉言我公。始猶不敢斥言其人，詫言之子，以致其意。末乃直言我公，亦見其不得已之意也。"

6. 明·鄒泉《新刻七進士詩經折衷講意》卷一："此詩首章是得見而致喜幸之意，下是將歸而切願留之情，俱是一時事。"

7. 明·郝敬《毛詩原解》卷十六："詩所以嘆其不知而表公之盛德精忠，無絲毫怏怏憝主之情，其辭義懇惻微婉矣。"

8. 明·江環《詩經闡蒙衍義集注》(《詩經鐸振》卷三)："首章是得見而致喜幸之意，下是將歸而切願留之情，俱是一時事。方幸其得見，又恐其迎歸，故並敘之。通詩俱重喜幸上。末言且留，亦喜幸也。悲其去，正見喜其來也。勿以始至將歸分對。"

9. 明·陸燧《詩箋》卷一："此詩作于將歸之時，重'無以我公歸'二句，悲從喜中來，故首章敘得見之喜，下三章切願留之情，皆一時事。"

10. 明·黃道周《詩經琅玕》卷三："以公之忠聖而鬱鬱辟居東土，故東人不勝憤憤而曰：'我遘之子，袞衣繡裳。'見公不優遊于端揆，而顧周旋于下風，隱然若有惜公之去者。曰于女信處信宿，見留相爲公之常，居東爲公之暫，又隱然若有願公之還者。雖留公之意惓惓，終非其本心也。當知風人意在言外。"

11. 明·黃道周《詩經琅玕》卷三引熊寅牧曰：說"東人所以喜公者，亦德，說不盡，寫不出，故始終只以服言之，以致其戀戀無已之情。"

12. 明·楊廷麟《詩經聽月》卷五："詩宜爲一人之詞。"

13. 清·朱鶴齡《詩經通義》卷："《序》云：刺朝廷不知。與前篇同，皆是追刺，亦只言外意耳。"(卷五)

14. 清·汪紱《詩經詮義》卷四："此詩作於成王將迎周公之日，故東人追述其初至得見之喜，以起下願留之情。惟喜之深，故留之切也。"

15. 清·顧鎮《虞東學詩》卷五："三章皆大夫語。末章則東人愛公之切，而大夫爲之述其情，所以甚美周公也。"

16. 清·劉沅《詩經恒解》卷二："今以本文神理詁之，然後見公之德入人者深，而詩詞之纏綿有由來也。起訖皆重言'袞衣'，蓋紂王蕩棄湯之典型，禮樂衣冠存者如綫。商民未見公時，爲武庚所煽動。及見公而睹其禮樂衣冠，欣然肅然，故以取魚興起，言己平日網羅賢俊，欲存先王之舊，然所得者皆緒餘，如以九罭網魚，所得不過尋常。今見之子袞衣繡裳，乃先王之舊，安得不鄭重而敬愛之。是以謀其處宿，欲久留之。既而知其不可久留，則曰：自公之來是地，乃有此袞衣兮，毋以公歸而使我悲兮。夫聖人之德，蘊於中者難知，而著於外者易見。公之盛德感人，其一見而即心悦誠服者，人亦不自知其所以然也，而愛敬之心，流連於衣冠言動間，故其言如此。而爲此詩者，亦必賢者也。爲見公而喜，亦爲殷民有公而喜。欲久留之，又言己求賢士如網魚，則其平日關心世教可知。或曰：子以公爲留撫殷民，毋乃臆乎。曰：武王克商，所以救民，且其甫下車，而即封武庚。至公至仁之心，殷民固已諒之。及武王崩，成王幼，三叔流言，謂公將不利於孺子，殷民惑之，恐公果有二志，不復體文武之心也。及公東征，禁之以武，和之以禮，民遂豁然。故武庚卒滅，成王甫立，公之制作禮樂，蓋猶有未周及於天下，而三叔武庚謀亂，其不遵公禮樂可知。公平亂而安輯民人，然後歸朝，請於成王，析殷地而別封國。君求微子以繼殷後，此書籍之事可考而知者。"

首章句解

九罭之魚，鱒魴

《毛詩故訓傳》（《毛詩正義》卷八）：

九罭，緵罟，小魚之網也。鱒魴，大魚也。

漢·鄭玄《毛詩箋》（《毛詩正義》卷八）：

設九罭之罟，乃後得鱒魴之魚，言取物各有器也。

唐·陸德明《毛詩音義》（《毛詩正義》卷八）：

今江南呼緵罟爲百囊網也。

唐·孔穎達《毛詩正義》卷八：

毛以爲，九罭之中，魚乃是鱒也，魴也。鱒、魴是大魚，處九罭之小網，非其宜，以興周公是聖人，處東方之小邑，亦非其宜，王何以不早迎之乎？

正義曰：《釋器》云："緵罟謂之九罭。九罭，魚網也。"孫炎曰："九罭，謂魚之所入有九囊也。"郭樸曰："緵，今之百囊網也。"《釋魚》有"鮅""鱒"。樊光引此詩。郭樸曰："鱒，似鯶子赤眼者。江東人呼魴魚爲鯿。"陸機《疏》云："鱒，似鯶而鱗細於鯶，赤眼。"然則百囊之網非小網，而言得小魚之罟者，以其緵促網目能得小魚，不謂網身小也。驗今鱒、魴非是大魚，言大魚者，以其雖非九罭密網，此魚亦將不漏，故言大耳，非大於餘魚也。《傳》以爲大者，欲取大小爲喻。王肅云："以興下土小國，不宜久留聖人。"《傳》意或然。

正義曰：《箋》解網之與魚大小，不異於《傳》，但不取大小爲喻耳。以下句"袞衣繡裳"是禮之上服，知此句當喻以禮往迎，故易《傳》以取物各有其器，喻迎周公當有禮。

宋·歐陽修《詩本義》卷五：

論曰：《爾雅》云"緵罟謂之九罭"者，謬也。當云"緵罟謂之罭"。前儒解"罭"爲囊，謂緵罟百囊網也。然則網之有囊，當有多有少之數，不宜獨言九囊者，是緵罟當統緵、罟謂之罭，而罭之多少則隨網之大小，大網百囊，小網九囊，於理通也。九罭既爲小網，則毛説得矣。

宋·蘇轍《詩集傳》卷八：

罭，罟囊也。九罭，言其大也。鱒魴，大魚也。

宋·蔡卞《毛詩名物解》卷十三：

鱒，鮅也。人能以魴節而必取之也，不以法度則不足以得之，故必以緵細之數九罭是也。

宋·李樗《毛詩詳解》（《毛詩李黃集解》卷十八）：

九罭，《爾雅》曰："緵罟謂之九罭，魚網也。"孫炎曰："九罭謂魚之所入有九囊也。"郭氏曰："緵，今之百囊網也。"從孫炎以爲魚之所入有九囊，則是九罭爲小網矣。從郭氏以爲緵今之百囊網，則是九罭爲大網矣。毛、鄭亦有二説。毛氏以謂，"九罭、緵罟，小魚之網。鱒魴，言大魚，而處小網，非其宜也，以喻周公聖人，而乃留滯於東方，非其宜也。"鄭氏謂，"九罭之罟，乃得鱒魴之魚，言取物各有器，以喻周公聖德，當以袞衣往迎之。"二説皆以鱒魴爲大魚，而獨以九罭小大之不同。歐陽取毛氏之説，而以《爾雅》云"緵罟而謂之九罭者"，謬也，當言"緵罟謂之罭"。九罭之罟，小網也。鱒魴，大魚也。《爾雅》云："鮅，鱒。魴，魾。"鄭氏以謂，"鱒似鯶子赤眼者。江東人呼魴爲鯿魚。"鱒魴，大魚，處小網之中，非其所宜，故周公不得其所，亦如之。【黃講同】

宋·范處義《詩補傳》卷十五：

九罭，網之有囊者，不足以得大魚，而鱒魴之美，乃在其間，喻周公不當居東也。

宋·朱熹《詩經集傳》卷八：

九罭，九囊之網也。鱒，似鯶，而鱗細眼赤。魴，已見上。皆魚之美者也。

李雷東按：在《九罭》篇前，《周南·汝墳》有"魴魚赬尾"，《詩經集傳》："魴，魚名。身廣而薄。少力細鱗。……魚勞則尾赤。魴尾本白而今赤。"《齊風·敝笱》首章有"其魚魴鰥"，《詩經集傳》："魴鰥，大魚也。"次章有"其魚魴鱮"，《詩經集傳》："鱮，似魴厚而頭大。或謂之鰱。"此篇，《詩經集傳》："魴，已見上。皆魚之美者也。"此篇之後《詩》有"魴"者,《詩經集傳》均不作注。此篇"鱒魴"之"魴",當從《周南·汝墳》"魴魚赬尾"朱《傳》。

宋·呂祖謙《呂氏家塾讀詩記》卷十六:

【毛氏曰】《爾雅》曰:"緵罟謂之九罭。九罭,魚網也。"(孫炎曰:"謂魚之所入有九囊也。"郭璞曰:"緵,今之百囊網也。")

【陸氏《草木疏》曰】鱒似鯶(呼本反)魚,而鱗細于鯶,赤眼。"魴"解見《敝笱》。

程氏曰:鱒魴,魚之美者。施九罭之網,則得鱒魴之魚。用隆厚之禮,則得聖賢。

李雷東按:《齊風·敝笱》首章"其魚魴鰥",宋·呂祖謙注:"陸氏《草木疏》云:'魴,今伊洛濟潁魴魚也,廣而薄,肥恬而少力,細魚之美者。'"(《呂氏家塾讀詩記》卷九)

宋·楊簡《慈湖詩傳》卷十:

《毛傳》曰:"九罭,緵罟,小魚之網也。鱒魴,大魚也。"周之禮,公服自袞冕而下。《釋器》云:"緵罟謂之九罭。"孫炎曰:"九罭,謂魚之所入有九囊也。"《釋魚》云:"鮂,鱒。魴,鮃。"郭璞云:"鱒似鯶子赤眼者,江東人呼魴魚爲鯿。"陸璣《疏》云:"鱒似鯶而鱗細於鯶,赤眼。然則鱒魴非大魚。"孔疏亦云,則毛《傳》謂大魚,非也。此詩謂九罭之網,惟可以得鱒魴爾,不可以得大魚,喻成王德量之不大,惟可以用中材,不可以得周公之大聖。之子謂周公也。覯,見也。我惟見周公袞衣繡裳而已,而王不委之以政。

宋·林岊《毛詩講義》卷四:

鱒魴,大魚。處九罭之小網,言周公處非其地。

宋·魏了翁《毛詩要義》卷八:

《傳》意,九罭不可得鱒魴。《箋》:"取物各有器。"

九罭,緵罟,小魚之網也。鱒魴,大魚也。《箋》云:"設九罭之罟,乃後得鱒魴之魚,言取物各有器也。興者,喻王欲迎周公之來,當有其禮。"《正義》曰:"《釋器》云:'緵罟謂之九罭。九罭,魚網也。'孫炎曰:'九罭,謂魚之所入者九囊也。'郭璞曰:'緵,今之百囊網也。'《釋魚》有鱒魴。樊光引此詩。郭璞云:'鱒似鯶子赤眼者。江東人呼魴魚爲鯿。'陸璣《疏》云:'鱒似鯶而鱗細於鯶,赤眼。'然則百囊之網非小網,而言得小魚之罟者,以其緵促網目能得小魚,不謂網身小也。王肅云：'以興下土小國，不宜久留聖人。'《傳》意或然。"《箋》解網之與魚大小，不異於《傳》，但不取大小爲喻耳。以下句"衮衣繡裳"是禮之上服，知此句當喻以禮往迎，故易《傳》以取物各有其器，喻迎周公當有禮。

宋·嚴粲《詩緝》卷十六：

鱒，《疏》曰："九罭，魚網也。"孫炎曰："謂魚之所入有九囊。"陸璣曰："鱒似鱓而鱗細於鱓，赤眼。"鱓音混。曰：魴，鯿也。解見《陳·衡門》。

九罭，毛以爲小網，諸家或以爲大網。郭璞言有百囊網，則九囊者不得爲大網，又有不及九囊者，則九囊亦不爲甚小，蓋常網也。鱒魴，毛以爲大魚，今赤眼鱒及鯿魚皆非大魚。

宋·嚴粲《詩緝》卷十三：

魴，一名魾，江東呼爲鯿。陸璣曰："今伊洛濟穎魴魚也。廣而薄，肥甜而少肉，細鱗，魚之美者也。漁陽、泉州及遼東梁水，魴特肥而厚，尤美於中州魴，故其鄉語曰'居就糧，梁水魴'是也。"山陰陸氏曰："魴，今之青鯿也。《郊居賦》云：'赤鯉青魴。'細鱗縮項闊腹，蓋弱魚也。其廣方，其厚褊，故一曰魴魚，一曰鯿魚。魴，方也。鯿，褊也。""里語曰：'洛鯉伊魴，貴於牛羊。'言洛以深宜鯉；伊以清淺宜魴也。"

宋·戴溪《續呂氏家塾讀詩記》卷一：

九罭，密網，鱒魴，大魚，言網疏者不足以得大魚也。

元·胡一桂《詩集傳附錄纂疏·詩序》卷八：

【纂疏】緵罟，謂之九罭，魚網也。見《爾雅》。孫炎謂："魚之所入有九囊。"郭璞謂："緵，今之百囊網。"

元·劉瑾《詩傳通釋》卷八：

九罭，九囊之網也。（《爾雅》曰："緵罟，謂之九罭，魚網也。"孫炎云："謂魚之所入有九囊。"郭璞云："緵，今之百囊網也。"）鱒，似①鱓而鱗細眼赤。（《埤雅》曰："鱒魚圓，魴魚方。""鱒好獨行，制字從尊，殆以此也。"）魴已見上（愚按：見《汝墳》），皆魚之美者也。

元·梁益《詩傳旁通》卷五：

九罭，九囊之網。

---

① 原文爲"以"，據上下文改爲"似"。

《爾雅·釋器》曰："緵罟，謂之九罭。九罭，魚罔也。"郭景純曰："今之百囊罟是。亦謂之鰮，今江東呼爲緵。"孫炎曰："魚之所入有九囊也。"或曰：緵罟，小魚網也。

元·許謙《詩集傳名物鈔》卷四：

《爾雅》疏："九罭，謂魚之所入有九囊。"《詩緝》："毛以爲小網，諸家或以爲大網，郭璞言有百囊網，則九囊者不得爲大，又有不及九囊者，則九囊亦不爲甚小，蓋常網也。"鱒音混。《爾雅翼》："鱒魚目中赤色一橫貫瞳，魚之美者，食螺蚌，多獨行，見網輒避。"魴，見《周南·汝墳》。

元·朱公遷《詩經疏義》（《詩經疏義會通》卷八）：

九罭之魚，有鱒又有魴。之子之服，有衣又有裳，皆二者兼備之意，故以爲興。

元·王逢《詩經疏義輯錄》（《詩經疏義會通》卷八）：

九罭，九囊之網也。（【輯錄】《爾雅》曰："緵罟，謂之九罭，魚網也。"孫炎云："謂魚之所入有九囊。"郭璞云："緵，今之百囊網也。"）鱒似鰮，而鱗細眼赤。（【輯錄】《爾雅》曰："鱒魚目中赤色一道橫貫瞳，魚之美者，惟①螺蚌，多獨行，見網輒避。"）魴，已見上，皆魚之美者也。

明·梁寅《詩演義》卷八：

九罭，九囊之網也。《爾雅》云："緵罟，謂之九罭。"緵者，絲數之多至八十縷，蓋網之細密者。鱒、魴皆大魚也。鱒似鰮而鱗細，目中赤色一道橫貫其瞳，俗呼赤眼鱒，食螺蚌，多獨行。魴即鯿也，細鱗，縮項，闊腹，廣而方，故曰魴，厚而匾，故曰鯿。網得美魚，人以爲喜，故以興得見周公而喜也。

明·胡廣《詩傳大全·詩序》卷八：

九罭，九囊之網也。（《爾雅》曰："緵罟，謂之九罭，魚網也。"孫炎云："謂之魚之所入有九囊。"郭璞云："緵，今之百囊網也。"）鱒，似鰮（渾，上聲），而鱗細，眼赤。（《埤雅》曰："鱒魚圓，魴魚方。鱒好獨行，制字從尊，殆以此也。"《爾雅翼》曰："鱒魚目中赤色一道橫貫瞳，魚之美者。"）魴已見上。（安成劉氏曰：見《汝墳》。）皆魚之美者也。

明·季本《詩說解頤》卷十四：

九罭，九囊之網也。鱒，似鯉而鱗細眼赤。魴，說見《汝墳》。九罭，常網，

---

① "惟"字後當補"食"字。

非大網也。鱒、魴，常魚，非大魚也。……見網羅豪杰得如周公者，乃大網也，此言周公不易得之意。

明·黃佐《詩經通解》卷八：

程氏曰："鱒、魴，魚之美者。施九罭之網，則得鱒魴之魚，用隆厚之禮，則得聖賢。"

明·鄒泉《新刻七進士詩經折衷講意》卷一：

九罭，孫炎云："魚之所入有九囊也。"

明·豐坊《魯詩世學》卷十五：

九罭，九囊之網也。鱒魴，魚名，似鱮，而鱗細眼赤。

明·李資乾《詩經傳注》卷十八：

按：《爾雅》云："投輪錯餌，迎而吸之者，陽橋也，其爲魚也，薄而不美。若亡若存，若食若不食，魴也，其爲魚也，博而厚味。今網罟者，以魴爲難釣。"謂其肥則不饑，不饑則不吞餌，非罭則不得也。又云："鱒魴，其音如蹲踞之蹲，多衹獨行，亦有兩三頭同行，見網輒遁，取之極難。"非九罭則不得也。罭者，網罟之名，故上從罒（音罔），魚見之則疑惑，故下從或。九者，陽數之極，多方采取之辭也，周公有聖德，遭時之變，退避居東，有難進易退之象，故曰"九罭之魚，鱒魴"。又按：《埤雅》云"鱒魚尊"，故文從尊，尊則獨行而處圓。……"魴魚方"，故文從方，方則直行而處方。《易》曰"方以知"，象裳之在下，故曰"繡裳"。

鱒魴者，魚之尊且方，不爲網罭羈者也。

明·顧起元《詩經金丹》卷三：

【《九罭》首章】九罭，魚之所入有九囊也。非常之網，則有非常之魚，以興非常之人，則有非常之服。

明·江環《詩經闡蒙衍義集注》（《詩經鐸振》卷三）：

【首章】彼九罭之網，則有鱒魴之美魚矣。

明·郝敬《毛詩原解》卷十六：

九罭，九囊大網。物莫大於魚，魚大則網恢。九罭之言九域，以比天子羅致大臣也。鱒魴，皆魚名。鱒之言忖，魴之言方。忖度所以挽回公之方也。蓋王悔始之失公，而詩人諒公之忠順，惟王還其舊服而已矣。上公袞冕，即冢宰之服。

九罭，九囊之網。鱒魚，似鱮，細鱗而赤眼。魴，鯿也。

明·馮復京《六家詩名物疏》卷三十一：

九罭

《爾雅》云："緵罟，謂之九罭。九罭，魚網也。"孫炎曰："九罭，魚之所入有九囊也。"郭璞曰："今之百囊罟，亦謂之罶，今江東謂之緵。"疏云："緵，促細目能得小魚。"《韓詩》説云："九罭，取鰕芘也。"

鱒

《爾雅》云："鮵，鱒。"注："鯶子，赤眼。"陸璣云："鱒，似鯶魚而鱗細于鯶，赤眼，多細文。"《埤雅》云："鱒魚圓，魴魚方，鱒好獨行。"《雅翼》云："鱒，目中赤色一道橫貫瞳，魚之美者。今俗謂之赤眼，食螺蚌，多祇獨行，亦有兩三頭同行者，極難取，見網輒遁。"

明·馮時可《詩臆》卷上：

言惟九罭之大網，而後得鱒魴之大魚。

鱒，似鯶，而鱗細，目中赤色一道橫貫瞳，一名鮵，性好獨行，制字從尊，殆以此也。

九罭，魚所入有九囊，大網也。江東謂之緵。

明·徐光啓《毛詩六帖講意》卷一：

疏曰：《釋器》曰："緵罟謂之九罭。九罭，魚網也。"孫炎曰："九罭，謂魚之所有九囊也。"郭璞曰："緵，今之百囊網也。"郭璞曰："鱒，似鯶子赤眼者，江東人呼魴魚爲鯿。"陸機曰："鱒，似鯶而鱗細於鯶，赤眼。"

明·姚舜牧《重訂詩經疑問》卷三：

唯九罭而後得鱒魴，是甚不易見也。

明·朱謀㙔《詩故》卷五：

九罭，魚網之多囊者，所以致魚，使不得逸也。

明·曹學佺《詩經剖疑》卷十二：

九罭，九囊之網。鱒魴，魚之美者。東人詠周公，言九罭之網雖有，鱒魴之魚而不能久處于罭中也。

明·駱日升《詩經正覺》卷四：

彼九罭之網，則有鱒魴之美魚矣。

九罭，孫炎云："魚之所入有九囊也。"

明·徐奮鵬《詩經尊朱删補》（《詩經鐸振》卷三）：

九罭，九囊之網也。鱒、魴，皆魚之美者也。

明·顧夢麟《詩經説約》卷十：

孔疏：《釋器》云："緵網謂之九罭，九罭，魚網也。"孫炎曰："九罭，謂魚之所入有九囊也。"

郭璞云："緵，今之百囊網也。"

歐義：當統言，緵網謂之罭，而罭之多少，則隨網之大小，故或百囊或九囊。

麟按：百囊或極言其多，即九囊也。今人目花重葉者，云千葉，亦此類。

《埤雅》："鱒魚圓，魴魚方。"《爾雅》曰："鮅，鱒。"蓋鱒一名鮅。孫炎《正義》曰："鱒好獨行，制字從尊，蓋以此也。"魴解詳《衡門》。

明·張次仲《待軒詩記》卷三：

魚網之囊曰罭。九罭，九囊網也。毛以爲小網，諸家或以爲大網。郭璞言有百囊網，則九囊不得爲大。鱒，目中一道赤橫貫其中。魴，即鯿也。皆魚之小者。時成王以命服迎周公，魯人僻陋未嘗見此，故以九罭自比，而爲此驚喜之語。想見一時人心，扶老攜幼，舉手加額，相顧誇詡之狀。……《太平御覽》："罭取蝦芘。"蝦芘，蝦之微細者。

明·黄道周《詩經琅玕》卷三：

九罭，是九囊之網。鱒，似鯶，而鱗細眼赤。鱒好獨行，制字從尊，蓋以此也。《埤雅》云："鱒魚圓，魴魚方。"有鱒又有魴，皆魚之美者也。

彼九罭之網，則有鱒又有魴，皆魚之美者也。

明·錢天錫《詩牖》卷五：

《爾雅》："緵罟，謂之九罭。"孫炎云："謂魚之所入有九囊。"

明·何楷《詩經世本古義》卷十之上：

九罭，魚網也。《爾雅》云："緵罟，謂之九罭。"孫炎云："謂魚之所入有九囊也。"陸德明云："今江南呼緵罟爲白囊網。"郝云："九罭以比天子羅致大臣。鱒，魚名，一名鮅。"《爾雅》曰"鮅，鱒"是也。陸璣云："似鯶魚而鱗細于鯶也，赤眼，多細文。鯶亦作鱓。"羅願云："目中赤色一道橫貫瞳，魚之美者，食螺蚌。"孫炎《正義》云："鱒好獨行，制字從尊，殆以此也。"魴，解見《魚麗》篇。羅云：《詩》稱"九罭之魚，鱒魴"，"鱒多獨行，亦有兩三頭同行者，極難取，見網輒遁。""魴則《説苑》所謂'若存若亡，若食若不食'者也。"周公有聖德，遭時之未信，退避于東，有難進易退之操，故以鱒魴言之。又陸佃云："鱒魚圓，魴魚方。君子道以圓內，義以方外，而周公之德具焉。"故是詩主以言之。然則鱒象公之圓，而袞衣者，道也。魴象公之方，而繡裳者，義也。玄袞纁繡，而後可以見周公，猶之九罭之取鱒魴也。……程子云："鱒魴，魚之美者。施九罭之網，則得鱒魴之魚，用隆厚之禮則得聖賢。"

明·黃文煥《詩經嫏嬛》卷三：

彼九罭之網，則有鱒魴之美魚矣。

九罭，魚之所入有九囊也。非常之網，則有非常之魚。以興非常之人則有非常之服。

明·唐汝諤《毛詩蒙引》卷七：

設九罭之網而後得鱒魴，甚不易得也。……《爾雅》："緵罟謂之九罭。"孫炎云："謂魚之所入有九囊。"

明·毛晉《毛詩陸疏廣要》卷下之下：

釋魚

九罭之魚，鱒魴。

鱒，似鯶魚，而鱗細于鯶也，赤眼，多細文。

《爾雅》："鮅，鱒。"郭注："似鱮子，赤眼。"鄭注："似鯶而小，眼赤，多生溪澗，傳麗水底，難網捕。"《埤雅》："鱒似鯶魚，而鱗細於鯶，赤眼。《詩》云：九罭之魚，鱒魴。我覯之子，袞衣繡裳。蓋鱒魚圓，魴魚方，君子道以圓內義以方外，而周公之德具焉。"孫炎《正義》曰："鱒，好獨行，制字從尊，殆以此也。"《爾雅翼》："鱒魚，目中赤色一道橫貫瞳，魚之美者。今俗人謂之赤眼鱒。其音乃如蹲踞之蹲，食螺蚌，多秖獨行，亦有兩三頭同行者，極難取，見網輒遁。"《詩緝》云："鱒魴，毛以為大魚，今赤眼鱒及鯿魚皆非大魚，亦常魚也。"

明·楊廷麟《詩經聽月》卷五：

彼九罭之網，則有鱒魴之美魚矣。

九罭，是九囊之網。鱒、魴，都是魚之美。

明·朱朝瑛《讀詩略記》卷二：

鱒魚，青質赤目，好食螺蚌，今俗謂之螺螄青者是也。

明·胡紹曾《詩經胡傳》卷五：

九罭，緵促之囊罟，大小魚皆得。

鱒魴，《埤雅》云：鱒魚圓，魴魚方。況公道以圓内義以方外。鱒目中一道赤貫瞳，好獨行，故從尊。極難致，見網輒逝。魴，則陽晝，所云與陽橋相反者。投綸錯餌，若有若亡，若食若不食，其爲魚，博而厚味。

明·范王孫《詩志》卷九：

《釋器》云："繴罟謂之九罭。九罭，魚網也。"孫炎曰："九罭，魚之所入有九囊也。"郭璞云："今之百囊罟。亦謂之䍡，江東謂之繴。"疏云："繴促細目，能得小魚。"《韓詩說》云："九罭，取鰕芘也。"

《埤雅》云：鱒魚圖，魴魚方。鱒好獨行。《詩揆》曰："君子道以圓内義以方外，而周公之德具焉。"《雅翼》云："鱒，目中赤色一道，横貫瞳，魚之美者。今俗謂之赤眼，極難取，見網輒遁。"

明·賀貽孫《詩觸》卷二：

九罭，繴罟，九囊之網，猶今之百囊網也。鱒魚，似鯶，而目赤。陸佃曰："鱒魚圓，魴魚方。"

清·朱鶴齡《詩經通義》卷五：

九罭（《爾雅》、孫炎曰：九罭，魚網，魚之所入有九囊也。）之魚，鱒（《爾雅翼》："俗呼赤目鱒，魚之美者。"）魴。我覯之子，袞衣繡裳。（程子曰："鱒魴，魚之美者。施九罭之網，則得鱒魴。用隆厚之禮，則得聖賢。"）

清·錢澄之《田間詩學》卷五：

《爾雅》云："繴罟謂之九罭。"謂魚之所入有九囊也。郭璞云："繴，今之百囊網也。"

鱒，似鯶魚，赤眼，多細文。羅氏云："鱒多獨行，亦有兩三頭同行者。見網輒遁。魴則《說苑》所謂'若存若亡，若食若不食'者也。"以比公有難進易退之操。程子云："鱒魴，魚之美者。施九罭之網，則得美魚；用隆厚之禮，則得聖賢。"

清·張沐《詩經疏略》卷四：

九罭，九囊之網也。鱒，似鯶，而鱗細眼赤。

清·冉覲祖《詩經詳說》卷三十二：

九罭，九囊之網也。鱒，似鯶，而鱗細眼赤。魴，已見上。皆魚之美者也。

《毛傳》："九罭，繴罟，小魚之網也。鱒魴，大魚也。"

鄭箋："設九罭之罟，乃後得鱒魴之魚，言取物各有器也。"

孔疏："《釋器》云：'緵罟謂之九罭。九罭，魚網也。'孫炎曰：'九罭，謂魚之所入有九囊也。'郭璞曰：'緵，今之百囊網也。'《釋魚》有鱒魴。樊光引此詩。郭璞曰：'鱒似鯶子赤眼者，江東人呼魴魚爲鯿。'陸璣注云：'鱒似鯶，而鱗細於鯶，赤眼。'然則百囊之網非小網，而言得小魚之罟者，以其緵促網目，能得小魚，不謂網身小也。驗今鱒魴，非是大魚，言大魚者，以其雖非九罭密網，此魚亦將不漏，故言大耳，非大於餘魚也。《傳》以爲大者，欲取大小爲喻。"

九罭不見爲小網，故小網得大魚意，今亦不用，但以魚美興服盛耳。

《大全》：《埤雅》曰：鱒魚圓，魴魚方。"鱒好獨行，制字從尊，殆以此也。"《爾雅翼》曰："鱒魚目中赤色一道橫貫瞳，魚之美者。"

【説約】百囊，或極言其多，即九囊也。今人目花重葉者，云千葉，亦此類。

清·秦松齡《毛詩日箋》卷二：

九罭，諸家或以爲大網，或以爲小網。鱒魴，或以爲大魚，或以爲小魚，未有定説。程子曰："鱒魴，魚之美者。施九罭之網，則得鱒魴之魚。用隆厚之禮，則得聖賢。"其説平順。

清·李光地《詩所》卷二：

九罭，細網，乃有大魚。

清·王鴻緒等《欽定詩經傳説彙纂》卷九：

《集傳》：九罭，九囊之網也。（孔氏穎達曰："《釋器》云：'緵罟，謂之九罭。九罭，魚網也。'孫炎曰：'謂魚之所入有九囊也。'"）鱒，似鯶，而鱗細眼赤。（許氏謙曰："《爾雅翼》'鱒魚目中赤色一道橫貫瞳，多獨行，見網輒避。'"）魴已見上。（劉氏瑾曰：見《汝墳》。）皆魚之美者也。（毛氏萇曰："鱒、魴，大魚也。"孔氏穎達曰："驗今，鱒魴非是大魚。言大魚者，以其雖非九罭密網，此魚亦將不漏，故言大耳，非大於餘魚也。《傳》以爲大者，欲取大小爲喻。"）

【集説】朱氏公遷曰："九罭之魚，有鱒又有魴，之子之服，有衣又有裳，皆二者兼備之意，故以爲興。"姚氏舜牧曰："惟九罭而後得鱒魴，是甚不易見也。"

清·嚴虞惇《讀詩質疑》卷十五：

《毛傳》："九罭，緵罟，小魚之網也。鱒魴，大魚也。"

孔疏："大魚而處小網，非其宜也。"

清·王心敬《豐川詩説》卷十一：

（一章）九罭之網設，則鱒魴之大魚可得。

清·李塨《詩經傳注》卷三：

九罭，九囊之網也。以密網而得嘉魚，興東人而得見周公也。

清·姜文燦《詩經正解》卷十：

彼九罭之網，網之大者也，用之取魚，則龍于其中者，有鱒魴之魚矣。

清·陳大章《詩傳名物集覽》卷六：

鱒魴

朱《傳》："鱒，似鯶，而鱗細眼赤，魚之美者也。"《爾雅》："鮅，鱒。"注："鱒，一名鮅。鯶子，赤眼。"陸疏："鱒，似鯶魚，而鱗細于鯶，赤眼多細文。"《埤雅》：鱒魚圓，魴魚方。"鱒好獨行，制字從尊以此。"《雅翼》："鱒，目中赤色一道，橫貫瞳，俗謂之赤眼魚，食螺蚌，多獨行，亦有兩三頭同行者，極難取，見網輒遁。"張衡《七辨》曰："鞏洛之鱒，割以爲鯦，分芒枅縷，細亂蚕足。"

清·黃中松《詩疑辨證》卷三：

而毛以九罭爲緵罟，(《爾雅》："緵罟謂之九罭，九罭，魚網也。"孫炎曰："九罭，魚之所入有九囊也。"郭璞曰："今之百囊罟，亦謂之䍡，江東謂之緵。")小魚之網也。鱒魴，大魚也。(孔云："以其緵促細目，能得小魚，非謂網身小也。以其雖非九罭密網，此魚亦得不漏，故言大耳，非大于餘魚也。")王肅述之，謂："興小國下土不能久留聖人，是以九罭爲小網也。"鄭箋曰："設九罭之罟，乃後得鱒魴之魚，言取物各有其性也，喻王欲迎周公之來。"當有其體，是以九罭爲大網也。歐陽是毛而非鄭。(云《爾雅》"緵罟謂之九罭"者，謬也。當云"緵罟謂之罭"。前儒解罭爲囊，謂"緵罟，百囊網也"，然則網之有囊，當有多有少之數，不宜獨言九囊者爲緵罟，當統言緵罟謂之罭，而罭之多少則隨網之大小，大網百囊，小網九囊，於理通也。九罭既爲小網，則毛說通矣。)程子舍毛而從鄭，迁仲遵歐，東萊從程。觀下章《毛傳》曰"鴻不宜循渚也"，又曰"陸非鴻所止"，則三章一意，鄭於下章乃曰："鴻，大鳥也，不宜與鳧鷖之屬飛而循渚，以喻周公今與凡人處東都之邑，失其所也。"其取喻又與毛同，則不能自守其說矣。何如首章亦從毛乎？《韓詩說》以九罭爲取鰕苖，則孔云"緵促細目"者，得之。

清·黃夢白、陳曾《詩經廣大全》卷九：

九罭，《毛傳》云："緵罟，小魚之網也。"(緵促細目，能得小魚。)《爾雅》云："緵罟謂之九罭。"孫炎云："謂魚之所入有九囊也。"鱒，陸璣云："似鯶魚，而鱗細赤眼。"《雅翼》云："目中赤色一道橫貫瞳，魚之美者。食螺蚌，極難取，見網輒逋。"

清·汪紱《詩經詮義》卷四：

鱒、鱮同類，皆似鯉，多力健，啖小魚，善遁網，但鱮鱗大，鱒鱗小，鱮好群，鱒好獨，鱒目有赤理，橫貫目珠也。

清·顧棟高《毛詩類釋》卷十九：

鱒

《爾雅》："鮅（音必），鱒。"郭注："似鱒子，赤眼。"邢疏："鮅，一名鱒。《詩》云：九罭之魚，鱒魴。"陸璣云："鱒似鱒魚，而鱗細於鱒，赤眼。"是也。

《正字通》云："似鱒，細鱗青質赤章，目中一道赤橫貫瞳，俗呼赤眼魚。一說鱒①好獨行，故從尊，見網輒逝。"《埤雅》云："鱒魚圓，魴魚方。"

魴

《爾雅》："魴，魾（音毗）。"郭注："江東呼魴魚為鯿，一名魾。"邢疏："《詩》云：其魚魴鰥。"陸云："魴魚廣而薄，肥恬而少力，細鱗，魚之美者。遼東、梁水魴特肥而厚，尤美於中國。語曰'居就糧，梁水魴'是也。"

《正字通》云："魴魚，小頭縮項，闊腹穹脊，細鱗色青白，腹內肪甚腴。《詩·周南》'魴魚赬尾'注：'魚勞則尾赤。魴尾本白，而今赤，則勞甚也。'又《陳風》'豈其食魚，必河之魴'，魴之美可知。"

九罭

《爾雅》："緵罟謂之九罭，魚網也。"郭注："今之百囊罟。"邢疏："孫炎曰：'九罭，謂魚之所入有九囊。'《詩·豳風》云'九罭之魚，鱒魴'是也。"

清·許伯政《詩深》卷十五：

言九罭之魚，可以致鱒魴。

清·牛運震《詩志》卷二：

鱒魴，魚之美者，不得指言大魚。舊解非。

清·劉始興《詩益》卷三：

九罭，九囊網也。鱒，似鱒，鱗細眼赤。魴已見前。皆魚之美者。

清·顧鎮《虞東學詩》卷五：

《爾雅》："緵罟謂之九罭。"孫炎曰："魚之所入有九囊也。"《爾雅》："鱒，

---

① 鱒，原文為蹲，據上下文改。

鮍。魴，魾。"陸疏："鱒，似鯶，而鱗細。鯶，亦作鱮。"郭云："江東人呼魴魚爲鯿。"

清·傅恒等《御纂詩義折中》卷九：

九罭，九囊之網也。鱒、魴，皆魚之美者。

清·羅典《凝園讀詩管見》卷五：

【集説】許氏謙曰：《爾雅翼》："鱒魚目中赤色一道横貫瞳，多獨行。"毛氏萇曰："鱒、魴，大魚也。"孔氏穎達曰："驗今鱒魴，非是大魚。"

【管見】"九罭之魚，鱒魴"，喻武庚也。武庚當誅，故言魚，以魚爲刀俎間物耳。《爾雅》注："九罭，今之百囊罟。"此説得之。但"九"非數目字，義與"糾"同，謂聚合百囊以爲罟也。罟以求魚，魚爲九罭之魚，則其小者矣。以武庚爲可魚，而又小之，蓋極薄其無能爲有如此。然爾日武庚之叛，竟以小而妄自尊求之魚，類彼赤目而好獨行者，有自尊之意，而以鱒名武庚，殆無以異是已。及周公東征之師至，而武庚懼誅，先之爲鱒者，忽易而爲扁身縮項之魴焉。是則爲魚同，而其以小而妄自尊之狀，與夫失尊而却自小之狀，固於魚各有肖而不得同也。

清·任兆麟《毛詩通説》八：

薛氏曰："九罭，取魚苴也。"（《御覽》引）

清·范家相《三家詩拾遺》卷六：

《韓詩》："罭，取鰕苴也。"（《太平御覽》）

毛以九罭爲緵罟，小魚之網。鰕苴則益小矣。孫炎以爲九囊之網，則是大網。朱子從之。

清·胡文英《詩經逢原》卷五：

九罭，唐網也。鱒，魚名。

清·汪梧鳳《詩學女爲》卷十五：

《爾雅》疏："罭，謂魚之所入有九囊。"《詩緝》："以爲小網，諸家或以爲大網。郭璞言有百囊網，則九囊者不得爲大，又有不及九囊者，則九囊亦不甚小，蓋常網也。"

清·段玉裁《毛詩故訓傳定本》卷十五：

九罭，緵罟，小魚之網也。（《釋文》："罭，本又作或。"今本或作罭，非也。或，古域字。九域，言域之多。域，謂網目也。《傳》云："緵罟，即數罟。"《魚麗》傳《集注》作"緵罟",定本作數罟是也。故曰小魚之網。)鱒魴,大魚也。

清·姜炳璋《詩序補義》卷十三:

一章:九罭,不過尋常之魚網耳,乃得魚鱒魴之美魚。

清·牟應震《詩問》卷三:

鱒魴,小魚,而身有文采,喻袞繡。

清·汪龍《毛詩異義》卷一:

首章《傳》、《箋》義同。《傳》以九罭爲小魚之網,鱒魴爲大魚。《疏》謂百囊之網,非小。言小魚之罟者,以其能得小魚,不謂網身小也。鱒魴,非大魚,言大魚者,以其雖非九罭密網,此魚亦將不漏,故言大。然則《箋》云:設九罭之罟,乃後得鱒魴之魚,喻王欲迎周公之來,當有其禮。正申足《傳》義也。王肅因《傳》取喻大小,謂以興下土小國不宜久留聖人。《疏》因《箋》不言大小,而以王義申《傳》。設網本以得魚,於經取興之義不合,必非《傳》意。

清·戚學標《毛詩證讀》國風下:

《文選·西京賦》注:罭與緎古字通。

清·牟庭《詩切》:

《毛傳》曰:"九罭,緵罟,小魚之網也。"《釋文》曰:"今江南呼緵罟爲百囊網也。"《釋器》曰:"緵罟,謂之九罭。九罭,魚罔也。"郭注曰:"今之百囊罟是,亦謂之翼,今江東謂之緵。"孫注曰:"九罭,謂魚之所入有九囊也。"《韓詩》曰:"九罭,取蝦笓也。"《廣韻》曰:"笓,取鰕竹器也。"《釋魚》:"鮅,鱒。"郭注曰:"似鯶子,赤眼。"孫注曰:"鱒好獨行。"《説文》曰:"鱒,赤目魚也。"陸疏曰:"鱒,似鯶魚而鱗細于鯶,赤眼,多細文。"《爾雅翼》曰:"鱒魚,目中赤色一道橫貫瞳,魚之美者,今俗謂之赤眼鱒,食螺蚌。"《釋魚》曰:"魴,魾。"郭注曰:"江東呼魴魚爲鯿,一名魾。"陸詩疏曰:"魴,今伊洛濟潁魴魚也,廣而薄,肥甜而小肉細鱗,魚之美者。遼東梁水魴特肥而厚,故其鄉語曰'居就糧,梁水魴'是也。"余按:鱒、魴,皆美魚。已在百囊之網中,而不能出,喻周大夫皆賢聖,亦同受衣裳之寵,而不得退處者也。《毛傳》云"鱒魴,大魚也",非矣。鄭《箋》云:"設九罭之罟,乃後得鱒魴之魚,言取物各有器也,喻王欲迎周公,當有其禮。"亦非矣。

清·焦循《毛詩草木鳥獸蟲魚釋》卷七:

鱒魴,《傳》:"鱒魴,大魚也。"

《釋文》:"鱒,才損反。沈又音撰。大魚也。魴音房。"

《正義》:"《釋文》有鱒、魴。樊光引此詩。郭璞曰:'鱒,似鯶子,赤眼者。江東人呼魴魚爲䲞。'陸璣疏:'鱒,似鯶,而鱗細于鯶,赤眼。驗今鱒、魴,非是大魚。言大魚者,以其雖非九罭密網,此魚亦將不漏,故言大耳,非大于餘魚也。'"

循按:《爾雅》以鮅釋鱒,以魾釋魴。《説文》魚部云:鱒,赤目魚也。蓋今俗所稱馬郎者。

清·劉沅《詩經恒解》卷二:

九罭,九囊之網也。鱒,似鯶,而鱗細眼赤。魴,䲞也。皆常魚也。殷民之賢者,自言平日求賢如網魚。……周公平殷亂,留撫殷民。殷之賢者喜而曰:九罭所得之魚至美,不過鱒魴而已,喻平日所見不過如此。

清·徐華嶽《詩故考異》卷十五:

《傳》:"九罭,緵罟,小魚之網也。鱒魴,大魚也。"(《正義》:"《釋器》云:'緵罟,謂之九罭。九罭,魚網也。'孫炎曰:'謂魚之所入有九囊也。'郭璞曰:'今之百囊網也。'《釋魚》有鱒魴。郭璞曰:'鱒,似鯶子,赤眼者,江東人呼魴魚爲鱒。'《傳》取大小爲喻。王肅云:'以興下土小國不宜久留聖人。'")

《箋》:"設九罭之罟,乃後得鱒魴之魚,言取物各有器也。興者,喻王欲迎周公之來,當有其禮。"(《正義》:"《箋》不取大小爲喻,故易《傳》。")

《韓》:"九罭,取鰕芘也。"(《太平御覽》。案:《釋文》"緵字又作總",《説文》:"總,聚束也。"緵罟,蓋細密之網,即數罟也。《東京賦》:"布九罭,操鯤魵。"亦與"取鰕芘"同意。)

清·胡承珙《毛詩後箋》卷十五:

《傳》:"九罭,緵罟,小魚之網也。鱒魴,大魚也。"《正義》曰:"王肅云:'以興下土小國不宜久留聖人。《傳》意或然。'《箋》云:'設九罭之罟,乃後得鱒魴之魚,言取物各有器也。'"……《箋》解網之與魚大小,不異於《傳》,但不取大小爲喻耳。承珙案:此疏非是。玩《箋》意,是謂鱒魴大魚,當以大網,故言物各有器,非小網大魚之謂,意實與毛異也。

歐陽《本義》云:"九罭之義,以文理考之,毛說爲是。《爾雅》云'緵罟,謂之九罭'者,謬也。當云'緵罟謂之罭'。前儒解爲囊,謂緵罟百囊總也。然則網之有囊,當有多有少,罭之多少,隨網之大小,大網百囊,小網九罭。九罭自爲小網,則毛説得矣。"承珙案:《爾雅》但云九罭其百囊之名,郭璞自取時驗,然緵罟即數罟。《魚麗》《傳》，《集注》作"緵罟"，定本即作"數罟"。《爾雅》"緵罟"專指九罭之罟，不得以爲大網。歐陽從毛。固是。以《爾雅》爲謬，則非也。《說文》無"罭"字，古字當只作"域"。《文選·西京賦》"布九罭"，注云："罭與緎同。"蓋域緎皆有界畫之義。網之界畫祇九，其爲促目小網可知。孔疏云：以其緵促網目，能得小魚，不謂網身小。此第泥於百囊之説耳。其實既是小魚之網，即網目網身皆當小也。疏又言："鱒魴，非大魚。"不知此自對小網言之，則爲大矣。張衡賦："布九罭，擭鯤鮞。"九罭但取鯤鮞，則以鱒魴處之，當爲大魚。《御覽》（八百三十四）引《韓詩章句》曰："九罭，取蝦芘也。"然則《韓詩》亦以九罭爲魚具之小者，其取興當與毛同也。

清·馬瑞辰《毛詩傳箋通釋》卷十六：

《傳》："九罭，緵罟，小魚之網也。鱒魴，大魚。"《箋》："設九罭之罟，乃後得鱒魴之魚，言取物各有器也。興者，喻王欲速周公之來，當有其禮。"（瑞辰）按：《傳》説是也。《爾雅》："緵罟，謂之九罭。九罭，魚網也。"緵，本或作總，緵、數一聲之轉，即《孟子》所謂"數罟"，趙岐注："數罟，密網也。"是也。《太平御覽》（卷八百三十四）引《韓詩》："九罭，取蝦芘也。"亦甚言網之密目小耳。郭注《爾雅》謂九罭今之百囊罟。是知九罭非謂九囊，蓋以九者，數之究極。（《廣雅》："九，究也。"）甚言其密且小，則謂之九罭。《詩》疏引孫炎云："九罭謂魚之所入有九囊也。"失之。《詩》以小網不可得大魚，喻朝廷之不知周公，處之不得其所，與下二章以鴻之遵陸遵渚興周公之失所，取義正同。至《箋》云："設九罭之網，乃後得鱒魴之魚。"則以九罭爲大罟。蓋孫炎説所本與《傳》異義。《正義》謂《箋》解網之魚大小，不異於《傳》，殊誤。

清·陳壽祺、陳喬樅《三家詩遺説考·魯詩遺説考》卷二：

【補】《爾雅·釋器》："緵罟，謂之九罭。九罭，魚网也。"孫炎曰："九罭，謂魚之所入有九囊也。"（詩正義）

【補】又《釋魚》："鮅、鱒、魴。"樊光曰："《詩》云：九罭之魚，鱒魴。"（詩正義）

喬樅謹案：《毛詩正義》云："《釋魚》有鱒魴，樊光引此詩。"盧氏文弨以《正義》引鱒魴當作鮅鱒。此不然也。考《爾雅·釋文》，鮅下引《字林》云"魴也"。鰲下引《廣雅》云："鮇，鰲。"鯠下引《埤蒼》云："鰲鯠，鮇也。"《字林》作"鯠"是舊本。讀"鮅鱒魴"句，"鮇鰲鯠"句，與今本郭讀異。郝氏懿行曰："《釋文》所引《廣雅》及《埤蒼》並以'鰞鰊'與上文'魜'字相屬，此古讀也。"據《詩》疏引《釋魚》云云，然則樊讀以"鱒鲂"相屬，"魜鰞鰊"相屬，故張揖讀從古也。喬樅謂：據《釋文》引《字林》，説明以魜字訓鲂，則吕忱亦讀"魜鱒鲂"爲句。《毛傳》訓鱒爲大魚，是以鱒爲鲂之大者，從魚，尊聲。與大鰕之爲鰝，從魚，高聲，意同。《釋魚》"魜鱒鲂"，與"鮥鮛鮪"同例，字雖從魚，不得分析爲二魚名。《説文》訓鱒爲赤目魚，別爲一義，猶之魜、大鰕，又別爲鰞鰊也。

【補】張衡《西京賦》："布九罭，設罜䍡，操鯤鮞，殄水族。"李善曰："《毛詩》：'九罭之魚，鱒鲂。'《爾雅》：'九罭，魚網。'罭與緎，古字通。"

喬樅謹案：據善此注，是《毛詩》"九緎"，字不作罭，故謂罭與緎古字通。平子賦作"罭"，依魯詩文也。《毛詩》《釋文》九罭本亦作罭。案：罭與罭，無異字，《釋文》何用別出。蓋陸所見《毛詩》本作九緎，而他本亦作罭，故別出之，以明同異。毛氏古文假緎爲罭，三家今文並用罭字，他本亦作罭者，是據三家之文也。

陳壽祺、陳喬樅《三家詩遺説考·韓詩遺説考》卷二：

《韓詩》曰："九罭之魚，鱒鲂。九罭，取鰕苴也。"（《太平御覽》八百三十四）

喬樅謹案：《毛傳》云："九罭，緵罟，魚之網也。"與《爾雅·釋器》"緵罟謂之九罭，九罭，魚網也"訓同。薛君以九罭爲"取鰕苴"，雖與《毛傳》説異，而要皆以九罭爲網之密且小者。緵罟，即孟子所謂數罟，趙岐注云："數罟，密網也。"是矣。

清·林伯桐《毛詩通考》卷十五：

九罭，《傳》意以小網不宜處大魚，喻東方小邑不宜處周公，是以欲見周公，當服衮衣繡裳以往。詞意甚順。《箋》云："言取物各有器也。"則是以九罭當得鱒鲂，全非毛意。又云："王迎周公，當以上公之服往見之。"迎公專以衣服言，亦偏而不舉矣。

清·徐璈《詩經廣詁》十五：

《韓詩》曰："九罭，取鰕苴也。"（《御覽》八百三十四。 璈按：九罭，雅訓爲取魚之罟。韓以爲取鰕之苴。《集韻》："苴，藩也。"取鰕而得鱒鲂，以興小國而居大臣，意出望外矣。）

清·馮登府《三家詩遺説》卷四：

薛章句：九罭，取鰕苴也。（見《御覽》八百三十四）《毛傳》："緵罟，小魚之網。"亦韓説爲長，喻小國而見大臣。

清·黄位清《詩緒餘録》卷五：

鱒魴

陸《疏》："鱒，似鯶（音混），而鱗細於鯶，赤眼。"《毛傳》："九罭，緵罟，小魚之網也。鱒魴，大魚也。"鄭《箋》："設九罭之罟，乃得鱒魴之魚。"孔《疏》："九罭，魚網也。毛以爲，鱒魴乃是大魚，今處九罭之小網，非其宜。以興周公是聖人，今處東方之小邑，亦非其宜。王何以不早近之乎。"郭《注》："江東呼魴魚爲鯿。"孫炎曰："謂魚之所入有九囊。"《詩緝》："九罭，毛以爲小網。諸家或以爲大網。郭璞言有百囊網，則九囊者不得爲大網。又有不及九囊者，則九囊亦不爲甚小，蓋常網也。鱒魴，毛以爲大魚。今赤眼鱒及鯿魚，皆非大魚。"趙氏佑曰："鱒魴非大魚。"自是《毛傳》之誤。此言九囊小網，不能得大魚，纔鱒魴而已，以興東土下國，不足久留大人也。《齊風·敝笱》"魴鰥""魴鱮"，則又以魚之多，興從者之盛。意不重在大小。《傳》亦誤。而《集傳》皆從之。

《太平御覽》：《韓詩》："九罭，取蝦籹芘也。"范氏家相曰："毛以九罭爲緵罟，小魚之網。蝦芘則益小矣。孫炎以爲九囊之網，則是大網，朱子從之。"

清·陳奐《詩毛氏傳疏》卷十五：

《釋文》："罭，本亦作淢。"《説文》無罭字。《爾雅·釋器》："緵罟，謂之九罭。九罭，魚罔也。"《傳》所本也。郭注云："今之百囊罟，是亦謂之罿，今江東謂之緵。"緵罟，即數罟。故《傳》又申之云："小魚之網也。"《魚麗》傳説："庶人不數罟。罟必四寸，然後入澤梁。四寸之目，網至小者也。"《御覽》資產部十四引《韓詩》云："九罭，取蝦笓也。"《文選》王褒《講德論》："鱛鯶並逃，九罭不以爲虛。"又《西京賦》："布九罭，操鯤魛。"皆謂小魚之網。鱒魴，雖非極大之魚，《傳》云"大魚"者，對九罭爲緵罟而言。九罭但能取蝦與操鯤魛，不當網鱒魴，故言大以明其義。鱒魴之大魚，不宜居小魚之網，猶下文云鴻，大鳥，不宜循渚陸。鱒魴與鴻，皆以喻周公也。王肅云：以興下土小國不宜久留聖人。是其義矣。《爾雅》："鮅，鱒。"郭注云："似鯶子，赤眼。"陸義疏云："鱒，似鯶魚，而鱗細於鯶，赤眼，多細文。"《説文》、《玉篇》皆云："鱒，赤目魚也。"

清·夏炘《讀詩劄記》卷四：

九罭，小網也。鱒魴，大魚也。東方，小邑也。周公，大聖也。言小網而得大魚，以比小邑而見大聖也。毛意當如此，《箋》《疏》皆不得其解。

清·曾釗《詩毛鄭異同辨》卷上：

《九罭》首章"九罭之魚，鱒魴。"《傳》："興也。九罭，緵罟，小魚之網。鱒魴，大魚也。"《箋》云："設九罭之網，乃後得鱒魴之魚。言取物各有器也。"（釗）按：《韓詩》："九罭，取蝦芘也。"則九罭為小網，恒訓耳。《爾雅》："緵罟謂之九罭。"孫炎注："九罭，謂魚之所入有九囊也。"緵，本或作緫。《説文》："緫，束聚也。"緫罟，言其網密，故以為小魚之網。《孟子》謂之"數罟"。緵、數，聲之轉耳。趙岐注："數罟，密網也。"密細之網，所以捕小魚鼈者也。《魚麗》傳："古者庶人不數罟，罟必四寸，然後入澤梁。"故《傳》以緵罟小網不能得大魚，興小禮不可以見周公。下云"我覯之子，袞衣繡裳"，則言其禮之盛也。《箋》云："設九罭，乃後得鱒魴。言有網，然後得魚，不取小大為喻。"失之。

清·多隆阿《毛詩多識》卷七：

《毛傳》云："鱒魴，大魚也。"《爾雅·釋魚》云："鮅，鱒。"郭注云："似鯶子，赤眼。"《説文》云："鱒，赤目魚。"陸疏云："鱒，似鯶魚，而鱗細於鯶，赤眼，多細文。"此魚關左俗呼曰赤眼魚，或呼曰鱒子魚。圓身，細鱗，色白而微蒼，眼中血絲橫貫。注家以為赤眼，誠然也。大者長二三尺餘，松花渚江皆有之，漁人言此魚善於避網，頗不易取。羅願云："鱒魚目中赤色一道貫瞳，魚之美者。今俗謂之赤眼鱒，食螺蚌。"

清·丁晏《草木鳥獸蟲魚疏校正》卷下：

鱒，似鯶魚，而鱗細于鯶也，赤眼，多細文。（《詩·九罭》疏引鯶，並作鱓。《御覽》鱒魚，引鯶，並作鯢。）

清·陳喬樅《詩經四家異文考》卷二：

毛詩《釋文》："緘，本亦作罭。"

案：今《釋文》誤為罭，本亦作罭。罭與罭無異字，何用別出。考《文選·西京賦》："布九罭。"李善注引《毛詩》"九罭之魚，鱒魴"。罭與緘古字通，是《毛詩》作"九緘"，故李善注云："然今轉寫亦誤為罭字。"説詳《魯詩考》。

清·沈鎬《毛詩傳箋異義解》卷五：

《傳》："九罭，緵罟，小魚之網也。鱒魴，大魚也。"《箋》："設九罭之罟，乃後得鱒魴之魚，言取物各有器也。"……鎬案：《爾雅·釋器》："緵罟謂之九罭。九罭，魚罔也。"孫注："九罭，謂魚之所入有九囊也。"郭璞曰："緵，今之百囊網也。""鱒，似鯶子，赤眼者，江東人呼魴魚爲編。"《説文》："鱒，赤目魚，從魚，尊聲。""魴，赤尾魚，從魚，方聲。"《御覽》八百三十四引《韓詩》："九罭，取鰕芘也。"《集韻》："芘，蕃也。"蓋九罭爲數罟，以九罭而得鱒魴，則出於意外，以喻東土不宜居周公，而成王不知反之。故《序》云："刺朝廷之不知也。"《箋》云："設九罭之罟，乃後得鱒魴之魚。"自以九罭爲大網。《正義》云："《箋》解網與魚大小不異於《傳》。"非也。

清·方玉潤《詩經原始》卷八：

【集釋】九罭，九囊網也。孔氏穎達曰："《釋器》云：'緵罟謂之九罭。九罭，魚網也。'孫炎曰：'謂魚之所入有九囊也。'"

鱒，許氏謙曰："《爾雅翼》：'鱒魚，目中赤色一道橫貫瞳，多獨行，見網輒避。'"魴，見《汝墳》。

清·鄧翔《詩經繹參》卷二：

【集解】九罭，魚網也。緵罟，謂之罭，謂魚之所入有九囊也。

鱒，魚名，似鯶，而鱗細，眼赤。魴，解見《汝墳》。

清·龍起濤《毛詩補正》卷十四：

【毛】九罭，緵罟，小魚之網也。（《釋器》："緵罟，謂之九罭，今之九囊網也。"）鱒魴，大魚也。（郭璞曰："鱒，似鯶。孫炎曰：鱒，好獨行，制字從尊以此。"又郭注："江東人呼魴爲編魚。"）

清·吕調陽《詩序議》卷二：

案：《釋器》云："緵罟，謂之九罭。九罭，魚網也。"鱒魴，美魚。

清·梁中孚《詩經精義集鈔》卷二：

九罭，九囊之網也。鱒魴，魚之美者。

清·王先謙《詩三家義集疏》卷十三：

【注】魯説曰：緵罟，謂之九罭。九罭，魚罔也。《韓詩》曰："九罭之魚，鱒魴。"九罭，取鰕芘也。【疏】《傳》："……九罭，緵罟，小魚之網也。鱒魴，大魚也。"《箋》："設九罭之罟，乃後得鱒魴之魚，言取物各有器也。"

"緵罟"至"罔也"。《釋器》文，魯説也。孔疏引孫炎曰："九罭，謂魚之所入有九囊也。"緵、數一聲之轉。即《孟子》所謂"數罟"，趙岐注："數罟，密網也。"《釋魚》："鮅鱒魴"，樊光曰："《詩》云：'九罭之魚，鱒魴。'"《説文》："鱒，赤目魚。"今目驗，赤眼魚與鯿魚相似，故毛以鱒與魴同爲大魚也。張衡

《西京賦》:"布九罭,擽鯤鮞。"鯤鮞,小魚。明以鱒魴爲大魚。衡用《魯詩》,知魯義與毛同。"九罭"至"芘也",《御覽》八百三十四引《韓詩》文,明韓、毛文同。"取鰕芘也"者,言以鰕之微細,亦不脱漏,極形其網密。《玉篇·艸部》:"芘,蓄也。"與"魚網"義不合。"芘"當爲"比",言細相比也。《説文》"笓"下云"取蝦比也"。"取蝦比"與"取鰕比"意合。《漢書·匈奴傳》"比疏一",《史記索隱》引《蒼頡篇》:"靡者爲比,麁者爲梳。"比即俗之枇也,故以狀取魚密網。孔疏:"鱒魴是大魚,處九罭之小網,非其宜,以興周公是聖人,處東方之小邑,亦非其宜。"

民國·王闓運《詩傳補》:

九罭,緵罟,小魚之網也。鱒魴,大魚也。《箋》云:"設九罭之罟,乃後得鱒魴之魚,言取物各有器也。" 補曰:九罭,密網。《韓詩説》:"取鰕芘也。"鱒鮛,赤目魚。今鯶魚,食魚,人所不畜者。魴,鮒爼,實喻管蔡、周公,一善一惡,而朝廷拘文法,俱出之於外。

民國·馬其昶《詩毛氏學》卷十五:

九罭,緵(音總)罟。(罭亦作淢。《説文》無罭字。)小魚之網也。(《釋器》:"緵罟,謂之九罭。九罭,魚罔也。"《韓詩》:"九罭,取鰕笓也。"孔子以其緵促網,自能得小魚。)鱒魴,大魚也。(郭璞曰:"鱒,似鯶子,赤眼者,江東人呼魴魚爲鯿。")

民國·張慎儀《詩經異文補釋》卷六:

九罭,舊本《釋文》出作緎,云本亦作罭。按:《文選》張平子《西京賦》注引《毛詩》作罭,云罭與緎古字通。

民國·丁惟汾《詩毛氏傳解故》:

《傳》云:九罭,緵罟,小魚之網也。鱒魴,大魚也。按:九數疊韻,九罭爲數罭,即數罟也。《孟子·梁惠王篇》:"數罟不入洿池。"趙注:"數罟,密網也。"密網爲小魚之網。緵、數,雙聲。《釋文》:"緵字又作總。"《召南·羔羊》傳:"總,數也。"鱒鯶疊韻。《爾雅·釋魚》:"鮅,鱒。"郭云:"鱒,似鯶子,赤眼。"鯶古作鰥。鱒魴即鰥魴。説詳《齊風·敝笱》篇"其魚魴鰥"。

民國·李九華《毛詩評注》:

【注】九罭,緵罟也,小魚之網也。鱒魴,大魚。(《毛傳》)九罭,九囊之網。(《傳注》)

【評】鱒魴，魚之美者。指言大魚，非。（《詩志》）

民國·林義光《詩經通解》卷十五：

眉批：周公，大魚。袞衣，則數罟。

九罭，《爾雅》云："緵罟，謂之九罭。"按：布之八十縷爲緵，是緵有細密之意。緵罟，即數罟也。謂之九罭者，罭之言界域也。一目之中，別以細繩界爲九目，使之細密，以捕小魚也。九罭，爲捕小魚之網，而其中有鱒魴焉。（毛云：鱒魴，大魚）

民國·焦琳《詩蠲》卷四：

九罭（九囊之網。按：以貯魚而蓄之於水，使不漏者，非以捕魚也。）之魚，鱒（魚，似鯶）魴。

鱒魴，皆美魚。然其美在味，今在九罭，雖確知其鱒魴，而不但未得食，鱒鬣且未得詳睹也。

民國·吳闓生《詩義會通》卷一：

九罭，緵罟。小魚之網。鱒魴，大魚也。罭，本亦作域。

日本·中村之欽《筆記詩集傳》卷五：

《爾雅》："緵罟，謂之九罭。"孫炎曰："謂魚之所入有九囊也。"郭注云："今之百囊罟也。"《說約》云："百囊或極言其多，即九囊也。今人曰花重葉者，云千葉，亦此類。"

《爾雅》：鱒鮵。（今按鳥具飛。）《說文》云：鱒鮵，赤目魚也。陸疏云："鱒，似鯶魚，而鱗細于鯶也，赤眼，多細文。"孫炎云："鱒好獨行，制字從尊，殆以此也。"李時珍曰："鱒魚處處有之，狀似鯶而小，赤脉貫瞳，身圓而長，鱗細于鯉，青質赤章，好食螺蚌，善于遁網。"

日本·稻生宣義《詩經小識》卷六：

鱒

鱒魴，毛以爲大魚。今赤眼鱒，及鯿魚，皆非大魚。（宋嚴粲《詩緝》）

鮵，似鯶而小，眼赤，多生溪澗。（宋鄭夾漈《爾雅注》）

鱒魚處處有之，狀似鯶而小，赤脉貫瞳，身圓而長，鱗細于鯉，青質赤章，好食螺蚌，善于遁網。（明李）按：鱒，即鬭魚也。

日本·保谷玄悦《詩經多識參考集》上：

鱒（一名鮵魚，又赤眼魚也。《說文》云：鱒，鮵，赤眼魚也。孫炎云："鱒好獨行。"尊而必者,故字從尊從必矣。時珍云:"處處有之,狀似鯶而小,赤脉貫瞳,身圓而長,鱗細①于鯶,青質赤章,好食螺蚌,善于遁網。")

似鯶(一名鯇魚,又鰀,又草魚也。郭璞:"鰀,作鯶也。其性舒緩,故云鰀,俗呼草魚,因其食草也。或說江閩畜魚者,以草飼之。"是也。時珍云:"其形長身圓,肉厚而鬆,狀類青魚。"

日本·岡白駒《毛詩補義》卷五:

九罭,緵罟,小魚之網也。鱒魴,大魚也。

案:《爾雅》云:"緵罟,謂之九罭。"古者凡言九者,皆指其極而言也。齊桓九合,不止九,《楚辭·九歌》乃十一篇,九陵、九淵、九攻,皆以此例之。蓋小魚之網多囊,故謂之九罭。郭璞注之云"百囊罟",是也。孫炎謂"魚之所入有九囊",非也。

日本·赤松弘《詩經述》卷四:

九罭,九囊之網也。鱒,似鯶,而細鱗,目中赤色一道橫貫瞳。鱒魴,皆魚之美者。

日本·碕允明《古注詩經考》卷五:

九罭,【考】九罭,《釋器》云:"緵罟,謂之九罭。九罭,漁網。"孫炎曰:"九罭,謂魚之所入有九罭也。"郭璞曰:"緵,今之百囊網也。"是非小網也。故《正義》云:"以其緵促網目能得小魚也。"魴,非小魚,說已見前。此詩言大罭之中有大魚。

日本·皆川願《詩經繹解》卷七:

九罭,魚網也。《爾雅》云:"緵罟,謂之九罭。"孫炎云:"謂魚之所入有九囊也。"鱒,魚名,一名鮅。《爾雅》云"鮅,鱒"是也。陸璣云:"似鯶魚,而鱗細于鯶也,赤腹,多細文。"鯶亦作鯶。羅願云:"目中赤色一道橫貫瞳,魚之美者。食螺蚌。"孫炎《正義》云:"鱒好獨行,制字從尊,殆以此也。"魴,解見《汝墳篇》。

九罭,九域也。即指十五國風言。以九罭網要之之所獲,乃其魚必爲鱒魴矣。以十五國風要之之所獲,乃其物必爲至大之文德矣。蓋亦謂二雅文德之至大也。鱒魴,喻中有命存也。

---

① 原文細下有一鯶字,疑衍,删。

日本・藤沼尚景《詩經小識補》卷六：

鱒

鱒魚，毛以爲大魚，今赤眼鱒及鯿魚皆非大魚。（宋嚴粲《詩緝》）

鮅、鱒，似鯶而小，眼赤，多生溪澗。（宋鄭夾漈《昆蟲草木志略》）

眉批：鯶，一作鱓。

鱒魚處處有之，狀如鯶而小，赤脉實瞳，身圓而長，鱗細於鯶，青質赤章，好食螺蚌，善遁于網。（明李東壁《本草綱目》）

按：鱒魚即鬪魚。

【補】

九罭之魚，鱒魴。（《豳風・九罭》章）

《毛傳》曰："鱒魴，大魚也。"朱《傳》曰："鱒，似鯶，而鱗細眼赤。"陸疏云："鱒，似鯶魚，而鱗細於鯶，赤眼。"《爾雅》云："鮅，鱒。"郭注云："似鯶子，赤眼。"邢疏云："鮅，二名鱒。"《爾雅翼》云："鱒，目中赤色一道橫貫瞳，魚之美者。今俗人謂之赤眼鱒。"（尚景）按：鬪魚，即俗呼和矣各華者，而埋思別種，今俗以鱒字訓埋思，亦應無害焉。

日本・伊藤善韶《詩解》：

九罭，緵罟，九囊網也。鱒，似鯶，而鱗細眼赤。鱒魴，魚之美味者。

日本・冢田虎《冢注毛詩》卷八：

九罭，魚網，又謂之緵罟，九囊之網也。鱒與魴，皆魚之美者也。

日本・豬飼彥博《詩經集説標記》：

九罭，《説約》："有鱒又有魴，皆魚之美者也。"

眉批：《爾雅》曰："緵罟，謂之九罭，魚網也。"孫炎之謂"魚之所入有九囊"。郭璞云："緵，今之百囊網也。"

日本・大田元貞《詩經纂疏》卷七：

九罭，九囊網。緵罟，百囊網。

日本・仁井田好古《毛詩補傳》卷十五：

九罭，緵罟，小魚之網也。鱒魴，大魚也。

《爾雅》云："緵罟謂之九罭。"孫炎云："謂魚之所入有九囊也。"《釋文》云："今江南呼緵罟爲百囊網。"孔疏："百囊之網，非小網，而言小魚之罟，以其緵促網自，能得小魚，不謂網身小也。"段玉裁曰："緵罟即數罟。《魚麗》傳、

《集注》作'緵罟',定本作'數罟'是也。"

鱒,《爾雅》"魾鱒",是也。陸疏云:"似鱏魚,而鱗細于鱏也,赤眼,多細文。"羅端良曰:"鱒魚,目中赤色一道橫貫瞳,魚之美者,今俗謂之赤眼。食螺蚌。"

日本·茅原定《詩經名物集成》卷五:

鱒(《豳風·九罭》章)古注云:鱒魴,大魚也。新注云:鱒,似鱏,而鱗細眼赤。

《本草綱目》(釋名二)

【一名】赤眼鱒。(典籍便覽)

《徽州府志》云:"鱒,赤目,多獨行,或二三相從,見網則遁。"定曰:鱒,一類二種,有河海之別。

日本·岡井肅《詩疑》:

《集傳》"九罭"至"網也"。(孔云:九罭,魚網也。《釋器》云:"緵罟謂之九罭。"孫炎云:"謂魚之所入有九囊也。"郭璞云:緵,今之百囊網也。)

何楷云:"鱒,魚名,一名魾。《爾雅》云'魾鱒'是也。"

日本·尾田玄古《詩經圖解》:

【鱒】似鱏,而鱗細眼赤。

日本·無名氏《詩經旁考》卷十一:

九罭之魚,(《爾雅》:"緵罟謂之九罭。九罭,魚罔也。"孫炎曰:"九罭,謂魚之所入有九囊也。"郭璞曰:"今之百囊罟是也。亦謂之䍟,今江東謂之緵。")鱒魴。(《爾雅》:"魴,鱒。"樊光引此詩。郭璞曰:"鱒,似鱏子,赤眼者。"《草木疏》:"鱒,似鱏魚,而鱗細於鱏,赤眼。"魴已見。)

日本·神吉主膳《詩經名物考》:

鱒,赤眼鱒。

日本·安藤龍《詩經辨話器解》卷八:

九罭(旁行小字:小魚罟)之魚,鱒魴(旁行小字:大魚)。(《傳》:興也(旁行小字:取物有器)。九罭(旁行小字:《爾雅》:九囊之網也。魚所入有九囊。江東謂之緵),緵罟,小魚之網也。鱒魴,大魚也。《箋》云:"設九罭之罟,乃後得鱒魴之魚,言取物各有器也。"

日本·山本章夫《詩經新注》卷中：

罛，網下有囊，使鎖所入之網口，而不得使魚逸者也。謂之九罛，網之大者也。鱒魴，皆河魚味美者。

日本·竹添光鴻《毛詩會箋》卷八：

九罛，緵罟，小魚之網也。鱒魴，大魚也。

九罛，數罟也。鱒魴，名魚也。……以九罛之小網，而得鱒魴之大魚，有喜出望外意。《爾雅》："緵罟謂之九罛，九罛，魚網也。"緵，本或作總。緵、數一聲之轉，即《孟子》所謂"數罟"，趙岐注："數罟，密網也。"是也。《文選·西京賦》："布九罛。"注云："罛與緎同。"《召南·羔羊》"素絲五緎"，《傳》："緎，縫也。"九字以或爲聲者，皆有界限之義，故從絲爲縫，從木爲門限，從土爲區域，從口爲邦國，則從網爲網目，是字義之可推者也。蓋網長一尺九目，則一目之長一寸一分一厘。周尺短，一寸①當我曲尺七分三厘弱，其爲促目小網可知。《正義》云："以其緵促網目能得小魚，不謂網身小。"此誤解百囊之説耳，其實既是小魚之網，即網目網身皆當小也。《正義》又言："鱒魴非大魚。"不知此自對小網言之，則爲大矣。《西京賦》："布九罛，擽鯤鮦。"九罛但取鯤鮦，則以鱒魴處之，當爲大魚耳。郭注《爾雅》謂："九罛，今之百囊罟。"是知九罛非謂九囊，蓋以九者，數之究極，甚言其密且小，則爲之九罛。《正義》引孫炎②云："九罛，謂魚之所入有九囊也。"失之。至鄭《箋》云説"九罛之網，乃後得鱒魴之魚"，則以九罛爲大罟。蓋孫炎説所本，與毛異義。《正義》謂不異於《傳》，殊誤。《釋魚》"鮂鱒魴"，樊光讀以"鱒魴"相屬。據《釋文》引《字林》説，明以鮂字訓魴，則吕忱亦讀"鮂鱒魴"爲句。毛《傳》訓鱒爲大魚，是以鱒爲魴之大者，從魚尊聲，與大鰕之爲鰝，從魚高聲意同。《釋魚》"鮂鱒魴"，與"鮥鮛鮪"同例，字雖從魚，不得分析爲二魚名。《説文》訓鱒爲赤目魚，別自爲一義，魴見《汝墳》。

韓國·朴世堂《詩經思辨錄》：

毛云："九罛，緵罟，小魚之網也。""鱒魴，大魚。"

鄭云："設九罛之罟，乃後得鱒魴之魚，言取物各有器也。"

---

① 寸，原文爲尺，據意改。
② 炎，原文誤爲灾，改。

韓國·李瀷《詩經疾書》：

九罭，如今捕雀網，中施小網爲之裳。九罭，則九網也。網至於九罭，雖鱒魴之美，亦爲所罹，喩讒口之多，聖人不免也。

韓國·申綽《詩次故》卷十：

九罭之魚，（《爾雅》："緵罟，謂之九罭。九罭，魚罔也。"孫炎曰："九罭，謂魚之所入有九囊也。"郭璞曰："今之百囊罟是也。亦謂之罶，今江東謂之緵。"《太平御覽》："《韓詩》：'九罭，取鰕芘也。'"）鱒魴。（《爾雅》："鮅，鱒。"樊光引此詩。孫炎曰："鱒好獨行。"郭璞曰："鱒，似鯶子，赤眼者。"《草木疏》："鱒似鯶魚，而鱗細於鯶，赤眼。"魴已見上。）

韓國·申綽《詩經異文》：

九罭，《釋文》：罭，本或作䃤。

韓國·丁若鏞《詩經講義》卷六：

（臣）對曰：（臣）又思之，九罭，密①網也。

韓國·丁學詳《詩名多識》卷四：

鱒朱子曰："鱒，似鯶，而細鱗，眼赤。" 陸氏曰："鱒，似鯶魚，而鱗細于鯶也，赤眼，多細文。" 《本艸》曰："鱒魚，一名鮅魚，一名赤眼魚，狀似鯶而小，赤脉貫瞳，身圓而長，鱗細于鯶，青質，赤章，好食螺蚌，善于遁網。"

韓國·沈大允《詩經集傳辨正》：

《集傳》曰："九罭，九囊之網也。鱒，似鯶，而鱗細眼赤。鱒魴，魚之美者也。" ○鱒魴，言實行之美也。

韓國·尹廷琦《詩經講義續集》：

《詩》中周魚多矣，如"烹魚釜鬵"（《檜風·匪風》），"魴魚赬尾"（《周南·汝墳》），"敝笱魴鰥"（《齊風》），皆指橫逆之類。管蔡叛逆，即鱒魴之衡流彷徉，非細罟闊網所可羅得矣。罪人既得，而管叔伏誅，則不得逃脫於王網，即鱒魴之入九罭也。九罭，《爾雅》謂之緵罟，郭璞謂之百囊罟，亦謂之罶是也。

韓國·朴文鎬《楓山記聞錄·經説·毛詩》：

"鱒魴"，二字一句也，《魚麗》亦有之，而皆魚名也。蓋物名，則文雖短，亦可以抵長，而在事則有異，故朱子於《頌》之"肇禋"，疑其有脱誤者，蓋以

---

① 密，原文爲蜜，據上下文改。

是耳。(顯喆)

韓國·朴文鎬《詩集傳詳說》卷六：

九罭，九囊之網也。(孫氏炎曰：魚之所入有九囊。) 鱒，似鯶 (渾，上聲)，而麟細眼赤。(《埤雅》曰：鱒魚圓，魴魚方。鱒好獨行，制字從尊以此也。) 魴已見 (音現) 上。(《汝墳》) 皆魚之美者也。

李雷東按：

"九罭之魚，鱒魴"句解有"九罭""鱒""魴""鱒魴"以及整句解說等幾個問題。現分述如下：

一　九罭

1. 緵罟，小魚之網。《毛詩故訓傳》："九罭，緵罟，小魚之網也。"(《毛詩正義》卷八)

2. 緵罟爲百囊網。唐·陸德明《毛詩音義》："今江南呼緵罟爲百囊網也。"(《毛詩正義》卷八)：

3. 魚網。唐·孔穎達引《釋器》云："緵罟謂之九罭。九罭，魚網也。"(《毛詩正義》卷八)

4. 魚之所入有九囊。唐·孔穎達引孫炎云："九罭，謂魚之所入有九囊也。"(《毛詩正義》卷八)

5. 緵，今之百囊網。唐·孔穎達引郭朴云："緵，今之百囊網也。"(《毛詩正義》卷八)

6. 緵促網目能得小魚，不謂網身小。唐·孔穎達云："然則百囊之網非小網，而言得小魚之罭者，以其緵促網目能得小魚，不謂網身小也。"(《毛詩正義》卷八)

7. 緵罟謂之"罭"，九罭爲小網。宋·歐陽修："前儒解'罭'爲囊，謂緵罟百囊網也。然則網之有囊，當有多有少之數，不宜獨言九囊者，是緵罟當統緵、罟謂之罭，而罭之多少則隨網之大小，大網百囊，小網九囊，於理通也。九罭既爲小網，則毛說得矣。"(《詩本義》卷五) 明·張次仲："魚網之囊曰罭。九罭，九囊網也。"(《待軒詩記》卷三)

8. 言其大。宋·蘇轍："罭，罟囊也。九罭，言其大也。"(《詩集傳》卷八)

9. 網之有囊者。宋·范處義："九罭，網之有囊者。"(《詩補傳》卷十五)

10. 九罭之網。宋·朱熹：“九罭，九囊之網也。”（《詩經集傳》卷八）

11. 常網。宋·嚴粲：“九罭，毛以爲小網，諸家或以爲大網。郭璞言有百囊網，則九罭者不得爲大網，又有不及九罭者，則九罭亦不爲甚小，蓋常網也。”（《詩緝》卷十六）

12. 密網。宋·戴溪《續呂氏家塾讀詩記》卷一有此說。明·梁寅：“九罭，九囊之網也。《爾雅》云：緵罟，謂之九罭。緵者，絲數之多至八十縷，蓋網之細密者。”（《詩演義》卷八）

13. 罭者，網罟之名；九者，陽數之極。明·李資乾：“罭者，網罟之名，故上從罒（音岡），魚見之則疑惑，故下從或。九者，陽數之極，多方采取之辭也。”（《詩經傳注》卷十八）

14. 九罭之言九域，以比天子羅致大臣。明·郝敬：“九罭，九囊大網。物莫大於魚，魚大則網恢。九罭之言九域，以比天子羅致大臣也。”（《毛詩原解》卷十六）

15. 取鰕魤之器。明·馮復京《六家詩名物疏》卷三十一引《韓詩》說。清·徐華嶽：“緵罟，蓋細密之網，即數罟也。《東京賦》：布九罭，擽鯤鮞。亦與取鰕魤同意。”（《詩故考異》卷十五）

16. 魚網之多囊。明·朱謀㙔：“九罭，魚網之多囊者，所以致魚，使不得逸也。”（《詩故》卷五）

17. 九囊言其多囊。明·顧夢麟：“百囊或極言其多，即九罭也。今人目花重葉者，云千葉，亦此類。”（《詩經說約》卷十）

18. 細網。清·李光地：“九罭，細網，乃有大魚。”（《詩所》卷二）

19. "九"義與"糾"同。清·羅典：“《爾雅》注：九罭，今之百囊罟。此說得之。但'九'非數目字，義與'糾'同，謂聚合百囊以爲罟也。罟以求魚，魚爲九罭之魚，則其小者矣。”（《凝園讀詩管見》卷五）

20. 唐網。清·胡文英《詩經逢原》（卷五）有此說。

21. 罭又作或（古域字），緵罟即數罟。清·段玉裁：“《釋文》：罭，本又作或。今本或作罭，非也。或，古域字。九域，言域之多。域，謂網目也。《傳》云：緵罟，即數罟。《魚麗》傳《集注》作'緵罟'，定本作數罟是也。故曰小魚之網。”（《毛詩故訓傳定本》卷十五）清·咸學標：“《文選·西京賦》注：罭與緎古字通。”（《毛詩證讀》國風下）

22. 甚言網之密目小。清‧馬瑞辰："《太平御覽》（卷八百三十四）引《韓詩》：九罭，取蝦芘也。亦甚言網之密目小耳。郭注《爾雅》謂九罭今之百囊罟。是知九罭非謂九囊，蓋以九者，數之究極。（《廣雅》：九，究也。）甚言其密且小，則謂之九罭。《詩》疏引孫炎云：九罭謂魚之所入有九囊也。失之。"（《毛詩傳箋通釋》卷十六）又，清‧王先謙："《御覽》八百三十四引《韓詩》文，明韓、毛文同。'取蝦芘也'者，言以蝦之微細，亦不脫漏，極形其網密。《玉篇》艸部：'芘，蕃也。'與'魚網'義不合。芘當爲比，言細相比也。《説文》"笓"下云'取蝦比也'。'取蝦比'與'取蝦比'意合。《漢書‧匈奴傳》'比疏一'，《史記索隱》引《蒼頡篇》：'靡者爲比，麤者爲梳。'比即俗之枇也，故以狀取魚密網。"（《詩三家義集疏》卷十三）

23. 小魚之網，罟必四寸。清‧陳奐："《魚麗》傳説：庶人不數罟。罟必四寸，然後入澤梁。四寸之目，網至小者也。《御覽》資産部十四引《韓詩》云：九罭，取蝦芘也。《文選》王褒《講德論》：鰌鱮並逃，九罭不以爲虛。又《西京賦》：布九罭，擽鯤鮞。皆謂小魚之網。"（《詩毛氏傳疏》卷十五）

24. 一目之中，別以細繩界爲九目，使之細密，以捕小魚。民國‧林義光："布之八十縷爲緵，是緵有細密之意。緵罟，即數罟也。謂之九罭者，罭之言界域也。一目之中，別以細繩界爲九目，使之細密，以捕小魚也。九罭，爲捕小魚之網，而其中有鱒魴焉。"（《詩經通解》卷十五）

25. 九囊之網，以貯魚而蓄之於水。民國‧焦琳："九囊之網。按：以貯魚而蓄之於水，使不漏者，非以捕魚也。"（《詩蠲》卷四）

26. 九域也，即指十五國風言。日本‧皆川願《詩經繹解》（卷七）有此説。

27. 九網。韓國‧李瀷："九罭，如今捕雀網中施小網爲之裳。九罭，則九網也。"（《詩經疾書》）

28. 網目網身皆當小也。清‧胡承珙："《説文》無罭字，古字當只作淢。《文選‧西京賦》：布九罭，注云：罭與緎同，蓋淢緎皆有界畫之義。網之界畫祇九，其爲促目小網可知。孔疏云：以其緵促網目，能得小魚，不謂網身小。此第泥於百囊之説耳。其實既是小魚之網，即網目網身皆當小也。"（《毛詩後箋》卷十五）

29. "袞衣，則數罟"。民國‧林義光《詩經通解》卷十五有此説。

二 鱒

1. 唐‧孔穎達《毛詩正義》卷八引《釋魚》有"鯬""鱒"。

2. 唐·孔穎達《毛詩正義》卷八引郭樸曰："鱒，似鯶子赤眼者。江東人呼魴魚爲鯿。"

3. 唐·孔穎達《毛詩正義》卷八引陸機《疏》云："鱒，似鯶而鱗細於鯶，赤眼。"

4. 鮅也。宋·蔡卞《毛詩名物解》卷十三有此説。

5. 元·劉瑾《詩傳通釋》卷八引《埤雅》："鱒魚圓，魴魚方。鱒好獨行，制字從尊，殆以此也。"

6. 元·許謙《詩集傳名物鈔》卷四引《爾雅翼》："鱒魚目中赤色一横貫瞳，魚之美者，食螺蚌，多獨行，見網輒避。"

7. 明·李資乾引《埤雅》："鱒魚尊，故文從尊，尊則獨行而處圓。"（《詩經傳注》卷十八）

8. 鱒之言忖。明·郝敬："鱒魴，皆魚名。鱒之言忖，魴之言方。忖度所以挽回公之方也。"（《毛詩原解》卷十六）

9. 今俗謂之螺螄青。明·朱朝瑛："鱒魚，青質赤目，好食螺蚌，今俗謂之螺螄青者是也。"（《讀詩略記》卷二）

10. 鱒、鯶同類，皆似鯉。清·汪紱："鱒、鯶同類，皆似鯉，多力健，啖小魚，善遁網，但鯶鱗大，鱒鱗小，鯶好群，鱒好獨，鱒目有赤理，横貫目珠也。"（《詩經詮義》卷四）

11. 今俗所稱馬郎者。清·焦循："《爾雅》以鮅釋鱒。以魾釋魴。《説文》魚部云：鱒，赤目魚也。蓋今俗所稱馬郎者。"（《毛詩草木鳥獸蟲魚釋》卷七）

12. 鬭魚。日本·稻生宣義《詩經小識》卷六有此説。日本·藤沼尚景："鬭魚，即俗呼和矢各華者，而埋思別種，今俗以鱒字訓埋思，亦應無害焉。"（《詩經小識補》卷六）

13. 草魚。日本·保谷玄悦："一名鯇魚，又鰀，又草魚也。郭璞'鰀'作鯶也。其性舒緩，故云鰀，俗呼草魚，因其食草也。或説江閩畜魚者，以草飼之，是也。時珍云：其形長身圓，肉厚而鬆，狀類青魚。"（《詩經多識參考集》上）

14. 一類二種，有河海之別。日本·茅原定《詩經名物集成》卷五有此説。

三　魴

1. 鯿。唐·孔穎達《毛詩正義》卷八引郭樸曰："江東人呼魴魚爲鯿。"宋·嚴粲《詩緝》卷十六《九罭》："魴，鯿也。解見《陳·衡門》。"《詩緝》卷十三

《陳‧衡門》:"魴,一名魾,江東呼爲鯿。陸璣曰:今伊洛濟頴魴魚也。廣而薄,肥甜而少肉,細鱗,魚之美者也。漁陽、泉州及遼東梁水,魴特肥而厚,尤美於中州魴,故其鄉語曰'居就糧,梁水魴'是也。山陰陸氏曰:魴,今之青鯿也。《郊居賦》云:'赤鯉青魴。'細鱗縮項闊腹,蓋弱魚也。其廣方,其厚褊,故一曰魴魚,一曰鯿魚。魴,方也。鯿,褊也。里語曰:洛鯉伊魴,貴於牛羊。言洛以深,宜鯉;伊以清淺,宜魴也。"

2. 魚名。身廣而薄,少力細鱗。《詩經集傳》卷一《周南‧汝墳》"魴魚赬尾"傳:"魴,魚名。身廣而薄。少力細鱗。……魚勞則尾赤。魴尾本白而今赤。"

3. 宋‧吕祖謙《吕氏家塾讀詩記》卷十六《九罭》:"魴解見《敝笱》。"《吕氏家塾讀詩記》卷九《齊風‧敝笱》首章"其魚魴鰥"注:"陸氏《草木疏》云:'魴,今伊洛濟頴魴魚也,廣而薄,肥恬而少力,細魚之美者。'"

4. 明‧梁寅《詩演義》卷八:"魴即鯿也,細鱗,縮項,闊腹,廣而方,故曰魴,厚而匾,故曰鯿。"

5. 明‧李資乾《詩經傳注》卷十八:"《爾雅》云:投輪錯餌,迎而吸之者,陽橋也,其爲魚也,薄而不美。若亡若存,若食若不食,魴也,其爲魚也,博而厚味。"

6. 魴魚方。明‧李資乾引《埤雅》:"魴魚方,故文從方,方則直行而處方。易曰:方以知,象裳之在下,故曰'繡裳'。"(《詩經傳注》卷十八)

7. 魴之言方。明‧郝敬:"鱒魴,皆魚名。鱒之言忖,魴之言方。忖度所以挽回公之方也。"(《毛詩原解》卷十六)

8. 清‧顧棟高引《正字通》云:"魴魚,小頭,縮項,闊腹,穹脊,細鱗,色青,白腹,內肪甚腴。《詩‧周南》'魴魚赬尾'注:魚勞則尾赤。魴尾本白,而今赤,則勞甚也。又《陳風》'豈其食魚,必河之魴',魴,陸璣云:鱤,一名黃頰魚,似燕頭魚,身形厚而長大,頰骨白,味不如鱧也。《月令》:季春薦鮪於寢廟,天官,漁人,春之美可知。"(《毛詩類釋》卷十九)

四　鱒魴

1. 大魚。《毛詩故訓傳》:"鱒魴,大魚也。"(《毛詩正義》卷八)

2. 鱒、魴非是大魚,以九罭密網,故言大。唐‧孔穎達:"驗今鱒、魴非是大魚,言大魚者,以其雖非九罭密網,此魚亦將不漏,故言大耳,非大於餘魚也。《傳》以爲大者,欲取大小爲喻。"(《毛詩正義》卷八)

3. 皆魚之美者也。宋·朱熹《詩經集傳》卷八有此說。

4. 今赤眼鱒及魴魚皆非大魚。宋·嚴粲《詩緝》卷十六有此說。

5. 鱒、魴，常魚。喻周公。明·季本："鱒、魴，常魚，非大魚也。……見網羅豪傑得如周公者，乃大綱也，此言周公不易得之意。"（《詩說解頤》卷十四）

6. 明·李資乾引《埤雅》："鱒魴，其音如蹲踞之蹲，多秖獨行，亦有兩三頭同行，見網輒遁，取之極難，非九罭則不得也。"（《詩經傳注》卷十八）

7. 明·李資乾："鱒魴者，魚之尊且方，不爲網罭羈者也。"（《詩經傳注》卷十八）

8. 忖度所以挽回公之方也。明·郝敬："鱒魴，皆魚名。鱒之言忖，魴之言方。忖度所以挽回公之方也。"（《毛詩原解》卷十六）

9. 明·張次仲認爲"鱒魴"皆魚之小者，又引《太平御覽》："罭取蝦芘。蝦芘，蝦之微細者。"（《待軒詩記》卷三）

10. 君子之道。明·何楷引陸佃云："鱒魚圓，魴魚方。君子道以圓內，義以方外，而周公之德具焉。"（《詩經世本古義》卷十之上）

11. 喻武庚。清·羅典："'九罭之魚，鱒魴'，喻武庚也。武庚當誅，故言魚，以魚爲刀俎間物耳。……以武庚爲可魚，而又小之，蓋極薄其無能爲有如此。"（《凝園讀詩管見》卷五）

12. 喻袞繡。清·牟應震："鱒魴，小魚，而身有文采，喻袞繡。"（《詩問》卷三）

13. 鱒魴不得分析爲二魚名。清·陳壽祺、陳喬樅："《毛詩正義》云：《釋魚》有鱒魴，樊光引此詩。盧氏文弨以《正義》引鱒魴當作鯬鱒。此不然也。考《爾雅·釋文》，鯬下引《字林》云：魴也。鰳下引《廣雅》云：鮏鰳。鰊下引《埤蒼》云：鰳鰊，鮏也。《字林》作鯠是舊本。讀鯬鱒魴句，鮏鰳鰊句，與今本郭讀異。郝氏懿行曰：《釋文》所引《廣雅》及《埤蒼》並以鰳鰊與上文鮏字相屬，此古讀也。據《詩》疏引《釋魚》云云，然則樊讀以鱒魴相屬，鮏鰳鰊相屬，故張揖讀從古也。喬樅謂：據《釋文》引《字林》，說明以鯬字訓魴，則呂忱亦讀鯬鱒魴爲句。《毛傳》訓鱒爲大魚，是以鱒爲魴之大者，從魚，尊聲。與大蝦之爲鰝，從魚，高聲，意同。《釋魚》'鯬鱒魴'，與鮥鮛鮪同例，字雖從魚，不得分析爲二魚名。《說文》訓鱒爲赤目魚，別爲一義，猶之鮏、大鱯，又別爲鰳、鰊也。"（《三家詩遺說考·魯詩遺說考》）

14. 雖非極大之魚，但不當處九罭小網，喻周公。清‧陳奐："鱒魴，雖非極大之魚，《傳》云"大魚"者，對九罭爲綴罟而言。九罭但能取鰕與擉鯤鮞，不當網鱒魴，故言大以明其義。鱒魴之大魚，不宜居小魚之網，猶下文云鴻，大鳥，不宜循渚陸。鱒魴與鴻，皆以喻周公也。"（《詩毛氏傳疏》卷十五）

15. 清‧多隆阿："此魚關左俗呼曰赤眼魚，或呼曰鱒子魚。圖身，細鱗，色白而微蒼，眼中血絲橫貫。注家以爲赤眼，誠然也。大者長二三尺餘，松花渚江皆有之，漁人言此魚善於避網，頗不易取。"（《毛詩多識》卷七）

16. 鱒、魴喻管蔡、周公。民國‧王闓運："實喻管蔡、周公，一善一惡，而朝廷拘文法，俱出之於外。"（《詩傳補》）

17. 鱒魴即鱮魴。民國‧丁惟汾《詩毛氏傳解故》有此說。

18. 周公，大魚。民國‧林義光《詩經通解》卷十五有此說。

19. 喻中有命存也。日本‧皆川願《詩經繹解》卷七有此說。

20. 河魚味美者。日本‧山本章夫《詩經新注》卷中有此說。

21. 指橫逆之類。韓國‧尹廷琦："《詩》中周魚多矣，如'烹魚釜鬵'（《檜風‧匪風》），'魴魚頳尾'（《周南‧汝墳》），'敝笱魴鰥'（《齊風》），皆指橫逆之類。"（《詩經講義續集》）

五　整句解說

1. 鱒、魴大魚，處九罭小網，非其宜，興周公處東方小邑，亦非其宜。唐‧孔穎達："毛以爲，九罭之中，魚乃是鱒也，魴也。鱒、魴是大魚，處九罭之小網，非其宜，以興周公是聖人，處東方之小邑，亦非其宜，王何以不早迎之乎？"（《毛詩正義》卷八）

2. 言取物各有器也。漢‧鄭玄《毛詩箋》："設九罭之罟，乃後得鱒魴之魚，言取物各有器也。"（《毛詩正義》卷八）又，唐‧孔穎達："《箋》解網之與魚大小，不異於《傳》，但不取大小爲喻耳。以下句'袞衣繡裳'是禮之上服，知此句當喻以禮往迎，故易《傳》以取物各有其器，喻迎周公當有禮。"（《毛詩正義》卷八）

3. 唐‧孔穎達引王肅云："以興下土小國，不宜久留聖人。"（《毛詩正義》卷八）

4. 雖非九罭密網，此魚亦將不漏。唐‧孔穎達："驗今鱒、魴非是大魚，言大魚者，以其雖非九罭密網，此魚亦將不漏，故言大耳，非大於餘魚也。《傳》以爲大者，欲取大小爲喻。"（《毛詩正義》卷八）

5. 宋‧蔡卞："人能以魴節而必取之也，不以法度則不足以得之，故必以緩細

之數九罭是也。"(《毛詩名物解》卷十三)

6. 喻周公不當居東。宋·范處義:"九罭,網之有囊者,不足以得大魚,而鱒魴之美,乃在其間,喻周公不當居東也。"(《詩補傳》卷十五)

7. 用隆厚之禮,則得聖賢。宋·呂祖謙引程氏曰:"鱒魴,魚之美者。施九罭之網,則得鱒魴之魚。用隆厚之禮,則得聖賢。"(《呂氏家塾讀詩記》卷十六)

8. 喻成王不可以得周公之大聖。宋·楊簡:"此詩謂九罭之網,惟可以得鱒魴爾,不可以得大魚,喻成王德量之不大,惟可以用中材,不可以得周公之大聖。"(《慈湖詩傳》卷十)

9. 言周公處非其地。宋·林岊:"處九罭之小網,言周公處非其地。"(《毛詩講義》卷四)

10. 網疏者不足以得大魚。宋·戴溪《續呂氏家塾讀詩記》卷一有此説。

11. 興得見周公而喜也。明·梁寅:"網得美魚,人以爲喜,故以興得見周公而喜也。"(《詩演義》卷八)

12. 言周公不易得之意。明·季本:"見網羅豪杰得如周公者,乃大網也,此言周公不易得之意。"(《詩説解頤》卷十四)

13. 明·李資乾《詩經傳注》卷十八:"周公有聖德,遭時之變,退避居東,有難進易退之象,故曰'九罭之魚,鱒魴'。"

14. 非常之人,則有非常之服。明·顧起元:非常之網,則有非常之魚,以興非常之人,則有非常之服。)(《詩經金丹》卷三)

15. 九罭之網,則有鱒魴之美魚。明·江環《詩經闡蒙衍義集注》(《詩經鐸振》卷三)有此説。

16. 明·郝敬《毛詩原解》卷十六:"蓋王悔始之失公,而詩人諒公之忠順,惟王還其舊服而已矣。上公袞冕,即冢宰之服。"

17. 惟九罭之大網,而後得鱒魴之大魚。明·馮時可《詩臆》卷上有此説。

18. 唯九罭而後得鱒魴,是甚不易見也。明·姚舜牧《重訂詩經疑問》卷三有此説。

19. 言九罭之網雖有,鱒魴之魚而不能久處於罭中也。明·曹學佺:"東人詠周公,言九罭之網雖有,鱒魴之魚而不能久處于罭中也。"(《詩經剖疑》卷十二)

20. 魯人以九罭自比,而爲此驚喜之語。明·張次仲:"時成王以命服迎周公,魯人僻陋未嘗見此,故以九罭自比,而爲此驚喜之語。想見一時人心,扶老攜幼,

舉手加額，相顧誇詡之狀。"（《待軒詩記》卷三）

21. 鱒象公之圓，魴象公之方。明·何楷："周公有聖德，遭時之未信，退避于東，有難進易退之操，故以鱒魴言之。又陸佃云：鱒魚圓，魴魚方。君子道以圓内，義以方外，而周公之德具焉。故是詩主以言之。然則鱒象公之圓，而袞衣者，道也。魴象公之方，而繡裳者，義也。玄袞纁繡，而後可以見周公，猶之九罭之取鱒魴也。"（《詩經世本古義》卷十之上）

22. 以魚美興服盛。清·冉覲祖："九罭不見爲小網，故小網得大魚意，今亦不用，但以魚美興服盛耳。"（《詩經詳說》卷三十二）

23. 興東人而得見周公。清·李塨："以密網而得嘉魚，興東人而得見周公也。"（《詩經傳注》卷三）

24. 清·姜文燦："彼九罭之網，網之大者也，用之取魚，則龍于其中者，有鱒魴之魚矣。"（《詩經正解》卷十）

25. 三章一意，首章亦從毛。清·黃中松：觀下章《毛傳》曰：鴻不宜循渚也。又曰：陸非鴻所止。則三章一意，鄭於下章乃曰：鴻，大鳥也，不宜與鳧鷖之屬飛而循渚，以喻周公今與凡人處東都之邑，失其所也。其取喻又與毛同，則不能自守其說矣。何如首章亦從毛乎。《韓詩說》以九罭爲取鰕苯，則孔云'緻促細目'者，得之。"（《詩疑辨證》卷三）

26. 喻武庚。清·羅典："'九罭之魚，鱒魴'，喻武庚也。……然爾日武庚之叛，竟以小而妄自尊求之魚，類彼赤目而好獨行者，有自尊之意，而以鱒名武庚，殆無以異是已。及周公東征之師至，而武庚懼誅，先之爲鱒者，忽易而爲扁身縮項之魴焉。是則爲魚同，而其以小而妄自尊之狀，與夫失尊而却自小之狀，固於魚各有肖而不得同也。"（《凝園讀詩管見》卷五）

27. 九罭，不過尋常之魚網耳，乃得魚鱒魴之美魚。清·姜炳璋《詩序補義》卷十三有此説。

28. 喻周大夫皆賢聖，同受衣裳之寵，而不得退處。清·牟庭："余按：鱒、魴，皆美魚。已在百囊之網中，而不能出，喻周大夫皆賢聖，亦同受衣裳之寵，而不得退處者也。"（《詩切》）

29. 殷之賢者喜見周公。清·劉沅："殷民之賢者，自言平日求賢如網魚。……周公平殷亂，留撫殷民。殷之賢者喜而曰：九罭所得之魚至美，不過鱒魴而已，喻平日所見不過如此，"（《詩經恒解》卷二）

30. 駁孔疏之非。清·胡承珙："《箋》云：設九罭之罟，乃後得鱒魴之魚，言取物各有器也。……《箋》解網之與魚大小，不異於《傳》，但不取大小爲喻耳。承珙案：此疏非是。玩《箋》意，是謂鱒魴大魚，當以大網，故言物各有器，非小網大魚之謂，意實與毛異也。"（《毛詩後箋》卷十五）

31. 《韓詩》取興當與毛同。清·胡承珙："《韓詩》亦以九罭爲魚具之小者，其取興當與毛同也。"（《毛詩後箋》卷十五）

32. 喻小國而見大臣。清·馮登府："九罭，取蝦苊也。（見《御覽》八百三十四）《毛傳》：緵罟，小魚之綱。亦韓說爲長，喻小國而見大臣。"（《三家詩遺說》卷四）

33. 清·黃位清："此言九囊小網，不能得大魚，纔鱒魴而已，以興東土下國，不足久留大人也。《齊風·敝笱》魴鰥、魴鱮，則又以魚之多，興從者之盛。意不重在大小。"（《詩緒餘錄》卷五）

34. 言小網而得大魚，以比小邑而見大聖也。清·夏炘："九罭，小網也。鱒魴，大魚也。東方，小邑也。周公，大聖也。言小網而得大魚，以比小邑而見大聖也。毛意當如此，《箋》《疏》皆不得其解。"（《讀詩劄記》卷四）

35. 喻東土不宜居周公，而成王不知反之。清·沈鎬："蓋九罭爲數罟，以九罭而得鱒魴，則出於意外，以喻東土不宜居周公，而成王不知反之。故《序》云：刺朝廷之不知也。"（《毛詩傳箋異義解》卷五）

36. 民國·林義光："九罭，爲捕小魚之網，而其中有鱒魴焉。喻袞衣繡裳，庸人亦得服之，今以周公而服此，則如鱒魴在九罭中矣。"（《詩經通解》卷十五）

37. 民國·焦琳《詩蠲》卷四："鱒魴，皆美魚。然其美在味，今在九罭，雖確知其鱒魴，而不但未得食，鱒鱻且未得詳睹也。"

38. 日本·皆川願《詩經繹解》卷七："九罭，九域也。即指十五國風言。以九罭網要之之所獲，乃其魚必爲鱒魴矣。以十五國風要之之所獲，乃其物必爲至大之文德矣。蓋亦謂二雅文德之至大也。"

39. 喻讒口之多，聖人不免。韓國·李溪："網至於九罭，雖鱒魴之美，亦爲所罹，喻讒口之多，聖人不免也。"（《詩經疾書》）

40. 韓國·尹廷琦《詩經講義續集》："管蔡叛逆，即鱒魴之衡流彷徉，非細罟闊網所可羅得矣。罪人既得，而管叔伏誅，則不得逃脫於王綱，即鱒魴之入九罭也。"

我覯之子

唐・孔穎達《毛詩正義》卷八：

毛以爲，我成王若見是子周公，當以袞衣繡裳往見之。刺王不知，欲使王重禮見之。鄭以爲，……王若見是子周公，當以袞衣繡裳往迎之。

宋・蘇轍《詩集傳》卷八：

求大魚者，必大網，見周公者不可不以上公之服也。

宋・李樗《毛詩詳解》（《毛詩李黃集解》卷十八）：

覯，見也。【黃講同】

宋・范處義《詩補傳》卷十五：

東人見周公以上公之服處此地，是以刺朝廷不能速還公也。

宋・朱熹《詩經集傳》卷八：

我，東人自我也。之子，指周公也。

宋・呂祖謙《呂氏家塾讀詩記》卷十六：

程氏曰：我欲進覯之子，當用上公禮服往逆之。

宋・楊簡《慈湖詩傳》卷十：

之子謂周公也。覯，見也。我惟見周公袞衣繡裳而已，而王不委之以政。

宋・林岊《毛詩講義》卷四：

我見周公袞衣繡裳，上公在外，當迎之也。

宋・戴溪《續呂氏家塾讀詩記》卷一：

我欲見周公，必袞繡以迎之而後可，若禮數闊略，則周公不可見矣。

元・劉瑾《詩傳通釋》卷八：

我，東人自我也。之子，指周公也。

元・朱公遷《詩經疏義》（《詩經疏義會通》卷八）：

我，東人自我也。之子，指周公也。（前篇"之子"，承"取妻如之何"言，此篇"之子"，因"袞衣繡裳"而言，蓋作詩非一人，而"之子"乃衆人之通稱也，故所指者異。）

元・王逢《詩經疏義輯錄》（《詩經疏義會通》卷八）：

我，東人自我也。之子，指周公也。

明·梁寅《詩演義》卷八：

之子，謂周公也。《伐柯》以"之子"爲婦人，此以爲周公者，古人語質，如君子或以稱王者，或婦人稱夫，尊卑不嫌同辭也。

明·胡廣《詩傳大全·詩序》卷八：

我，東人自我也。之子，指周公也。

明·黄佐《詩經通解》卷八：

此"我覯"與他處稍不同，蓋言我幸得而覯也。（程氏曰："我欲覯之子，當用上公禮服往逆之。"）

明·鄒泉《新刻七進士詩經折衷講意》卷一：

或"之子"上略見德意亦可。

明·豐坊《魯詩世學》卷十五：

之子，同上篇。

明·李資乾《詩經傳注》卷十八：

公爲已登之相，受封之君，天地相遇矣，君臣相遇矣，非褌布之士也，故曰"我遘之子，衮衣繡裳"，猶云已嫁，非處女也。

明·江環《詩經闡蒙衍義集注》（《詩經鐸振》卷三）：

【首章】我公以王朝之重臣，而來歸東山，使我幸得而見之，則有衮龍之衣，刺繡之裳矣。

明·郝敬《毛詩原解》卷十六：

我，西人也。覯，遇見也。時公居東，歸則西人得覯也。

明·馮時可《詩臆》卷上：

然則王爲明君，豈不能得公乎。我可以覯其衮衣繡裳矣。

明·姚舜牧《重訂詩經疑問》卷三：

今我覯之子而得睹衮衣繡裳之儀範焉，此生亦何幸哉。

明·曹學佺《詩經剖疑》卷十二：

我覯之子，而忽有衮衣繡裳之服，何耶？行將以覲于王朝，而不能久居乎魯也。

明·駱日升《詩經正覺》卷四：

我公以王朝之重臣而來居東土，使我幸得而見之，則有衮龍之衣，刺繡之裳矣。

明·徐奮鵬《詩經尊朱删補》（《詩經鐸振》卷三）：
我覯（音垢）之子（之子，指周公也。）

明·顧夢麟《詩經説約》卷十：
我，東人自我也。之子，指周公也。

明·張次仲《待軒詩記》卷三：
之子，謂來使。

明·黄道周《詩經琅玕》卷三：
我，是東人自我。之子，指周公。

公以王朝之重臣，而來歸東山，使我幸得而見之，則有衮龍之衣，又有刺繡之裳，皆服之盛也。□威上次于天王，九章配合乎九命，而□□有殊于群辟，此地何地也，而有斯人也哉，今日何日也，而見斯服也哉。

明·錢天錫《詩牖》卷五：
"我覯之子"二句，想見舉手加額，相顧誇詡之狀。

明·何楷《詩經世本古義》卷十之上：
"我覯之子"，解見《伐柯》篇，代爲成王籌度之辭也。
我欲覯之子，當用上公禮服往逆之。
李雷東按：《伐柯》"我覯之子"鄭注："覯，見也。之子，是子也，斥周公也。王欲迎周公，當以饗燕之饌行至，則歡樂以説之。"（《毛詩正義》卷八）何楷《伐柯》篇"我覯之子"解釋采用鄭注。

明·黄文焕《詩經嫏嬛》卷三：
我公以王朝之重臣而來歸東山，使我幸得而見之，則有衮龍之衣，刺繡之裳矣。

明·楊廷麟《詩經聽月》卷五：
我公以王朝之重臣，而來歸東山，使我幸得而見之，則有衮龍之衣，刺繡之裳。
張壯采曰：以公之忠聖而鬱鬱避居東土，故東人不勝憤憤而曰："我覯之子，衮衣繡裳。"見公不優游於端揆，而顧周旋於下國，隱然若有惜公之去者。
我，是東人自我。之子，指周公。

明·陳組綬《詩經副墨》：
以公之忠聖，而鬱鬱避居東土，故東人不勝憤憤，而曰："我覯之子，衮衣繡裳。"見公不優游于端揆，而顧周旋於下國，隱然若有惜公之去者。

明·陳元亮《鑒湖詩說》卷一：

以公之忠聖，而鬱鬱避居東土，故東土之人不勝憤憤，曰"我覯之子，袞衣繡裳"。見公不以磬折于端揆，而顧以周旋于下國，隱然有惜公之去者。

清·錢澄之《田間詩學》卷五：

程子云："施九罭之網，則得美魚；用隆厚之禮，則得聖賢。我欲覯之子，當用上公禮服往逆之。"

清·張沐《詩經疏略》卷四：

之子，周公也。

清·冉覲祖《詩經詳說》卷三十二：

我，東人自我也。之子，指周公也。

【副墨】東人喜見周公，匪爲其服。而其所以喜見公者，亦自形容不出，故只舉服言之，有奔走聚觀，相顧贊嘆之狀。

清·王鴻緒等《欽定詩經傳說彙纂》卷九：

我，東人自我也。之子，指周公也。

【集說】姚氏舜牧曰："今我覯之子而得睹袞衣繡裳之儀範焉，此生亦何幸哉。"

清·嚴虞惇《讀詩質疑》卷十五：

朱注：我，東人自我也。之子，斥周公也。

清·王心敬《豐川詩說》卷十一：

（一章）今我西人欲以覯公無他道也，惟王以龍袞之衣、絺繡之裳往迎，還其舊服，復其舊位，而公斯得而覯矣。

清·姜文燦《詩經正解》卷十：

【合參】況我公以王朝之重臣，而至止于東土焉。其所見果何有哉。

【析講】我欲言我幸得而睹也。昔東坡自海外歸毗陵，病暑，著小冠，披半臂，坐船中，夾運河岸，千萬人隨觀之。東坡顧坐客曰：莫看殺軾否。溫公元豐末來京師，都人疊足聚觀，即以相公目之，馬至于不能行。謁時相于私第，市人登樹騎屋窺之。人或止之，曰：吾非望而君願識司馬相公之風采耳。呵叱不退，屋瓦爲之碎，樹枝爲之折。二公如此，況周公大聖，又以上公之貴，東人喜得見之，是何等願望。其一段奔走聚觀、相顧贊嘆之狀，當亦宛然可想。聖人在朝廷則朝廷重，在一方則一方重。袞衣非可喜，見之子之袞衣則可喜也。

清·張敘《詩貫》卷五：

"我覯"與前篇之"覯"不同，彼宜訓遇，此宜訓見也。

清·許伯政《詩深》卷十五：

若我覯之子，袞衣繡裳，豈可羅而致哉。

清·劉始興《詩益》卷十六：

我，東人自我。之子，謂周公。

清·顧鎮《虞東學詩》卷五：

我者，詩人代爲成王籌度之辭。（何楷）蓋諷之速迎周公。必謂迎之，當以饗燕之禮行，則滯矣。（《箋》義）"我覯"云者，大夫至東而見周公之辭。言公當服此衣歸輔朝廷也。

清·羅典《凝園讀詩管見》卷五：

"我覯之子，袞衣繡裳"，按：《詩》中稱"之子"者，義非一端，大要皆以蛇取象，如前篇《伐柯》之稱"之子"，與《周南·桃夭》之詩同。蓋以明女子委蛇有態耳。"委蛇"之蛇，一音時遮切，虵屬，委曲也。蛇行之貌，惟"之"字足當"委蛇"二字，因於女子之委蛇有態者稱"之子"。至《小雅·車工》篇言宣王徂東行狩之事，而其三章曰"之子于苗"，末章曰"之子于征"者，則以行狩之時，其士卒左右分出，各相引而爲蟬聯環繞之形，固宜有同於蛇者，稱"之子"也。若此篇所謂"之子"，則舉武庚之脫身以逃言之。今俚語每以人之走匿，與蛇之走匿並稱之，曰溜溜者，疾奔之名。武庚之因周公東征而懼誅，其退而局促者，既爲魴，其轉而伏竄者，又爲蛇。故東人之覯之，以爲覯之子。

此東人言"我覯之子"，以著其實爲蛇，言"我覯之子，袞衣繡裳"，以嗤其貌爲龍也。

清·胡文英《詩經逢原》卷五：

之子，指周公。

清·姜炳璋《詩序補義》卷十三：

一章：我東土不過尋常之下里耳，乃覯此袞衣繡裳之之子。

清·劉沅《詩經恒解》卷二：

之子，謂周公。……今覯之子則袞衣繡裳，威儀莊肅，非復他比。蓋三叔武庚爲亂，不遵周公禮法，殷人始亦未知。今見周公乃欣嘆其儀度之盛，而服其德隅如此。夫光武中興，民曰：不圖今日復睹漢官威儀。裴度入蔡，李愬郊迎，使知朝廷體統之尊。況以公之德與威容乎。

清·陳奐《詩毛氏傳疏》卷十五：

覯，見也。之子，斥周公也。

清·陳喬樅《詩經四家異文考》卷二：

《太平御覽》八百十五：《詩》曰：我遘之子，袞衣繡裳。

案：遘，《毛詩》作覯，說見前。

清·鄧翔《詩經繹參》卷二：

首章我字，迎周公者，代王我也。次三章之女，女東人也。言西周乃公歸之所，今于女信宿，亦女有光矣。皆迎公者之辭。（以上頁眉）

我，東人自謂也。之子，指周公。

清·龍起濤《毛詩補正》卷十四：

案：此與《伐柯》兩篇中皆有"我覯之子"句，前篇之"覯"，乍見而深喜也，此篇之"覯"，既見而願留也，其美周公一也。

清·呂調陽《詩序議》卷二：

案：我，東人自我。之子，指周公也。

清·梁中孚《詩經精義集鈔》卷二：

之子，周公也。（以上下格）

清·王先謙《詩三家義集疏》卷十三：

覯，見也。之子，斥周公。時公拜王命，已得服上公之服焉。

民國·王闓運《詩傳補》：

補曰：我覯者，言不宜於此見也。

民國·張慎儀《詩經異文補釋》卷六：

《太平御覽》八百十五引《詩》，覯作遘

民國·李九華《毛詩評注》：

【注】之子，周公也。（《毛傳》）

民國·林義光《詩經通解》卷十五：

眉批：周公，大魚。

九罭，《爾雅》云："緵罟，謂之九罭。"按：布之八十縷爲緵，是緵有細密之意。緵罟，即數罟也。謂之九罭者，罭之言界域也。一目之中，別以細繩界爲九目，使之細密，以捕小魚也。九罭，爲捕小魚之網，而其中有鱒魴焉。（毛云："鱒魴，大魚。"）

民國·焦琳《詩蠲》卷四：

我覯之子，盛德光輝，雖如衮繡之章彩溢目，而內蘊之美，實泯之而靡窮，所及見者，仍類衣裳之末而已。言此，以起下文愛之戀之惟恐其去之意。

民國·吳闓生《詩義會通》卷一：

（闓生案：先大夫曰：《伐柯》、《九罭》當爲一篇。上言"我覯之子，籩豆有踐"，此言"我覯之子，衮衣繡裳"，文義相應。）

日本·岡白駒《毛詩補義》卷五：

案：之子，斥周公也。……我覯之子，當以衮衣繡裳見之。蓋諷成王以冕服迎公也。

日本·赤松弘《詩經述》卷四：

我，詩人自我也。之子①，指周公也。

日本·伊藤善韶《詩解》：

我，東人自我也。之子，指周公。親之辭也。

日本·岡井鼎《詩疑》：

《集傳》："我，東人自我也。"（刪説見後）此亦至而言，（刪説見後）我遘至服矣。（刪説見後）

何楷又云："我覯之子，代爲成王之辭也。……我欲覯之子，當用上公服往逆之。"

鼎按：孔云："王若見是子周公，當以衮衣繡裳往迎之。"

日本·安藤龍《詩經辨話器解》卷八：

我（旁行小字：王）覯之子，衮衣繡裳。

日本·山本章夫《詩經新注》卷中：

我，東人自言。之子，指周公。

日本·竹添光鴻《毛詩會箋》卷八：

"我覯之子"，我，東人自我也。《傳》云："所以見周公者。"承上《傳》而言。言下國有聖人，猶數罟有大魚。東都之人，所以得見周公也。

---

① 原文"之子"爲"之之"，據上下文改。

韓國·沈大允《詩經集傳辨正》：

我覯之子，以有周公爲幸之辭也。

韓國·尹廷琦《詩經講義續集》：

既誅管叔，而公乃西歸，故周人喜之曰"我覯之子"也，亦既覯止，則德容光著，而衮衣繡裳也。

韓國·朴文鎬《詩集傳詳説》卷六：

我，東人自我也。（作詩者）之子，指周公也。（上下篇"之子"所指各異，又上篇之"遘"，兼有遇義，此篇之覯，只爲見義者，爲異耳。）

李雷東按：

"我覯之子"句解有"我""覯""之子"以及整句解説等幾個問題。現分述如下：

一 我

1. 東人自我。宋·朱熹《詩經集傳》卷八有此説。

2. 西人。明·郝敬《毛詩原解》卷十六有此説。

3. 迎周公者。清·鄧翔："首章我字，迎周公者，代王我也。"（《詩經繹參》卷二）

4. 詩人代成王籌度之辭。明·何楷《詩經世本古義》卷十之上在此篇説："'我覯之子'，解見《伐柯》篇。"何楷《伐柯》篇"我覯之子"解釋："稱我者，詩人代成王籌度之辭。"見《詩經世本古義》卷十之上。

5. 詩人自我也。日本·赤松弘《詩經述》卷四有此説。

6. 王。日本·安藤龍《詩經辨話器解》卷八有此説。

二 覯

1. 所以見周公。《毛詩故訓傳》："所以見周公也，衮衣，卷龍也。"（《毛詩正義》卷八）

2. 見。宋·李樗《毛詩詳解》（《毛詩李黃集解》卷十八）有此説。

3. 言我幸得而覯。明·黃佐："此'我覯'與他處稍不同，蓋言我幸得而覯也。"（《詩經通解》卷八）

4. 遇見。明·郝敬《毛詩原解》卷十六有此説。

5. 接見曰覯。明·何楷《詩經世本古義》卷十之上在此篇說："'我覯之子',解見《伐柯》篇。"《伐柯》篇"我覯之子"何楷解釋說:"《說文》云:遘,見也。《詩詁》云:泛見曰見,接見曰覯。"(《詩經世本古義》卷十之上)

6. 清·張敘《詩貫》卷五:"'我覯'與前篇之'覯'不同,彼宜訓遘,此宜訓見也。"

7. 既見而願留。清·龍起濤:"此與《伐柯》兩篇中皆有'我覯之子'句,前篇之'覯',乍見而深喜也,此篇之'覯',既見而願留也,其美周公一也。"(《毛詩補正》卷十四)

三 之子

1. 指周公。宋·朱熹《詩經集傳》卷八有此說。

2. 衆人之通稱,所指各異。元·朱公遷:"前篇'之子',承'取妻如之何'言,此篇'之子',因'袞衣繡裳'而言,蓋作詩非一人,而'之子'乃衆人之通稱也,故所指者異。"(《詩經疏義會通》卷八)

3. 謂周公,尊卑不嫌同辭也。明·梁寅:"之子,謂周公也。《伐柯》以'之子'爲婦人,此以爲周公者,古人語質,如君子或以稱王者,或婦人稱夫,尊卑不嫌同辭也。"(《詩演義》卷八)

4. "之子"上略見德意。明·鄒泉《新刻七進士詩經折衷講意》卷一有此說。

5. 謂來使。明·張次仲《待軒詩記》卷三有此說。

6. 是子也,斥周公。采鄭注。明·何楷《詩經世本古義》卷十之上在此篇說:"'我覯之子',解見《伐柯》篇。"何楷《伐柯》篇"我覯之子"解釋采用《伐柯》篇鄭注,見《詩經世本古義》卷十之上。《伐柯》"我覯之子"鄭注:"覯,見也。之子,是子也,斥周公也。王欲迎周公,當当以饗燕之饌行至,則歡樂以說之。"(《毛詩正義》卷八)

7. 指武庚。清·羅典:"《詩》中稱'之子'者,義非一端,大要皆以蛇取象,如前篇《伐柯》之稱'之子',與《周南·桃夭》之詩同。蓋以明女子委蛇有態耳。'委蛇'之蛇,一音時遮切,虺屬,委曲也。蛇行之貌,惟'之'字足當'委蛇'二字,因於女子之委蛇有態者稱'之子'。至《小雅·車工》篇言宣王徂東行狩之事,而其三章曰'之子于苗',末章曰'之子于征'者,則以行狩之時,其士卒左右分出,各相引而爲蟬聯環繞之形,固宜有同於蛇者,稱'之子'

也。若此篇所謂'之子',則舉武庚之脱身以逃言之。今俚語每以人之走匿,與蛇之走匿並稱之,曰溜溜者,疾奔之名。武庚之因周公東征而懼誅,其退而局促者,既爲魴,其轉而伏竄者,又爲蛇。故東人之覯之,以爲覯之子。"(《凝園讀詩管見》卷五)

8. 清·王先謙《詩三家義集疏》卷十三:"之子,斥周公。時公拜王命,已得服上公之服焉。"

9. 指周公。親之辭也。日本·伊藤善韶《詩解》有此説。

四　整句解説

1. 成王當以袞衣繡裳往見周公,刺王不知。唐·孔穎達:"毛以爲,我成王若見是子周公,當以袞衣繡裳往見之。刺王不知,欲使王重禮見之。"(《毛詩正義》卷八)

2. 王若見周公,當以袞衣繡裳往迎之。唐·孔穎達:"鄭以爲,……王若見是子周公,當以袞衣繡裳往迎之。"(《毛詩正義》卷八)

3. 見周公當以上公之服。宋·蘇轍:"求大魚者,必大綱,見周公者不可不以上公之服也。"(《詩集傳》卷八)

4. 宋·范處義《詩補傳》卷十五:"東人見周公以上公之服處此地,是以刺朝廷不能速還公也。"

5. 宋·呂祖謙《呂氏家塾讀詩記》卷十六引程氏曰:"我欲進覯之子,當用上公禮服往逆之。"

6. 宋·楊簡《慈湖詩傳》卷十:"我惟見周公袞衣繡裳而已,而王不委之以政。"

7. 宋·林岊《毛詩講義》卷四:"我見周公袞衣繡裳,上公在外,當迎之也。"

8. 宋·戴溪《續呂氏家塾讀詩記》卷一:"我欲見周公,必袞繡以迎之而後可,若禮數闊略,則周公不可見矣。"

9. 明·李資乾《詩經傳注》卷十八:"公爲已登之相,受封之君,天地相遇矣,君臣相遇矣,非褌布之士也,故曰'我遘之子,袞衣繡裳',猶云已嫁,非處女也。"

10. 明·江環《詩經闡蒙衍義集注》(《詩經鐸振》卷三):"我公以王朝之重臣,而來歸東山,使我幸得而見之,則有袞龍之衣,刺繡之裳矣。"

11. 明·郝敬《毛詩原解》卷十六："時公居東，歸則西人得覯也。"

12. 明·馮時可《詩臆》卷上："然則王為明君，豈不能得公乎。我可以覯其袞衣繡裳矣。"

13. 明·姚舜牧《重訂詩經疑問》卷三："今我覯之子而得睹袞衣繡裳之儀範焉，此生亦何幸哉。"

14. 明·曹學佺《詩經剖疑》卷十二："我覯之子，而忽有袞衣繡裳之服，何耶？行將以覯于王朝，而不能久居乎魯也。"

15. 明·駱日升《詩經正覺》卷四："我公以王朝之重臣而來居東土，使我幸得而見之，則有袞龍之衣，刺繡之裳矣。"

16. 明·黃道周《詩經琅玕》卷三："公以王朝之重臣，而來歸東山，使我幸得而見之，則有袞龍之衣，又有刺繡之裳，皆服之盛也。□威上次于天王，九章配合乎九命，而□□有殊于群辟，此地何地也，而有斯人也哉，今日何日也，而見斯服也哉。"

17. 明·錢天錫《詩牖》："'我覯之子'二句，想見舉手加額，相顧誇詡之狀。"（卷五）

18. 明·楊廷麟引張壯采曰："以公之忠聖而鬱鬱避居東土，故東人不勝憤憤而曰：'我遘之子，袞衣繡裳。'見公不優游於端揆，而顧周旋於下國，隱然若有惜公之去者。"（《詩經聽月》卷五）

19. 清·錢澄之引程子云："施九罭之網，則得美魚；用隆厚之禮，則得聖賢。我欲覯之子，當用上公禮服往逆之。"（《田間詩學》卷五）

20. 清·冉覲祖："東人喜見周公，匪為其服。而其所以喜見公者，亦自形容不出，故只舉服言之，有奔走聚觀，相顧贊嘆之狀。"（《詩經詳說》卷三十二）

21. 清·王心敬："今我西人欲以覯公無他道也，惟王以龍袞之衣、絺繡之裳往迎，還其舊服，復其舊位，而公斯得而覯矣。"（《豐川詩說》卷十一）

22. 清·姜文燦《詩經正解》卷十："況我公以王朝之重臣，而至止于東土焉。其所見果何有哉。"

23. 清·姜文燦《詩經正解》卷十："我欲言我幸得而睹也。昔東坡自海外歸毗陵，病暑，著小冠，披半臂，坐船中，夾運河岸，千萬人隨觀之。東坡顧坐客曰：莫看殺軾否。溫公元豐末來京師，都人疊足聚觀，即以相公目之，馬至于不能行。謁時相于私第，市人登樹騎屋窺之。人或止之，曰：吾非望而君願識司馬相公之風采耳。呵叱不退，屋瓦爲之碎，樹枝爲之折。二公如此，况周公大聖，又以上公之貴，東人喜得見之，是何等願望。其一段奔走聚觀、相顧贊嘆之狀，當亦宛然可想。"

24. 清·姜文燦《詩經正解》卷十："聖人在朝廷則朝廷重，在一方則一方重。袞衣非可喜，見之子之袞衣則可喜也。"

25. 清·許伯政《詩深》卷十五："若我覯之子，袞衣繡裳，豈可羅而致哉。"

26. 清·顧鎮《虞東學詩》卷五："'我覯'云者，大夫至東而見周公之辭。言公當服此衣歸輔朝廷也。"

27. 清·羅典："此東人言'我覯之子'，以著其實爲蛇，言'我覯之子，袞衣繡裳'，以嗤其貌爲龍也。"（《凝園讀詩管見》卷五）

28. 清·姜炳璋《詩序補義》卷十三："我東土不過尋常之下里耳，乃覯此袞衣繡裳之之子。"

29. 清·劉沅："今覯之子則袞衣繡裳，威儀莊肅，非復他比。蓋三叔武庚爲亂，不遵周公禮法，殷人始亦未知。今見周公乃欣嘆其儀度之盛，而服其德隅如此。夫光武中興，民曰：不圖今日復睹漢官威儀。裴度入蔡，李愬郊迎，使知朝廷體統之尊。況以公之德與威容乎。"（《詩經恒解》卷二）

30. 清·鄧翔："言西周乃公歸之所，今于女信宿，亦女有光矣。皆迎公者之辭。"（《詩經繹參》卷二頁眉）

31. 民國·王闓運《詩傳補》："我覯者，言不宜於此見也。"

32. 民國·焦琳《詩蠲》卷四："我覯之子，盛德光輝，雖如袞繡之章彩溢目，而内蘊之美，實泹之而靡窮，所及見者，仍類衣裳之末而已。"

33. 日本·岡白駒《毛詩補義》卷五："我覯之子，當以袞衣繡裳見之。蓋諷成王以冕服迎公也。"

34. 日本·竹添光鴻《毛詩會箋》卷八："言下國有聖人，猶藪罟有大魚。東都之人，所以得見周公也。"

35. 韓國·沈大允《詩經集傳辨正》："我遘之子，以有周公爲幸之辭也。"

36. 韓國·尹廷琦《詩經講義續集》："既誅管叔，而公乃西歸，故周人喜之曰'我覯之子'也，亦既覯止，則德容光著，而袞衣繡裳也。"

袞衣繡裳

《毛詩故訓傳》（《毛詩正義》卷八）：

所以見周公也，袞衣，卷龍也。

漢·鄭玄《毛詩箋》（《毛詩正義》卷八）：

王迎周公，當以上公之服往見之。

唐·陸德明《毛詩音義》（《毛詩正義》卷八）：

袞，六冕之第二者也。畫爲九章，天子畫升龍於衣上，公但畫降龍。字或作"卷"，音同。

唐·孔穎達《毛詩正義》卷八：

毛以爲，我成王若見是子周公，當以袞衣繡裳往見之。刺王不知，欲使王重禮見之。鄭以爲，……王若見是子周公，當以袞衣繡裳往迎之。

宋·歐陽修《詩本義》卷五：

論曰：……至於袞衣，毛、鄭又爲二説。毛云：所以見周公，意謂斥成王，當被袞衣以見周公。鄭謂：成王當遣人持上公袞衣，以賜周公而迎之。其説皆疏且迂矣。且周大夫方患成王君臣不知周公，尚安能賜袞衣而迎之。迎猶未能，東都之人安能使賜袞衣留封於東都也。

宋·蘇轍《詩集傳》卷八：

袞衣繡裳，上公服也。

宋·李樗《毛詩詳解》（《毛詩李黃集解》卷十八）：

袞衣九章，一曰龍，二曰山，三曰華蟲，四曰火，五曰宗彝，此畫於衣，六曰藻，七曰粉米，八曰黼，九曰黻，繡於裳上。公則有袞衣繡裳，我見此周公上公之服，宜在朝廷，不當留滯於東方也。【黃講同】

宋·范處義《詩補傳》卷十五：

東人見周公以上公之服處此地，是以刺朝廷不能速還公也。

宋·朱熹《詩經集傳》卷八：

袞衣裳九章，一曰龍，二曰山，三曰華蟲，雉也，四曰火，五曰宗彝，虎蜼也。皆繢於衣，六曰藻，七曰粉米，八曰黼，九曰黻，皆繡於裳。天子之龍一升一降，上公但有降龍，以龍首卷然，故謂之袞也。

宋·吕祖谦《吕氏家塾读诗记》卷十六：

《释文》曰：衮衣，六冕之第二者也。书为九章，天子书升龙于衣上。公但书降龙。（司服郑氏注曰：九章，一曰龙，二曰山，三曰华古蟲，四曰火，五曰宗彝，皆缋於衣，六曰藻，七曰粉米，八曰黼，九曰黻，皆绣于裳。程氏曰：……我欲进觐之子，当用上公礼服往逆之。）

宋·杨简《慈湖诗传》卷十：

我惟见周公衮衣绣裳而已，而王不委之以政。

宋·林岊《毛诗讲义》卷四：

我见周公衮衣绣裳，上公在外，当迎之也。

宋·严粲《诗缉》卷十六：

朱氏曰："衮衣绣裳，九章，一曰龙，二曰山，三曰华蟲，雉也，四曰火，五曰宗彝，虎蜼也。皆缋於衣，六曰藻，七曰粉米，八曰黼，九曰黻，皆绣於裳。天子之龙，一升一降，上公但有降龙，以龙首卷然，故谓之衮也。"

宋·戴溪《续吕氏家塾读诗记》卷一：

我欲见周公，必衮绣以迎之而后可，若礼数阔略，则周公不可见矣。

元·刘瑾《诗传通释》卷八：

衮衣裳九章，一曰龙，二曰山，三曰华蟲，雉也，四曰火，五曰宗彝，虎蜼（垒、佑、胃三音）也，皆缋（绘）於衣，六曰藻，七曰粉，八曰黼，九曰黻，皆绣於裳。（蔡九峰曰："龙取其变也，山取其镇也，华蟲取其文也，火取其明也，宗彝取其孝也，藻，水草，取其洁也，粉米，白米，取其养也，黼若斧形，取其断也，黻，两已相戾，取其辨。"）天子之龙，一升二降。上公但有降龙，以龙首卷（衮）然，故谓之衮也。

元·梁益《诗传旁通》卷五：

衮衣裳九章

山、龙、华蟲、火、宗彝，五章画於衣，以象阳，藻、粉米、黼、黻，四章绣於裳，以象阴。《尚书·益稷》篇注曰：舜十二章，周九章。周以日月星辰画於旂。故衣裳九章，登龙於山，登火於宗彝，华蟲，雉也，宗彝，虎蜼也。（蜼袖位垒三音）。龙取其变，山取其镇，雉取其文，火取其明，虎蜼取其孝，藻取其洁，粉米白米取其养，黼取其断（煅），黻取其辨。　虎蜼，蜼虎。蜼，狖也，似猕猴而小，黄黑色，尾长数尺，似獭，尾末有岐，鼻露向上，雨则自挂於木，以尾塞鼻，或以兩指。江東人亦取養之，爲物捷健。郭景純《江賦》云"迅蜼臨虛以騁巧"是也。《周禮》注："蜼，禹屬。卬鼻而長尾。禹，音牛具切，卬音昂。"

羅端良曰："古者有蜼彝，畫蜼於彝，謂之宗彝，又施之象服。夫服、器必取象於此等者，非特以其智而已，蓋皆有所表焉。夫八卦六子之中，日月星辰可以象指者也，雲雷風雨，難以象指者也。故畫龍以表雲，畫雉以表雷，畫虎以表風，畫蜼以表雨。凡此皆形著於此，而義表於彼，非爲是物也。"端良名願號存齊，歙人。《爾雅翼》三十二卷。

龍首卷然

三公一命卷，王制文也，天子卷冕。卷，古本切，卷、袞同音。鄭氏曰："卷俗讀也，其通則曰袞。"

元·許謙《詩集傳名物鈔》卷四：

九章之義，龍取其變，山取其鎮，華蟲取其文，火取其明，宗廟之彝取其孝，彝之所以畫虎蜼者，以其義與智也，藻取其潔，粉米取其養，黼取其斷，黻取其辨。

元·朱公遷《詩經疏義》（《詩經疏義會通》卷八）：

袞衣裳九章，一曰山，三曰華蟲，雉也，四曰火，五曰宗彝，虎蜼（音壘位柚）也，（虎子也。）皆繢（音繪，畫也）於衣，曰藻，七曰粉米，八曰黼，九曰黻，皆繡於裳。（周制，登龍于山，登火于宗彝，與舜觀古人之象頗異。）天子之龍，一升一降。上公但有降龍，以龍首卷（音袞）然，故謂之袞也。（出《記·玉藻》《周禮·典命》："王之三公八命，冕服七章，與侯伯同，及出封，則加一等而服袞。"按：《孟子》言周公封於魯，則公以三公而受出封之命矣，此所以有九章之袞衣也。）

元·王逢《詩經疏義輯錄》（《詩經疏義會通》卷八）：

袞衣裳九章，一曰山，三曰華蟲，雉也，四曰火，五曰宗彝，虎蜼也，（輯錄：《爾雅》注："蜼，似獼猴而大，黃黑色，尾長數尺，似獺，尾末有岐。鼻露向上，雨即自懸於樹，以尾塞鼻，或以兩指。"）皆繢於衣，曰藻，七曰粉米，八曰黼，九曰黻，皆繡於裳。（輯錄：周法皆以蟲獸爲章首，故如此。《益稷》蔡氏傳曰："山取其鎮也，龍取其變也，華蟲取其文也，火取其明也，宗彝取其孝也，藻，水草，取其絜也，粉米，白米，取其養也，黼若斧形，取其斷也，黻，兩已相戾，取其辨也。"鄒季友曰："彝，上尊也。盛鬱鬯，曰彝，周禮宗廟彝器，有虎彝、蜼彝，畫虎蜼於彝，故以宗彝爲虎蜼也，取其孝，謂宗廟祭器也。"又注疏云："虎、蜼同在于虎彝，故此亦並爲一章也。虎取其嚴猛，蜼取其有智。"）天子之龍，一升一降。上公但有降龍，以龍首卷然，故謂之袞也。

明·梁寅《詩演義》卷八：

袞衣繡裳，上公九章之服也，一曰龍，二曰山，三曰華蟲，雉也，四曰火，五曰宗彝，虎蜼也，五者皆繪之于衣，六曰藻，七曰粉米，八曰黼，九曰黻，四者皆繡之于裳。天子之龍，一升一降，上公但有降龍，以龍首卷然，故謂之袞也。

明·胡廣《詩傳大全·詩序》卷八：

袞衣裳九章，一曰龍，二曰山，三曰華蟲，雉也，四曰火，五曰宗彝，虎蜼（壘佑胃三音）也，皆繢（繪）於衣，六曰藻，七曰粉米，八曰黼，九曰黻，皆繡於裳。（九峰蔡氏曰："龍取其變也，山取其鎮也，華蟲取其文也，火取其明也，宗彝取其孝也，藻，水草，取其潔也，粉米，白米，取其養也，黼若斧形，取其斷也，黻，兩已相背，取其辨也。"）天子之龍，一升一降，上公但有降龍，首卷（音袞）然，故謂之袞也。

明·季本《詩說解頤》卷十四：

（一章）袞衣繡裳，《集傳》云："衣裳九章，一曰龍，二曰山，三曰華蟲，雉也，四曰火，五曰宗彝，虎蜼也。皆繪於衣，六曰藻，七曰粉米，八曰黼，九曰黻，皆繡於裳。天子之龍，一升一降，上公但有降龍，以龍首卷然，故謂之袞。"詳見《終南》字義。

明·黃佐《詩經通解》卷八：

袞衣繡裳，之子所有，幸見其人者，遂並見其所服也，若專以是服爲東之所無而喜見之，則意味殊淺了。（程氏曰："……我欲覯之子，當用上公禮服往逆之。"）

明·鄒泉《新刻七進士詩經折衷講意》卷一：

袞衣繡裳，固自所見言之，亦不甚重得見其人上，見其人因見其服也，德在言外。 九章，龍取其變也，山取其鎮也，華虫取其文也，火取其明也，宗彝取其孝也，藻，水草，取其潔也，粉米取其養也，黼，若斧形，取其斷也，黻，兩已相戾，取其辨也。

明·豐坊《魯詩世學》卷十五：

【正說】袞衣，諸公之服，九章，氣、山、雉、火、虎蜼，皆繪於衣，藻、粉米、黻、黼，皆繡於裳。以龍首卷然，故謂之袞也。

明‧李資乾《詩經傳注》卷十八：

又按：《埤雅》云，鱒魚尊，故文從尊，尊則獨行而處圓。易曰"圓而神"，象衣之在上，故曰"袞衣"。魴魚方，故文從方，方則直行而處方。易曰"方以知"，象裳之在下，故曰"繡裳"。……或問：袞衣繡裳之制何如？愚曰：禮，天子之龍，一升一降，上公之龍有降無升，以龍首卷（音袞）然，故謂之袞也。《詩》稱九罭，以比九章，九章之服：一曰龍，二曰山，三曰華蟲，雉也，四曰火，五曰宗彝，虎蜼也，皆繢於衣，六曰藻，七曰粉米，八曰黼，九曰黻，皆繡于裳。周公以冢宰兼三公，以諸侯登相位，故其制如此。

明‧許天贈《詩經正義》卷九：

此詩總是喜於見聖，所謂袞衣繡裳者，即是聖人所服，聖人所服即是聖德所著。蓋平日願見而不可得者，而今幸見之也。

明‧顧起元《詩經金丹》卷三：

袞衣裳九章：一曰龍，二曰山，三曰華蟲，雉也，四曰火，五曰宗彝，虎蜼也。皆繢於衣，六曰藻，七曰粉米，八曰黼，九曰黻，皆繡於裳。天子之龍，一升一降，上公但有降龍，以龍首卷然，故謂之袞也。

此亦周公居東之時，東人喜得見之而言。九罭之網，則有鱒魴之魚矣，我遘之子，則見其袞衣繡裳之服矣。

【附考】九章，龍取其變也，山取其鎮也，華蟲取其文也，火取其明也，宗彝取其孝也，藻，水草，取其潔也，粉米，白米，取其養也，黼，斧形，取其斷也，黻，兩已相戾，取其辨也。

旁批小字：難題秘旨：袞衣繡裳，重得見其人上，見其人，因見其服也。合注篇云"衣裳非可喜，以其爲公之衣裳，則可喜，若專以是服爲東土所無而喜見之，則意誠殊淺了。"數語切當。

【《九罭》首章】……袞衣繡裳，而自所見言之，亦不甚重，上得見其人，上服袞衣繡裳，上公之歸也。只要形容快睹之意，說服飾處，便是說德，不必云服以德重也。

明‧江環《詩經闡蒙衍義集注》（《詩經鐸振》卷三）：

【首章】衣被之輝煌華哉，聖人之儀範也，不有以動聖人之快睹乎。

【主意】袞衣繡裳，內自所見，言之亦不甚重，重得見其人上。幸見其人，遂並見其服也。德在言外，或"之子"上略見德意亦可。

蔡九峰曰："龍取其變也，山取其鎮也，華蟲取其文也，火取其明也，宗彝取其孝也，藻，水草，取其潔也，粉米，白米，取其養也，黼，若斧形，取其斷也，黻，兩色相戾，取其辨也。"

明·方從哲等《禮部訂正詩經正式講意合注篇》卷四：

【首章意】公以上公之貴，故有此上公之服。衣裳非可喜，以其爲公之衣裳則可喜耳。若專以是服爲東去之所無，而喜見之，則意味殊淺了。亦不必言有是德宜有是服意，德自在言外也。九章，龍取其變也，山取其鎮也，華蟲取其文也，火取其明也，宗彝取其孝也，藻，水草，取其絜也，粉米，白，取其養也，黼，若斧形，取其斷也，黻，兩已相戾，取其辨也。

明·郝敬《毛詩原解》卷十六：

袞衣，刺龍於衣，龍形卷（袞）然，故謂之"袞"。繡裳，繡五采於裳也。鄭玄九章之說，未可憑。詳見《周禮》。

明·馮復京《六家詩名物疏》卷三十一：

袞衣

《尚書》云："予欲觀古人之象，日、月、星辰、山、龍、華蟲，作會，宗彝，藻、火、粉、米、黼、黻、絺、繡，以五采彰施于五色，作服。"孔安國曰："日月星爲三辰。華象草華蟲，雉也。畫三辰、山、龍、華蟲于衣服旌旗。會，五采也，以五采成此畫。宗廟彝樽亦以山、龍、華蟲爲飾。藻，水草有文者。火爲火字，粉若粟冰，米若聚米，黼若斧形，黻爲爾己相背，葛之精者曰絺，五色備曰繡。天子服日月而下，諸侯自龍袞而下至黼、黻，士服藻、火，大夫加粉米。上得兼下，下不得僭上。"

《周禮·司服》：王之吉服，"享先王則袞冕，享先公、饗、射則鷩冕，祀四望、山川則毳冕，祭社稷、五祀則希冕，祭群小祀則玄冕。""公之服，自袞冕而下如王之服；侯伯之服，自鷩冕而下如公之服；子男之服，自毳冕而下如侯伯之服；孤之服，自希冕而下如子男之服；卿大夫之服，自玄冕而下如孤之服。"注："袞，卷龍衣也。""古天子冕服十二章"，"至周以日月星辰畫于旌旗，而冕服九章，登龍于山，登火于宗彝，尊其神明也。九章：一龍，二山，三華蟲，四火，五宗彝，皆畫以爲繢；六藻，七粉米，八黼，九黻，皆絺以爲繡。袞之衣五章，裳四章，凡九也。鷩畫以雉，謂華蟲也，其衣三章，裳四章，凡七。毳畫虎蜼，謂宗彝也，其衣三章，裳二章，凡五。希刺粉米，無畫，其衣一章，裳二章，凡三。玄者衣無文，裳刺黻而已，是以謂玄焉。凡冕服皆玄衣纁裳。""自公之袞冕至卿大夫之玄冕，皆其朝聘天子及助祭之服。諸侯非二王後，其餘皆玄冕而祭于己。"賈公彥曰："古人為日月星辰于衣，取其明也。山取為人所仰，龍取能變化，華蟲取文理。""衣是陽，陽至輕浮，畫亦輕浮，故衣繪也。宗彝者，彝尊有虎彝、蜼彝，因號虎、蜼為宗彝，並為一章。虎取其嚴猛。蜼取其有智，以其卬鼻長尾，大雨則懸于樹，以尾塞鼻，是其智也。藻，取有文。火，取其明。粉米共為一章，取其潔，亦取養人。黼，謂白黑，為形則斧文，近刃白，近上黑，取斷割焉。黻，黑與青，為形兩色相背，取臣民背惡向善，亦取君臣有合離之義。希繡，鄭讀希為黹。黹，紩也。裳主陰，刺是沈深之義，故裳刺也。"

《考工記》云："白與黑謂之黼，黑與青謂之黻，五采備謂之繡。土以黃，其象方，天時變，火以圜，山以章，水以龍，鳥獸蛇。襍四時五色之位以章之，謂之巧。"

《釋文》云："袞，六冕之第二者也。畫為九章，天子畫升龍于衣上，公但畫降龍。"

按：袞者，卷也，言龍首卷然。以袞為名，據先儒之說，謂虞有十二章，周制惟九章。孔安國所謂十二章，日也，月也，星辰也，山也，龍也，華蟲也，皆畫于衣，藻也，火也，粉也，米也，黼也，黻也，皆刺于裳。鄭氏所謂九章者，除日月星加宗彝，以華蟲為一，粉米為一。鄭氏差次冕服之等，則以黼黻最下，孔氏則裳重黼黻，粉米次之，藻、火又次之。說者謂衣在上，為陽，故所尊在先，裳在下，為陰，故所重在後。而所云士服藻火，大夫加粉米，則皆刺在裳，而衣上無文矣。古禮湮亡，莫得而辨，然天之大數不過十二，王者製作，皆以十二象天。使天子于上公其衣但有升龍降龍之異，恐非所以示上下之別。或者以龍德為重，故衣以袞，名其實。周亦十二章，《郊特牲》云："祭之日，王被袞冕，以象天也，龍章而設日月，以象天也。"鄭君云："設日月畫于衣服旌旗。"據此文，則袞冕之文亦畫日月。鄭文謂之魯禮，要其文稱王被服袞冕，非魯事也。鄭注《弁師》云："袞衣之冕十二斿。鷩衣之冕九斿。毳衣之冕七斿。希衣之冕五斿。玄衣之冕三斿。"即以斿數為章數，何不可哉？顧氏說，畫則分華蟲為二，云華取文章，蜼取耿介，是衣有十三章，而其說不得通矣。

明·徐光啓《毛詩六帖講意》卷一：

曰我覯之子，足矣。而曰袞衣繡裳，想見一時扶老攜幼，喜躍不勝，舉手加額，相顧詡訝之狀，可謂善言人情矣。德字不消說。

曰九章，龍取其變也，山取其鎮也，華蟲取其文也，火取其明也，宗彝取其孝也，藻取其潔也，粉米取其養也，黼取其斷也，黻取其辨也。

召公之南，則愛及于甘棠，周公之東，則願見其袞衣，于此見二王之盛德矣。

"袞衣繡裳"與《衛》"充耳琇瑩"二句一例，說服飾處便是說德，不必說服以德感也，只要形容快睹之意。

繡裳，言王迎周公，當以上公之服往見之。

明·曹學佺《詩經剖疑》卷十二：

我覯之子，而忽有袞衣繡裳之服，何耶？行將以覲于王朝，而不能久居乎魯也。

明·駱日升《詩經正覺》卷四：

衣被之輝煌，偉哉，聖人之儀範也。不有以動吾人之快睹乎。

袞衣繡裳，固自所見言之，亦不甚重，重得見其人上，幸見其人，遂並見其服也，德在言外。

明·陸化熙《詩通》卷一：

看他說個袞衣繡裳，便宛然有奔走聚睹，相顧贊嘆之狀。

明·凌濛初《詩逆》：

周制，袞衣裳九章，一曰龍，二曰山，三曰華蟲，（雉也）四曰火，五曰宗彝，（虎蜼也）皆繢其形于袞衣之上，六曰藻（水草），七曰粉米，八曰黼（如斧形），（《文王》《采菽》）九曰黻，（兩已相戾也，其形亞）皆繡其形于裳。衣之上，天子之龍，一升一降，公但有降龍，以龍首卷然，故謂之袞。（《烝民》《韓奕》《采菽》）公九章俱全。侯伯鷩冕七章，則無龍山二件，但自華蟲以下。子男毳冕五章，則無龍、山、華蟲、火四件，但自宗彝以下，並兼粉米，亦繡于衣，而裳止黼黻。孤卿絺冕三章，則止以粉米繡于衣，而裳黼黻。大夫玄冕，則玄衣，而裳止有黻矣。《采菽》"玄袞及黼"，蓋錫上公以遍列侯也。

明·陸燧《詩筌》卷一：

說服飾處便是說德，不必說服以德重也，只要形容快睹之意，不重服之盛上。

明·徐奮鵬《詩經尊朱删補》（《詩經鐸振》卷三）：

袞衣，衣繢有降龍，而狀卷然也。繡裳，裳之上刺繡也。其制有九章，山、龍、大雉、宗彝虎蜼，繢于衣，藻米黼黻，繡于裳，此上公之飾也。

明·顧夢麟《詩經說約》卷十：

袞衣裳九章，一曰龍，二曰山，三曰華蟲，雉也，四曰火，五曰宗彝，虎蜼也。皆繢於衣，六曰藻，七曰粉米，八曰黼，九曰黻，皆繡於裳。天子之龍，一升一降，上公但自降龍，以龍首卷然，故謂之袞也。

袞衣裳，九章俱全。侯伯鷩冕七章，則自華蟲以下，衣殺者二矣。子男毳冕五章，衣自宗彝以下，而裳黼黻，衣殺者二，裳殺者二矣。又當升藻、粉米於衣，故裳止黼黻也。孤卿絺冕三章，則衣粉米而裳黼黻。大夫玄冕，則玄衣，黻裳而已，是衣無章，裳止一章也。故袞衣又繡裳，則為其服之盛，然亦所重見公，不重服也。因服以見公，志所幸焉耳。

明·鄒之麟《詩經翼注講意》卷一：

首章袞衣繡裳，固自所見言之，亦不甚重重得見其人上。

明·張次仲《待軒詩記》卷三：

袞衣，衣之畫卷龍者。天子之龍，一升一降，上公但有降龍，繡五采，備也。

明·黃道周《詩經琅玕》卷三：

袞衣裳，九章，一曰龍，二曰山，三曰華虫，雉也，四曰火，五曰宗彝，虎蜼也，皆綉於衣，六曰藻，七曰粉，八曰黼，九曰黻，皆繡於裳。天子之龍，一升一降，上公但有降龍，以龍首卷然，故謂之袞也。袞衣矣，而又繡裳，皆服之盛者也。言其備，又創見也。袞衣裳，九章俱全。侯伯鷩冕七章，則自華蟲以下，衣殺者二矣。子男毳冕五章，衣自宗彝以下，而裳黼黻，衣殺者二，裳殺者二矣。又當升藻、粉米於衣，故裳止黼黻也。孤卿絺冕三章，則衣粉米而裳黼黻。大夫玄冕，則玄衣，黻裳而已，是衣無章，裳止一章也。故袞衣又繡裳，則為服之盛，然亦所重見公，不重服也。因服以見公，表喜幸之意。

【剖明】陳兮父曰："東土喜見周公，匪無其服，而所以喜見公者，說不盡，亦寫不出，故只就服言之。看他說個袞衣繡裳，即是說德，似不必又添出德字。宛然有奔走聚觀，相顧贊嘆之狀。"

明·錢天錫《詩牖》卷五：

"我覯之子"二句，想見舉手加額，相顧詡詡之狀。

明·何楷《詩經世本古義》卷十之上：

衮衣繡（《讀詩記》作綉）裳。

衮，龍衣也。陸德明云："天子畫升龍于衣上，公但畫降龍。"解見《采菽》篇。繡，《說文》云："五采備也。"程子云："……我欲覯之子，當用上公禮服往逆之。"嚴粲云："服其服，則居其位矣。欲朝廷復相之也。"

明·黃文煥《詩經嫏嬛》卷三：

衣被之輝煌，幸哉，聖人之儀節也，不由以動君子之快睹乎。

衮衣繡裳，内自所見言之，亦不甚重，重得見其人上。服衮衣繡裳，上公之飾也。只要形容快睹之意。說服節處，便是說德，不必云服以德重也。

附考：龍取其變也，山取其鎮也，華虫取其文也，火取其明也，宗彝取其孝也，藻，水草，取其潔也，粉米，白米，取其養也，黼，斧形，取其斷也，黻，兩色相戾，取其辨也。

明·唐汝諤《毛詩蒙引》卷七：

徐玄扈曰："想見一時人心，扶老攜幼，喜躍不勝，舉首加額，相顧誇詡之狀。"又曰："衮衣繡裳，與《衛風》'充耳琇瑩'一例，說服飾處，便是說德，不必說服以德重也，只要形容快睹之意。"

明·楊廷麟《詩經聽月》卷五：

衣被之輝煌，幸哉，聖人之儀範也，不有以動吾人之快睹乎。

陳兮父曰："東土喜見周公，匪爲其服，而所以喜見公者，說不盡，亦寫不出，故只舉服言之。看他說個衮衣繡裳，與《衛》'充耳琇瑩'一例。說服飾處即是說德，不必又添出宛然有奔走聚觀，相顧贊嘆之狀。"

衮衣，是卷龍之衣，上刺龍山等。繡裳，是刺繡藻形于裳。都是上公之服。衮衣繡裳，内自所見言之，亦不甚重，重得見其人上，幸見其人，遂弁見其服也，德在言外。

【附考】九章，龍取其變也，山取其鎮也，華蟲取其文也，夫取其明也，宗彝取其孝也，藻，水草，取其潔也，粉米，白米，取其養也，黼，斧形，取其斷也，黻，兩已相戾，取其辨也。

明·陳組綬《詩經副墨》：

東土喜見周公，匪爲其服，而所以喜見公者，說不盡，亦寫不出，故只舉服言之。看他說個衮衣繡裳，與《衛》"充耳琇瑩"一例，說服飾處即是說德，不必又添出便宛然有奔走聚觀、相顧贊嘆之狀。

明·朱朝瑛《讀詩略記》卷二：

衮衣繡裳，言王以冕服迎周公，故公服此以承王命也。是喜之之詞也。

明·胡紹曾《詩經胡傳》卷五：

衮衣，皆畫以爲繪。衣主陽，陽至輕清。故畫之龍取其變，山取其鎮，華蟲取其文，火取其明，宗彝取其孝。裳主陰，刺亦沉深之義，五色備，謂之繡。藻，取其潔，粉、（白）米，取其養，黼，取其斷，黻，取其辨。按：先儒之說，有虞氏十二章，周以日月星畫于旌旗，冕服惟九章。然天之大數，不過十二，王者制作，皆以十二象天。使天子與上公同是九章，但爲升降龍之異，恐非所以昭等也。《郊特牲》"祭之日，王被衮冕，以象天也。""龍章而設日月，以象天也。"鄭君云，設日月畫于衣服旌旗。據此，則衮冕之文，亦畫日月。鄭注"弁師""衮衣之冕十二斿"，即斿數，而章數因可見。

古人謂畫之事，與文典同功。經天地，動鬼神，安國治民之上制也。今東人只曰"衮衣繡裳"，而公之德咸在。詩中美刺，類舉服飾，不添隻字。

明·范王孫《詩志》卷九：

《釋文》云："衮，六冕之第二者也。畫爲九章，天子畫升龍于衣，上公但畫黃龍。"

《周禮》注云："古天子冕服十二章，至周，以日月星辰畫于旌旗，而冕服九章。"賈公彥曰："古人爲日月星辰于衣，取其明也，山取爲人所仰，龍取能變化，華蟲取文理，衣是陽，陽至輕浮，畫亦輕浮，故衣繪宗彝者，彝尊有虎彝、蜼彝，因號虎蜼爲宗彝，並爲一章。虎取其嚴猛，蜼取其有智，以其昂鼻長尾①，大雨則懸于樹，以尾塞鼻，是其智也。藻取其文，火取其明，粉、米共爲一章，取其絜，亦取其養人。黼謂白黑，爲形則斧文，近刃白，近上黑，取其斷割。黻，黑與青，爲形兩已相背，取臣民背惡向善，亦取君臣有合離之義。裳主陰，刺是沈深之義，故裳刺也。"餘見《小雅·采菽》章。

明·賀貽孫《詩觸》卷二：

"衮衣繡裳"與《淇澳》"充耳琇瑩"同意。蓋公之德不窮言，即美其服所以頌其德也。

---

① 尾，原文爲"星"，據上下文改。

明·陳元亮《鑒湖詩說》卷一：

東土喜見周公，非爲其服，所以喜見公者，說不盡，亦寫不出，故只舉服言之。看他說个"袞衣繡裳"，便宛然有奔走聚觀，相顧贊嘆之狀。

清·朱鶴齡《詩經通義》卷五：

程子曰："……我欲覯之子，當用上公之禮服往迎之。"

清·錢澄之《田間詩學》卷五：

程子云："……我欲覯之子，當用上公禮服往逆之。"

清·張沐《詩經疏略》卷四：

袞衣，畫爲九章。天子畫升龍于衣，上公降龍。龍首卷然，故謂之袞。繡則續刺之也。此言上公之服，周公之本服也。

清·冉覲祖《詩經詳說》卷三十二：

袞衣裳九章，一曰龍，二曰山，三曰華蟲，雉也，四曰火，五曰宗彝，虎蜼也。皆續於衣，六曰藻，七曰粉米，八曰黼，九曰黻，皆繡於裳。天子之龍一升一降，上公但有降龍，以龍首卷然，故謂之袞也。

《毛傳》："所以見周公也，袞衣卷龍也。"

鄭箋："王迎周公，當以上公之服往見之。"

按：毛、鄭以袞衣繡裳爲成王當以上公之服迎周公，周公豈無袞衣繡裳而必待成王加之也邪，作東人喜見其服之盛爲是。

九峰蔡氏曰："龍取其變也，山取其鎮也，華蟲取其文也，火取其明也，宗彝取其孝也，藻，水草，取其潔也，粉米，白米，取其養也，黼若斧形，取其斷也，黻兩已相戾，取其辨也。"

【說約】"袞衣裳，九章俱全。侯伯，驚冕七章，則自華蟲以下，衣殺者二矣。子男，毳冕五章，衣自宗彝以下，而裳黼黻，衣殺者二，裳殺者二矣。又當升藻米於衣，故裳止黼黻也。孤卿，絺冕三章，則衣粉米而裳黼黻。大夫，玄冕，則立衣繡裳而已，是衣無章，而裳止一章也。故袞衣又繡裳，則爲其服之盛，然亦所重見公，不重服也，因服以見公，志所幸焉耳。"

袞衣繡裳，固自所見言之，亦不甚重，重得見其人上。幸見其人，遂並見其服也。得在言外，或"之子"上略見得意，亦可。

【正解】聖人在朝廷，則朝廷重，在一方，則一方重。袞衣非可喜，見之子之袞衣則可喜也。

清·祝文彥《詩經通解》：

服不甚重，重見其人，並見其服也，德在言外。然"之子"句，內亦可帶出德字。

清·王鴻緒等《欽定詩經傳說彙纂》卷九：

袞衣裳九章，一曰龍，二曰山，三曰華蟲，雉也，四曰火，五曰宗彝，虎蜼（墨柚隤三音）也，（《爾雅》："蜼，卬鼻而長尾"）皆繢（音潰）於衣，六曰藻，七曰粉米，八曰黼，九曰黻，皆繡於裳。（蔡氏沈曰："龍取其變也，山取其鎮也，華蟲取其文也，火取其明也，宗彝取其孝也，藻，水草，取其潔也，粉米，白米，取其養也，黼若斧形，取其斷也，黻，兩已相背，取其辨也。"梁氏益曰："《尚書·益稷》篇注曰：舜十二章，周九章。周以日月星辰畫於旂，故衣裳九章。"）天子之龍一升一降，上公但有降龍，以龍首卷（音袞）然，故謂之袞也。（朱氏公遷曰："《周禮》典命，王之三公，八命，冕服七章，與侯伯同。及出封則加一等而服袞。孟子言周公封於魯，則公以三公而受出封之命矣。此所以有九章之袞衣也。"）

清·嚴虞惇《讀詩質疑》卷十五：

朱注："袞衣裳，九章，一曰龍，二曰山，三曰華蟲，雉也，四曰火，五曰宗彝，虎蜼也。皆繢於衣，六曰藻，七曰粉米，八曰黼，九曰黻，皆繡於裳。天子之龍，一升一降，公但畫降龍，以龍首卷然，故曰袞。此東人喜見周公之辭。"

歐陽氏曰："袞衣繡裳，上公之服也，上公宜在朝廷者也。"

清·李塨《詩經傳注》卷三：

袞衣裳九章，一曰龍，二曰山，三曰華蟲，雉也，四曰火，五曰宗彝，虎蜼也。皆繢於衣，六曰藻，七曰粉米，八曰黼，九曰黻，皆繡於裳。天子之龍一升一降，上公但有降龍，以龍首卷然，故謂之袞也。

清·姜文燦《詩經正解》卷十：

袞衣裳，九章，一曰龍，二曰山，三曰華蟲，雉也，四曰火，五曰宗彝，虎蜼也。皆繢于衣，六曰藻，七曰粉米，八曰黼，九曰黻，皆繡于裳。天子之龍一升一降，上公但有降龍，以龍首卷然，故謂之袞也。

【合參】其所見果何有哉，有袞衣焉，山龍雉虎，昭其文于上也，有繡裳焉，藻米黼黻，昭其文于下也，衣被之輝煌偉哉，聖人之儀範也，不誠有以侈一時之觀瞻，而動吾人之快睹者乎。

【析講】袞衣繡裳，固自所見言之，亦不甚重，重得見其人上，幸見其人，遂並見其服也,東土喜見周公,非爲其服,而所以喜見公者,説不盡亦寫不出,故只舉服言之。此與《衛詩》"充耳琇瑩"一例。説服處即是説德,不必又添出德字。

九峰蔡氏曰:"龍取其變也,山取其鎮也,華蟲取其文也,火取其明也,宗彝取其孝也,藻,水草,取其潔也,粉米,白米,取其養也,黼若斧形,取其斷也,黻,兩已相戾,取其辨也。"

清·黄夢白、陳曾《詩經廣大全》卷九:

袞衣,鄭氏云:"卷龍衣也。"孔氏云:"袞之言卷也,謂龍首卷然。"《白虎通》云:"天子升龍,諸侯降龍。"朱子云:"天子之龍,一升一降,上公但有降龍。"

繡裳,刺繡之裳也。設九罭之網,而後得鱒魴,甚不易得也。已何幸而得見此九章之服。

清·汪紱《詩經詮義》卷四:

袞衣繡裳,本以稱周公之德容丰采,然盛德輝光難以形容,故只即其衣裳稱之。周公避位居東,無故亦未必服袞,但謂有此服袞衣之人耳。《序》説亦同上篇,故舊説皆云成王當以上公之服迎周公。夫周公雖避居東,其上公之位未替也,又何待王以上公之服迎之乎。……袞衣繪,黻裳繡。繪輕清,象天,繡功多,象地。

清·顧棟高《毛詩類釋》卷十三:

釋衣服

袞衣繡裳

箋:袞衣裳,九章,一曰龍,二曰山,三曰華蟲,(雉也)四曰火,五曰宗彝,(虎蜼①也)皆繢於衣,六曰藻,七曰粉米,八曰黼,九曰黻,皆繡於裳。舜有十三章,周以日月星辰畫于旂,而登龍於山,登火於宗彝。天子之龍,一升一降,諸侯但有降龍,以龍首卷(音袞)然,故謂之袞。王之三公八命,冕服七章,與侯伯等,及出封,則加一等,而服袞時,周公以三公出封於魯,故得九章也。

清·劉始興《詩益》卷三:

袞衣,卷龍衣也。龍首卷然,故曰袞。袞衣繡裳,上公之服。

清·程晉芳《毛鄭異同考》卷四:

《傳》:"所以見周公也。袞衣,卷龍也。"

---

① 蜼,原文爲雄,據意改。

《箋》:"王迎周公,當以上公之服往見之。"

案:《傳》、《箋》皆未合,宜從朱子說,以爲上公但有降龍,以龍首卷然,故謂之袞也。東人喜得見之而言。九罭之網,則有鱒魴之魚矣。我覯之子,則見其袞衣繡裳之服矣。大抵宋以降,説此詩者多有可取。

清·顧鎮《虞東學詩》卷五:

《周禮》典命:王之三公八命,出封加一等服袞。袞衣裳,九章,五章繪於衣,四章繡於裳。《詩》言"袞衣繡裳",是以三公而服出封之服。

清·傅恒等《御纂詩義折中》卷九:

袞衣,上公之服,繪山、龍、雉、火、宗彞於衣,繡藻、米、黼、黻於裳也。……極言衣裳之美者,德與服稱,愛其人並愛其服也。

清·羅典《凝園讀詩管見》卷五:

云之子而袞衣繡裳,此足見武庚既叛,即已自立爲天子,而被法服矣。在上文以魚喻,而有取於鱒,正以此考《周禮·春官》司服"享先王則袞冕",《儀禮》"覲諸侯,天子袞衣冕,負斧,依袞龍衣,法服也"。東人之覯武庚者,方因其爲蛇之伏竄,而稱之子,豈復能上擬龍之升騰,以作天子乎。此而衣彼袞衣,次之繡裳,初不憚僭竊天子之法服焉,則蛇身而飾以龍章,不似龍,終可魚也。夫魚亦有爲龍者,武庚特比於九罭之魚,當其叛也,不過妄爲鱒之赤目而好獨行,及其以東征懼誅,猶且不免扁身縮項而却爲魴,從可知其變化所極,必出於蛇而非龍矣。此東人言"我覯之子",以著其實爲蛇,言"我覯之子,袞衣繡裳",以啞其貌爲龍也。

清·胡文英《詩經逢原》卷五:

袞衣繡裳,蓋周公既平武庚,成王遠錫章服以昭功也。

清·段玉裁《毛詩故訓傳定本》卷十五:

"袞衣繡裳",所以見周公也。袞衣,卷龍衣也。(衣字補)

清·姜炳璋《詩序補義》卷十三:

一章:袞衣繡裳,上公之服,知公之避東,乃爲天子鎮撫東土,非去官也。

清·牟應震《詩問》卷三:

豳人不願公去,故怨之子而薄之道,俗語云:只會喫飯穿衣也。

王使大臣迎公而豳人留之也。

清·汪龍《毛詩異義》卷一：

《傳》釋下二句云"所以見周公也"，正謂袞衣繡裳乃所以見周公之禮，與《箋》云"王迎周公當以上公之服往見之"一也。《疏》申《傳》，謂王當以袞衣見周公，其意似以袞衣爲成王所服，亦未必得《傳》意也。

清·牟庭《詩切》：

《毛傳》："袞衣，卷龍也。"余按：袞衣繡裳，大夫來迎周公者服之，如美魚之在九罭網也。《毛傳》云：所以見周公也。鄭《箋》云：王迎周公當以上公之服往見之。皆非矣。

清·李富孫《詩經異文釋》六：

袞衣繡裳。《釋文》云："袞字，或作卷，音同。"案：《毛傳》云："袞衣，卷龍衣也。"（《司服》鄭司農注同）卷龍，謂龍拳曲。王制，三公一命。卷，鄭注云：卷，俗讀也，其通則曰袞。《正義》云："《禮記》文皆作卷。"是記者承俗之言。《玉藻》："龍卷以祭。"注云："字或作袞，袞與卷古音同。故假卷爲袞也。"錢氏坫曰："古袞卷通用。"

清·劉沅《詩經恒解》卷二：

袞衣裳，九章，一龍，二山，三華蟲，四火，五宗彝，皆繪於衣，六藻，七粉米，八曰黼，九曰黻，皆繡於裳。天子之龍，一升一降，上公但有降龍。以龍首卷然，故謂之袞。周公平殷亂，留撫殷民。殷之賢者喜而曰：九罭所得之魚至美，不過鱒魴而已，喻平日所見不過如此，今覯之子則袞衣繡裳，威儀莊肅，非復他比。蓋三叔武庚爲亂，不遵周公禮法，殷人始亦未知。今見周公乃欣嘆其儀度之盛，而服其德隅如此。夫光武中興，民曰：不圖今日復睹漢官威儀。裴度入蔡，李愬郊迎，使知朝廷體統之尊。況以公之德與威容乎。

清·徐華嶽《詩故考異》卷十五：

《傳》："所以見周公也。袞衣，卷龍也。"（《正義》："袞衣繡裳，所以見公之服也。畫龍於衣，謂之袞。"）

《箋》："王迎周公，當以上公之服往見之。"

案：《釋文》："袞，六冕之第二章也。畫爲九章，天子畫升龍於衣，上公但畫降龍。"

清·馬瑞辰《毛詩傳箋通釋》卷十六：

《傳》："袞衣，卷龍也。"（瑞辰）按：《爾雅》："袞，黻也。"蓋釋此詩"袞衣繡裳"，猶《終南》詩"黻衣繡裳"也，訓袞爲黻，乃通言。言黼黻，文章之事。故《爾雅》又曰："黼黻，彰也。"黻衣，猶云章服，非訓袞爲十二章之黻也。古者龍畫於衣，黻繡於裳。郭注《爾雅》謂袞有黻衣，失之。又按：《傳》："袞衣，卷龍也。"《曲禮》記袞衣字，皆假借作卷。蓋袞從公聲，與卷同音，故《傳》借作卷。《荀子》又借作捲，今《說文》作從公聲，形近，傳寫之誤。

清・陳壽祺、陳喬樅《三家詩遺說考・魯詩遺說考》卷二：

【補】王逸《淮南・說林訓》注："詩曰：袞衣繡裳。"

清・林伯桐《毛詩識小》卷十五：

《九罭》篇：袞衣繡裳。毛以爲王之服，鄭以爲上公之服者，蓋王則畫升龍於衣，上公但畫降龍，均之袞衣也。

清・徐璈《詩經廣詁》：

陸德明曰："六冕之第二者也。九章，上公降龍。"

清・陳奐《詩毛氏傳疏》卷十五：

袞衣繡裳，上公之禮服。故云"所以見周公也"。《傳》"袞衣，卷龍"，但釋經之"袞"字．《采菽》傳："玄袞，卷龍。"亦但釋經之"袞"字。袞衣、玄袞，《傳》乃依經連言，非解"玄"字與"衣"字也。"袞"與"卷"古同聲。卷者，曲也，象龍曲形曰卷龍。畫龍作服曰龍卷。加袞之服曰袞衣，玄衣而加袞曰玄袞，戴冕而加袞曰袞冕。天子、上公皆有之。《覲禮》注："上公袞無升龍。"賈疏案："《白虎通》引《傳》曰：'天子升龍，諸侯降龍。'"唯此爲異。《爾雅・釋言》云："袞，黻也。"此言"袞衣輔裳"，《終南》言"黻衣繡裳"，是袞衣猶黻衣矣。《終南》傳云："五采備，謂之繡。"《唐風・揚之水》傳云："繡，黻也。"《荀子・哀公問篇》："黼衣黻裳者不茹葷。"是黼衣猶繡衣，黻裳猶袞裳矣。古者袞、繡、黼、黻，義得通稱也。凡上爲衣，下爲裳。然有殊衣裳者，亦有連衣裳者。單言裳，連上衣也，若褰裳爲摳衣也。單言衣，連下裳也，若綠衣、裼衣、氅衣、緇衣、素衣、錦衣、麻衣。衣皆兼裳也。《白虎通義・衣裳篇》云"凡言衣者，上兼下"是也。然則袞、繡同文，衣、裳同制，袞衣即繡裳，故下章"是以有袞衣兮"，但舉袞衣以該繡裳言也。鄭康成於《采菽》箋及《禮記・玉藻》注、《周禮・司服》注、《儀禮・覲禮》注，皆謂"畫卷龍於衣"，儒者悉從鄭無異說。《說文解字・衣部》云："袞，天子享先王，卷龍繡於下幅，一龍蟠阿上鄉。"《說文繫傳》於"下"之下有"裳"字。裳，古作常，通作裳。許叔重說卷龍繡於裳，與鄭不同。今細覈之，惟許合古也。《周禮·司服》："王之吉服，祀昊天上帝，服大裘而冕，祀五帝亦如之。享先王，袞冕。享先公、饗、射，鷩冕。祀四望山川，毳冕。祭社稷、五祀，希冕。祭群小祀，玄冕。"又：《弁師》："掌王之五冕，皆玄冕①。"玄，玄衣也。玄衣，絲衣也。《弁師》云"王之五冕"，即《司服》之裘冕、袞冕、鷩冕、毳冕、希冕也。云"王之五冕皆玄冕"，則裘、袞、鷩、毳、希五冕同玄衣而冕也。鄭司農注："大裘，羔裘也。"天子冬日圜丘大禘，大裘之冕仍用袞。《郊特牲》："祭之日，王被袞以象天。戴冕璪十有二旒，則天數也。"故裘冕亦在五冕中也。《玉藻》："大裘不裼。"是天子祀天，裘冕衣玄衣而不裼，其餘冕入廟則皆裼。可知玄衣爲上衣，其內有中衣。中衣又謂之裼衣。繡黼丹朱中衣，諸侯冕服之裼也。天子當以錦衣爲裼。《聘禮》注云："裼者，免上衣，見裼衣。"若畫龍於上衣，衣已見美，又何爲冕上見裼之禮？此亦畫在裳不在衣之證也。五冕皆玄衣。玄袞，玄衣袞裳也。玄鷩，玄衣鷩裳也。玄毳，玄衣毳裳也。玄希，玄衣希裳也。其玄衣同也。而裳有袞、鷩、毳、希之等級。《禮器》："天子龍袞，諸侯黼，大夫黻，士玄衣纁裳。"亦玄衣同也，而惟士纁裳。天子、諸侯、大夫加冕服，則裳有龍袞、黼、黻之尊服。《士冠禮》："爵弁服，纁裳，純衣。"純衣亦絲衣，純讀爲緇。《說文》："緇，黑也。"純衣猶玄衣也。爵弁與玄冕本同制。天子玄冕朱裳，諸侯、卿大夫玄冕赤裳，士變冕爲爵弁則纁裳。其玄冕同，而裳有朱、赤、纁之殊。《士冠禮》、《特牲饋食禮·記》："玄端，玄裳、黃裳、襍裳。"鄭司農《司服》注云："衣有襦裳者爲端。"玄端，端衣玄也，猶爵弁服之純衣，五冕之玄衣也。士有上中下三等，玄端同，而裳有玄、黃、襍之異。《玉藻》云："衣正色，裳間色。"正色者，不貳采也。間色者，襍合五采也。希冕以上，裳皆襍采。玄冕以下，裳不盡皆襍采，而其於上衣，色皆玄，從正色，不從間色，固已。章章可考者，《尚書·皋陶謨篇》："予欲觀古人之象，日、月、星辰、山、龍、華蟲作繪，宗彝、璪、火、粉米、黼、黻、希繡，以五采章施于五色作服。"《大傳》云："天子衣服，其文華蟲作繪，宗彝璪火、山、龍。諸侯作繪，宗彝璪火、山、龍。子男，宗彝，璪火、山、龍。大夫，璪火、山、龍。士，山、龍。故《書》曰：'天命有德，五服五章哉。'山龍，青也。華蟲，黃也。作繪，黑也。宗彝，白也。璪火，赤也。天子服五，諸侯服四，次國

---

① 冕後有一玄字，疑衍，刪。

服三,大夫服二,士服一。"案《虞書》"觀象"當讀如《易》"象"之"象"。《易·繫傳》:"黄帝、堯、舜垂衣裳而天下治,蓋取諸乾坤。"《九家·說卦》云:"乾爲衣,坤爲裳也。有虞法黄帝,象乾坤,製爲衣裳。古人衣、裳連而不殊,乾坤各六,合之爲十有二。"《深衣》:"制十有二幅。"又引《易》曰:"坤,六二之動,直以方也。"此"取諸乾坤"之義也。《王制》"有虞氏皇而祭,深衣而養老",注:"皇,冕屬。"蓋於祭言皇,於養老言深衣,互詞也。則虞冕服,深衣也。《大傳》以作繪爲黑色,而次諸山龍、華蟲、宗彝、璪火之間。"繪"讀爲"畫繢"之繢。《禮器》云:"白受采。"以白畫黑。故作繪列於五采之一也。《說文》云:"繪,會五采繢也。《虞書》曰:'山、龍、華蟲作繪。'"許謂繪、繡同事,有繪而後畫繢之五采備,猶有繡而後黹刺之五采備。其解《虞書》說雖與《大傳》異,而意實大同。《說文》又云:"璪,玉飾如水藻之文。《虞書》曰:'璪火粉米。'""粉,畫粉也。""絺,繡文如聚細米也。""黼,白與黑相次文。""黻,黑與青相次文。""黹,箴縷所紩衣。""繡,五采備也。""粉米"作"黺絺","黺"下云"畫粉",粉即細米。"絺"下云"繡文",繡文即畫。二者本一物,特"絺"字從糸,乃入《糸部》耳。黹與希同。其解黼、黻、繡本《考工記》"畫繢之事",白黑綫相次成章,是曰黼;黑青綫相次成章,是曰黻。又黹,細米文。並所畫繢之五采而分布之,總曰繡者,黹刺亦襍合五采也,故曰"以五采章施於五色"也。《大傳》不數粉米以下者,古者但稱畫衣也。不數日、月、星辰者,或三辰自古在旌旗也。有虞冕服,若周深衣然。畫繢黹刺皆爲衣飾,天子備青、黄、黑、白、赤,其服五。諸侯去黄而四,子男去黑而三,大夫去白而二,士服青而已。此有虞氏之服物五章也。夏、殷之冕無旒。夏有黻冕,殷有黼冕,黼黻爲裳,然其服不可得而詳。冕服至周,文始大備。蓋周以虞之祭服連衣裳者爲朝服、燕居服,而祭用冕服,則衣與裳殊。作繪,黑也。上衣玄,象天之玄也。其山、龍以下爲冕服九章,皆裳飾。《司服》:"公之服,自袞冕而下。侯伯之服,自鷩冕而下。子男之服,自毳冕而下。孤之服,自希冕而下。卿大夫之服自玄冕而下。"《大行人》"上公冕服九章,侯伯冕服七章,子男冕服五章。"鄭注云:"古天子冕服十二章,周以日、月、星辰畫於旌旗,登龍於山,登火於宗彝。鷩畫雉,謂華蟲也。毳畫虎蜼,謂宗彝也。希刺粉米,無畫也。"又云:"九章者,自山、龍以下。七章者,自華蟲以下。五章者,自宗彝以下。"據鄭注以推,則所謂九章者,一曰龍,二曰山,三曰華蟲,四曰火,五曰宗彝,六曰璪,七曰粉米,八曰黼，九曰黻。龍、山、華蟲、火、宗彝、璪六章爲畫繢，粉米、黼、黻三章爲黼刺。天子衮升龍，備九章也。上公衮，亦九章，畫六章，刺三章，九命，以九爲節也。《九罭》《采叔》《韓奕》《烝民》言衮皆上公也。侯伯鷩，去龍、山而七章，畫四章，刺三章，七命，以七爲節也。《唐風》"豈曰無衣七兮"，此侯伯也。子男毳，去華蟲、火而五章，畫二章，刺三章，五命，以五爲節也。《大車》"毳衣如菼"，畫白也。"毳衣如璊"，畫赤也。此子男也。惟希冕以下不依命次。公之孤四命，止刺二章。宣十六年《左傳》命晉士會以黻冕爲大傅，所謂大夫黻是已。此公之孤希冕，裳無畫，又去黼也。諸侯之卿大夫玄冕纁裳，則又無刺矣。上士玄端玄裳。《荀子·哀公問》云："端衣玄裳者，謂士也。"中士玄端黃裳，下士玄端襍裳。王之三公八命，去山，畫五，刺三，衮同於上公也。《荀子·大略篇》："天子山冕。"蓋對公無山而言也。王之卿六命，去火，畫三，刺三，鷩同於侯伯也。火，取其明，故王之卿或無火也。王之大夫四命，畫二，刺二，毳如子男而去黼，故《終南》詠黻衣爲秦始受子男之服，而同於大夫四命也。王之上士三命，刺二，希同於公之孤也。中士再命，玄冕無刺，同於諸侯之卿大夫也。下士一命，玄裳同於諸侯之上士也。其黃裳、襍裳，謂之不命之士。此周冕服之大凡也。王者受天命爲天子，改正朔，易服色。夏、殷不相沿，虞、周不相襲。乃後儒援《周禮》測《虞書》，遂創"六者繪衣，六者繡裳"之說。而不知虞之服若深衣，畫、刺皆在衣也。既誤以虞爲上衣下裳，因又即虞之五服五章並同於周之九章、七章、五章，亦以畫、刺分屬於衣裳，而不知周之冕服上皆以玄衣爲正色，畫、刺皆在裳爲間色也。昭二十五年《左傳》云："爲九文、六采、五章，以奉五色。"九文，九章也。六采，五采合玄也。五章即五色也。《禮運》云："五色六章，十二衣。"六章，猶六采也。《學記》云："水無當於五色，五色弗得不章。"水屬黑，謂玄也。此即"五色六章"之義也。解經者並謂畫衮在衣而不在裳，故詳證言之如此。

清·陳喬樅《詩經四家異文考》卷二：

毛詩《釋文》："衮，古本反，六冕之第二章也。畫爲九章，天子畫升龍於衣，上公但畫降龍。字或作卷，音同。"

案：《說文》："衮，卷龍，繡於下幅，一龍蟠阿上鄉，從衣，公聲。"劉熙《釋名》曰："衮，卷也。畫卷龍於衣也。卷亦作裷。"《荀子·富國篇》："天子袾裷衣冕。"楊倞注："裷，與衮同。"

清·方玉潤《詩經原始》卷八：

【集釋】袞衣繡裳，《集傳》："袞，衣裳九章：一曰龍，二曰山，三曰華蟲，雉也，四曰火，五曰宗彝，虎蜼也，皆繢於衣，六曰藻，七曰粉米，八曰黼，九曰黻，皆繡於裳。天子之龍一升一降，王公但有降龍。以龍首卷然，故謂之袞也。"

清·鄧翔《詩經繹參》卷二：

袞衣繡裳，上公之服。畫龍于衣，謂之袞，龍首卷然也。天子畫升龍，上公畫降龍。九章者，一龍，二山，三華虫，四火，五宗彝，皆繪于衣，六藻，七粉米，八黼，九黻，皆繡于裳。

清·龍起濤《毛詩補正》卷十四：

【毛】袞衣，卷龍也。［《釋文》："六冕之第二章也。畫爲九章，天子畫升龍於衣上，公但畫降龍。"朱注："袞，衣裳九章，一曰龍，二曰山，三曰華蟲，四曰火，五曰宗彝，皆繪於衣，六曰藻，七曰粉米，八曰黼，九曰黻，皆繡於裳。卷（音袞），以龍首卷然，故謂之袞。"］

清·呂調陽《詩序議》卷二：

案：袞衣繡裳，上公朝於天子之服也。

清·梁中孚《詩經精義集鈔》卷二：

袞衣，上公之服，繪山、龍、雉、火、宗彝于衣，繡藻米、黼、黻于裳也。

清·王先謙《詩三家義集疏》卷十三：

【注】韓"袞"作"綩"，云："綩衣，纁衣也。"【疏】（《傳》："所以見周公也。袞衣，卷龍也。"《箋》："王迎周公，當以上公之服往見之。"覯，見也。之子，斥周公。時公拜王命，已得服上公之服。馬瑞辰云："《爾雅》：'袞，黻也。'蓋釋此詩'袞衣繡裳'，猶《終南》詩'黻衣繡裳'也。訓袞爲黻，乃通言，言黼黻文章之事，故《爾雅》又曰：'黼黻，彰也。'黻衣猶云彰服，非訓袞爲十二章之黻也。古者龍畫於衣，黻繡於裳。郭注《爾雅》，謂袞有黻衣，失之。又案，《傳》：'袞衣，卷龍也。'《曲禮》'袞衣'字皆假借作'卷'。蓋袞從公聲，與卷同音，故《傳》借作'卷'，《荀子》又借作'捲'。今《說文》作從'公'聲，形近傳寫之誤。"《淮南·說林訓》高注："《詩》曰：'袞衣繡裳。'"明魯、毛文同。"袞作綩，云綩衣，纁衣也"者。《玉篇·系部》引《韓詩》文。皮嘉祐云："陳奐曰：《士冠禮》'爵弁服，纁裳純衣'，純讀爲䊷。《說文》：'䊷，黑也。'純衣猶玄衣也。《類篇》：'綩，冠紫也。一曰纁色衣。'士纁裳，非天子

諸侯之服，且古有纁裳，無纁衣。《士昏禮》'女次純衣纁袡'，是女子之衣，非男子之衣。《禮》曰不襲婦服，則男子不服纁袡可知。且'纁袡'鄭注謂以纁緣其衣，亦不得爲纁衣之證。《韓詩》所謂'纁衣'，疑亦即純衣，熏與屯聲近得通。《禹貢》'杶幹栝柏'，《釋文》：'杶，本作櫄。'此熏、屯通用之證。《韓詩》作'綩衣'者。《周禮·染人》注：'故書，纁作䊵。'綩與䊵皆從'宛'聲。《韓詩》之'綩'當即《周禮》故書之'䊵'，䊵與纁同，故韓以'綩衣'爲'纁衣'，實即禮服之純衣也。"）

民國·王闓運《詩傳補》：

袞衣繡裳，所以見周公也。袞衣，卷龍也。《箋》云："王迎周公，當以上公之服往見之。" 補曰：繡裳，王卿之裳，加袞衣於繡裳，言出相爲方伯。

民國·馬其昶《詩毛氏學》卷十五：

所以見周公也。（鄭曰："王迎周公，當以上公之服往見之。"）袞衣，卷龍也。（陳曰："袞，與卷古同聲。卷者，曲也，象龍曲形，曰卷龍。畫龍作服曰龍卷，加袞之服曰袞衣。玄衣而加袞曰玄袞，戴冕而加袞曰袞冕。天子上公皆有之，特天子升龍，諸侯降龍，唯此爲異。"《釋言》："袞，黻也。"《揚之水》傳："繡，黼也。"《終南》傳："五采備謂之繡。"此言"袞衣繡裳"，《終南》言"黻衣繡裳"，《荀子》言"黼衣黻裳"。古者袞繡、黼黻，義得通稱也。上爲衣，下爲裳，然有殊衣裳者，亦有連衣裳者，下章但舉袞衣以該繡裳。《白虎通義》云"凡言衣者，上兼下"是也。）

民國·張慎儀《詩經異文補釋》卷六：

《釋文》："袞字或作卷。"按：《釋名·釋首飾》："袞，卷也。畫卷龍于衣也。"馬瑞辰云："袞，從公聲，與卷同音，借作卷。"陳奐云："古袞卷聲同，故《禮記》袞字皆作卷。"

民國·丁惟汾《詩毛氏傳解故》：

《傳》云："所以見周公也。袞衣，卷龍也。"按：覯、見雙聲，袞、卷雙聲。衣之有卷龍者，謂之袞衣。《釋文》云："六冕之第二章也。畫爲九章，天子畫升龍於衣，上公但畫降龍。字或作卷，音同。"按：升龍爲伸張形，卷龍爲卷屈形，君臣之象也。卷龍俗謂之團龍。前清蟒袍，繡衣團龍。降，古音讀同，與卷雙聲。卷，古亦有團音。

民國·李九華《毛詩評注》：

【注】袞衣，卷龍也。（《毛傳》）

民國·林義光《詩經通解》卷十五：

眉批：袞衣，則數罟。

蓋周公之聖，袞之有無不足爲輕重。成王以袞迎周公，未足以止東人之悲也。

民國·焦琳《詩蠲》卷四：

袞衣（上公衣五章，龍取變，山取鎮，華蟲取文，火取明，宗彝取孝也。繢畫之。）繡裳。（裳四章，藻取潔，粉米取養，黼取斷，黻取辨，皆刺繡之。）

我覯之子，盛德光輝，雖如袞繡之章彩溢目，而內蘊之美，實湼之而靡窮，所及見者，仍類衣裳之末而已。言此，以起下文愛之戀之惟恐其去之意，

民國·吳闓生《詩義會通》卷一：

先大夫曰：……歐公云：袞衣繡裳，上公之服。詩道東都之人留公之意，東都之人猶能愛公若此，所以深刺朝廷之不知也。毛謂成王當被袞衣以見周公，鄭謂王當遣人持上公袞衣以賜公而迎之。皆疏且迂矣。

日本·中村之欽《筆記詩集傳》卷五：

《名物疏》云："先儒之說，謂虞有十二章，周制惟九章。"除日月星。（畫旌旗也）"然王者制作，皆以十二象天，使天子與①上公其衣但有升龍降龍之異，恐非所以示上下之別。或者以龍德爲重，故衣以袞名，其實周亦十二章。《郊特牲》云：'祭之日，王被袞冕以象天也。''龍章而設日月，以象天也。'鄭君云：'設日月畫于衣服旌旗。'據此文則袞冕之文，亦畫日月。鄭又謂之魯禮。要其文稱王被袞冕，非魯事也。"

日本·岡白駒《毛詩補義》卷五：

所以見周公也。袞衣，卷龍也。

袞衣，畫龍於衣。繡裳，刺繡之裳也。《郊特牲》所謂"王被袞冕龍章"是也。言九罭之魚，乃是鱒魴大魚在于小網，喻周公之聖，而出居小國也。陸佃云：鱒魚圓，魴魚方。君子道以圓內義以方外，而周公之德具焉，故以喻周公也。我覯之子，當以袞衣繡裳見之。蓋諷成王以冕服迎公也。

日本·赤松弘《詩經述》卷四：

袞，衣裳九章，一曰龍，二曰山，三曰華蟲，雉也，四曰火，五曰宗彝，虎

---

① 與，原文爲"于"，據意改。

蜼也，皆繢於衣，六曰藻，七曰粉米，八曰黼，九曰黻，皆繡於裳。天子之龍，一升一降，上公但有降龍。以龍首卷，故謂之袞也。亦周人望公歸也。

日本·中井積德《古詩逢原》：

袞字，從公從衣，謂公之服，字非由音而生也。舊解卷然，不可從。

日本·皆川願《詩經繹解》卷七：

袞龍衣也。陸德明云："天子畫降龍。"解見《采菽篇》。繡，《説文》云："五采備。"

日本·伊藤善韶《詩解》：

袞，卷龍之服十二章，衣繢裳繡。卷衣繡裳九章，上公之服也。

日本·冢田虎《冢注毛诗》卷八：

袞衣繡裳，上公九命之服也。我王禮遇周公，以上公之服行而迎之也。

日本·田邊匡敕《詩經名物圖》：

袞衣五章，一曰龍，二曰山，三曰花蟲，四曰火，五曰宗彝，皆畫於衣。

繡裳四章，六曰藻，七曰粉米，八曰黼，九曰黻，皆刺繡於裳。

朱子曰：天子之龍一升一降，上公但有降龍，以龍首卷然，故謂之袞。

按：《舜典》冕服十二章，曰：日、月、星辰、山、龍、華虫，作繢；宗彝、藻、火、粉米、黼、黻，絺繡。至周而以日月星辰畫於旌旂，所謂三辰，旂旌昭其明也，而冕服九章也。

日本·豬飼彥博《詩經集説標記》：

袞衣矣，而又繡裳，皆服之盛者也。

日本·仁井田好古《毛詩補傳》卷十五：

袞衣繡裳，所以見周公也。袞衣，卷龍也。【補】陸德明曰："袞衣，六冕之第二者也，畫爲九章。"鄭玄曰："王欲迎周公，當以上公之服往見之。"

【翼】嚴垣叔曰："服其服，則居其位矣。欲朝廷復相之也。" 好古按：《周禮》司服職曰："王祀昊天上帝，則服大裘而冕。""享先王則袞冕。"又曰："公之服自袞冕而下如王之服。"鄭玄曰："《書》曰：'予欲觀古人之象，日、月、星、辰、山、龍、華蟲作繢，宗彝、藻、火、粉米、黼、黻、絺、繡。'此天子冕服十二章。""至周而以日月星辰畫於旌旗，所謂三辰旂旗，昭其明也。而冕服九章，登龍於山，登火於宗彝，尊其神明也。九章，初一曰龍，次二曰山，次三曰華蟲，次四曰火，次五曰宗彝，皆畫以爲繢，次六曰藻，次七曰粉米，次八曰黼，次九曰黻，皆希以爲繡。則袞之衣五章，裳四章，凡九也。""凡冕服皆玄衣纁裳。"按：康成説如此，鄭鍔及《義疏》駁之，其辨最確，故載于左。鄭鍔曰："日月星辰登於旌旗，王與公同服，九章之袞，君臣無別。其説創自康成，六經無見也。今以《周禮》經文質之，子男之服，自毳冕而下，如侯伯，則上不得服鷩冕可知。侯伯之服，自鷩冕而下，如公，則上不得服袞冕可知。公之服，自袞冕之下，如王，則袞冕而上，明有日月星辰，公不得上服十二章可知。且天子國，十有二門，旗十有二旒，馬十有二閑，圭尺有二寸，禮物十有二牢，其取法於天之大數者非一，何獨於服而有異哉？"《周禮義疏》曰："公之服自袞冕以下，如王之服。則王備十二章可知矣。享先王以袞冕，則祀天地之大裘，蓋襲以十二章之服也。"

日本·無名氏《詩經旁考》卷十一：

《春官·司服》："公之服自袞冕而下如王之服。"《覲禮》注，鄭玄曰："袞衣，天子有升龍有降龍。上公袞，无升龍。"

日本·安藤龍《詩經辨話器解》卷八：

《傳》："所以見周公也。袞衣（旁行小字：首卷然，下曰以名袞。天子一升一降，上公只降而已。），卷龍也。"《箋》云："王迎周公，當以上公之服往見之。"

日本·山本章夫《詩經新注》卷中：

虞十二章，周九章。周以日月星辰畫於旒，故衣裳止九章。天子之龍，一升一降。上公但有降龍而已。袞，眷也。所畫之龍首眷然，故謂之袞衣。黼，斧也。黻，佛也。繡兩弓字相佛戾之形，名曰黻。繡斧頭之形，名曰黼。繡裳則必袞龍之服。周家之常也。

日本·竹添光鴻《毛詩會箋》卷八：

所以見周公也。袞，卷龍也。

"袞衣繡裳"，與《淇奧》"充耳琇瑩"同意。蓋周公之德不窮，言美其服，即所以頌其德。而一以著其德容堂堂，不可以患難動焉；一以著其威嚴神明，可以位冢宰，正百官焉。《釋文》："袞字，或作卷，音同。"《毛傳》云："袞衣，卷龍衣也。"卷龍，謂龍拳曲。天子之龍，一升一降，上公但有降龍。《王制》："三公一命卷。"鄭注："卷，俗讀也，其通則曰袞。"《正義》云："《禮記》文皆作卷。"是記者承俗之言。《玉藻》："龍卷以祭。"注云："字或作袞。袞與卷古音同，古假卷爲袞也。"袞，衣裳九章，一曰龍，二曰山，三曰華蟲，雉也，四曰火，五曰宗彝，虎蜼也，皆繢於衣，六曰藻，七曰粉米，八曰黼①，九曰黻，皆繡於裳。龍取其變也，山取其鎮也，華蟲取其文也，火取其明也，宗彝取其孝也，藻，水草，取其潔也，粉米，白米，取其養也，黼①，若斧形，取其斷也，黻，兩已相背，取其辨也。據《周禮》，子男之服，自毳冕而下如侯伯，則上不得服鷩冕可知，侯伯之服，自鷩冕而下如公，則上不得服袞冕可知，公之服，自袞冕以下如王，則袞冕而上，明有日月星辰，公不得上服十二章可知矣。王享先王以袞冕，則祀天地之大裘，蓋②襲以十二章之服也。

韓國·朴世堂《詩經思辨錄》：

毛云："……袞繡，所以見周公也。"

鄭云："……袞繡，王迎周公當以上公之服往見之。"

韓國·李瀷《詩經疾書》：

知天道者冠鉢，知地道者履蹻。能治煩決亂者佩觿，能射御者佩韘，能正三軍者摺笏。衣必荷規而承矩，故君子衣服中，而容貌得接其狀，而象其德，是以見周公之袞衣繡裳，"赤舄几几"，則"公孫碩膚"之德可以識取矣。既歸則推恐或歸，將歸則使之心悲，悅服之深也。

韓國·金元行《渼上經義》（詩傳）：

憲柱曰：《九罭》章注："宗彝，虎蜼"者，是何物也？廷仁曰：宗彝者，宗廟彝尊也。虎蜼者，二獸名。宗廟彝尊，畫此虎蜼而爲飾也。漢禎曰：蜼是何獸名也。　廷仁曰：雖不知爲何獸，取其孝之義，而繪於袞衣，則是有孝之獸，而如虎之類也歟。

《周禮》宗廟彝器有虎彝、蜼彝，畫虎蜼於彝，故以宗彝爲虎蜼也。《爾雅》注："蜼似獼猴而大，黃黑色，尾長數尺，似獺，尾末有岐，鼻落向上，雨即自懸於樹，以尾塞鼻，或以兩指。"言取其孝者，謂宗廟祭器也。

韓國·申綽《詩次故》卷十：

《春官·司服》："公之服自袞冕而下如王之服。"《覲禮》注鄭玄曰："袞衣，天子有升龍，有降龍。上公袞无升龍。"

韓國·沈大允《詩經集傳辨正》：

袞衣繡裳，言威儀之盛也。

---

① 黼，原文誤爲黻，改。
② 蓋，原文誤爲襲，改。

韓國·朴文鎬《楓山記聞錄·經説·毛詩》：

虎蜼，二獸名也。蓋宗廟之鬱鬯樽，謂之宗彝，而其器象虎與蜼，故名之。繪虎蜼者，亦謂之宗彝，世或認宗彝爲一獸名，非也。（祖弼）

韓國·朴文鎬《詩集傳詳説》卷六：

衮衣裳，九章，一曰龍，二曰山，三曰華蟲，雉也，（二字"華蟲"之注也。下"虎蜼也"三字同。）四曰火，五曰宗彝，虎蜼（壘佑胃三音）也，（二獸也）皆繢（音繪）於衣，六曰藻，七曰粉米，八曰黼，九曰黻，皆繡于裳。（詳見《書·益稷》注）天子之龍，（天子之衣所繢之龍）一升一降，上公但有降龍，以龍首卷（音衮）然，故謂之衮也。（從其音同。安成劉氏曰：凡兵事，韋弁服，用赤色，皮爲弁與衣，而素裳白舃，今乃冕服。"）

韓國·無名氏《詩義》：

吁！美武公之賢，則有《緇衣》之詩，稱大夫之賢，則有《羔羊》之詠。其服之美，無與於其人之賢，而美其人，而必稱其服者，其故何哉？《緇衣》焉，吾知其卿士之服，而苟有卿士之德，則豈非緇衣之宜者乎。羔裘焉，吾知其大夫之服，而苟有大夫之行，則豈非羔羊之宜乎。然則稱道其人之賢者，顧不在於其服之宜歟。今夫元聖之德，不啻若武公之賢，元輔之位不啻若大夫之列，則東人之美其德而稱其服者，豈止於《緇衣》之詩、《羔羊》之詠，而其衣則山龍之繪也，其裳則黼黻之繡也。衣是衣，服是服，則有龍之德，而於我焉信處而信宿，其所慕聖而愛見者，喜其來而頌禱之不暇，詠其德而形容之不足。公有衮衣而稱其德者，衣也。公有繡裳而象其德者，服也。美此衣而可謂其人之德也，美其裳而可謂其人之賢矣。

李雷東按：

"衮衣繡裳"句解有"衮衣"和整句解説兩個問題。現分述如下：

一　衮衣

1. 衮衣，卷龍也。《毛詩故訓傳》（《毛詩正義》卷八）有此説。

2. 畫爲九章，天子畫升龍於衣上，公但畫降龍。唐·陸德明《毛詩音義》："衮，六冕之第二者也。畫爲九章，天子畫升龍於衣上，公但畫降龍。字或作'卷'，音同。"（《毛詩正義》卷八）

3. 衮衣繡裳，上公服也。宋·蘇轍《詩集傳》卷八有此說。

4. 衮衣九章。宋·李樗《毛詩詳解》："衮衣九章，一曰龍，二曰山，三曰華蟲，四曰火，五曰宗彝，此畫於衣，六曰藻，七曰粉米，八曰黼，九曰黻，繡於裳上。"（《毛詩李黃集解》卷十八）

5. 衮衣裳九章，天子之龍一升一降，上公但有降龍。宋·朱熹："衮衣裳九章，一曰龍，二曰山，三曰華蟲，雉也，四曰火，五曰宗彝，虎蜼也。皆繢於衣，六曰藻，七曰粉米，八曰黼，九曰黻，皆繡於裳。天子之龍一升一降，上公但有降龍，以龍首卷然，故謂之衮也。"（《詩經集傳》卷八）

6. 九章各有取象。元·劉瑾解"衮衣裳九章"，引蔡九峰曰：龍取其變也，山取其鎮也，華蟲取其文也，火取其明也，宗彝取其孝也，藻，水草，取其潔也，粉米，白米，取其養也，黼若斧形，取其斷也，黻，兩已相戾，取其辨。（《詩傳通釋》卷八）

7. 五章畫於衣，以象陽；四章繡於裳，以象陰。元·梁益："山、龍、華蟲、火、宗彝，五章畫於衣，以象陽，藻、粉米、黼、黻，四章繡於裳，以象陰。"（《詩傳旁通》卷五）

8. 元·梁益《詩傳旁通》卷五："《尚書·益稷》篇注曰：舜十二章，周九章。周以日月星辰畫於旂。故衣裳九章，登龍於山，登火於宗彝，華蟲，雉也，宗彝，虎蜼也。（蜼袖位壘三音）。……虎蜼，蜼虎。蜼，狖也，似獼猴而小，黃黑色，尾長數尺，似獺，尾末有岐，鼻露向上，雨則自掛於木，以尾塞鼻，或以兩指。江東人亦取養之，爲物捷健。郭景純《江賦》云'迅蜼臨虛以騁巧'是也。《周禮》注：蜼，禹屬。卬鼻而長尾。"

9. 畫龍以表雲，畫雉以表雷，畫虎以表風，畫蜼以表雨。元·梁益引羅端良曰："古者有蜼彝，畫蜼於彝，謂之宗彝，又施之象服。夫服、器必取象於此等者，非特以其智而已，蓋皆有所表焉。夫八卦六子之中，日月星辰可以象指者也，雲雷風雨，難以象指者也。故畫龍以表雲，畫雉以表雷，畫虎以表風，畫蜼以表雨。凡此皆形著於此，而義表於彼，非爲是物也。"（《詩傳旁通》卷五）

10. 元·朱公遷《詩經疏義》（《詩經疏義會通》卷八）："周制，登龍于山，登火于宗彝，與舜觀古人之象頗異。"

11. 元·朱公遷《詩經疏義》引《玉藻》："周禮典命，王之三公八命，冕服七章，與侯伯同，及出封，則加一等而服衮。"（《詩經疏義會通》卷八）

12. 元·朱公遷《詩經疏義》："鄒季友曰：彝，上尊也。盛鬱鬯，曰彝，周禮宗廟彝器，有虎、蜼彝，畫虎蜼於彝，故以宗彝爲虎蜼也，取其孝，謂宗廟祭器也。又注疏云：虎、蜼同在于虎彝，故此亦並爲一章也。虎取其嚴猛，蜼取其有智。"（《詩經疏義會通》卷八）

13. 袞衣，諸公之服。明·豐坊："袞衣，諸公之服，九章，氣、山、雉、火、虎蜼，皆繪於衣，藻、粉米、黼、黻，皆繡於裳。"（《魯詩世學》卷十五）

14. 明·李資乾："：《埤雅》云：鱒魚尊，故文從尊，尊則獨行而處圓。易曰：圓而神，象衣之在上，故曰'袞衣'。魴魚方，故文從方，方則直行而虎方。易曰：方以知，象裳之在下，故曰'繡裳'。"（《詩經傳注》卷十八）

15. 刺龍於衣謂之"袞"。繡裳，繡五采於裳也。明·郝敬："袞衣，刺龍於衣，龍形卷（袞）然，故謂之'袞'。繡裳，繡五采於裳也。鄭玄九章之說，未可憑。詳見《周禮》。"（《毛詩原解》卷十六）

16. 明·馮復京引孔安國傳曰："天子服日月而下，諸侯自龍袞而下至黼、黻，士服藻、火，大夫加粉米。上得兼下，下不得僭上。"（《六家詩名物疏》卷三十一）

17. 明·馮復京："使天子于上公其衣但有升龍降龍之異，恐非所以示上下之別。或者以龍德爲重，故衣以袞，名其實。"（《六家詩名物疏》卷三十一）

18. 明·凌濛初："《采菽》'玄袞及黼'，蓋錫上公以遍列侯也。"（《詩逆》）

19. 清·汪紱："袞衣繪，黻裳繡。繪輕清，象天，繡功多，象地。"（《詩經詮義》卷四）

20. 周公以三公出封於魯，故得九章也。清·顧棟高："王之三公八命，冕服七章，與侯伯等，及出封，則加一等，而服袞時，周公以三公出封於魯，故得九章也。"（《毛詩類釋》卷十三）清·顧鎮："《周禮》典命：王之三公八命，出封加一等服袞。袞衣裳，九章，五章繪於衣，四章繡於裳。《詩》言'袞衣繡裳'，是以三公而服出封之服。"（《虞東學詩》卷五）

21. 袞衣即黻衣，猶云章服。清·馬瑞辰："《爾雅》：袞，黻也。蓋釋此詩'袞衣繡裳'，猶《終南》詩"黻衣繡裳"也，訓袞爲黻，乃通言。言黼黻，文章之事。故《爾雅》又曰：黼黻，彰也。黻衣，猶云章服，非訓袞爲十二章之黻也。古者龍畫於衣，黻繡於裳。郭注《爾雅》謂袞有黻衣，失之。"（《毛詩傳箋通釋》卷十六）

22. 王則畫升龍於衣，上公但畫降龍，均之袞衣也。清·林伯桐："《九罭》篇：袞衣繡裳。毛以爲王之服，鄭以爲上公之服者，蓋王則畫升龍於衣，上公但

畫降龍，均之袞衣也。"（《毛詩識小》卷十五）

23. 周之冕服，上皆以玄衣爲正色，畫刺皆在裳，爲間色也。卷龍繡於裳。清·陳奐："袞衣、玄袞，傳乃依經連言，非解玄字與衣字也。袞與卷古同聲。卷者，曲也，象龍曲形，曰卷龍。畫龍作服曰龍卷，加袞之服曰袞衣，玄衣而加袞，曰玄袞，戴冕而加袞曰袞冕。天子、上公皆有之。《覲禮》注：上公袞無升龍。賈疏：案《白虎通》引《傳》曰：'天子升龍，諸侯降龍。'唯此爲異。《爾雅·釋言》云：'袞，黻也。'此言袞衣輔裳，《終南》言'黻衣繡裳'，是袞衣猶黻衣矣。《終南》傳云：'五采備，謂之繡。'《唐風·揚之水》傳云：'繡，黻也。'《荀子·哀公問篇》：'黼衣黻裳者不茹葷。'是黼衣，猶繡衣，黻裳猶袞裳矣。古者袞繡黼黻，義得通稱也。凡上爲衣，下爲裳。然有殊衣裳者，亦有連衣裳者。單言裳，連上衣也，若騫裳爲摳衣也。單言衣，連下裳也，若綠衣、褻衣、麑衣、緇衣、素衣、錦衣、麻衣。衣皆兼裳也。《白虎通義·衣裳篇》云'凡言衣者，上兼下'是也。然則袞繡同文，衣裳同制，袞衣即繡裳，故下章'是以有袞衣兮'，但舉袞衣以該繡裳言也。鄭康成於《采菽》箋及《禮記·玉藻》注，《周禮》司服注，《儀禮》覲禮注，皆謂畫卷龍於衣。儒者悉從，鄭無異説。《説文解字》衣部云：袞，天子享先王，卷龍繡於下幅，一龍蟠阿上鄉。《説文繫傳》於下之下有裳字。裳，古作常，通作裳。許叔重説卷龍繡於裳，與鄭不同。今細覈之，惟許合古也。……乃後儒援《周禮》測《虞書》，遂創六者繪衣，六者繡裳之説，而不知虞之服若？衣，畫刺皆在衣也。既誤以虞爲上衣下裳，因又即虞之五服五章，並同於周之九章，七章五章亦以畫刺分屬於衣裳，而不知周之冕服，上皆以玄衣爲正色，畫刺皆在裳，爲間色也。昭二十五年《左傳》云：'爲九文、六采、五章，以奉五色。'九文，九章也。六采，五采合玄也。五章即五色也。《禮運》云：'五色六章'十二衣。'六章'猶六采也。《學記》云：水無當於五色。五色弗得不章，水屬黑，謂玄也。此即五色六章之義也。解經者並謂畫袞在衣，而不在裳。故詳證，言之如此。"（《詩毛氏傳疏》卷十五）民國·馬其昶采陳氏此説。（《詩毛氏學》卷十五）

24. 清·陳喬樅引《説文》："袞，卷龍，繡於下幅，一龍蟠阿上鄉，從衣，公聲。"（《詩經四家異文考》卷二）

25. 袞衣繡裳，上公朝於天子之服也。清·呂調陽《詩序議》（卷二）有此説。

26. 韓詩以綩衣爲纁衣，實即禮服之純衣也。清·王先謙："【注】韓'袞'作'綩'，云：綩衣，纁衣也。……'袞作綩，云綩衣，纁衣也'者。《玉篇·系部》引《韓詩》文。皮嘉祐云：'陳奐曰：《士冠禮》"爵弁，服纁裳純衣"，純讀爲黗。《說文》："黗，黑也。"純衣猶玄衣也。'《類篇》：'綩，冠纓也。一曰纁色衣'。士，纁裳，非天子諸侯之服。且古有纁裳，無纁衣。《士昏禮》：'女次純衣纁袡'，是女子之衣，非男子之衣。《禮》曰：不襲婦服。則男子不服纁袡可知。且纁袡，鄭注謂：以纁緣其衣。亦不得爲纁衣之證。《韓詩》所謂'纁衣'，疑亦即純衣，熏與屯聲近得通。《禹貢》'杶幹栝柏'，《釋文》：'杶，本作櫄'，此熏、屯通用之證。《韓詩》作綩衣者，《周禮·染人》注：'故書，纁作櫄'，綩與黦皆從'宛'聲。《韓詩》之'綩'當即《周禮》故書之'黦'，黦與纁同，故韓以'綩衣'爲纁衣，實即禮服之純衣也。"（《詩三家義集疏》卷十三）

27. 民國·王闓運《詩傳補》："繡裳，王卿之裳，加袞衣於繡裳，言出相爲方伯。"

28. 升龍、卷龍爲君臣之象。民國·丁惟汾："升龍爲伸張形，卷龍爲卷屈形，君臣之象也。卷龍俗謂之團龍。前清蟒袍，繡衣團龍。降，古音讀同，與卷雙聲。"（《詩毛氏傳解故》）

29. 袞衣，則數罟。民國·林義光《詩經通解》卷十五有此說。

30. 駁鄭玄說。日本·仁井田好古："康成說如此，鄭鍔及《義疏》駁之，其辨最確，故載于左。鄭鍔曰：日月星辰登於旌旗，王與公同服，九章之袞，君臣無別。其說創自康成，六經無見也。今以《周禮》經文質之，子男之服，自毳冕而下，如侯伯，則上不得服鷩冕可知。侯伯之服，自鷩冕而下，如公，則上不得服袞冕可知。公之服，自袞冕之下，如王，則袞冕而上，明有日月星辰，公不得上服十二章可知。且天子國，十有二門，旗十有二旒，馬十有二閑，圭尺有二寸，禮物十有二牢，其取法於天之大數者，非一，何獨於服而有異哉。《周禮義疏》曰：公之服自袞冕以下，如王之服。則王備十二章可知矣。享先王以袞冕，則祀天地之大裘，蓋襲以十二章之服也。"（《毛詩補傳》卷十五）

二　整句解說

1. 刺王不知，欲使王重禮見之。唐·孔穎達："毛以爲，我成王若見是子周公，當以袞衣繡裳往見之。刺王不知，欲使王重禮見之。

2. 王迎周公，當以上公之服往見之。漢·鄭玄《毛詩箋》有此說。（《毛詩正義》卷八）又，唐·孔穎達："鄭以爲，……王若見是子周公，當以袞衣繡裳往迎之。（《毛詩正義》卷八）

3. 宋·李樗《毛詩詳解》（《毛詩李黃集解》卷十八）："公則有袞衣繡裳，我見此周公上公之服，宜在朝廷，不當留滯於東方也。"

4. 宋·范處義："東人見周公以上公之服處此地，是以刺朝廷不能速還公也。"（《詩補傳》卷十五）

5. 元·朱公遷《詩經疏義》："《孟子》言周公封於魯，則公以三公而受出封之命矣，此所以有九章之袞衣也。"（《詩經疏義會通》卷八）

6. 明·黃佐："袞衣繡裳，之子所有，幸見其人者，遂並見其所服也，若專以是服為東之所無而喜見之，則意味殊淺了。"（《詩經通解》卷八）

7. 明·鄒泉："袞衣繡裳，固自所見言之，亦不甚重得見其人上，見其人因見其服也，德在言外。"（《新刻七進士詩經折衷講意》卷一）

8. 明·許天贈："所謂袞衣繡裳者，即是聖人所服，聖人所服即是聖德所著。蓋平日願見而不可得者，而今幸見之也。"（《詩經正義》卷九）

9. 明·顧起元："袞衣繡裳，而自所見言之，亦不甚重，上得見其人上，服袞衣繡裳，上公之飾也。只要形容快睹之意，說服飾處，便是說德，不必云服以德重也。"（《詩經金丹》卷三）

10. 明·江環《詩經闡蒙衍義集注》："衣被之輝煌華哉，聖人之儀範也，不有以動聖人之快睹乎。"（《詩經鐸振》卷三）

11. 明·方從哲等："公以上公之貴，故有此上公之服。衣裳非可喜，以其為公之衣裳則可喜耳。若專以是服為東去之所無，而喜見之，則意味殊淺了。亦不必言有是德宜有是服意，德自在言外也。"（《禮部訂正詩經正式講意合注篇》卷四）

12. 明·徐光啟："召公之南，則愛及于甘棠，周公之東，則願見其袞衣，于此見二王之盛德矣。"（《毛詩六帖講意》卷一）

13. 明·徐光啟："'袞衣繡裳'與《衛》'充耳琇瑩'二句一例，說服飾處便是說德，不必說服以德感也，只要形容快睹之意。"（《毛詩六帖講意》卷一）

14. 明·曹學佺："我觀之子，而忽有袞衣繡裳之服，何耶？行將以觀于王朝，而不能久居乎魯也。"（《詩經剖疑》卷十二）

15. 明·陸化熙："看他說個袞衣繡裳，便宛然有奔走聚睹，相顧贊嘆之狀。"（《詩通》）

16. 明·顧夢麟："故袞衣又繡裳，則為其服之盛，然亦所重見公，不重服也。因服以見公，志所幸焉耳。"（《詩經說約》卷十）

17. 明·朱朝瑛："衮衣繡裳，言王以冕服迎周公，故公服此以承王命也。是喜之之詞也。"（《讀詩略記》卷二）

18. 明·胡紹曾："古人謂畫之事，與文典同功。經天地，動鬼神，安國治民之上制也。今東人只曰'衮衣繡裳'，而公之德咸在。詩中美刺，類舉服飾，不添隻字。"（《詩經胡傳》卷五）

19. 清·張沐："此言上公之服，周公之本服也。"（《詩經疏略》卷四）

20. 清·姜文燦："其所見果何有哉，有衮衣焉，山龍雉虎，昭其文于上也，有繡裳焉，藻米黼黻，昭其文于下也，衣被之輝煌偉哉，聖人之儀範也，不誠有以侈一時之觀瞻，而動吾人之快睹者乎。"（《詩經正解》卷十）

21. 清·黃夢白、陳曾："繡裳，刺繡之裳也。設九罭之網，而後得鱒魴，甚不易得也。已何幸而得見此九章之服。"（《詩經廣大全》卷九）

22. 清·汪紱："衮衣繡裳，本以稱周公之德容丰采，然盛德輝光難以形容，故只即其衣裳稱之。周公避位居東，無故亦未必服衮，但謂有此服衮衣之人耳。《序》說亦同上篇，故舊說皆云成王當以上公之服迎周公。夫周公雖避居東，其上公之位未替也，又何待王以上公之服迎之乎。"（《詩經詮義》卷四）

23. 清·傅恒等："極言衣裳之美者，德與服稱，愛其人並愛其服也。"（《御纂詩義折中》卷九）

24. 清·羅典："云之子而衮衣繡裳，此足見武庚既叛，即已自立為天子，而被法服矣。在上文以魚喻，而有取於鱒，正以此考《周禮·春官》司服：享先王則衮冕，《儀禮》：覲諸侯，天子衮衣冕，負斧，依衮龍衣，法服也。東人之覿武庚者，方因其為蛇之伏鱣，而稱之子，豈復能上擬龍之升騰，以作天子乎。此而衣彼衮衣，次之繡裳，初不憚僭竊天子之法服焉，則蛇身而飾以龍章，不似龍，終可魚也。夫魚亦有為龍者，武庚特比於九罭之魚，當其叛也，不過妄為鱒之赤目而好獨行，及其以東征懼誅，猶且不免扁身縮項而卻為魴，從可知其變化所極，必出於蛇而非龍矣。此東人言'我覯之子'，以著其實為蛇，言'我覯之子，衮衣繡裳'，以嗤其貌為龍也。"（《凝園讀詩管見》卷五）

25. 清·胡文英："衮衣繡裳，蓋周公既平武庚，成王遠錫章服以昭功也。"（《詩經逢原》卷五）

26. 清·姜炳璋："衮衣繡裳，上公之服，知公之避東，乃為天子鎮撫東土，非去官也。"（《詩序補義》卷十三）

27. 清·牟應震："豳人不願公去,故怨之子而薄之道,俗語云:只會喫飯穿衣也。"(《詩問》卷三)

28. 清·牟庭："袞衣繡裳,大夫來迎周公者服之,如美魚之在九罭網也。《毛傳》云:所以見周公也。鄭《箋》云:王迎周公當以上公之服往見之。皆非矣。"(《詩切》)

29. 清·劉沅："周公平殷亂,留撫殷民。殷之賢者喜而曰:九罭所得之魚至美,不過鱒魴而已,喻平日所見不過如此,今觀之子則袞衣繡裳,威儀莊肅,非復他比。蓋三叔武庚為亂,不遵周公禮法,殷人始亦未知。今見周公乃欣嘆其儀度之盛,而服其德隅如此。夫光武中興,民曰:不圖今日復睹漢官威儀。裴度入蔡,李愬郊迎,使知朝廷體統之尊。況以公之德與威容乎。"(《詩經恒解》卷二)

30. 民國·林義光："蓋周公之聖,袞之有無不足為輕重。成王以袞迎周公,未足以止東人之悲也。"(《詩經通解》卷十五)

31. 民國·焦琳："我覯之子,盛德光輝,雖如袞繡之章彩溢目,而內蘊之美,實浥之而靡窮,所及見者,仍類衣裳之末而已。言此,以起下文愛之戀之惟恐其去之意,"(《詩蠲》卷四)

32. 日本·岡白駒："我覯之子,當以袞衣繡裳見之。蓋諷成王以冕服迎公也。"(《毛詩補義》卷五)

33. 日本·赤松弘："亦周人望公歸也。"(《詩經述》卷四)

34. 日本·冢田虎："袞衣繡裳,上公九命之服也。我王禮遇周公,以上公之服行而迎之也。"(《冢注毛詩》卷八)

35. 日本·仁井田好古引嚴垣叔曰:"服其服,則居其位矣。欲朝廷復相之也。"(《毛詩補傳》卷十五)

36. 日本·竹添光鴻："'袞衣繡裳',與《淇奧》'充耳琇瑩'同意。蓋周公之德不窮,言美其服,即所以頌其德。而一以著其德容堂堂,不可以患難動焉;一以著其威嚴神明,可以位冢宰,正百官焉。"(《毛詩會箋》卷八)

37. 韓國·李瀷："知天道者冠缽,知地道者履蹻。能治煩決亂者佩觿,能射御者佩韘,能正三軍者搢笏。衣必荷規而承矩,故君子衣服中,而容貌得接其狀,而象其德,是以見周公之袞衣繡裳,'赤舃几几',則'公孫碩膚'之德可以識取矣。既歸則推恐或歸,將歸則使之心悲,悦服之深也。(《詩經疾書》)

首章章旨

唐·孔穎達《毛詩正義》卷八：

首章言周公不宜居東，王當以袞衣禮迎之。所陳是未迎時事也。……《序》云"美周公"者，則四章皆是也。其言"刺朝廷之不知"者，唯首章耳。

鄭以爲，設九罭之網，得鱒、魴之魚，言取物各有其器，以喻用尊重之大禮，迎周公之大人，是擬人各有其倫。尊重之禮，正謂上公之服。王若見是子周公，當以袞衣繡裳往迎之。

毛以爲，首章言王見周公，當以袞衣見之。

宋·歐陽修《詩本義》卷五：

《本義》曰：周大夫以周公出居東都，成王君臣不知其心而不召，使久處於外，譬猶鱒魴大魚反在九罭小罟，因斥言周公云"我覯之子，袞衣繡裳"者，上公之服也，上公宜在朝廷者也。

宋·蘇轍《詩集傳》卷八：

求大魚者，必大網，見周公者不可不以上公之服也。

宋·朱熹《詩經集傳》卷八：

此亦周公居東之時，東人喜得見之，而言九罭之網，則有鱒魴之魚矣。我覯之子，則見其袞衣繡裳之服矣。

宋·呂祖謙《呂氏家塾讀詩記》卷十六：

程氏曰：鱒魴，魚之美者。施九罭之網，則得鱒魴之魚。用隆厚之禮，則得聖賢。我欲進覯之子，當用上公禮服往逆之。

宋·嚴粲《詩緝》卷十六：

言設九罭之常網，則僅可以得鱒魴之常魚，喻常禮非所以處周公也。故我欲見之子周公，當用龍袞之衣，及絺繡之裳，上公禮服往逆之，服其服則居其位矣。

欲朝廷復相之也。

元·劉瑾《詩傳通釋》卷八：

此亦周公居東，東人喜得見之而言。九罭之網，則有鱒魴之魚矣。我遘之子，則見其袞衣繡裳之服矣。

元·朱公遷《詩經疏義》（《詩經疏義會通》卷八）：

此亦周公居東之時，東人喜得見之而言。九罭之網，則有鱒魴之魚矣。我遘之子，則見其袞衣繡裳之服矣。（九罭之魚，有鱒又有魴。之子之服，有衣又有裳，皆二者兼備之意，故以爲興。）

一章以得見爲喜。

元·王逢《詩經疏義輯録》（《詩經疏義會通》卷八）：

此亦周公居東之時，東人喜得見之而言。九罭之網，則有鱒魴之魚矣。我遘之子，則見其袞衣繡裳之服矣。

元·劉玉汝《詩纘緒》卷八：

前一章言周公在東。

明·胡廣《詩傳大全·詩序》卷八：

此亦周公居東之時，東人喜得見之，而言。九罭之網，則有鱒魴之魚矣，我遘之子，則見其袞衣繡裳之服矣。

明·季本《詩說解頤》卷十四：

但以九罭所遇者，惟鱒魴，興我之所遇，則袞衣繡裳之周公。見網羅豪杰得如周公者，乃大網也，此言周公不易得之意。

明·黄佐《詩經通解》卷八：

九罭之魚，有鱒又有魴，之子之服，有衣又有裳，皆二者兼備之意，故以爲興。

程氏曰："鱒、魴，魚之美者。施九罭之網，則得鱒魴之魚，用隆厚之禮，則得聖賢。我欲覯之子，當用上公禮服往逆之。"

按：此詩首章以得見爲喜。

明·豐坊《魯詩世學》卷十五：

【正說】魯人追言其初得見周公而喜之之意。九罭之網，則有鱒魴之美魚矣。我遇周公，則見其袞衣繡裳之服矣。

明・李資乾《詩經傳注》卷十八：

承上章"匪媒不得"，而言周公難進易退，難進則難得，易退則不易得，故引鱒、魴以起興。

明・許天贈《詩經正義》卷九：

東人托興已之見聖，慶幸之意深矣。

意謂好德者，夫人之良心，而見聖者尤人情之至幸。彼九罭之網，則其所得之魚有鱒焉，有魴焉，皆魚之美者也，況我之子以元聖之德，負天下之望。昔焉輔相乎王家，固難得而見之，乃今至止於東土，但見以上公之貴，佽九命之服，服之於上者，有衮衣焉。為龍為山之交輝也，雉、火、宗彝之相映也一，至德之溢於上矣，服之於下者，有繡裳焉，曰藻曰米之鮮明也，曰黼曰黻之炫赫也一，盛德之美於下矣。斯蓋以東人之所來見者，而今幸得於快睹之餘，以平日之所欲見者，而今獲遂其親炙之願，謂非吾人之所深慶者耶。

明・江環《詩經闡蒙衍義集注》（《詩經鐸振》卷三）：

【首章】意謂夫人見聖之願，每切于衷，而其去留之間，則情之悲喜繫之矣。吾玆于我公有感焉。

明・方從哲等《禮部訂正詩經正式講意合注篇》卷四：

【首章意】此以喜于得魚而興喜于見公，重見公上。見公因見其服，故喜而道之。

明・郝敬《毛詩原解》卷十六：

一章謀所以迎公之禮

九罭之網設則魚無不得，有鱒焉，有魴焉，今我西人欲覲公，無他，惟王以龍衮之衣，絺繡之裳往迎，還其舊服，復其舊位，而公可得而覲矣。

明・駱日升《詩經正覺》卷四：

此亦周公居東之時，東人喜見之而作此詩，意謂我東人僻處東土，聖人之儀容所未及睹者，今方以得見為幸，而王之迎公有日，吾人之情寧不悲喜半之耶。

明・陸化熙《詩通》卷一：

東土喜見周公，匪為其服而所以喜見公者，說不盡，亦寫不出，故只舉服言之。

明・陸燧《詩筌》卷一：

魚有鱒又有魴，之子有衣又有裳，取兼備之意。

明·徐奮鵬《詩經尊朱刪補》（《詩經鐸振》卷三）：

首以大網所獲之魚，興見公所服之盛，以其服爲言者，亦以見聖人之丰采有異于平常，而深致慶幸之意也。

明·顧夢麟《詩經説約》卷十：

此亦周公居東之時，東人喜得見之。而言九罭之網，則有鱒魴之魚矣。我遘之子，則見其袞衣繡裳之服矣。

有鱒又有魴，皆魚之美者也。袞衣矣，而又繡裳，皆服之盛者也。言其備，又創見也。

明·黃道周《詩經琅玕》卷三：

此以東人喜得見周公也。曰：見聖之願，每切於衷。吾兹於我公有感焉。（以上上格小字）

明·何楷《詩經世本古義》卷十之上：

程子云："鱒魴，魚之美者。施九罭之網，則得鱒魴之魚，用隆厚之禮則得聖賢。我欲覯之子，當用上公禮服往逆之。"

明·黃文焕《詩經嫏嬛》卷三：

首章此亦東人喜得見周公也。曰見聖之願，每切于衷，吾兹于我公有感焉。

明·唐汝諤《毛詩蒙引》卷七：

朱克升曰："魚有鱒又有魴，之子有衣又有裳，取兼備之意。"

明·楊廷麟《詩經聽月》卷五：

此亦東人喜得見周公也。曰見聖之願，每切於衷，吾兹於我公有感焉。

明·胡紹曾《詩經胡傳》卷五：

毛鄭意。首章興王迎周公，當以上公之禮。

明·范王孫《詩志》卷九：

如云九罭小網也，而乃得大魚，我東人也，而乃見之子之袞衣繡裳。夫袞衣繡裳宜在西方者也，而何以親于此乎。公歸無所，公歸不復，於女信處信宿，是以有袞衣兮。

明·賀貽孫《詩觸》卷二：

鱒魴之魚，非九罭之網不得。蓋其難也。今我何幸得見袞衣繡裳乎。

清·朱鶴齡《詩經通義》卷五：

程子曰："鱒魴，魚之美者。施九罭之網，則得鱒魴。用隆厚之禮，則得聖賢。我欲覯之子，當用上公之禮服往迎之。"

一章，謀所以逆公之禮。

清·錢澄之《田間詩學》卷五：

一章謀所以迎公之禮。

程子云："鱒魴，魚之美者。施九罭之網，則得美魚；用隆厚之禮，則得聖賢。我欲覯之子，當用上公禮服往逆之。"

清·張沐《詩經疏略》卷四：

言非九罭之網，不能得鱒魴之魚。非具上公之服以迎周公，不得周公之歸也。蓋誅罪定亂，周公之分也。亂即定，而疑未釋，王不迎則周公無復爵之義，此服已不服矣。是存乎成王之與之耳，是存乎大臣之所以輔佐成王者，智不智耳，智之於人大矣哉。

清·冉覲祖《詩經詳説》卷三十二：

此亦周公居東之時，東人喜得見之而言。九罭之網，則有鱒魴之魚矣。我覯之子，則見其袞衣繡裳之服矣。

【講】聖人，人所願見，然而見之者罕矣。彼九罭之網，則有鱒又有魴，皆魚之美者矣。況我公以王朝重臣而來居東土，使我得覯之，則有袞龍之衣，又有刺繡之裳，何其服之盛備者乎，此皆我之未見者，今創見之真可慶幸也已。

清·秦松齡《毛詩日箋》卷二：

程子曰："鱒魴，魚之美者。施九罭之網，則得鱒魴之魚。用隆厚之禮，則得聖賢。"其説平順。

清·祝文彥《詩經通解》：

此言喜于見聖，重在得見其人上。以非當之網而有非常之魚，興非常之人而有非常之服。

清·王鴻緒等《欽定詩經傳説彙纂》卷九：

此亦周公居東之時，東人喜得見之而言。九罭之網，則有鱒魴之魚矣，我覯之子，則見其袞衣繡裳之服矣。

集説：朱氏公遷曰："九罭之魚，有鱒又有魴，之子之服，有衣又有裳，皆二者兼備之意，故以爲興。"姚氏舜牧曰："惟九罭而後得鱒魴，是甚不易見也。今我覯之子而得睹袞衣繡裳之儀範焉，此生亦何幸哉。"

附録：歐陽氏修曰："周大夫以周公出居東都，成王君臣不知其心而不召，使久處於外，譬猶鱒魴大魚，反在九罭小罟，因斥言周公云'我覯之子，袞衣繡裳'者，上公之服也，上公宜在朝廷者也。"程子曰："施九罭之網，則得鱒魴之魚，用隆厚之禮，則得聖賢。我欲覯之子，當用上公禮服往逆之。"

清·姚際恒《詩經通論》卷八：

首章以"九罭""鱒魴"爲興，追憶其始見也。

清·嚴虞惇《讀詩質疑》卷十五：

此東人喜見周公之辭。

清·王心敬《豐川詩說》卷十一：

首章謀所以迎公之禮。

九罭之網設，則鱒魴之大魚可得。今我西人欲以覯公無他道也，惟王以龍袞之衣、絺繡之裳往迎，還其舊服，復其舊位，而公斯得而覯矣。

清·姜文燦《詩經正解》卷十：

【合參】……若謂人情有願見之心，則必以得見爲幸，然見聖之願，雖切于中，奈之何可暫而不可常，則去留之間而情之悲喜繫之矣。吾茲于我公有戚焉。

【析講】此章是言喜得見聖也。……魏雲庵曰："魚有鱒又有魴，之子有衣又有裳，取兼備之義。"亦通。

清·張叙《詩貫》卷五：

首章喜周公之在東也。

清·鄒聖脈《詩經備旨》卷三：

【首章章旨】此言喜見於聖，重在得見其人上。以非常之網而有非常之魚，興非常之人而有非常之服。服不甚重，重見其人，並見其服也。德在言外，然"之子"句內亦可帶出德字。

【講】東人喜得夫人，見聖之願每切于衷，而其去留之間則情之悲喜繫之矣，我茲於我公有感焉。彼九罭之網則有鱒魴之美魚矣。我公以王朝之重臣，而來居東土，使我幸得而見之，則有袞龍之衣，刺繡之裳矣。衣被之輝煌正大，聖人之儀範，不有以動吾人之快睹乎！

清·許伯政《詩深》卷十五：

言九罭之魚，可以致鱒魴，若我覯之子，袞衣繡裳，豈可羅而致哉。

清·劉始興《詩益》卷三：

首章先言喜見周公之意如此。

清·傅恒等《御纂詩義折中》卷九：

言布九罭之網而能獲鱒魴，是漁人之幸也。因三監之叛而得覯周公，是東人之幸也。

清·范家相《詩瀋》卷十：

九罭之施，宜有鱒魴，朝廷之大，宜有碩膚行。見公之袞衣繡裳而往歸于周也。

清·姜炳璋《詩序補義》卷十三：

九罭，不過尋常之魚網耳，乃得魚鱒魴之美魚。我東土不過尋常之下里耳，乃覯此袞衣繡裳之之子。蓋于將歸之日，追叙初至之時，不勝其驚異也。袞衣繡裳，上公之服，知公之避東，乃爲天子鎮撫東土，非去官也。

清·牟庭《詩切》：

九罭之罟結百囊，中有美魚鱒與魴，比如國家盛服章，囊括天下之賢良。我見是子來迎公，上有袞衣下繡裳。

清·李詒經《詩經蠡簡》卷二：

首章言得見公者互相告語之情狀。

清·方玉潤《詩經原始》卷八：

九罭之魚乃有鱒魴，朝廷之士始見袞裳，今我東邑何幸而睹此袞衣繡裳之人乎？無怪其不能久留於茲也。

清·鄧翔《詩經繹參》卷二：

言欲得魚者，施九罭之網，迎周公可無隆禮乎。今以上公之服來迎，則尊之至矣。

清·吕調陽《詩序議》卷二：

案：首章幸公之歸也。

民國·林義光《詩經通解》卷十五：

九罭，爲捕小魚之網，而其中有鱒魴焉。（毛云："鱒魴，大魚。"）喻袞衣繡裳，庸人亦得服之，今以周公而服此，則如鱒魴在九罭中矣。蓋周公之聖，袞之有無不足爲輕重。成王以袞迎周公，未足以止東人之悲也。

民國·焦琳《詩蠲》卷四：

鱒魴，皆美魚。然其美在味，今在九罭，雖確知其鱒魴，而不但未得食，鱒鬣且未得詳睹也。我覯之子，盛德光輝，雖如袞繡之章彩溢目，而內蘊之美，實浥之而靡窮，所及見者，仍類衣裳之末而已。言此，以起下文愛之戀之惟恐其去之意。

日本·赤松弘《詩經述》卷四：

言用九罭之網，則得鱒魴之魚，猶用隆厚之禮，則得賢者也。以冀成王當然也。乃言公若得歸，我復見夫袞衣繡裳之君子耳。望之之意也。

日本·碕允明《古注詩經考》卷五：

此詩言大罭之中有大魚。今我覯周公，有服袞衣繡裳，實稱其服，此猶有九罭得鱒魴也。或云：以上公之服往見之，迎周公之來，當有其禮。不得。王肅云：下土小國不宜久留聖人也。亦不得乎辭。

日本·皆川願《詩經繹解》卷七：

此章言，如有言九罭之魚者，須知必是鱒魴之屬也。又須知我如欲覯之子，則其必先謂其宜著此袞衣繡裳焉矣。

日本·伊藤善韶《詩解》：

言得見周公，譬如設網得美魚也，我今得見之，則其人卷衣繡裳，德與服相稱而可尊也。

日本·大田元貞《詩經纂疏》卷七：

東土小邑之人得見大聖人。

日本·龜井昱《古序翼》卷四：

翼曰：是詩首章言周公以大聖而罹群小之猜也。

日本·岡井鼐《詩疑》：

何楷又云："……施九罭之網，則得鱒魴之魚，用隆厚之禮，則得聖賢。我欲覯之子，當用上公服往逆之。"

日本·山本章夫《詩經新注》卷八：

言九罭之大，則得鱒魴之魚，九重之深，則具袞衣繡裳之臣。今此山東之地，而得見此人，何其幸也。

韓國·朴世堂《詩經思辨錄》：

孔云：毛以爲，鱒魴是大魚，處九罭之小網，非其宜。周公處東方，亦非其宜。王何以不早迎之乎，王若見公當以袞衣繡裳，欲使王重禮見之。鄭以爲取物各有其器，喻用尊重之禮迎周公也，正謂上公之服。以鱒魴之大魚，而處九罭之小網，以袞衣繡裳之貴人而居東都之遠，以言周公之失所也。

韓國·金元行《渼上經義》（詩傳）：

憙柱曰：《九罭》章注：宗彝，虎蜼者，是何物也？廷仁曰：宗彝者，宗廟彝尊也。虎蜼者，二獸名。宗廟彝尊，畫此虎蜼而爲飾也。漢禎曰：蜼是何獸名也。廷仁曰：雖不知爲何獸，取其孝之義，而繪於袞衣，則是有孝之獸，而如虎之類也歟。

《周禮》宗廟彝器有虎彝、蜼彝，畫虎蜼於彝，故以宗彝爲虎蜼也。《爾雅》注："蜼似獼猴而大，黃黑色，尾長數尺，似獺，尾末有岐，鼻落向上，雨即自懸於樹，以尾塞鼻，或以兩指。"言取其孝者，謂宗廟祭器也。

韓國·正祖《詩經講義》（《弘齋全書》卷八十九）：

此詩以下章"公歸無所""公歸不復"觀之，明是將迎歸之時。首章蓋追叙其見公之初，而大旨不言此意，泛以居東之時言之，何歟？

若鏞對：第二章《集傳》云：東人聞成王將迎周公，又自相謂。蓋"公歸"二字始見於第二章，故必於此釋此意，而上章之爲追叙，不言自明矣。

韓國·沈大允《詩經集傳辨正》：

鱒魴，言實行之美也。我遘之子，以有周公爲幸之辭也。袞衣繡裳，言威儀之盛也。

韓國·朴文鎬《詩集傳詳説》卷六：

此亦周公居東之時，東人喜得見之而言，九罭之網，則有鱒魴之魚矣，（二字爲一句，《詩》中罕例也。）我覯之子，（上下句文勢雖殊，"之"字則亦相應。）則見其袞衣繡裳之服矣。（周公之居東，公之不幸，而東人之幸也。）

李雷東按：

《九罭》首章章旨各家皆就"刺朝廷之不知"互相駁辯，現將各家論述列出：

1. 唐·孔穎達《毛詩正義》卷八："毛以爲，首章言王見周公，當以袞衣見之。"

2. 唐·孔穎達《毛詩正義》卷八："鄭以爲，設九罭之網，得鱒、魴之魚，言取物各有其器，以喻用尊重之大禮，迎周公之大人，是擬人各有其倫。尊重之禮，正謂上公之服。王若見是子周公，當以袞衣繡裳往迎之。"

3. 唐·孔穎達《毛詩正義》卷八："首章言周公不宜居東，王當以袞衣禮迎之。所陳是未迎時事也。……其言'刺朝廷之不知'者，唯首章耳。"

4. 宋·歐陽修："周大夫以周公出居東都，成王君臣不知其心而不召，使久處於外，譬猶鱒魴大魚反在九罭小罟，因斥言周公云'我覯之子，袞衣繡裳'者，上公之服也，上公宜在朝廷者也。"（《詩本義》卷五）

5. 宋·蘇轍："求大魚者，必大綱，見周公者不可不以上公之服也。"（《詩集傳》卷八）

6. 宋·朱熹："此亦周公居東之時，東人喜得見之，而言九罭之網，則有鱒魴之魚矣。我覯之子，則見其袞衣繡裳之服矣。"（《詩經集傳》卷八）

7. 宋·呂祖謙引程氏："鱒魴，魚之美者。施九罭之網，則得鱒魴之魚。用隆厚之禮，則得聖賢。我欲進覯之子，當用上公禮服往逆之。"（《呂氏家塾讀詩記》卷十六）

8. 宋·嚴粲："言設九罭之常網，則僅可以得鱒魴之常魚，喻常禮非所以處周公也。故我欲見之子周公，當用龍袞之衣，及絺繡之裳，上公禮服往逆之，服其服則居其位矣。欲朝廷復相之也。"（《詩緝》卷十六）

9. 元·劉瑾："此亦周公居東，東人喜得見之而言。九罭之網，則有鱒魴之魚矣。我遘之子，則見其袞衣繡裳之服矣。"（《詩傳通釋》卷八）

10. 元·朱公遷《詩經疏義》："九罭之魚，有鱒又有魴。之子之服，有衣又有裳，皆二者兼備之意，故以爲興。"（《詩經疏義會通》卷八）

11. 元·朱公遷《詩經疏義》："一章以得見爲喜。"（《詩經疏義會通》卷八）

12. 元·劉玉汝："前一章言周公在東。"（《詩纘緒》卷八）

13. 明·季本："但以九罭所遇者，惟鱒魴，興我之所遇，則袞衣繡裳之周公。見網羅豪杰得如周公者，乃大綱也，此言周公不易得之意。"（《詩說解頤》卷十四）

14. 明·豐坊："魯人追言其初得見周公而喜之之意。九罭之網，則有鱒魴之美魚矣。我遇周公，則見其袞衣繡裳之服矣。"（《魯詩世學》卷十五）

15. 明·李資乾："承上章"匪媒不得"，而言周公難進易退，難進則難得，易退則不易得，故引鱒、魴以起興。"（《詩經傳注》卷十八）

16. 明·許天贈："東人托興已之見聖，慶幸之意深矣。"（《詩經正義》卷九）

17. 明·許天贈："意謂好德者，夫人之良心，而見聖者尤人情之至幸。彼九罭之網，則其所得之魚有鱒焉，有魴焉，皆魚之美者也，況我之子以元聖之德，負天下之望。昔焉輔相乎王家，固難得而見之，乃今至止於東土，但見以上公之貴，侈九命之服，服之於上者，有袞衣焉。爲龍爲山之交輝也，雉、火、宗彝之相映也一，至德之溢於上矣，服之於下者，有繡裳焉，曰藻曰米之鮮明也，曰黼曰黻之炫赫也一，盛德之美於下矣。斯蓋以東人之所來見者，而今幸得於快睹之餘，以平日之所欲見者，而今獲遂其親炙之願，謂非吾人之所深慶者耶。"（《詩經正義》卷九）

18. 明·江環《詩經闡蒙衍義集注》："意謂夫人見聖之願，每切于衷，而其去留之間，則情之悲喜繫之矣。吾茲于我公有感焉。"（《詩經鐸振》卷三）

19. 明·方從哲等："此以喜于得魚而興喜于見公，重見公上。見公因見其服，故喜而道之。"（《禮部訂正詩經正式講意合注篇》卷四）

20. 明·郝敬："一章謀所以迎公之禮。"（《毛詩原解》卷十六）

21. 明·郝敬："九罭之網設則魚無不得，有鱒焉，有魴焉，今我西人欲觀公，無他，惟王以龍袞之衣，絺繡之裳往迎，還其舊服，復其舊位，而公可得而觀矣。"（《毛詩原解》卷十六）

22. 明·駱日升："此亦周公居東之時，東人喜見之而作此詩，意謂我東人僻處東土，聖人之儀容所未及睹者，今方以得見為幸，而王之迎公有日，吾人之情寧不悲喜半之耶。"（《詩經正覺》卷四）

23. 明·陸化熙："東土喜見周公，匪為其服而所以喜見公者，說不盡，亦寫不出，故只舉服言之。"（《詩通》）

24. 明·徐奮鵬《詩經尊朱刪補》："首以大網所獲之魚，興見公所服之盛，以其服為言者，亦以見聖人之丰采有異於平常，而深致慶幸之意也。"（《詩經鐸振》卷三）

25. 明·黃道周："此以東人喜得見周公也。曰：見聖之願，每切於衷。吾茲於我公有感焉。"（《詩經琅玕》卷三）

26. 明·范王孫："如云九罭小網也，而乃得大魚，我東人也，而乃見之子之袞衣繡裳。"（《詩志》卷九）

27. 明·賀貽孫："鱒魴之魚，非九罭之網不得。蓋其難也。今我何幸得見袞衣繡裳乎。"（《詩觸》卷二）

28. 清·張沐："言非九罭之網，不能得鱒魴之魚。非具上公之服以迎周公，不得周公之歸也。蓋誅罪定亂，周公之分也。亂即定，而疑未釋，王不迎則周公無復爵之義，此服已不服矣。是存乎成王之與之耳，是存乎大臣之所以輔佐成王者，智不智耳，智之於人大矣哉。"（《詩經疏略》卷四）

29. 清·冉覲祖："聖人，人所願見，然而見之者罕矣。彼九罭之網，則有鱒又有魴，皆魚之美者矣。況我公以王朝重臣而來居東土，使我得覯之，則有袞龍之衣，又有刺繡之裳，何其服之盛備者乎，此皆我之未見者，今創見之真可慶幸也已。"（《詩經詳說》卷三十二）

30. 清·姚際恒："首章以'九罭''鱒魴'爲興，追憶其始見也。"（《詩經通論》卷八）

31. 清·王心敬："九罭之網設，則鱒魴之大魚可得。今我西人欲以覯公無他道也，惟王以龍袞之衣、絺繡之裳往迎，還其舊服，復其舊位，而公斯得而覯矣。"（《豐川詩說》卷十一）

32. 清·姜文燦："若謂人情有願見之心，則必以得見爲幸，然見聖之願，雖切于中，奈之何可暫而不可常，則去留之間而情之悲喜繫之矣。吾茲于我公有戚焉。"（《詩經正解》卷十）

33. 清·張敘："首章喜周公之在東也。"（《詩貫》卷五）

34. 清·許伯政："言九罭之魚，可以致鱒魴，若我覯之子，袞衣繡裳，豈可羅而致哉。"（《詩深》卷十五）

35. 清·傅恒等："言布九罭之網而能獲鱒魴，是漁人之幸也。因三監之叛而得覯周公，是東人之幸也。"（《御纂詩義折中》卷九）

36. 清·范家相："九罭之施，宜有鱒魴，朝廷之大，宜有碩膚行。見公之袞衣繡裳而往歸于周也。"（《詩瀋》卷十）

37. 清·姜炳璋："九罭，不過尋常之魚網耳，乃得魚鱒魴之美魚。我東土不過尋常之下里耳，乃覯此袞衣繡裳之之子。蓋于將歸之日，追叙初至之時，不勝其驚異也。袞衣繡裳，上公之服，知公之避東，乃爲天子鎮撫東土，非去官也。"（《詩序補義》卷十三）

38. 清·牟庭："九罭之罟結百囊，中有美魚鱒與魴，比如國家盛服章，囊括天下之賢良。我見是子來迎公，上有袞衣下繡裳。"（《詩切》）

39. 清·李詒經："首章言得見公者互相告語之情狀。"（《詩經蠡簡》卷二）

40. 清·方玉潤："九罭之魚乃有鱒魴，朝廷之士始見袞裳，今我東邑何幸而睹此袞衣繡裳之人乎？無怪其不能久留於茲也。"（《詩經原始》卷八）

41. 清·鄧翔："言欲得魚者，施九罭之網，迎周公可無隆禮乎。今以上公之服來迎，則尊之至矣。"（《詩經繹參》卷二）

42. 清·呂調陽："首章幸公之歸也。"（《詩序議》卷二）

43. 民國·林義光:"九罭,爲捕小魚之網,而其中有鱒魴焉。(毛云:鱒魴,大魚)喻袞衣繡裳,庸人亦得服之,今以周公而服此,則如鱒魴在九罭中矣。蓋周公之聖,袞之有無不足爲輕重。成王以袞迎周公,未足以止東人之悲也。"(《詩經通解》卷十五)

44. 民國·焦琳:"鱒魴,皆美魚。然其美在味,今在九罭,雖確知其鱒魴,而不但未得食,鱒鱺且未得詳睹也。我覯之子,盛德光輝,雖如袞繡之章彩溢目,而内蘊之美,實泹之而靡窮,所及見者,仍類衣裳之末而已。言此,以起下文愛之戀之惟恐其去之意。"(《詩蠲》卷四)

45. 日本·赤松弘:"言用九罭之網,則得鱒魴之魚,猶用隆厚之禮,則得賢者也。以冀成王當然也。乃言公若得歸,我復見夫袞衣繡裳之君子耳。望之之意也。"(《詩經述》卷四)

46. 日本·碕允明:"此詩言大罭之中有大魚。今我覯周公,有服袞衣繡裳,實稱其服,此猶有九罭得鱒魴也。"(《古注詩經考》卷五)

47. 日本·皆川願:"此章言,如有言九罭之魚者,須知必是鱒魴之屬也。又須知我如欲覯之子,則其必先謂其宜著此袞衣繡裳焉矣。"(《詩經繹解》卷七)

48. 日本·伊藤善韶:"言得見周公,譬如設網得美魚也,我今得見之,則其人袞衣繡裳,德與服相稱而可尊也。"(《詩解》)

49. 日本·大田元貞:"東土小邑之人得見大聖人。"(《詩經纂疏》卷七)

50. 日本·龜井昱:"是詩首章言周公以大聖而雁群小之猜也。"(《古序翼》卷四)

51. 日本·山本章夫:"言九罭之大,則得鱒魴之魚,九重之深,則具袞衣繡裳之臣。今此山東之地,而得見此人,何其幸也。"(《詩經新注》卷中)

52. 韓國·朴世堂:"以鱒魴之大魚,而處九罭之小網,以袞衣繡裳之貴人而居東都之遠,以言周公之失所也。"(《詩經思辨錄》)

53. 韓國·正祖《詩經講義》:"若鏞對:第二章《集傳》云:東人聞成王將迎周公,又自相謂。蓋"公歸"二字始見於第二章,故必於此釋此意,而上章之爲追叙,不言自明矣。"(《弘齋全書》卷八十九)

54. 韓國·沈大允:"鱒魴,言實行之美也。我遘之子,以有周公爲幸之辭也。袞衣繡裳,言威儀之盛也。"(《詩經集傳辨正》)

次章句解

鴻飛遵渚

《毛詩故訓傳》（《毛詩正義》卷八）：

鴻不宜循渚也。

漢·鄭玄《毛詩箋》（《毛詩正義》卷八）：

鴻，大鳥也，不宜與鳧鷖之屬飛而循渚，以喻周公今與凡人處東都之邑，失其所也。

唐·孔穎達《毛詩正義》卷八：

毛以鴻者大鳥，飛而循渚，非其宜，以喻周公聖人，久留東方，亦非其宜，王何以不迎之乎？……鄭以爲，鴻者大鳥，不宜與鳧鷖之屬飛而循渚，以喻周公聖人，不宜與凡人之輩共處東都。……正義曰：言不宜循渚者，喻周公不宜處東。毛無避居之義，則是東征四國之後，留住於東方，不知其住所也。王肅云："以其周公大聖，有定命之功，不宜久處下土，而不見禮迎。"箋爲喻亦同，但以爲辟居處東，故云與凡人耳。

宋·歐陽修《詩本義》卷五：

論曰：……鴻飛遵渚、遵陸，毛皆以爲不宜，於理近是，而言略不盡其義，且鴻鴈水鳥，而遵渚乃曰不宜，至遵陸又曰不宜，則彼鴻鴈者舍水陸皆不可止，當何所止邪？蓋獨不詳詩文鴻飛之語爾。鴻鴈喜高飛，今不得翔於雲際，而飛不越水渚，又下飛田陸之間，由周公不得在朝廷，而留於東都也。此是詩人之意爾。

宋·蘇轍《詩集傳》卷八：

渚，鴻之所當在也。

宋·李樗《毛詩詳解》（《毛詩李黃集解》卷十八）：

鴻者，鴈之屬，大曰鴻，小曰鴈。鴻之飛宜其高也，今乃遵循於渚，非其宜也，以喻周公留滯東方，非其宜也。【黃講同】

宋·范處義《詩補傳》卷十五：

鴻當高飛雲漢而乃下遵於渚陸，喻周公宜在廟堂。

宋·朱熹《詩經集傳》卷八：

遵，循也。渚，小洲也。

宋·呂祖謙《呂氏家塾讀詩記》卷十六：

鴻，解見《鴻雁》。【毛氏曰】遵，循也。

渚解見《江有汜》。

程氏曰：……鴻飛戾天者也，今乃遵渚，言不得其所。

宋·呂祖謙《呂氏家塾讀詩記》卷十九：

《鴻雁》"鴻雁于飛"下注毛氏曰："興也。大曰鴻，小曰雁。"（孔氏曰："鴻、雁俱是水鳥"，"其形鴻大而雁小"，"春則避陽暑而北，秋則避陰寒而南。"）

宋·呂祖謙《呂氏家塾讀詩記》卷三：

《江有汜》"江有渚"下注毛氏曰："渚，小洲也。水岐成渚。"

宋·楊簡《慈湖詩傳》卷十：

鴻飛宜登天，今也遵渚而已，遵陸而已。

宋·林岊《毛詩講義》卷四：

鴻，大鳥也。飛而遵渚，非其宜矣。

宋·魏了翁《毛詩要義》卷八：

毛、王"鴻不宜循渚"，《箋》同，但避居意異。

鴻飛遵渚。鴻不宜循渚也。《箋》云："鴻，大鳥也，不宜與鳧鷖之屬飛而循渚，以喻周公，今與凡人處東都之邑，失其所也。"《正義》曰："言不宜循渚者，喻周公不宜處東。毛無避居之義，則是東征四國之後，留住於東方，不知其住所也。王肅云：'以其周公大聖，有定命之功，不宜久處下土，而不見禮迎。'《箋》爲喻亦同，但以爲避居處東，故云與凡人耳。"

宋·嚴粲《詩緝》卷十六：

《傳》曰："遵，循也。"

西人欲公之歸，謂東人曰：鴻飛宜戾天，而乃遵循於洲渚。周公宜在朝廷，而乃留滯於東土。

宋·戴溪《續吕氏家塾讀詩記》卷一：

鴻飛而遵渚，言不得其所也。

元·劉瑾《詩傳通釋》卷八：

遵，循也。渚，小洲也。

元·朱善《詩解頤》卷一：

鴻飛而戾天，宜也。而有時乎遵渚，復有時而遵陸，則亦暫焉而已耳。

元·王逢《詩經疏義輯録》（《詩經疏義會通》卷八）：

遵，循也。渚，小洲也。

明·梁寅《詩演義》卷八：

因鴻飛起興，言公去而不留也。

明·胡廣《詩傳大全·詩序》卷八：

遵，循也。渚，小洲也。

明·季本《詩説解頤》卷十四：

遵，循也。……渚，鴻所居，飛則不定也，故得至此地信處。

明·黄佐《詩經通解》卷八：

程氏曰："……鴻飛戾天者也，今乃遵渚，言不得其所。"

明·豐坊《魯詩世學》卷十五：

【正説】遵，循也。

明·李資乾《詩經傳注》卷十八：

按：《坤雅》云："鴻鴈之陰者，其進有漸，其飛有序，其羽可用爲儀，所以風山漸，鴻漸于干、于磐、于陸、于木、于陵，象曰"漸之進"。《雜卦》曰"女婦待男行"，即上章"我遘之子，衮衣繡裳"之義。周官大夫執鴈，以知保身，又欲有去就之義，而不失其序。《坤雅》云："鴈夜泊州渚，令鴈奴圍而警察，飛則啣蘆而翔，以避繒繳，又有遠害之道。"以比周公明於去就，決于遠害，故曰"鴻飛遵渚"。

明·許天贈《詩經正義》卷九：

夫我公在東，固吾人所深幸矣，然亦不久於東也，是故鴻之飛也，則循乎小洲之渚矣。

明·顧起元《詩經金丹》卷三：

遵，循也。渚，小洲也。

明·江環《詩經闡蒙衍義集注》（《詩經鐸振》卷三）：

彼鴻之飛也，則遵于渚。

明·郝敬《毛詩原解》卷十六：

王以禮往，公必遄歸，如鴻飛宜戾天，今遵彼洲渚。公之居東，猶在渚也。

遵，循也。渚，小洲。

明·馮時可《詩臆》卷上：

顧王雖知公，而群臣未察，故公尚徘徊于東，猶鴻飛之不戾天而遵渚也。

明·徐光啓《毛詩六帖講意》卷一：

箋曰："鴻，大鳥也，不宜與鳧鷖之屬飛而循渚，以喻周公今與凡人處東都之邑，失其所也。"

明·姚舜牧《重訂詩經疑問》卷三：

鴻非就於渚者，亦非就於陸者，偶飛而遵渚遵陸耳。

明·顧夢麟《詩經說約》卷十：

遵，循也。渚，小洲也。

明·張次仲《待軒詩記》卷三：

遵，循。渚，小洲也。……鴻不木栖，不于渚，則于陸。遵渚，自北而南，南多洲渚，是得其所也。……《埤雅》："鴻之爲物，其進有漸，其飛有序，又其羽可用爲儀，君子之道也。"

明·黄道周《詩經琅玕》卷三：

《埤雅》云："鴻之爲物，其進有漸，其飛有序，其羽可用爲儀，君子之道也。"遵，是循。渚，小洲。

吾方快睹公之臨于東，乃忽聞其將歸矣。鴻飛尚有遵渚之安，況我公歸豈無安居之所乎。

明·錢天錫《詩牖》卷五：

《埤雅》："鴻之爲物，其進有漸，其飛有序，又其羽可用爲儀，君子之道也。"又曰："雁多群而鴻寡侶。"

明·何楷《詩經世本古義》卷十之上：

鴻鴈皆水鳥也，知避陰陽寒暑者，春則避暑而北，秋則避寒而南，所謂木落南翔，冰泮北徂者也。陶隐居云："大曰鸿，小曰鴈。或云：鴈多群而鸿寡侣。"遵，《說文》云："循也。"渚，"小洲也。"《釋名》云："渚，遮也。能遮水使迴也。"鴻飛遵渚，蓋自北而南之時，以況公之避京師而居東也。

明·黃文煥《詩經嫏嬛》卷三：

彼鴻之飛也，則遵于渚。

明·唐汝諤《毛詩蒙引》卷七：

《埤雅》："鴻之爲物，其進有漸，其飛有序，又其羽可用爲儀，君子之道也。"又曰："雁多群而鴻寡侶。"

鄧潛谷曰："公之孫而東也，猶鴻之遵渚①且遵陸也，非其地也，何可久稽公也。"

姚承庵曰："鴻之遵渚②遵陸，亦偶飛至此，興公信宿之意。"

明·毛晉《毛詩陸疏廣要》卷下之上：

鴻鵠羽毛光澤純白，似鶴而大，長頸，肉美如雁，又有小鴻，大小如鳬，色亦白，今人直謂鴻也。

《易》曰："《漸》'初六，鴻漸于干。''六二，鴻漸于磐。''九三，鴻漸于陸。''六四，鴻漸于木。''九五，鴻漸于陵。''上九，鴻漸于陸。'"《禮》曰：'前有車騎，則載飛鴻。'飛鴻則有行列故也。載，謂合剥皮毛，舉之竿首，若所謂以鴻胆韜杠者。"《禽經》："鴻儀鷺序。"張注："鴻，雁屬，大曰鴻，小曰雁，飛有行列也。聖人皆以鴻鷺之群擬官師也。"又云："鴻雁愛力，遇風迅舉。孔雀愛毛，遇雨高止。"揚子云："鴻飛冥冥，弋人何篡焉。"《尸子》云："鴻鵠之鷇，羽翼未合，而有四海之心。"陳琳曰："陸陷蕊犀，水截輕鴻。"輕鴻，鴻毛也。《傳》曰："輕于鴻毛。"今人試刀劍令髮浮轉於水，以刃斷之，觀其銛鈍。水截輕鴻，殆類是也。《博物志》曰："鴻毛爲囊可以渡江不漏。"又云："鴻鵠千歲者，皆胎産，鴻雁大略相類。以中秋來賓，一同也。鳴如家鵝，二同也。進有漸，飛有序，三同也。雁色倉，而鴻色白，一異也。雁多群，而鴻寡侶，二異也。"毛有粗細，形有大小。《埤雅》："《詩》曰'鴻飛遵渚，公歸無所。於女信處。鴻飛遵陸，公歸不復。於女信宿'，蓋鴻之爲物也，其進也有漸，其飛有序，又其羽可用爲儀，君子之道也。故此以況周公。《易》曰：漸之進也。公歸東都，則之進

---

① 原文爲"者"，據上下文改。
② 原文爲"諸"，據上下文改。

也。然未至西都故爲不復。《易》曰：其羽可用爲儀，吉，不可亂也。"鄭《箋》云："鴻，大鳥也。不宜與鳧鷖之屬飛而循渚，以喻周公今與凡人處東都之邑，失其所也。"按：鵻，小鳥也。射者設之以命中，鳥小而飛疾，故射難中，是以中之爲偶。似非鴻類。或云：鵻即是鶴。意陸璣所見略同，但云鴻肉美如雁，似與雁非一物。

明·楊廷麟《詩經聽月》卷五：

彼鴻之飛也，則遵於渚。

遵是循。渚，小洲。

明·萬時華《詩經偶箋》卷五：

鴻之遵渚遵陸，亦偶飛至此，興公信宿之意。

明·陳組綬《詩經副墨》：

《埤雅》："鴻之爲物，其進有漸，其飛有序，其羽可用爲儀，君子之道也。"

明·胡紹曾《詩經胡傳》卷五：

次二章遵渚遵陸，明公不宜居東。

至"鴻飛"二句，朱解似可商。曾觀之《易》曰：鴻漸于干，小子屬有言，無咎。蓋初六之鴻，始進于下，而上無應。小子不能燭理，故危懼有言，理實無咎也。此正周公之象。干爲水涯，遵渚是也。

鴻進有漸，飛有序，故禮曰：前有車騎，則載飛鴻。鴻，水鳥，而羽輝潔白，能薄雲霄，故取其漸于天逵。渚陸非所處也。或曰，鴻之集也，必于中澤。今飛而遵渚遵陸，正翔起之時，以興下二句。朱注正此意。

明·范王孫《詩志》卷九：

《傳》曰："鴻不宜遵渚。"箋云："鴻，大鳥，不宜與鳧鷖之屬飛而循渚。"《易·漸卦》："九三，鴻漸于陸。"注云："鴻，水鳥，陸非所安也。"《埤雅》云："鴻之爲物，其進有漸，其飛有序，又其羽可用爲儀，君子之道也。"又云："鴈多群而鴻寡侶。"

明·賀貽孫《詩觸》卷二：

遵渚遵陸，鴻之偶也，豈能久於渚陸哉。以興下文公將歸矣。

明·陳元亮《鑒湖詩說》卷一：

鴻之爲物，其進有漸，其飛有序，又其羽可用爲儀，君子之道也。

清·朱鶴齡《詩經通義》卷五：

遵渚遵陸，以鴻之卑飛，興公之居東爲失所也。

清·錢澄之《田間詩學》卷五：

鴻，大鴈也。雁多群，而鴻寡侶。遵渚，自北而南之時，以況公之去國而居東也。

清·張沐《詩經疏略》卷四：

鴻，雁。遵，循。渚，小洲也。雁春北秋南，過而不居，故名賓鴻。其在渚，亦循此而過，不久處也。

清·冉覲祖《詩經詳説》卷三十二：

遵，循也。渚，小洲也。

《毛傳》：鴻不宜循渚也。　　周公未得禮也。

鄭箋："鴻，大鳥也，不宜與鳧鷖之屬飛而循渚，以喻周公今與凡人處東都之邑，失其所也。"

按：鴻之遵渚是常事，有何不宜。毛説未當。

清·李光地《詩所》卷二：

渚陸非鴻所安，暫寄迹耳，故以興公居東不過信宿，非久當歸也。

清·王鴻緒等《欽定詩經傳説彙纂》卷九：

《集傳》："遵，循也。渚，小洲也。"

集説：黄氏一正曰："鴻順時而動，周公隨寓而安，故又以爲興也。"張氏彩曰："鴻飛雖有時，遵渚而非其久居之所，言其别自有所也。"

附録：程子曰："……鴻飛戾天者也，今乃遵渚，言不得其所。蓋朝廷未以師保重禮往逆也。"

清·嚴虞惇《讀詩質疑》卷十五：

《毛傳》："遵，循也。"孔疏："渚，小洲也。"

鄭箋："鴻飛戾天，而今遵渚，喻周公處東都，失其所也。"

清·王心敬《豐川詩説》卷十一：

又恐東人之欲留公也，則告之曰：周公之在周，譬如鴻之于渚，亦其所當在也。

清·李塨《詩經傳注》卷三：

遵，循也。

清·姜文燦《詩經正解》卷十：

【合參】然公之來也，吾人固甚喜矣。其如公之不可久留，何哉？彼鴻之飛也，則遵于小洲之渚而得其所矣。

清·黃中松《詩疑辨證》卷三：

觀下章《毛傳》曰："鴻不宜循渚也。"又曰："陸非鴻所止。"則三章一意，鄭於下章乃曰："鴻，大鳥也，不宜與鳧鷖之屬飛而循渚，以喻周公今與凡人處東都之邑，失其所也。"其取喻又與毛同，則不能自守其說矣。何如首章亦從毛乎。

清·張叙《詩貫》卷五：

渚陸非鴻所安，暫寄迹耳。

清·許伯政《詩深》卷十五：

試觀鴻飛遵渚，不過暫時來賓也。

清·劉始興《詩益》卷三：

遵，循也。渚，小洲也。鴻雖水鳥，然飛則宜戾天矣，渚非所宜止。

清·顧鎮《虞東學詩》卷五：

鴻雁必飛翔雲際，其遵渚遵陸者，暫也。

郭云："……大曰鴻，小曰雁。"（陶隱居）或云："雁多群鴻寡侶。"

清·傳恒等《御纂詩義折中》卷九：

遵，循也。渚，小洲也。鴻依水草，故以遵渚為得所也。

清·羅典《凝園讀詩管見》卷五：

【集傳】遵，循也。渚，小洲也。

清·范家相《詩瀋》卷十：

鴻之遵渚而南，不得其所也。

清·段玉裁《毛詩故訓傳定本》卷十五：

"鴻飛遵渚"，鴻不宜循渚也。（《說文》曰：鴻者，"鴻鵠也"。鴻鵠，即黃鵠也。黃鵠一舉知山川之紆曲，再舉知天地之圓方，取為大鳥，故《箋》云"大鳥"。《傳》云："鴻不宜循渚。"陸非鴻所宜止，非謂大雁也。《小雅》傳云：大曰鴻，小曰鴈。此因下言鴈，決上言大。鴈，乃鴻字假借之用，而今人遂失鴻本義。）

清·姜炳璋《詩序補義》卷十三：

二章：鴻鴈，北鳥，有時而南，謂之鴻鴈來賓。南方多洲渚，遵渚，鴻之來賓時也，以喻周公來于東土。

三章：……上章言遵渚，是喻其來，似以東土爲所矣。

清·汪龍《毛詩異義》卷一：

《説文》："鵠，黃（各本作鴻，段氏依李氏《西都賦》注及《元應書》正作黃。）鵠也。鴻，鵠也。段氏注曰："黃鵠，一名鴻。""《戰國策》：'黃鵠游於江海，淹於大沼，奮其六翮而陵清風。'賈生《惜誓》曰：'黃鵠一舉兮，知山川之紆曲，再舉兮知天地之圓方。'凡經史言鴻鵠者，皆謂黃鵠也，或單言鵠，或單言鴻。""《豳風》'鴻飛遵渚'，《傳》曰：'鴻不宜循渚。''鴻飛遵陸'，《傳》曰：'陸非鴻所宜止。'《箋》云：'鴻，大鳥。'不言何鳥，學者多云雁之大者。夫鴻雁遵渚遵陸，亦其常耳，何以《傳》云'不宜'，以喻周公未得禮也。正謂一舉千里之大鳥，當集高山茂林之上，不當循小州之渚，高平之陸也。經傳鴻有謂大雁者，如《曲禮》'前有車騎則載飛鴻'，《易》'鴻漸于磐'是也。有謂黃鵠者，此詩是也。單呼鵠，累呼黃鵠、鴻鵠。黃，言其色。鴻之言䲨，言其大也，故又單呼雁之大者曰鴻，字當作䲨而假借也。

清·牟庭《詩切》：

鴻，雁。《毛傳》曰："大曰鴻，小曰雁。"《江氾》，《毛傳》曰："渚，小洲也。水枝成渚。"余按：鴻者，水鳥，下集則在於水渚，上飛則在於山陸，故詩人以興周公隱見之致也。遵渚，喻居幽也。《毛傳》云："鴻不宜循渚也。"非矣。

有鴻飛而下，或遵小洲渚，比如遠到人，偶自居下土。

清·焦循《毛詩草木鳥獸蟲魚釋》卷七：

鴻，《箋》："鴻，大鳥也。"（眉批：《戰國策》莊辛說楚襄王曰："黃鵠因是以游乎江海。"注云："鵠，鴻也。"蘇秦說韓宣惠王曰："水截鵠雁。"鵠雁，即鴻雁也。）

循按：鴻之見于經文者，或與雁連，或與鵠連。考之，蓋與雁異物，而與鵠一物也。《小雅》傳云："大曰鴻，小曰雁。"知鴻與雁一類而有別矣。《說文》既以鴻鵠釋鵠，又以鴻鵠釋鴻。（《文選》注引《說文》云："鵠，黃鵠也。"黃字蓋誤。）《管子·霸形篇》云："桓公在位，有二鴻飛而過之，桓公嘆曰：仲父令彼鴻鵠有時而南，有時而北，有時而往，有時而來。"所見者爲鴻，而稱曰鴻鵠。《史記》高帝歌曰："鴻鵠飛兮，一舉千里。"《韓詩外傳》亦云："鴻鵠一舉千里。"《公羊》說云："萬舞用鴻羽，取其勁輕，一舉千里。"彼言鴻鵠，此獨言鴻，蓋鴻與鵠爲轉音，輕讀曰鴻，重讀曰鵠，緩讀曰鴻鵠，其爲物之名既同，故取訓之義亦等。（鴻通于洪，訓爲大。《呂氏春秋》："鵠乎其羞，周智慮也。"注亦訓爲大）。張平子、左太冲之賦，始分鴻鵠爲二，或又通鵠于雀，則亦音之轉也。（吳玉搢《別雅》云："淳于髡獻鵠于楚。"舊注即鶴。《莊子·天運篇》："鵠不日浴而白。"疏云："鵠，古鶴字。"《後漢書·吳良傳》贊："大儀鵠髮，見表憲王。"注："鵠，白髮也。即鶴髮。"崔豹《古今注》："古琴曲有《別鶴操》。韓昌黎集作《別鵠操》。"《梁書·文學傳》劉孝標《辨命論》："龜鶴千歲。"《文選》作"龜鵠"。應休連《與岑文瑜書》："泥人鶴立于闕里。"《三國志》魏曹植《求通親親表》："實懷鶴立企佇之心。"《文選》本或作"鵠"。《法書要錄》"鶴頭書"，一作鵠頭書。《漢書·昭帝紀》："始元元年，黃鵠下建章宮太液池中，因作歌名曰黃鶴。"晉鈕滔母《與從弟孝徵書》："鵠有乘軒之飾。"此用《左傳》衛懿公事，亦以鵠爲鶴。今武昌黃鶴樓下曰"黃鵠磯"。亦一證也。戴侗《六書故》引或說："遼人謂之天鵝。"）

鴻飛遵渚。

鴻鵠羽毛光澤純白，似雀而大，長頸，肉美如雁，又有小鴻，大小如鳧，色亦白，今人直謂鴻也。（《太平御覽》九百十六）

清·劉沅《詩經恒解》卷二：

遵，循也。渚，小洲。……又言鴻本高飛，暫時遵渚，公本冢宰，暫時來東，當優禮之。

清·徐華嶽《詩故考異》卷十五：

《傳》："鴻不宜循渚也。"（《正義》："王肅云：以喻周公大聖，有定命之功，不宜久處下土，而不見禮迎。"）周公未得禮也。……《箋》："鴻，大鳥也，不宜與鳧鷖之屬飛而循渚，以喻周公今與凡人處東都之邑，失其所也。"

清·李黼平《毛詩紬義》卷九：

鴻飛遵渚。《傳》："鴻不宜循渚也。"《箋》云："鴻，大鳥也，不宜與鳧鷖之屬飛而循渚，以喻周公今與凡人處東都之邑，失其所也。"《正義》以毛亦爲大鳥，不釋。《箋》易《傳》之意。按：《易·漸卦》"初六：鴻漸于干"，其占爲厲。九三、上九，俱漸于陸，三凶而上吉。此詩之渚與干皆近水處，下故《傳》謂鴻不宜遵陸，高于渚。……《傳》蓋依《易》爲說，以鴻爲鴻鴈也。《史記·陳涉世家》："陳涉曰：燕雀安知鴻鵠之志。"索隱曰："《尸子》云：鴻鵠之鷇，羽翼未合,而有四海之心。"是也。鴻鵠,一鳥,如鳳皇。然非謂鴻鴈與黃鵠也。《箋》專取鴻,喻周公爲聖人,故易爲大鳥,蓋以鴻爲鴻鵠也。

清·胡承珙《毛詩後箋》卷十五:

《傳》:"鴻不宜循渚也。"《箋》云:"鴻,大鳥也,不宜與鳧鷖之屬飛而循渚。"段氏云:"《説文》曰:'鴻者,鴻鵠也。'鴻鵠,即黃鵠也。黃鵠一舉知山川之紆曲,再舉知天地之圓方。(見《楚辭·惜誓》)最爲大鳥。鄭《箋》衹云'鴻,大鳥',不言何鳥,學者多云雁之大者。夫鴻雁遵渚遵陸,乃其常耳,何以《傳》云鴻不宜循渚,陸非鴻所宜止,則鴻非大雁也。正謂一舉千里之大鳥,常集高山茂林之上,不當循小洲之渚,高平之陸也。經、傳鴻字有謂大雁者,《曲禮》'前有車騎,則載飛鴻',《易》'鴻漸于磐'是也。有謂黃鵠者,此詩是也。單呼鵠,累呼黃鵠、鴻鵠。黃言其色,鴻之言雊,言其大也。"《小雅》傳云:'大曰鴻,小曰雁。'此因下言雁,決上言大雁,字當作雊,假鴻爲之。而今人遂失鴻本義。"承珙案:段説是也。陸疏云:"鴻鵠羽毛光澤純白,似鶴而大,長頸肉美,如雁。"此亦以鴻鵠連言,與《説文》合。其云色白,又與《莊子·天運篇》"鵠不日浴而白",司馬相如賦"弋白鵠"皆合。《説文》言黃鵠者,疑歲久而黃耳。《史記》索隱引《尸子》云:"鴻鵠之殼,羽翼未全,而有四海之心。"則爲大鳥可知。陸但云肉美如雁。是亦不以鴻鵠與鴻雁爲一也。

清·馬瑞辰《毛詩傳箋通釋》卷十六:

《傳》:"鴻不宜遵渚。"《箋》:"鴻,大鳥也。"(瑞辰)按:《説文》:"鴻,鴻鵠也。"鴻鵠,即黃鵠,或單稱鴻。《箋》云:"鴻,大鳥。"不曰雁之大者,蓋以鴻爲鴻鵠之鴻。鴻鵠一舉千里,故《傳》曰:"鴻不宜遵渚。"又曰:"陸非鴻所宜止。"若爲鴻雁,則遵渚遵陸乃其常耳,何以毛云不宜。

清·林伯桐《毛詩通考》卷十五:

《傳》以鴻是大鳥,不宜飛而循渚,以喻周公聖人,不宜久留東方。詞意俱順。《箋》云:"以喻周公與凡人處東都,失其所。"夫凡人無處無之,豈專在東都乎。

清·徐璈《詩經廣詁》:

白帖:鴈北徂也。(九十四。 璈按:鴻之自南徂北,猶公之自東徂西也。鴻不木栖,遵渚遵陸,爲循其翔集之道矣。 段玉裁曰:"鴻者,鴻鵠,即黃鵠也。"鴻鵠一舉知山川紆曲,再舉知天地方圓,故《箋》云"大鳥也"。)

清·陳奐《詩毛氏傳疏》卷十五：

《傳》："鴻不宜循渚也。"

疏（《傳》詁：遵爲循，與《汝墳》"遵大路"同。遵渚，循渚也。……小《箋》云：《說文》曰：鴻者，鴻鵠也。鴻鵠即黃鵠也。黃鵠一舉知山川之紆曲，再舉知天地之圜方，最爲大鳥。故《箋》云"大鳥"。《傳》云：鴻不宜循渚，陸非鴻所宜止，非謂大鴈也，《小雅》傳云：大曰鴻，小曰鴈。此固因下言鴈，決上言大鴈乃"鴻"字假借之用。而今人遂失鴻本義。）

清·多隆阿《毛詩多識》卷七：

《毛傳》云："鴻不宜循渚也。"鄭《箋》云："鴻，大鳥也。不宜與鳧鷖之屬飛而循渚。"陸疏云："鴻羽毛光澤純白，似鶴而大，長頸，肉美如雁，又有小鴻，如鳧，色白，今人直謂之鴻。"蓋鴻爲鵠，鶴類，名黃鵠，亦名黃鶴。

清·顧廣譽《學詩正詁》卷二：

鴻飛遵渚。鴻飛遵陸。此正與《易》"鴻漸于干""鴻漸于陸"相似。詳《傳》。《箋》亦是謂鴻雁之鴻，鴻雁以高飛爲宜，遵渚遵陸者暫耳，喻周公以在朝廷爲宜，其居東者亦暫耳。鄭言"大鳥"，猶上章毛以鱒魴爲大魚也。段氏《小箋》謂即黃鵠，最爲大鳥，常集高山茂林之上，不當循小洲之渚、高平之陸也。果爾，則毛、鄭何不明言鴻鵠邪。且鴻鵠絕少遵渚遵陸，時詩人亦不必取爲興矣。

清·鄧翔《詩經繹參》卷二：

【集解】鴻，水鳥。遵，循也。小洲曰渚。言鴻飛有時而遵渚，如公之暫留東方，非長居也。

清·龍起濤《毛詩補正》卷十四：

【毛】鴻不宜遵渚也。

【箋】鴻，大鳥也。（《說文》曰："鴻者，鴻鵠也。"鴻鵠，即黃鵠也。黃鵠一舉知山川之紆曲，再舉知天地之圜方，最爲大鳥，非謂大雁也。）

而卒也，公道大明，公歸不復，不爲羅網之鴻，亦不爲高飛之鴻，而終爲儀羽之鴻。

清·吕調陽《詩序議》卷二：

案：張氏彩曰："鴻飛雖有時遵渚，而非其久居之所，言其別自有所也。"

清·梁中孚《詩經精義集鈔》卷二：

遵，循也。渚，小洲也。

張氏彩曰："鴻飛雖有遵渚，而非其久居之所，言其別自有所也。"

清·王先謙《詩三家義集疏》卷十三：

【疏】《傳》："鴻不宜循渚也。"《箋》："鴻，大鳥也，不宜與鳧鷺之屬飛而循渚，以喻周公今與凡人處東都之邑，失其所也。"段玉裁云："《說文》'鴻'下云：'鴻鵠也。'鴻鵠即黃鵠。黃鵠一舉知山川之紆曲，再舉知天地之圓方，（見《楚詞·惜誓》）最爲大鳥。《箋》止云'鴻，大鳥'，不言何鳥，學者多云雁之大者。夫鴻雁遵渚、遵陸乃其常耳，何以《傳》云'鴻不宜循渚''陸非鴻所宜止'？則鴻非大雁也，正謂一舉千里之大鳥，常集高山茂林之上，不當循小洲之渚，高平之陸也。經傳'鴻'字有謂大雁者，《曲禮》'前有車騎，則載飛鴻'、《易》'鴻漸于磐'是也。有謂黃鵠者，此詩是也。單呼鵠，累呼黃鵠、鴻鵠。黃言其色。（鴻之言雚，言其大也）《小雅》傳云'大曰鴻，小曰雁'，此因下言雁，決上言大雁，字當作雚，假鴻爲之，而今人遂失鴻本義。"

清·陳玉樹《毛詩異文箋》卷五：

飛、匪、非，字並通用，《考工記·梓人》："且其匪色，必似鳴矣。"注："故書'匪'作'飛'。"《文選》盧子諒《贈崔溫詩》："徒煩飛子。"御注："非與飛古字通。"漢蔡長《蔡君頌》："飛陶唐氏，其孰能若是。"《孔耽碑》："飛其學也。"皆以飛爲非。《孟子》"飛廉"，《史記·秦本紀》作"蜚廉"，《周本紀》："蜚鴻滿野。"正義曰："蜚，古飛字。"《漢書·楊雄傳》注："霏，古霏字。"《玉篇》雨部："霏，重文作靁。"皆其例。《九罭》"鴻飛遵渚""鴻飛遵陸"，"飛"皆"非"字之假音。《說文》："鴻，鴻鵠也。"漢高帝歌"鴻鵠高飛，一舉千里"。賈生《惜誓》云："鴻鵠一舉兮知山川之紆曲，再舉兮知天地之圓方。"非遵渚遵陸之鳥。故《傳》曰"鴻不宜循渚""陸非鴻所宜止"。一以"非"代"飛"，一以"不"釋。飛，《柏舟》之"如匪澣衣"，《出其東門》之"匪我思存"，《雨無正》之"匪舌是出"，《常武》之"匪紹匪游"，《傳》皆以"不"字釋"匪"字，《巧言》之"匪其止共"，《車舝》之"匪飢匪渴"，《公劉》之"匪居匪康"，《抑》之"匪用爲教"，《桑柔》之"匪用其良"，《江漢》之"匪安匪舒"，《思文》之"莫匪爾極，桓之天命"，匪解《箋》皆以不字釋匪。飛之訓不，猶匪之訓不矣。匪之讀非，《毛詩》不可枚舉。《柏舟》"我心匪鑒"，《箋》云："我心非如是鑒"。"飛"之爲"非"，猶"匪"之爲"非"矣。《正義》釋毛云："鴻者，大鳥。飛而循渚，非其宜。"飛讀如字，未得毛恉。後儒以鴻爲鴻雁，亦誤。

或謂《毛傳》無改字之例。予曰不然。"君子偕老，胡然而天也，胡然而帝也"，《傳》云："尊之如天，審諦如帝。"易而爲如矣。《載馳》"不如我所之"，《傳》云："不如我所思之篤厚也。"易之爲思矣。《終南》傳："終南，周之名山中南也。"易終爲中矣。《衡門》傳："衡門，橫木爲門。"易衡爲橫矣。《小旻》"或聖或否"，《傳》云："有通聖者，有不能者。"易或爲有矣。《文王》"凡周之士，不顯亦世"，《傳》云："仕者，世禄也。"易士爲仕矣。《蕩》"人尚乎由行"，《傳》云："言居人上，欲用行是道也。"易尚爲上矣。于《九罭》傳之易"飛"爲"非"，又何疑焉？若干扞，甲狎，龍寵，威滅，皇皇猶煌煌，嚻嚻猶警警之類，皆毛公改字之例，但不曰某讀爲某，某讀若某，此臨文繁簡之分，西漢之異於東漢者，此也。

民國・王闓運《詩傳補》：

鴻不宜循渚也。《箋》云："鴻，大鳥也。"……　　補曰：鴻，野鴈也。小洲曰渚，鴻所止也。今以飛而循渚，喻公歸豳乃避流言而來。

民國・馬其昶《詩毛氏學》卷十五：

鴻不宜循渚也。（鄭曰："鴻，大鳥也，不宜與鷖鳧之屬飛而循渚，以喻周公處東都之邑，失其所也。"段曰："《説文》：'鴻，鴻鵠也。'鴻鵠即黄鵠也，非謂大鴈。黄鵠一舉知山川之紆曲，再舉知天地之圜方，故最爲大鳥。"）

民國・丁惟汾《詩毛氏傳解故》：

《傳》云："鴻不宜循渚也。"按：遵、循同聲。《箋》云："鴻，大鳥也。"按：鴻、洪同聲。《爾雅・釋詁》："洪，大也。"《史記・夏本紀》："鴻水滔天。"《書・益稷》"鴻"作"洪"。《説文》："鴻，鴻鵠也。"《史記・陳涉世家》："燕雀安知鴻鵠之志哉。"《高帝本紀》："鴻鵠高飛，一舉千里。"故《傳》云："鴻不宜循渚也。"

民國・李九華《毛詩評注》：

【注】鴻不宜循渚，大鳥不宜與鷖鳧同飛循，喻周公居東都，爲失所也。（朱注）

民國・林義光《詩經通解》卷十五：

蓋謂周公去此而歸，則此方之民，將如飛鴻失水，不得安居也。（鴻雁，水鳥，宜集澤中。渚則爲水中地。）

民國・焦琳《詩蠲》卷四：

鴻飛遵渚，（小洲也）

鴻飛不留，而渚小易過。

民國·吴闓生《詩義會通》卷一：

鴻不宜循渚也。

日本·岡白駒《毛詩補義》卷五：

鴻不宜循渚也

陸佃云："鴻之爲物，其進有漸，其飛有序。"又："其羽可用爲儀，君子之道也，故以喻周公也。"

日本·赤松弘《詩經述》卷四：

遵，循也。渚，小洲也。……言鴻鳥大者，宜在洲之大者，今特在小渚矣。

日本·碕允明《古注詩經考》卷五：

鴻遵渚，禽鳥猶得所，公雖歸而無得其所，可傷矣。

日本·皆川願《詩經繹解》卷七：

鴻，解見《新臺篇》。遵，《說文》云："循也。"渚，遮也。能遮水使迴也。

日本·伊藤善韶《詩解》：

言得見周公，譬如設網得美魚也，我今得見之，則其人卷衣繡裳，德與服相稱而可尊也。

日本·冢田虎《冢注毛诗》卷八：

遵，循也。渚，小洲也。鴻，大鳥。

日本·大田元貞《詩經纂疏》卷七：

鴻（旁行小字：周公）飛遵渚（旁行小字：東都）。王肅云："以周公大聖，有定命之功，不宜久處下土，而不見禮迎。"

日本·仁井田好古《毛詩補傳》卷十五：

鴻不宜循渚也，周公未得禮也。

日本·岡井鼎《詩疑》：

《集傳》："遵，循也。"（《說文》）渚，小洲也。（《釋水》："小洲曰渚。"）

陶隱居云："大曰鴻，小曰雁。"或云："鴈多群而鴻寡侶。"

日本·安藤龍《詩經辨話器解》卷八：

（旁行小字：詩人之辭。）鴻（旁行小字：周公）飛遵渚（旁行小字：東都小邑），（《傳》："鴻不宜循渚也。"《箋》云："鴻，大鳥也，不宜與鳧（旁行小字：鳧好沒。）鷖（旁行小字：鷖好浮。）之屬飛而循渚，以喻周公今與凡人處東都之邑，失其所也。"）

日本・山本章夫《詩經新注》卷中：

遵，循也。……言鴻，水鳥，飛必遵渚。

日本・竹添光鴻《毛詩會箋》卷八：

鴻不宜循渚也。

渚，小洲也。……胡承珙曰："段氏云：《說文》云：'鴻者，鴻鵠也。'鴻鵠即黃鵠也。黃鵠一舉知山川之紆曲，再舉知天地之圓方矣。（《楚辭・惜誓》）最爲大鳥。鄭《箋》祇云'鴻，大鳥'，不言何鳥。學者多云雁之大者。夫鴻雁遵渚遵陸，乃其常耳，何以《傳》云'鴻不宜循渚''陸非鴻所宜止'，則鴻非大雁也，正謂一舉千里之大鳥，常集高山茂林之上，不當循小洲之渚，高平之陸也。經傳鴻字有謂大雁者，《曲禮》'前有車騎，則載飛鴻'《易》'鴻漸于磐'是也。有謂黃鵠者，此詩是也。單呼鴻，累呼黃鵠、鵠鴻。黃言其色，鴻之言隹，言其大也。"段說是也。陸疏云："鴻鵠羽毛光澤純白，似鶴而大，長頸，肉美如雁。"此亦以鴻鵠連言，與《說文》合。其云色白，又與《莊子・天運篇》"鵠不日浴而白"、司馬相如賦"弋白鵠"皆合。《說文》言"黃鵠"者，疑歲久而黃耳。《史記》索隱引《尸子》云："鴻鵠之殼，羽翼未全，而有四海之心。"則爲大鳥可知。陸但云肉美如雁，是亦不以鴻鵠與鴻雁爲一也。

韓國・朴世堂《詩經思辨錄》：

毛云：鴻不宜循渚。

鄭云："鴻，大鳥也，不宜飛而遵渚，以喻周公今處東都，失其所也。"

韓國・李瀷《詩經疾書》：

鴻飛承九罭說。今雖遵渚其飛，冥冥終必脱禍，又非恒處舂，必北歸，豈魚網所罹哉。東人已揣周公之不久於此也。

韓國・丁若鏞《詩經講義》卷六：

（臣）對曰：鴻飛遵渚，言其高飛避禍，終不橫罹也。

韓國・尹廷琦《詩經講義續集》：

鴻飛之喻，與《易》之"鴻漸"同其時義。蓋以鴻之順時以漸，乃聖人之時義也。《漸》卦之鴻，自初爻之干，（水畔曰干）二爻而盤，三爻而陸，（平地曰陸）四爻而楠，五爻而陵，上爻而逵，即鴻之自水干而漸飛漸上，以至天逵也。公歸之行，譬之鴻飛，則鴻之已飛遵渚，即漸干之時，而公之已發而遵東土之路也。鴻既遵渚則飛，向有所必，自干而終至于逵，逵之天路，譬之則天朝也。

韓國·朴文鎬《詩集傳詳説》卷六：
遵，循也。渚，小洲也。

李雷東按：
"鴻飛遵渚"句解有"鴻""飛""遵""渚"以及整句解説等幾個問題。現分述如下：

一　鴻

1. 大曰鴻，小曰雁。宋·吕祖謙："鴻，解見《鴻雁》。"（《吕氏家塾讀詩記》卷十六）《鴻雁》"鴻雁于飛"下吕氏注："毛氏曰：大曰鴻，小曰雁。"（《吕氏家塾讀詩記》卷十九）

2. 大鳥也。漢·鄭玄《毛詩箋》有此説。（《毛詩正義》卷八）

3. 鴻雁俱是水鳥。宋·吕祖謙："鴻，解見《鴻雁》。"（《吕氏家塾讀詩記》卷十六）《鴻雁》"鴻雁于飛"下吕氏注："孔氏曰：鴻雁俱是水鳥，其形鴻大而雁小，春則避陽暑而北，秋則避陰寒而南。"（《吕氏家塾讀詩記》卷十九）

4. 鴈之屬。宋·李樗《毛詩詳解》："鴻者，鴈之屬，大曰鴻，小曰鴈。"（《毛詩李黄集解》卷十八）

5. 明·李資乾引《埤雅》云："鴻鴈之陰者，其進有漸，其飛有序，其羽可用爲儀。"（《詩經傳注》卷十八）

6. 明·李資乾："周官大夫執鴈，以知保身，又欲有去就之義，而不失其序。《埤雅》云：鴈，夜泊州渚，令鴈奴圍而警察，飛則啣蘆而翔，以避矰繳。又有遠害之道。"（《詩經傳注》卷十八）

7. 明·李資乾："所以風山漸，鴻漸于干、于磐、于陸、于木、于陵，象曰'漸之進'。雜卦曰：女婦待男行，即上章'我遘之子，袞衣繡裳'之義。"（《詩經傳注》卷十八）

8. 明·張次仲："《埤雅》：鴻之爲物，其進有漸，其飛有序，又其羽可用爲儀，君子之道也。"（《待軒詩記》卷三）

9. 明·錢天錫引《埤雅》云："鴈多群，而鴻寡侣。"（《詩牖》卷五）

10. 明·毛晉："鴻鵠羽毛光澤純白，似鶴而大，長頸，肉美如鴈，又有小鴻，大小如鳬，色亦白，今人直謂鴻也。"（《毛詩陸疏廣要》卷下之上）

11. 鵠似非鴻類。明·毛晉:"鵠,小鳥也。射者設之以命中,鳥小而飛疾,故射難中,是以中之爲儁。似非鴻類。或云:鵠即是鶴。意陸璣所見略同。"(《毛詩陸疏廣要》卷下之上)

12. 明·毛晉:"但云鴻肉美如雁,似與雁非一物。"(《毛詩陸疏廣要》卷下之上)

13. 明·胡紹曾:"鴻進有漸,飛有序,故禮曰:前有車騎,則載飛鴻。鴻,水鳥,而羽輝潔白,能薄雲霄,故取其漸于天逵。渚陸非所處也。"(《詩經胡傳》卷五)

14. 鴻者,鴻鵠也。鴻鵠,即黃鵠。非謂大雁。清·段玉裁:"《說文》曰:鴻者,鴻鵠也。鴻鵠,即黃鵠也。黃鵠一舉知山川之紆曲,再舉知天地之圓方,取爲大鳥,故《箋》云'大鳥'。《傳》云:鴻不宜循渚。陸非鴻所宜止,非謂大雁也。《小雅》傳云:大曰鴻,小曰鴈。此因下言鴈,決上言大。鴈,乃鴻字假借之用,而今人遂失鴻本義。"(《毛詩故訓傳定本》卷十五)清·胡承珙同意段說,又說:"《說文》言黃鵠者,疑歲久而黃耳。"(《毛詩後箋》卷十五)

15. 清·汪龍《毛詩異義》卷一:

鴻飛遵渚。《說文》:鵠,黃(各本作鴻,段氏依李氏《西都賦》注及《元應書》正作黃。)鵠也。鴻,鵠也。段氏注曰:黃鵠,一名鴻。《戰國策》:"黃鵠游於江海,淹於大沼,奮其六翮而陵清風。"賈生《惜誓》曰:"黃鵠一舉兮,知山川之紆曲,再舉兮知天地之圓方。"凡經史言鴻鵠者,皆謂黃鵠也,或單言鵠,或單言鴻。《豳風》"鴻飛遵渚",《傳》曰:鴻不宜循渚。"鴻飛遵陸",《傳》曰:陸非鴻所宜止。《箋》云:鴻,大鳥。不言何鳥,學者多云雁之大者。夫鴻雁遵渚遵陸,亦其常耳,何以《傳》云"不宜",以喻周公未得禮也。正謂一舉千里之大鳥,當集高山茂林之上,不當循小州之渚,高平之陸也。經傳鴻有謂大雁者,如《曲禮》:前有車騎則載飛鴻,《易》:鴻漸于磐,是也。有謂黃鵠者,此詩是也。單呼鵠,參呼黃鵠、鴻鵠。黃,言其色。鴻之言堆,言其大也,故又單呼雁之大者曰鴻,字當作鳿而假借也。

16. 清·牟庭:"鴻者,水鳥,下集則在於水渚,上飛則在於山陸,故詩人以興周公隱見之致也。"(《詩切》)

17. 與雁異物,而與鵠一物。清·焦循:"鴻之見于經文者,或與雁連,或與鵠連。考之,蓋與雁異物,而與鵠一物也。(《毛詩草木鳥獸蟲魚釋》卷七)

18. 鴻鵠，一鳥，如鳳皇。清·李黼平："《史記·陳涉世家》，陳涉曰：燕雀安知鴻鵠之志。索隱曰：《尸子》云：鴻鵠之鷇，羽翼未合，而有四海之心，是也。鴻鵠，一鳥，如鳳皇。然非謂鴻鴈與黃鵠也。《箋》專取鴻，喻周公爲聖人，故易爲大鳥，蓋以鴻爲鴻鵠也。"(《毛詩紬義》卷九)

19. 鴻爲鵠，鶴類，名黃鵠，亦名黃鶴。清·多隆阿《毛詩多識》(卷七) 有此說。

20. 清·顧廣譽："段氏《小箋》謂：即黃鵠，最爲大鳥，常集高山茂林之上，不當循小洲之渚、高平之陸也。果爾，則毛、鄭何不明言鴻鵠邪。且鴻鵠絕少遵渚遵陸，時詩人亦不必取爲興矣。"(《學詩正詁》卷二)

21. 野鴈。民國·王闓運《詩傳補》有此說。

22. 鴻、洪同聲。民國·丁惟汾："按：鴻、洪同聲。《爾雅·釋詁》：洪，大也。《史記·夏本紀》：鴻水滔天。《書·益稷》鴻作洪。"(《詩毛氏傳解故》)

水鳥，宜集澤中。民國·林義光《詩經通解》卷十五有此說。

指周公。日本·大田元貞《詩經纂疏》卷七有此說。

二　飛

1. 清·陳玉樹："《九罭》：鴻飛遵渚，鴻飛遵陸。飛皆非字之假音。"(《毛詩異文箋》卷五)

三　遵

1. 宋·朱熹："遵，循也。"(《詩經集傳》卷八)

四　渚

1. 小洲也。水岐成渚。宋·呂祖謙："渚解見《江有汜》。"(《呂氏家塾讀詩記》卷十六)《江有汜》"江有渚"下呂氏注："毛氏曰：渚，小洲也。水岐成渚。"(《呂氏家塾讀詩記》卷三)

2. 鴻之所當在也。宋·蘇轍《詩集傳》卷八有此說。

3. 小洲。宋·朱熹《詩經集傳》卷八有此說。

4. 鴻所居。明·季本："渚，鴻所居，飛則不定也，故得至此地信處。"(《詩說解頤》卷十四)

5. 明·何楷引《釋名》："渚，遮也。能遮水使迴也。"(《詩經世本古義》卷十之上)

6. 喻居幽也。清·牟庭："遵渚，喻居幽也。"（《詩切》）

7. 爲水中地。民國·林義光《詩經通解》卷十五有此說。

8. 指東都。日本·大田元貞《詩經纂疏》卷七有此說。

五　整句解説

1. 《毛詩故訓傳》："鴻不宜循渚也。"（（《毛詩正義》卷八））

2. 唐·孔穎達："毛以鴻者大鳥，飛而循渚，非其宜，以喻周公聖人，久留東方，亦非其宜，王何以不迎之乎？"（《毛詩正義》卷八）

3. 漢·鄭玄《毛詩箋》："鴻，大鳥也，不宜與鳧鷖之屬飛而循渚，以喻周公今與凡人處東都之邑，失其所也。"（《毛詩正義》卷八）

4. 唐·孔穎達："鄭以爲，鴻者大鳥，不宜與鳧鷖之屬飛而循渚，以喻周公聖人，不宜與凡人之輩共處東都。"（《毛詩正義》卷八）

5. 唐·孔穎達引王肅云："以其周公大聖，有定命之功，不宜久處下土，而不見禮迎。"（《毛詩正義》卷八）

6. 唐·孔穎達："言不宜循渚者，喻周公不宜處東。毛無避居之義，則是東征四國之後，留住於東方，不知其住所也。"（《毛詩正義》卷八）

7. 宋·歐陽修："鴻鴈喜高飛，今不得翔於雲際，而飛不越水渚，又下飛田陸之間，由周公不得在朝廷，而留於東都也。此是詩人之意爾。"（《詩本義》卷五）

8. 宋·李樗《毛詩詳解》："鴻之飛宜其高也，今乃遵循於渚，非其宜也，以喻周公留滯東方，非其宜也。"（《毛詩李黃集解》卷十八）

9. 宋·范處義："鴻當高飛雲漢而乃下遵於渚陸，喻周公宜在廟堂。"（《詩補傳》卷十五）

10. 宋·呂祖謙引程氏曰："鴻飛戾天者也，今乃遵渚，言不得其所。"（《呂氏家塾讀詩記》卷十六）

11. 宋·楊簡："鴻飛宜登天，今也遵渚而已，遵陸而已。"（《慈湖詩傳》卷十）

12. 宋·嚴粲："西人欲公之歸，謂東人曰：鴻飛宜戾天，而乃遵循於洲渚。周公宜在朝廷，而乃留滯於東土。"（《詩緝》卷十六）

13. 元·朱善："鴻飛而戾天，宜也。而有時乎遵渚，復有時而遵陸，則亦暫焉而已耳。"（《詩解頤》卷一）

14. 明·梁寅："因鴻飛起興，言公去而不留也。"（《詩演義》卷八）

15. 明·季本："渚，鴻所居，飛則不定也，故得至此地信處。"（《詩説解頤》卷十四）

16. 明·李資乾："《埤雅》云：鴈，夜泊州渚，令鴈奴圍而警察，飛則啣蘆而翔，以避繒繳。又有遠害之道，以比周公明于去就，决于遠害，故曰'鴻飛遵渚'。"（《詩經傳注》卷十八）

17. 明·許天贈："夫我公在東，固吾人所深幸矣，然亦不久於東也，是故鴻之飛也，則循乎小洲之渚矣。"（《詩經正義》卷九）

18. 明·江環《詩經闡蒙衍義集注》："彼鴻之飛也，則遵于渚。"（《詩經鐸振》卷三）

19. 明·郝敬："王以禮往，公必遄歸，如鴻飛宜戾天，今遵彼洲渚。公之居東，猶在渚也。"（《毛詩原解》卷十六）

20. 明·馮時可："顧王雖知公，而群臣未察，故公尚徘？（徊異體字）于東，猶鴻飛之不戾天而遵渚也。"（《詩臆》卷上）

21. 明·姚舜牧："鴻非就於渚者，亦非就於陸者，偶飛而遵渚遵陸耳。"（《重訂詩經疑問》卷三）

22. 明·張次仲："鴻不木栖，不于渚，則于陸。遵渚，自北而南，南多洲渚，是得其所也。"（《待軒詩記》卷三）

23. 明·黄道周："吾方快睹公之臨于東，乃忽聞其將歸矣。鴻飛尚有遵渚之安，況我公歸豈無安居之所乎。"（《詩經琅玕》卷三）

24. 明·何楷："鴻飛遵渚，蓋自北而南之時，以況公之避京師而居東也。"（《詩經世本古義》卷十之上）

25. 明·唐汝諤引鄧潛谷曰："公之孫而東也，猶鴻之遵渚①且遵陸也，非其地也，何可久稽公也。"（《毛詩蒙引》卷七）

26. 明·唐汝諤引姚承庵曰："鴻之遵渚②遵陸，亦偶飛至此，興公信宿之意。"（《毛詩蒙引》卷七）

27. 明·胡紹曾："曾觀之《易》曰：鴻漸于干，小子屬有言，無咎。蓋初六之鴻，始進于下，而上無應。小子不能燭理，故危懼有言，理實無咎也。此正周公之象。干爲水涯，遵渚是也。"（《詩經胡傳》卷五）

---

① 原文爲"者"，據上下文改。
② 原文爲"諸"，據上下文改。

28. 明·胡紹曾："鴻之集也，必于中澤。今飛而遵渚遵陸，正翔起之時，以興下二句。朱注正此意。"（《詩經胡傳》卷五）

29. 明·賀貽孫："遵渚遵陸，鴻之偶也，豈能久於渚陸哉。以興下文公將歸矣。"（《詩觸》卷二）

30. 清·朱鶴齡："遵渚遵陸，以鴻之卑飛，興公之居東爲失所也。"（《詩經通義》卷五）

31. 清·張沐："雁春北秋南，過而不居，故名賓鴻。其在渚，亦循此而過，不久處也。"（《詩經疏略》卷四）

32. 清·冉覲祖："鴻之遵渚是常事，有何不宜。毛說未當。"（《詩經詳說》卷三十二）

33. 清·李光地："渚陸非鴻所安，暫寄迹耳，故以興公居東不過信宿，非久當歸也。"（《詩所》卷二）

34. 清·王鴻緒等引黄氏一正曰："鴻順時而動，周公隨寓而安，故又以爲興也。"（《欽定詩經傳說彙纂》卷九）

35. 清·王鴻緒等引張氏彩曰："鴻飛雖有時，遵渚而非其久居之所，言其別自有所也。"（《欽定詩經傳說彙纂》卷九）

36. 清·王心敬："恐東人之欲留公也，則告之曰：周公之在周，譬如鴻之于渚，亦其所當在也。"（《豐川詩說》卷十一）

37. 清·姜文燦："然公之來也，吾人固甚喜矣。其如公之不可久留，何哉？彼鴻之飛也，則遵于小洲之渚而得其所矣。"（《詩經正解》卷十）

38. 清·許伯政："試觀鴻飛遵渚，不過暫時來賓也。"（《詩深》卷十五）

39. 清·傅恒等："鴻依水草，故以遵渚爲得所也。"（《御纂詩義折中》卷九）

40. 清·羅典："不然鴻飛遵渚，公歸無所，我心則悲也。鴻飛遵陸，公歸不復，我心則益悲也。"（《凝園讀詩管見》卷五）

41. 清·范家相："鴻之遵渚而南，不得其所也。"（《詩瀋》卷十）

42. 清·姜炳璋："鴻鴈，北鳥，有時而南，謂之鴻鴈來賓。南方多洲渚，遵渚，鴻之來賓時也，以喻周公來于東土。"（《詩序補義》卷十三）

43. 清·牟庭："有鴻飛而下，或遵小洲渚，比如遠到人，偶自居下土。"（《詩切》）

44. 清·劉沅："言鴻本高飛，暫時遵渚，公本冢宰，暫時來東，當優禮之。"

(《詩經恒解》卷二)

45. 清·徐璈："鴻之自南徂北，猶公之自東徂西也。鴻不木棲，遵渚遵陸，爲循其翔集之道矣。"（《詩經廣詁》）

46. 清·鄧翔："言鴻飛有時而遵渚，如公之暫留東方，非長居也。"（《詩經繹參》卷二）

47. 清·龍起濤："卒也，公道大明，公歸不復，不爲羅網之鴻，亦不爲高飛之鴻，而終爲儀羽之鴻。"（《毛詩補正》卷十四）

48. 民國·王闓運："今以飛而循渚，喻公歸豳乃避流言而來。"（《詩傳補》）

49. 民國·林義光："蓋謂周公去此而歸，則此方之民，將如飛鴻失水，不得安居也。"（《詩經通解》卷十五）

50. 民國·焦琳："鴻飛不留，而渚小易過。"（《詩蠲》卷四）

51. 日本·赤松弘："言鴻鳥大者，宜在洲之大者，今特在小渚矣。"（《詩經述》卷四）

52. 日本·碕允明："鴻遵渚，禽鳥猶得所，公雖歸而無得其所，可傷矣。"（《古注詩經考》卷五）

53. 日本·仁井田好古："鴻不宜循渚也，周公未得禮也。"（《毛詩補傳》卷十五）

54. 韓國·李瀷："今雖遵渚其飛，冥冥終必脫禍，又非恒處春，必北歸，豈魚網所罹哉。東人已揣周公之不久於此也。"（《詩經疾書》）

55. 韓國·丁若鏞："鴻飛遵渚，言其高飛避禍，終不橫罹也。"（《詩經講義》卷六）

56. 韓國·尹廷琦："鴻飛之喻，與《易》之'鴻漸'同其時義。蓋以鴻之順時以漸，乃聖人之時義也。"（《詩經講義續集》）

公歸無所

《毛詩故訓傳》（《毛詩正義》卷八）：
周公未得禮也。

漢·鄭玄《毛詩箋》（《毛詩正義》卷八）：

時東都之人欲周公留不去，故曉之云：公西歸而無所居，則可就女誡處是東都也。今公當歸復其位，不得留也。

唐·孔穎達《毛詩正義》卷八：

又告東方之人云：我周公未得王迎之禮，歸則無其住所，故於汝東方信宿而處耳，終不久留於此。告東方之人，云公不久留，刺王不早迎。鄭以爲，……及成王既悟，親迎周公，而東都之人欲周公即留於此，故曉之曰：公西歸若無所居，則可於汝之所誡處耳。今公歸則復位，汝不得留之。美周公所在見愛，知東人願留之。

宋·蘇轍《詩集傳》卷八：

周公居東，周人思復召之，而恐東人之欲留公也，故告之曰：周公之在周，譬如鴻之於渚，亦其所當在也。昔也，公歸而無所，是以於女信處，苟獲其所矣，豈復於女長處哉。

宋·李樗《毛詩詳解》（《毛詩李黃集解》卷十八）：

惟周公處東方，如鴻遵渚非其宜矣，故西人告東人曰：言公歸朝廷無所乎，則當於汝東方信處矣。言公歸當復位，此則西人告東人之辭。【黃講同】

宋·范處義《詩補傳》卷十五：

今既未得其所，未復其舊，於女朝廷諸臣信能自安處乎，信能自安息乎。

宋·呂祖謙《呂氏家塾讀詩記》卷十六：

程氏曰：鴻飛戾天者也，今乃遵渚，言不得其所。公既征而歸，則未得其所，蓋朝廷未以師保重禮往逆也，使公不得其所，於女信安處矣，則深責在朝廷之人也。（陳氏曰："今公未歸其所，於女朝廷之臣，信能自安處乎。"）

宋·楊簡《慈湖詩傳》卷十：

公歸宜復冢宰之位，今也不復，無其所以居之。

宋·輔廣《詩童子問》卷三：

周公宜歸而未得其所，於女東山，亦暫且處耳。

宋·嚴粲《詩緝》卷十六：

豈公歸無其處所，遂於汝東土誡安處乎。公歸則朝廷有以處之，不久留於汝東土也。此所以諷朝廷也。

宋·戴溪《續吕氏家塾讀詩記》卷一：

公欲歸而無所，于女信處乎，言彼此俱不安也。

宋·朱鑑《詩傳遺説》卷四：

公歸豈無所乎，汝但暫寓信宿耳。（葉賀孫録）

元·胡一桂《詩集傳附録纂疏·詩序》卷八：

【附録】公歸豈無所，於汝但寓信處耳。賀孫。

元·劉瑾《詩傳通釋》卷八：

公歸豈無所，於汝但寓信處耳。

元·許謙《詩集傳名物鈔》卷四：

《語録》："公歸豈無所，於汝但暫寓信處耳。"

明·梁寅《詩演義》卷八：

公歸無所，言公之歸也，復爲冢宰，豈無其所乎。

明·胡廣《詩傳大全·詩序》卷八：

朱子曰："公歸豈無所，於汝但寓信處耳。"

明·吕柟《毛詩説序》卷二：

"公歸無所"，猶曰無所歸。

明·黄佐《詩經通解》卷八：

程氏曰："鴻飛，戾天者也，今乃遵渚，言不得其所。公既征而歸，則未得其所。蓋朝廷未以師保重禮往逆也，使公不得其所，於女信安處矣，則深責在朝廷之人也。"

明·李資乾《詩經傳注》卷十八：

夫遵渚則前無所往，後無所歸。歸周，周人不信，歸魯，我心西悲，故曰"公歸無所"。

明·許天贈《詩經正義》卷九：

况我公之歸則必居冢宰之尊，而謨謀於廟堂之上，夫豈無其所乎。

明·江環《詩經闡蒙衍義集注》（《詩經鐸振》卷三）：

【二章】然公之來也，吾人固甚喜矣。其如公之不可久留，何哉？彼鴻之飛也，則遵于渚，公之歸也，蓋將持衡政府出入朝寧之間矣，夫豈無所又乎。

明·方從哲等《禮部訂正詩經正式講意合注篇》卷四：

公歸豈无所，必將持衡政府出入朝寧之間也。

明·郝敬《毛詩原解》卷十六：

王欲公歸，元宰虛席，豈其無所乎。

明·姚舜牧《重訂詩經疑問》卷三：

公歸豈無所乎，歸豈復來乎，蓋不過信宿於是焉而已，此東人繾綣不忍公去之至意也。

明·朱謀㙔《詩故》卷五：

所者，用力之詞。公歸無所，言易於歸也。

明·曹學佺《詩經剖疑》卷十二：

所者，在王之左右。

明·駱日升《詩經正覺》卷四：

然公之來也，吾人固甚喜矣，其如公之不可久留，何哉？彼鴻之飛也，則遵于渚，公之歸也，蓋將持衡政府出入朝寧之間矣，夫豈無所乎。

明·陸化熙《詩通》卷一：

公歸無所，公歸不復，是明知留相王室爲公之所，無復來理，而心不忍捨，則説到信處信宿，已見悲端。

明·徐奮鵬《詩經尊朱刪補》（《詩經鐸振》卷三）：

謂豈無其所，蓋必相王室也。

明·鄒之麟《詩經翼注講意》卷一：

中二章將歸，是未然事。無所，言其必相王室。

明·黃道周《詩經琅玕》卷三：

所，是所在。

吾方快睹公之臨于東，乃忽聞其將歸矣。鴻飛尚有遵渚之安，況我公歸豈無安居之所乎。

【剖明】凌駿甫曰："公歸無所，公歸不復，是明知當相王室，爲公之所，無復來理，而心不忍捨。"

明·錢天錫《詩牗》卷五：

嚴華谷曰："公歸則朝廷有以處之，必不久留汝東土也。所以諷朝廷也。"

明·何楷《詩經世本古義》卷十之上：

歸，歸周也。

明·黄文焕《詩經嫏嬛》卷三：

公之歸也，蓋將持衡政府，出入朝寧之間矣。夫豈無所處乎。

無所，謂豈無其所。蓋必相王室也。……此言其將歸，皆未然之詞，方接得下文"是以"字。

明·唐汝諤《毛詩蒙引》卷七：

嚴華谷曰："公歸則朝廷有以處之，必不久留汝東土也。所以諷朝廷也。"鄧潛谷曰："公之孫而東也，猶鴻之遵渚①且遵陸也，非其地也，何可久稽公也。今歸矣，自是東無公所矣，且不可復得矣。"

明·楊廷麟《詩經聽月》卷五：

然公之來也，吾人固甚喜矣。其如公之不可久留，何哉。彼鴻之飛也，則遵於渚，公之歸也，蓋將持衡政府出入朝寧之間矣。夫豈無所處乎。

所是所在。

明·朱朝瑛《讀詩略記》卷二：

無所，未得其所也。追念昔日王未悟之時也。

歸無所而信處，以天下之大不幸，翻爲東人之私幸。

明·胡紹曾《詩經胡傳》卷五：

無所、不復，言無所以歸公反公之道。

歸無所者，未得所安也。

無所之所，猶云早爲之所。公之歸，雖未有所，然東人亦知非久留者，故云信處信宿而已。

明·賀貽孫《詩觸》卷二：

公豈無所哉，特於女信處而已。

明·陳元亮《鑒湖詩説》卷一：

"豈其無所"，言當從容密勿也。

清·朱鶴齡《詩經通義》卷五：

公歸無所，公歸不復，言公歸豈無所乎，公歸豈不復乎。

清·張沐《詩經疏略》卷四：

言朝廷若終不以爵服迎致周公，公終不可歸。公歸將于何所自處乎。

---

① 原文爲"者"，據上下文改。

清·冉覲祖《詩經詳説》卷三十二：

按：公歸無所，實作不得歸説，亦無味。

【衍義】此言其將歸，皆未然之辭，方接得下文是以字起。若作已然，則不止於信處信宿矣。

【講】夫今日見公固甚快矣，而其如不可常見，何哉？彼鴻之飛也，則遵於渚矣，況我公之歸也，豈無其所乎。出入朝寧，原其重地，

清·李光地《詩所》卷二：

無所，言不定其所之。如《傳》云何日之有。

清·祝文彦《詩經通解》卷十五：

"無所"反言，"不復"正言，皆言當相王室也。

清·王鴻緒等《欽定詩經傳説彙纂》卷九：

【集説】張氏彩曰："鴻飛雖有時，遵渚而非其久居之所，言其別自有所也。豈以公歸而無所乎。"

【附錄】陳氏鵬飛曰："今公未歸其所，於女朝廷之臣信能自安處乎。"

清·嚴虞惇《讀詩質疑》卷十五：

朱注："公歸豈無所乎，於女信處而已。"歐陽氏曰："言終當歸也。"

清·王心敬《豐川詩説》卷十一：

今王欲公歸，元宰虛席，豈其所乎。

清·姜文燦《詩經正解》卷十：

【合参】況我公之歸也，冠裳佩玉而出入于王朝，正笏垂紳而從容于殿陛，夫豈無其所哉。

【析講】將歸皆未然之詞，方接得下文是以二字起。若作已然，則不止于信處信宿矣。公歸無所，公歸不復，是明知留相王室爲公之所，無復來理，而心不忍舍，則説到信處信宿，已見悲端。

【析講】公歸無所，公歸不復，言上入廟廷，輔相王朝也。

清·方苞《朱子詩義補正》卷三：

無所，如風止雨霽，雲無處所之所，言倏忽不可得而見也。（二章）

清·張叙《詩貫》卷五：

無所，猶言豈無所乎，蓋將在王之所也。

清·汪紱《詩經詮義》卷四：

歸非無所，則不復東矣。周公忠誠貫於日月，清白顯於天壤，其不終見疑於王，東人自可先爲公信也，故聞金縢一啓而默知周公之不復東矣。

清·許伯政《詩深》卷十五：

今公歸豈無所乎，兹幸而於女信處耳。

清·劉始興《詩益》卷三：

言公歸豈無所乎，雖以遜位之故，但於女信處而已。蓋是時成王將迎周公，故云。

清·顧鎮《虞東學詩》卷五：

因謂東人曰：女謂公將長留於此乎。鴻雁必飛翔雲際，其遵渚遵陸者，暫也。往者，公特欲歸而未得其所耳，今歸將不復來矣。（歐義）

清·羅典《凝園讀詩管見》卷五：

若公之適來而歸，非頻來而歸者，計其歸時，欲同於鴻歸之舊，有所則無所也。以公歸之無所而心繫之，其能已於悲乎。

清·段玉裁《毛詩故訓傳定本》卷十五：

"公歸無所，於女信處"，周公未得禮也。

清·姜炳璋《詩序補義》卷十三：

然公歸豈無所乎，特于女信處而已。

清·牟庭《詩切》：

《毛傳》曰："公歸無所，周公未得禮也。"

公昔欲歸朝，朝中無處所，故於汝豳邑淹留而信處。

清·劉沅《詩經恒解》卷二：

歸，謂其來東。……但惜此地微小，亦如渚然，無可以安公之所。

清·徐華嶽《詩故考異》卷十五：

周公未得禮也。（周公未得王迎之禮，歸則無所，故於汝東方信宿而處耳，終不久留於此。）

清·胡承珙《毛詩後箋》卷十五：

《傳》：周公未得禮也。……時東都之人欲周公留不去，故曉之云：公西歸而無所居，則可就女誠處是東都也。今公當歸復其位，不得留也。《正義》述《傳》云：公未有所歸之時，故於汝信處，處汝下國。……又述《箋》云：卒章言"無以公西歸",是東人留之辭,故知此是告曉之辭。……承珙案:《箋》蓋因詩有二"女"字,而爲此解耳。其實《傳》云"周公未得禮也",與末章《傳》云"無與公歸之道也",皆直指未迎周公時事。並非既歸攝政,後設爲追刺之辭,故云鴻不宜遵渚,稱公不宜居東也。不宜居,則公應歸矣,而未有所也,故猶於東信處耳。"公歸"二字略逗。無所,猶孟子云無處。

清·林伯桐《毛詩通考》卷十五:

次章,《傳》曰:"周公未得禮也。"蓋以未得王迎之禮,則歸無所在,故於女東方信宿耳。《箋》云:"信,誠也。"公西歸而無所居,則可就女誠處是東都也。何其紆曲乎。(三章,毛、鄭之意有別,亦如此。)

清·李詒經《詩經蠡簡》卷二:

"公歸"二句言公歸雖無所定之日期,言在女東土不過信處信宿而已。此似是周公從者告東人之語。

清·陳奐《詩毛氏傳疏》卷十五:

袞衣所以禮周公,周公未得禮,是周公歸而尚無所,於此東而信處也。

清·鄧翔《詩經繹參》卷二:

今日公之歸于周,豈無所乎。

清·龍起濤《毛詩補正》卷十四:

【毛】公歸無所,周公未得禮也。(案:"公歸無所"四字,微露刺朝廷意。)

清·吕調陽《詩序議》卷二:

案:無所,豈無所也。……張氏彩曰:"鴻飛雖有時遵渚,而非其久居之所,言其別自有所也,豈以公歸而無所乎。"

清·梁中孚《詩經精義集鈔》卷二:

張氏彩曰:"鴻飛雖有遵渚,而非其久居之所,言其別自有所也,豈以公歸而無所乎。"

清·王先謙《詩三家義集疏》卷十三:

【疏】《傳》:"周公未得禮也。……"《箋》:"……時東都之人欲周公留不去,故曉之云:公西歸而無所居,則可就女誠處,是東都也。(《豳譜》孔疏:'於時實未爲都而云都,據後營洛言之耳。')今公當歸復其位,不得留也。"胡承珙云:"鴻不宜遵渚,謂公不宜居東也。不宜居則公應歸矣,而未有所也,故猶於東信處耳。'公歸'二字略逗。無所,猶《孟子》云'無處'。……"黃山云:

"《傳》言'未得禮',特振旅之禮命尚未逮耳。非《箋》所謂迎周公當有其禮。"

民國·王闓運《詩傳補》:

周公未得禮也。……時東都之人欲周公留不去,故曉之云:公西歸而無所居,則可就女誠處是東都也。今公當歸復其位,不得留也。　補曰:歸,歸京師也。公既不當爲方伯而歸朝,又無所以位之,謂既避相不能復相也。

民國·馬其昶《詩毛氏學》卷十五:

周公未得禮也。(昶按:"公歸無所","公歸不復",皆倒文,言公以禮爲進退,未得禮,故公無所歸,而於女東土久處。公不復歸,而於女東土久宿。周大夫言此以諷朝廷之不知,可謂婉切矣。)

民國·丁惟汾《詩毛氏傳解故》:

《傳》云:"周公未得禮也。……"按:未得禮,釋"歸無所"義。

民國·李九華《毛詩評注》:

【評】於女信處,東人自相謂也。(《詩志》)

民國·焦琳《詩蠲》卷四:

未詳。疑定處爲所,定時亦爲所也。

公之歸期伊邇矣。不知近在何所,則有限之仰瞻,尤宜珍惜。

民國·吳闓生《詩義會通》卷一:

公歸無所,東人愛公,言此以刺朝廷也。

日本·赤松弘《詩經述》卷四:

假令公歸無所乎,於女信安處之而已。責其在位思公之弗至之詞也。

日本·碕允明《古注詩經考》卷五:

鴻遵渚,禽鳥猶得所,公雖歸而無得其所,可傷矣。

日本·中井積德《古詩逢原》:

無所,謂其有高堂邃宇也。

公歸,只作竣事而歸可也,勿挾成王之迎説。

日本·皆川願《詩經繹解》卷七:

所,所歸也。

日本·冢田虎《冢注毛詩》卷八:

周公避流言之難,來居東土,故今雖成王迎之,東人猶憂之,而相言公歸于周京,恐將無安所焉,當於汝使信處焉。

日本·仁井田好古《毛詩補傳》卷十五：

鴻不宜循渚也，周公未得禮也。……【補】好古曰：周公之大聖，而歸則無其所，而信處於東方者，不得王迎之禮故耳，以刺王不早迎也。

日本·安藤龍《詩經辨話器解》卷八：

（旁行小字：東都人辭）公歸無所（《傳》："周公未得禮也（旁行小字：未得所以歸之道也。）。……時東都之人（旁行小字：聞成王將迎周公。）欲周公留不去，故曉之云：公西歸而無所居，則可就女（旁行小字：我）誠處是東都也。今公當歸復其位，不得留也。"）

日本·山本章夫《詩經新注》卷中：

所，謂所立之位。……公，聖人，歸必得位。

日本·竹添光鴻《毛詩會箋》卷八：

周公未得禮也。

"公歸"二字略逗。無所，猶《孟子》云"無處"。

韓國·沈大允《詩經集傳辨正》：

公歸無所，言公歸西都，則無復展治之所也。（西都，文武之所，盡善也。雖有周公，無所復加也。）

韓國·尹廷琦《詩經講義續集》：

公既遵路，則歸向有所必，自東路而終至于天朝，斯謂公歸豈無所也。

李雷東按：

"公歸無所"句解有"公""歸""無所""所"以及整句解說等幾個問題。現分述如下：

一　公

1. 周公。《毛詩故訓傳》："周公未得禮也。"（《毛詩正義》卷八）

2. 日本·山本章夫："公，聖人，歸必得位。"（《詩經新注》卷中）

二　歸

1. 明·鄒之麟："中二章將歸，是未然事。無所，言其必相王室。"（《詩經翼注講意》卷一）

2. 明·何楷："歸，歸周也。"（《詩經世本古義》卷十之上）

3. 清·劉沅："歸，謂其來東。"（《詩經恒解》卷二）

4. 民國·王闓運："歸，歸京師也。"（《詩傳補》）

5. 日本·中井積德："公歸，只作竣事而歸可也，勿挾成王之迎説。（《古詩逢原》）

三　無所

1. 明·鄒之麟："無所，言其必相王室。"（《詩經翼注講意》卷一）

2. 明·黄文焕："無所，謂豈無其所。蓋必相王室也。"（《詩經嫏嬛》卷三）

3. 明·朱朝瑛："無所，未得其所也。追念昔日王未悟之時也。"（《讀詩略記》卷二）

4. 明·胡紹曾："無所、不復，言無所以歸公反公之道。"（《詩經胡傳》卷五）

5. 清·李光地："無所，言不定其所之。如《傳》云'何日之有'。"（《詩所》卷二）

6. 清·祝文彦："'無所'反言，皆言當相王室也。"（《詩所》卷二）

7. 清·方苞："無所，如風止雨霽，雲無處所之所，言倏忽不可得而見也。"（《朱子詩義補正》卷三）

8. 清·張叙："無所，猶言豈無所乎，蓋將在王之所也。"（《詩貫》卷五）

9. 清·胡承珙："無所，猶《孟子》云無處。"（《毛詩後箋》卷十五）

四　所

1. 明·朱謀㙔："所者，用力之詞。"（《詩故》卷五）

2. 明·曹學佺："所者，在王之左右。"（《詩經剖疑》卷十二）

3. 明·黄道周："所，是所在。"（《詩經琅玕》卷三）

4. 明·胡紹曾："無所之所，猶云早爲之所。"（《詩經胡傳》卷五）

5. 民國·焦琳："未詳。疑定處爲所，定時亦爲所也。"（《詩蠲》卷四）

6. 日本·皆川願："所，所歸也。"（《詩經繹解》卷七）

7. 日本·山本章夫："所，謂所立之位。"（《詩經新注》卷中）

五　整句解説

1. 《毛詩故訓傳》："周公未得禮也。"（《毛詩正義》卷八）

2. 漢·鄭玄《毛詩箋》：時東都之人欲周公留不去，故曉之云：公西歸而無所

居，則可就女誠處是東都也。今公當歸復其位，不得留也。（《毛詩正義》卷八）

3. 唐·孔穎達："告東方之人云：我周公未得王迎之禮，歸則無其住所，故於汝東方信宿而處耳，終不久留於此。告東方之人，云公不久留，刺王不早迎。"（《毛詩正義》卷八）

4. 唐·孔穎達："鄭以爲，……及成王既悟，親迎周公，而東都之人欲周公即留於此，故曉之曰：公西歸若無所居，則可於汝之所誠處耳。今公歸則復位，汝不得留之。美周公所在見愛，知東人願留之。"（《毛詩正義》卷八）

5. 宋·蘇轍："周公居東，周人思復召之，而恐東人之欲留公也，故告之曰：周公之在周，譬如鴻之於渚，亦其所當在也。昔也，公歸而無所，是以於女信處，苟獲其所矣，豈復於女長處哉。"（《詩集傳》卷八）

6. 宋·李樗《毛詩詳解》："惟周公處東方，如鴻遵渚非其宜矣，故西人告東人曰：言公歸朝廷無所乎，則當於汝東方信處矣。言公歸當復位，此則西人告東人之辭。"（《毛詩李黃集解》卷十八）

7. 宋·范處義："今既未得其所，未復其舊，於女朝廷諸臣信能自安處乎，信能自安息乎。"（《詩補傳》卷十五）

8. 宋·朱熹："公歸豈無所乎，今特於女信處而已。"（《詩經集傳》卷八）

9. 宋·呂祖謙引程氏："公既征而歸，則未得其所，蓋朝廷未以師保重禮往逆也，使公不得其所，於女信安處矣，則深責在朝廷之人也。"（《呂氏家塾讀詩記》卷十六）

10. 宋·呂祖謙引陳氏曰：今公未歸其所，於女朝廷之臣，信能自安處乎。（《呂氏家塾讀詩記》卷十六）

11. 宋·楊簡："公歸宜復冢宰之位，今也不復，無其所以居之。"（《慈湖詩傳》卷十）

12. 宋·輔廣："周公宜歸而未得其所，於女東山，亦暫且處耳。"（《詩童子問》卷三）

13. 宋·嚴粲："豈公歸無其處所，遂於汝東土誠安處乎。公歸則朝廷有以處之，不久留於汝東土也。此所以諷朝廷也。"（《詩緝》卷十六）

14. 宋·戴溪："公欲歸而無所，于女信處乎，言彼此俱不安也。"（《續呂氏家塾讀詩記》卷一）

15. 宋·朱鑑："公歸豈無所乎，汝但暫寓信宿耳。（葉賀孫録）"（《詩傳遺

説》卷四)

16. 明·梁寅:"公歸無所,言公之歸也,復爲冢宰,豈無其所乎。"(《詩演義》卷八)

17. 明·吕柟:"'公歸無所',猶曰無所歸。"(《毛詩説序》卷二)

18. 明·李資乾:"夫遵渚則前無所往,後無所歸。歸周,周人不信,歸魯,我心西悲,故曰'公歸無所'。"(《詩經傳注》卷十八)

19. 明·許天贈:"況我公之歸則必居冢宰之尊,而謨謀於廟堂之上,夫豈無其所乎。"(《詩經正義》卷九)

20. 明·江環《詩經闡蒙衍義集注》:"其如公之不可久留,何哉?彼鴻之飛也,則遵于渚,公之歸也,蓋將持衡政府出入朝寧之間矣,夫豈無所乂乎。"(上格)(《詩經鐸振》卷三)

21. 明·郝敬:"王欲公歸,元宰虛席,豈其無所乎。"(《毛詩原解》卷十六)

22. 明·姚舜牧:"公歸豈無所乎,歸豈復來乎,蓋不過信宿於是焉而已,此東人繾綣不忍公去之至意也。"(《重訂詩經疑問》卷三)

23. 明·朱謀㙔:"公歸無所,言易於歸也。"(《詩故》卷五)

24. 明·陸化熙:"公歸無所,公歸不復,是明知留相王室爲公之所,無復來理,而心不忍捨,則説到信處信宿,已見悲端。"(《詩通》)

25. 明·徐奮鵬《詩經尊朱删補》:"謂豈無其所,蓋必相王室也。"(《詩經鐸振》卷三)

26. 明·黄道周:"吾方快睹公之臨于東,乃忽聞其將歸矣。鴻飛尚有遵渚之安,況我公歸豈無安居之所乎。"(《詩經琅玕》卷三)

27. 明·朱朝瑛:"歸無所而信處,以天下之大不幸,翻爲東人之私幸。"(《讀詩略記》卷二)

28. 明·胡紹曾:"歸無所者,未得所安也。"又:公之歸,雖未有所,然東人亦知非久留者,故云信處信宿而已。"(《詩經胡傳》卷五)

29. 明·陳元亮:"言當從容密勿也。"(《鑑湖詩説》卷一)

30. 清·張沐:"言朝廷若終不以爵服迎致周公,公終不可歸。公歸將于何所自處乎。"(《詩經疏略》卷四)

31. 清·冉覲祖:"夫今日見公固甚快矣,而其如不可常見,何哉?彼鴻之飛也,則遵於渚矣,況我公之歸也,豈無其所乎。出入朝寧,原其重地。"(《詩經詳

173

説》卷三十二)

32. 清·冉覲祖:"公歸無所,公歸不復,言上下清廟輔相當朝也。"又:"況我公之歸也,豈其復来東乎。"(《詩經詳說》卷三十二)

33. 清·王鴻緒等引陳氏鵬飛曰:"今公未歸其所,於女朝廷之臣信能自安處乎。"(《欽定詩經傳説彙纂》卷九)

34. 清·姜文燦:"況我公之歸也,冠裳佩玉而出入于王朝,正笏垂紳而從容于殿陛,夫豈無其所哉。"又:"公歸無所,公歸不復,言上入廟廷,輔相王朝也。"(《詩經正解》卷十)

35. 清·汪綎:"歸非無所,則不復東矣。周公忠誠貫於日月,清白顯於天壤,其不終見疑於王,東人自可先爲公信也,故聞金滕一啓而默知周公之不復東矣。"(《詩經詮義》卷四)

36. 清·許伯政:"今公歸豈無所乎,兹幸而於女信處耳。"(《詩深》卷十五)

37. 清·劉始興:"言公歸豈無所乎,雖以遜位之故,但於女信處而已。蓋是時成王將迎周公,故云。"(《詩益》卷三)

38. 清·顧鎮:"因謂東人曰:女謂公將長留於此乎。鴻雁必飛翔雲際,其遵渚遵陸者,暫也。往者,公特欲歸而未得其所耳,今歸將不復來矣。(歐義)"(《虞東學詩》卷五)

39. 清·羅典:"若公之?来而歸,非類頻来而歸者,計其歸時,欲同於鴻歸之舊,有所則無所也。以公歸之無所而心繫之,其能已於悲乎。"(《凝園讀詩管見》卷五)

40. 清·牟庭:"公昔欲歸朝,朝中無處所,故於汝豳邑淹留而信處。"(《詩切》)

41. 清·劉沅:"但惜此地微小,亦如渚然,無可以安公之所。"(《詩經恒解》卷二)

42. 清·胡承珙:"皆直指未迎周公時事。並非既歸攝政,後設爲追刺之辭,故云鴻不宜遵渚,稱公不宜居東也。不宜居,則公應歸矣,而未有所也,故猶於東信處耳。"(《毛詩後箋》卷十五)

43. 清·李詒經:"'公歸'二句言公歸雖無所定之日期,言在女東土不過信處信宿而已。此似是周公從者告東人之語。"(《詩經蠹簡》卷二)

44. 清·鄧翔:"今日公之歸于周,豈無所乎。"(《詩經繹參》卷二)

45. 清·龍起濤："'公歸無所'四字，微露刺朝廷意。"（《毛詩補正》卷十四）

46. 清·王先謙引黃山云：《傳》言未得禮。特振旅之禮命尚未逮耳。非《箋》所謂迎周公當有其禮。"（《詩三家義集疏》卷十三）

47. 民國·王闓運："公既不當爲方伯而歸朝，又無所以位之，謂既避相不能復相也。"（《詩傳補》）

48. 民國·馬其昶："'公歸無所'，'公歸不復'，皆倒文，言公以禮爲進退，未得禮，故公無所歸，而於女東土久處。公不復歸，而於女東土久宿。周大夫言此以諷朝廷之不知，可謂婉切矣。（《詩毛氏學》卷十五）

49. 民國·丁惟汾："《傳》云：周公未得禮也。……按：未得禮，釋'歸無所'義。"（《詩毛氏傳解故》）

50. 民國·焦琳："公之歸期伊邇矣。不知近在何所，則有限之仰瞻，尤宜珍惜。"（《詩蠲》卷四）

51. 民國·吳闓生："公歸無所，東人愛公，言此以刺朝廷也。"（《詩義會通》卷一）

52. 日本·赤松弘："假令公歸無所乎，於女信安處之而已。責其在位思公之弗至之詞也。"（《詩經述》卷四）

53. 日本·碕允明："鴻遵渚，禽鳥猶得所，公雖歸而無得其所，可傷矣。"（《古注詩經考》卷五）

54. 日本·中井積德："無所，謂其有高堂邃宇也。"（《古詩逢原》）

55. 日本·冢田虎："周公避流言之難，來居東土，故今雖成王迎之，東人猶憂之，而相言公歸于周京，恐將無安所焉，當於汝使信處焉。"（《冢注毛詩》卷八）

56. 日本·仁井田好古："周公之大聖，而歸則無其所，而信處於東方者，不得王迎之禮故耳，以刺王不早迎也。"（《毛詩補傳》卷十五）

57. 韓國·沈大允："公歸無所，言公歸西都，則無復展治之所也。（西都，文武之所，盡善也。雖有周公，無所復加也。"（《詩經集傳辨正》）

58. 韓國·尹廷琦：公既遵路，則歸向有所必，自東路而終至于天朝，斯謂公歸豈無所也。"（《詩經講義續集》）

於女信處

《毛詩故訓傳》（《毛詩正義》卷八）：
周公未得禮也。再宿曰信。

漢·鄭玄《毛詩箋》（《毛詩正義》卷八）：
信，誠也。時東都之人欲周公留不去，故曉之云：公西歸而無所居，則可就女誠處是東都也。今公當歸復其位，不得留也。

唐·孔穎達《毛詩正義》卷八：
又告東方之人云：我周公未得王迎之禮，歸則無其住所，故於汝東方信宿而處耳，終不久留於此。告東方之人，云公不久留，刺王不早迎。鄭以爲，……及成王既悟，親迎周公，而東都之人欲周公即留於此，故曉之曰：公西歸若無所居，則可於汝之所誠處耳。今公歸則復位，汝不得留之。美周公所在見愛，知東人願留之。

正義曰：言周公未得王迎之禮也。"再宿曰信"，莊三年《左傳》文。公未有所歸之時，故於汝信處，處汝下國。周公居東歷年，而曰信者，言聖人不宜失其所也。再宿於外，猶以爲久，故以近辭言之也。

正義曰：《釋詁》云："誠，信也。"是信得爲誠也。以卒章言無以公西歸，是東人留之辭，故知此是告曉之辭。既以告曉東人，公既西歸，不得遙信，故易《傳》以信爲誠。言公西歸而無所居，則誠處是東都也。

宋·蘇轍《詩集傳》卷八：
信，再宿也。周公居東，周人思復召之，而恐東人之欲留公也，故告之曰：周公之在周，譬如鴻之於渚，亦其所當在也。昔也，公歸而無所，是以於女信處，苟獲其所矣，豈復於女長處哉。

宋·李樗《毛詩詳解》（《毛詩李黃集解》卷十八）：
宿猶處也。【黃講同】

宋·范處義《詩補傳》卷十五：
今既未得其所，未復其舊，於女朝廷諸臣信能自安處乎，信能自安息乎。

宋·朱熹《詩經集傳》卷八：
於女（音汝，下同。）信處。（女，東人自相女也。再宿曰信。）

宋·吕祖謙《吕氏家塾讀詩記》卷十六：

程氏曰：公既征而歸，則未得其所，蓋朝廷未以師保重禮往逆也，使公不得其所，於女信安處矣，則深責在朝廷之人也。（陳氏曰："今公未歸其所，於女朝廷之臣，信能自安處乎。"）

宋·楊簡《慈湖詩傳》卷十：

詩人於是托辭曰：於女信處信宿乎，言朝廷無位居公也。再宿爲信。

宋·林岊《毛詩講義》卷四：

周公宜歸而未得其所，於女東山，亦暫且處耳。

宋·嚴粲《詩緝》卷十六：

豈公歸無其處所，遂於汝東土誠安處乎。公歸則朝廷有以處之，不久留於汝東土也。此所以諷朝廷也。

宋·戴溪《續吕氏家塾讀詩記》卷一：

鴻飛而遵渚，言不得其所也。公欲歸而無所，于女信處乎，言彼此俱不安也。

宋·朱鑑《詩傳遺説》卷四：

公歸豈無所乎，汝但暫寓信宿耳。（葉賀孫錄）

元·胡一桂《詩集傳附錄纂疏·詩序》卷八：

【附錄】公歸豈無所，於汝但寓信處耳。賀孫。

元·劉瑾《詩傳通釋》卷八：

女，東人自相女也。再宿曰信。

公歸豈無所，於汝但寓信處耳。

元·許謙《詩集傳名物鈔》卷四：

《語錄》："公歸豈無所，於汝但暫寓信處耳。"

元·王逢《詩經疏義輯錄》（《詩經疏義會通》卷八）：

女，東人自相女也。再宿曰信。

元·朱善《詩解頤》卷一：

公歸而在朝，宜也。而于此乎信處，于此乎信宿，則亦豈久于是哉。

明·梁寅《詩演義》卷八：

再宿曰信，言公于女之地不過再宿而去矣。

明·胡廣《詩傳大全·詩序》卷八：

女，東人自相女也。再宿曰信。

朱子曰："公歸豈無所，於汝但寓信處耳。"

明・黄佐《詩經通解》卷八：

言周公將歸，自今計之，但於此信處而已。（程氏曰："……公既征而歸，則未得其所。蓋朝廷未以師保重禮往逆也，使公不得其所，於女信安處矣，則深責在朝廷之人也。"）

明・豐坊《魯詩世學》卷十五：

【正說】女，魯人自相女也。再宿曰信。

明・李資乾《詩經傳注》卷十八：

女者，所處之地。信者，再宿也。處者，獨處也。處則不就寢而假寐，猶望其返，與下文"公歸不復，于女信宿"不同。

明・許天贈《詩經正義》卷九：

今之在東也，特於女信處而已，信處之外，安得復見之哉。

明・顧起元《詩經金丹》卷三：

無所，謂豈無其所，蓋必相王室也。

明・江環《詩經闡蒙衍義集注》（《詩經鐸振》卷三）：

【二章】計其在東之日，特于汝信處而已。信處之外，爲欲留公之行而不可得也。袞衣繡裳，益藐乎其不可親矣，將何如其爲情哉。

明・方從哲等《禮部訂正詩經正式講意合注篇》卷四：

朝廷爲重，則東土爲輕，不過信處信宿于此而已。自此之外，之子不可以常覯而袞衣繡裳將邈乎其不可親矣。此皆未然之詞，方接得下文"是以"字，若作已然則不止于信處信宿矣。

明・徐光啓《毛詩六帖講意》卷一：

信，誠也。

明・陸燧《詩筌》卷一：

信處與信宿一例，當自未然者言，俱就將迎時說。

明・徐奮鵬《詩經尊朱删補》（《詩經鐸振》卷三）：

女，東人自相汝也。再宿曰信。信處信宿，計其在東將歸之時，不過有此兩宿之留也。

明・張次仲《待軒詩記》卷三：

再宿曰信。女，謂來使也。

明·黄道周《詩經琅玕》卷三：

女字，是東人自相謂。再宿曰信。處，是居處。

蓋負扆爲安，居東爲暫。公之留於此也，將于女信處而已，信處之後，女其奈公何哉。

明·何楷《詩經世本古義》卷十之上：

女者，對東人之辭。《左傳》云："再宿曰信。"彼一時也，沖人之疑未釋，公雖欲歸周而無安身之所，故不得不暫于汝地爲信處耳。然謂之信也，而豈可久哉。所以然者，以公之精忠感格，必有悟主之期故也。

明·黃文焕《詩經嫏嬛》卷三：

計其在東之日，特于汝信處而已，信處之外，即欲留公之存而不可得也，袞衣繡裳，亦藐乎其不可親矣，將何如其爲清①哉。

明·楊廷麟《詩經聽月》卷五：

計其在東之日，特于汝信處而已，信處之外，即欲留公之行，而不可得也。袞衣繡裳，亦幾乎其不可親矣，將何如其爲情哉。……計其在東之日，特于汝信宿而已，信宿之外，即挽公之轍而不得也。袞衣繡裳，亦暌然其不可睹矣。吾將何如其爲情哉。

張壯采曰："其曰'于女信處信宿'，見留相爲公之常，居東爲公之暫，又隱然若有願公之迎者。雖留公之意惓惓，終非其本心也。"

女字是東人自相謂。再宿曰信。處是居處。

明·陳組綬《詩經副墨》：

其曰"于女信處信宿"，見留相爲公之常，居東爲公之暫，又隱然若有願公之迎者。留公之意惓惓，終非其本心也。

明·朱朝瑛《讀詩略記》卷二：

信處，自再宿以至于久處也。信宿，則或再宿，或一宿而已。

明·胡紹曾《詩經胡傳》卷五：

明道曰：於汝信安寢矣，深責在朝之人也。

公之歸，雖未有所，然東人亦知非久留者，故云信處信宿而已。

明·賀貽孫《詩觸》卷二：

公豈無所哉，特於女信處而已。公歸將不復至矣，特於女信宿而已。蓋惜之也。

---

① 清，疑爲情之誤。

明·陳元亮《鑒湖詩說》卷一：

其曰"于女信處""信宿"，見留相爲公之常，居東爲公之暫，又隱然若有願公之迎者。雖留公之意惓惓，終非其本心也。當知風人意在言外。

清·錢澄之《田間詩學》卷五：

《左傳》云："再宿曰信。"鄭云："時東都之人欲周公留不去。故曉之曰：公西歸而無所居，則可就女處，是東都也。今公當復其位，不得留也。"

清·張沐《詩經疏略》卷四：

女，指朝廷也。再宿曰信。言朝廷若終不以爵服迎致周公，公終不可歸。公歸將于何所自處乎。他日亦惟情不可絕，暫來即去，如鴻飛之遵渚然，不過于女朝廷借信宿之暫而已，此可見公之德美矣。若果如此，朝廷之不智甚矣。

清·冉覲祖《詩經詳說》卷三十二：

女，東人自相女也。再宿曰信。

《毛傳》："再宿曰信。"

鄭箋："信，誠也。時東都之人欲周公留不去，故曉之云公西歸而無所居，則可就女誠處是東都也。今公當歸復其位，不得留也。"

按：鄭訓信爲誠，於下信宿相悖。

【集解】言信處信宿，則東歸在即可知。

【衍義】信處信宿，只一般正解。

【講】今之於女東人，特信處焉而欲去矣，其將如之何哉。

【指南】信處信宿，見朝廷爲重，東土爲輕，不過信處信宿而已。自此之外，之子不可以常覯，而袞衣繡裳將邈乎其不可親矣。

清·祝文彥《詩經通解》：

信處信宿，只言其將歸，亦未然事，遂接得下文"是以"二字。

清·王鴻緒等《欽定詩經傳說彙纂》卷九：

女，東人自相女也。再宿曰信。

清·姚際恒《詩經通論》卷八：

女者，指公。于我公以我爲女也。

清·嚴虞惇《讀詩質疑》卷十五：

朱注："女，東人自相女也。"

《毛傳》："再宿曰信。"

清·王心敬《豐川詩說》卷十一：

信處信宿，諷王之速迎公也。

今而後，於汝東土不過信處而已。

清·李塨《詩經傳注》卷三：

再宿曰信。

清·姜文燦《詩經正解》卷十：

【合參】計其在東之日，特于女信處而已。信處之外，即欲留公之行而不可得也。蓋負扆爲常，則居東爲暫。袞衣繡裳將邈乎其不可親矣，吾其何以爲情也哉。

清·汪紱《詩經詮義》卷四：

信處信宿，幸其猶未歸，而憂其已必歸，知其不可留，而悲其終不復也。

清·牛運震《詩志》卷二：

於女信處，東人自相謂也。

清·劉始興《詩益》卷三：

女，東人自相女也。一宿曰舍，再宿曰信。言公歸豈無所乎，雖以遜位之故，但於女信處而已。蓋是時成王將迎周公，故云。

清·程晉芳《毛鄭異同考》卷四：

《傳》："周公未得禮也。再宿曰信。"

《箋》："信，誠也。時東都之人欲周公留不去，故曉之云：公西歸而無所居，則可就女誠處，是東都也。今公當歸復其位，不得留也。"

案：再宿之說不可易。此章大義，蘇《傳》得之。

清·顧鎮《虞東學詩》卷五：

信處，以往日言，承上"無所"意。

清·傅恒等《御纂詩義折中》卷九：

女，東人相謂也。再宿曰信。

清·羅典《凝園讀詩管見》卷五：

【集傳】再宿曰信。

清·胡文英《詩經逢原》卷五：

汝，謂周公所宿館人之處。再宿曰信。

清·段玉裁《毛詩故訓傳定本》卷十五：

"公歸無所，於女信處"，周公未得禮也。再宿曰信。

清·牟應震《詩問》卷三：

女，謂使臣。言公歸無所，可與女同處於豳也。

處，言久居。

清·牟庭《詩切》：

《毛傳》曰："公歸無所，周公未得禮也。再宿曰信。"鄭《箋》云："信，誠也。"非矣。

公昔欲歸朝，朝中無處所，故於汝豳邑淹留而信處。

清·劉沅《詩經恒解》卷二：

再宿曰信。……今於女信處，不可不敬重也。

清·徐華嶽《詩故考異》卷十五：

再宿曰信。（《正義》："莊三年《左傳》文。……故於汝東方信宿而處耳，終不久留於此。"）

信，誠也。時東都之人欲周公留不去，故曉之云：公西歸而無所居，則可就女誠處是東都也。今公當歸復其位，不得留也。

清·胡承珙《毛詩後箋》卷十五：

《傳》："再宿曰信。"《箋》云："信，誠也。……周公居東歷年，而曰信者，言聖人不宜失其所也。再宿於外，猶以爲久，故以近辭言之。"又述《箋》云："卒章言'無以公西歸'，是東人留之辭，故知此是告曉之辭。既是告曉東人，公既西歸，不得遙信，故易《傳》以信爲誠。……於女，猶言於東。不必定與東人相爾汝也。"

清·林伯桐《毛詩通考》卷十五：

次章，《傳》曰："周公未得禮也。蓋以未得王迎之禮，則歸無所在，故於女東方信宿耳。"《箋》云："信，誠也。公西歸而無所居，則可就女誠處是東都也。"何其紆曲乎？（三章，毛、鄭之意有別，亦如此。）

清·陳奐《詩毛氏傳疏》卷十五：

女，猶爾也，爾，此也。此，此居東也。……再宿曰信。《有客》傳同。

清·沈鎬《毛詩傳箋異義解》卷五：

《傳》："周公未得禮也。再宿曰信。"《箋》："信，誠也。時東都之人欲周公留不去，故曉之云：公西歸而無所居，則可就女誠處是東都也。今公當歸復其位，不得留也。"

清·鄧翔《詩經繹參》卷二：

頁眉：次三章之女，女東人也。言西周乃公歸之所，今于女信宿，亦女有光矣。皆迎公者之辭。

頁眉：聖賢經歷，後世猶低徊其遺迹，而遙想其流連之致。周公，大聖人，曾于此信處信宿，宜當時榮之，後世思之矣。夫公居東三年，久矣。而東人戀之，若以爲信宿信處焉耳。

【集解】女，東人相謂也。再宿曰信。處，止也。……指日而行，不過暫于女地信處焉耳。

清·龍起濤《毛詩補正》卷十四：

【毛】再宿曰信。

清·呂調陽《詩序議》卷二：

案：女，東人自相女也。再宿曰信。處，暫處也。張氏彩曰："……今不過於女信處耳，言暫寄迹也。"

清·梁中孚《詩經精義集鈔》卷二：

女，東人相謂也。再宿曰信。

張氏彩曰："……今不過於女信處耳，言暫寄迹也。"

清·王先謙《詩三家義集疏》卷十三：

《箋》："信，誠也。時東都之人欲周公留不去，故曉之云：公西歸而無所居，則可就女誠處是東都也。（《豳譜》孔疏：'於時實未爲都而云都，據後營洛言之耳。'）今公當歸復其位，不得留也。"胡承珙云："……於女，猶言'於東'，不必定與東人相爾汝也。"

民國·王闓運《詩傳補》：

補曰：女，女王使也。王使來錫命周公，禮成當去，於乎女且留再宿謀之，此時謀定，治流言，罷二叔，則公執政無嫌，商奄不叛，惜朝廷之不察機也。凡賓客事畢，留之以信宿爲節，故曰"有客信信"，又曰"申伯信邁"。

民國·馬其昶《詩毛氏學》卷十五：

再宿曰信。（莊三年《傳》文。昶按：再宿以日計，今借以爲歲計，此詩當作於居東二年，罪人斯得之後。）

民國·丁惟汾《詩毛氏傳解故》：

按：信，古申字。《小雅·采菽》傳："申，重也。"信義爲重，故再宿曰信。

民國·林義光《詩經通解》卷十五：

於（烏）女（汝）信處。

於，古烏字。烏，何處也。（説見《采蘩篇》）烏汝信處，言汝將何所止宿乎？（莊三年《左傳》云："再宿爲信。"）

民國·焦琳《詩蠲》卷四：

於女（東人相謂）信（再宿也）處。

盍留公於女乎信處，再加被餘暉之照與。

民國·吴闓生《詩義會通》卷一：

再宿曰信。

日本·岡白駒《毛詩補義》卷五：

【二章】女者，周人謂魯人之辭。……謂之信處，則豈可久哉。

日本·赤松弘《詩經述》卷四：

女，周人斥朝廷之臣也。信，信實也。……假令公歸無所乎，於女信安處之而已。責其在位思公之弗至之詞也。

日本·碕允明《古注詩經考》卷五：

女者，大夫，指東都人。言欲信宿信處於汝所也。

鄭"信，訓誠"，非也。

日本·中井積德《古詩逢源》：

東人以信處於我爲幸也，乃惜別之深矣。

日本·皆川願《詩經繹解》卷七：

《左傳》云："再宿曰信。"

言二雅之文德，但因其心存記國風之義，故暫寓在汝者，而至忘失國風之義，則歘將歸去，是故今其於汝，譬猶信處也。

日本·伊藤善韶《詩解》：

女，東人自相女也。再宿曰信。……唯尊慕①之厚曰：於我家一再止宿爲幸，亦惜別之意也。

日本·冢田虎《冢注毛詩》卷八：

眉批：鄭云："信，誠也。"今云不是，宜如毛傳再宿之謂耳。

---

① 慕，原文爲"暴"，據上下文改。

於女信處。（再宿曰信。）

日本·仁井田好古《毛詩補傳》卷十五：

【翼】再宿爲信，莊三年《左傳》文。好古按：是《春秋》之例，在他書不必然焉。凡毛公釋經，經傳中所在，采以明古義，不必拘拘於本經之義。如此《傳》及《兔罝》傳"達九逵之道"是也。他當類推。

日本·岡井鼎《詩疑》：

再宿曰信。（《左傳》）

鼎按：竊疑：於，嘆辭也，猶《伐木》篇"於粲洒歸"之於。女，指王使者言。於汝使者，且信處于此地，莫欲速迎公而歸也。如此解，則於末章"無以我公歸"句照應甚明。惟《曹風》"於我歸處"與此句法全同，故未敢遽？舊說，姑書備再考。

日本·無名氏《詩經旁考》卷十一：

莊三年《左傳》"凡師一宿爲舍，再宿爲信，過信爲次"注，杜預曰："凡師通君臣。"

日本·安藤龍《詩經辨話器解》卷八：

再宿曰信（旁行小字：有客信信）。《箋》云："信，誠也。時東都之人（旁行小字：聞成王將迎周公。）欲周公留不去，故曉之云：公西歸而無所居，則可就女（旁行小字：我）誠處是東都也。今公當歸復其位，不得留也。"

日本·山本章夫《詩經新注》卷中：

女，東人自相言也。再宿曰信。……公，聖人，歸必得位。今在此者唯如寄宿而已。

日本·竹添光鴻《毛詩會箋》卷八：

周公未得禮也。再宿曰信。

是時公居東已二年矣，信處信宿，諷王之速迎公也。女者，東人相呼之辭。

韓國·正祖《詩經講義》（《弘齋全書》卷八十九）：

信處信宿，是周公將歸之時，於東人之最相親愛者，再宿而叙別歟？

有榘對：信處信宿，猶言暫爲寄迹。周公居東二年，而東人猶以爲暫，故一則曰信處，再則曰信宿，蓋誠愛之至而欲留之切，則二年猶之二日也。

韓國·申綽《詩次故》卷十：

莊三年《左傳》"凡師一宿爲舍，再宿爲信，過信爲次"注，杜預曰："凡師通君臣。"

韓國·趙得永《詩傳講義》:

御製條問曰:信處信宿,是周公將歸之時,於東人之最相親愛者,再宿而叙別歟?

臣對曰:此特言其殷勤繾綣之意而已,未必其真與再宿而叙別矣。

韓國·沈大允《詩經集傳辨正》:

女,指洛人也。

韓國·尹廷琦《詩經講義續集》:

然則公之今在東土,不過於女信處,只是故留也。(汝者,指東人也。)

李雷東按:

"於女信處"句解有"於""女""信""處""信處"以及整句解說等幾個問題。現分述如下:

一 於

1. 古烏字。民國·林義光:"於,古烏字。烏,何處也。"(《詩經通解》卷十五)
2. 嘆辭。日本·岡井鼎:"於,嘆辭也,猶《伐木》篇'於粲洒歸'之於。"(《詩疑》)

二 女

1. 宋·朱熹:"女,東人自相女也。"(《詩經集傳》卷八)
2. 明·豐坊:"女,魯人自相女也。"(《魯詩世學》卷十五)
3. 明·李資乾:"女者,所處之地。"(《詩經傳注》卷十八)
4. 明·張次仲:"女,謂來使也。"(《待軒詩記》卷三)
5. 明·何楷:"女者,對東人之辭。"(《詩經世本古義》卷十之上)
6. 清·張沐:"女,指朝廷也。"(《詩經疏略》卷四)
7. 清·姚際恒:"女者,指公。于我公以我爲女也。"(《詩經通論》卷八)
8. 清·胡文英:"汝,謂周公所宿館人之處。"(《詩經逢原》卷五)
9. 清·牟應震:"女,謂使臣。"(《詩問》卷三)
10. 清·胡承珙:"於女,猶言於東。不必定與東人相爾汝也。"(《毛詩後箋》卷十五)

11. 清·陳奐："女，猶爾也，爾，此也。此，此居東也。"（《詩毛氏傳疏》卷十五）

12. 清·鄧翔："次三章之女，女東人也。"（頁眉）（《詩經繹參》卷二）

13. 民國·王闓運："女，女王使也。"（《詩傳補》）

14. 日本·岡白駒："女者，周人謂魯人之辭。"（《毛詩補義》）

15. 日本·赤松弘："女，周人斥朝廷之臣也。"（《詩經述》卷四）

16. 日本·碕允明："女者，大夫，指東都人。"（《古注詩經考》卷五）

17. 韓國·沈大允："女，指洛人也。"（《詩經集傳辨正》）

三　信

1. 《毛詩故訓傳》："再宿曰信。"（《毛詩正義》卷八）

2. 漢·鄭玄《毛詩箋》："信，誠也。"（《毛詩正義》卷八）

3. 宋·李樗《毛詩詳解》："宿猶處也。"（《毛詩李黃集解》卷十八）

4. 明·李資乾："信者，再宿也。"（《詩經傳注》卷十八）

5. 民國·馬其昶："再宿以日計，今借以爲歲計。"（《詩毛氏學》卷十五）

6. 民國·丁惟汾："信，古申字。《小雅·采菽》傳：申，重也。信義爲重，故再宿曰信。"（《詩毛氏傳解故》）

7. 日本·赤松弘："信，信實也。"（《詩經述》卷四）

8. 日本·仁井田好古："再宿爲信，莊三年《左傳》文。好古按：是《春秋》之例，在他書不必然焉。凡毛公釋經，經傳中所在，采以明古義，不必拘拘於本經之義。"（《毛詩補傳》卷十五）

9. 日本·無名氏："莊三年《左傳》：凡師一宿爲舍，再宿爲信，過信爲次。注，杜預曰：凡師通君臣。"（《詩經旁考》卷十一）

四　處

1. 明·李資乾："處者，獨處也。"（《詩經傳注》卷十八）

2. 明·黃道周："處，是居處。"（下格）（《詩經琅玕》卷三）

3. 清·牟應震："處，言久居。"（《詩問》卷三）

4. 清·鄧翔："處，止也。"（《詩經繹參》卷二）

5. 清·呂調陽："處，暫處也。"（《詩序議》卷二）

五　信處

1. 明·朱朝瑛："信處，自再宿以至于久處也。"（《讀詩略記》卷二）

2. 清・顧鎮："信處，以往日言，承上'無所'意。"（《虞東學詩》卷五）

3. 民國・王闓運："凡賓客事畢，留之以信宿爲節。"（《詩傳補》）

六　整句解説

1. 《毛詩故訓傳》："周公未得禮也。"（《毛詩正義》卷八）

2. 唐・孔穎達："告東方之人云：我周公未得王迎之禮，歸則無其住所，故於汝東方信宿而處耳，終不久留於此。告東方之人，云公不久留，刺王不早迎。"（《毛詩正義》卷八）

3. 唐・孔穎達："言周公未得王迎之禮也。'再宿曰信'，莊三年《左傳》文。公未有所歸之時，故於汝信處，處汝下國。周公居東歷年，而曰信者，言聖人不宜失其所也。再宿於外，猶以爲久，故以近辭言之也。"（《毛詩正義》卷八）

4. 漢・鄭玄《毛詩箋》："時東都之人欲周公留不去，故曉之云：公西歸而無所居，則可就女誠處是東都也。今公當歸復其位，不得留也。"（《毛詩正義》卷八）

5. 唐・孔穎達："鄭以爲，……及成王既悟，親迎周公，而東都之人欲周公即留於此，故曉之曰：公西歸若無所居，則可於汝之所誠處耳。今公歸則復位，汝不得留之。美周公所在見愛，知東人願留之。"（《毛詩正義》卷八）

6. 唐・孔穎達："以卒章言無以公西歸，是東人留之辭，故知此是告曉之辭。既以告曉東人，公既西歸，不得遙信，故易《傳》以信爲誠。言公西歸而無所居，則誠處是東都也。"（《毛詩正義》卷八）

7. 宋・蘇轍："周公居東，周人思復召之，而恐東人之欲留公也，故告之曰：……昔也，公歸而無所，是以於女信處，苟獲其所矣，豈復於女長處哉。"（《詩集傳》卷八）

8. 宋・范處義："今既未得其所，未復其舊，於女朝廷諸臣信能自安處乎，信能自安息乎。"（《詩補傳》卷十五）

9. 宋・呂祖謙引程氏曰："公既征而歸，則未得其所，蓋朝廷未以師保重禮往逆也，使公不得其所，於女信安處矣，則深責在朝廷之人也。"（《呂氏家塾讀詩記》卷十六）又，明・胡紹曾："明道曰：於汝信安寢矣，深責在朝之人也。"（《詩經胡傳》卷五）

10. 宋・楊簡："詩人於是托辭曰：於女信處信宿乎，言朝廷無位居公也。"（《慈湖詩傳》卷十）

11. 宋・林岊："周公宜歸而未得其所，於女東山，亦暫且處耳。"（《毛詩講

義》卷四）

12. 宋·嚴粲："豈公歸無其處所，遂於汝東土誠安處乎。公歸則朝廷有以處之，不久留於汝東土也。此所以諷朝廷也。"（《詩緝》卷十六）

13. 宋·戴溪："鴻飛而遵渚，言不得其所也。公欲歸而無所，于女信處乎，言彼此俱不安也。"（《續呂氏家塾讀詩記》卷一）

14. 宋·朱鑑："公歸豈無所乎，汝但暫寓信宿耳。（葉賀孫錄）"（《詩傳遺説》卷四）

15. 元·朱善："公歸而在朝，宜也。而于此乎信處，于此乎信宿，則亦豈久于是哉。"（《詩解頤》卷一）

16. 明·梁寅："再宿曰信，言公于女之地不過再宿而去矣。"（《詩演義》卷八）

17. 明·黃佐："言周公將歸，自今計之，但於此信處而已。"（《詩經通解》卷八）

18. 明·李資乾："處則不就寢而假寐，猶望其返，與下文'公歸不復，于女信宿'不同。"（《詩經傳注》卷十八）

19. 明·許天贈："今之在東也，特於女信處而已，信處之外，安得復見之哉。"（《詩經正義》卷九）

20. 明·江環《詩經闡蒙衍義集注》："計其在東之日，特于汝信處而已。信處之外，爲欲留公之行而不可得也。袞衣繡裳，益藐乎其不可親矣，將何如其爲情哉。"（《詩經鐸振》卷三）

21. 明·方從哲等："朝廷爲重，則東土爲輕，不過信處信宿于此而已。自此之外，之子不可以常覯而袞衣繡裳將邈乎其不可親矣。此皆未然之詞，方接得下文'是以'字，若作已然則不止於信處信宿矣。"（《禮部訂正詩經正式講意合注篇》卷四）

22. 明·陸燧："信處與信宿一例，當自未然者言，俱就將迎時説。"（《詩筌》卷一）

23. 明·徐奮鵬《詩經尊朱删補》："信處信宿，計其在東將歸之時，不過有此兩宿之留也。"（《詩經鐸振》卷三）

24. 明·黃道周："蓋負扆爲安，居東爲暫。公之留於此也，將于女信處而已，信處之後，女其奈公何哉。"（《詩經琅玕》卷三）

25. 明·何楷："彼一時也，沖人之疑未釋，公雖欲歸周而無安身之所，故不得不暫于汝地焉信處耳。然謂之信也，而豈可久哉。所以然者，以公之精忠感格，必有悟主之期故也。"（《詩經世本古義》卷十之上）

26. 明·楊廷麟引張壯采曰："其曰'于女信處信宿'，見留相爲公之常，居東爲公之暫，又隱然若有願公之迎者。雖留公之意惓惓，終非其本心也。"（《詩經聽月》卷五）

27. 明·胡紹曾："公之歸，雖未有所，然東人亦知非久留者，故云信處信宿而已。"（《詩經胡傳》卷五）

28. 明·賀貽孫："公豈無所哉，特於女信處而已。公歸將不復至矣，特於女信宿而已。蓋惜之也。"（《詩觸》卷二）

29. 明·陳元亮："其曰'于女信處''信宿'，見留相爲公之常，居東爲公之暫，又隱然若有願公之迎者。雖留公之意惓惓，終非其本心也。當知風人意在言外。"（《鑒湖詩説》卷一）

30. 清·張沐："言朝廷若終不以爵服迎致周公，公終不可歸。公歸將于何所自處乎。他日亦惟情不可絕，暫來即去，如鴻飛之遵渚然，不過于女朝廷借信宿之暫而已。此可見公之德美矣。若果如此，朝廷之不智甚矣。"（《詩經疏略》卷四）

31. 清·冉覲祖："言信處信宿，則東歸在即可知。"（《詩經詳説》卷三十二）

32. 清·冉覲祖："今之於女東人，特信處焉而欲去矣，其將如之何哉。"（《詩經詳説》卷三十二）

33. 清·王心敬："信處信宿，諷王之速迎公也。"（《豐川詩説》卷十一）

34. 清·汪紱："信處信宿，幸其猶未歸，而憂其已必歸，知其不可留，而悲其終不復也。"（《詩經詮義》卷四）

35. 清·牛運震："於女信處，東人自相謂也。"（《詩志》卷二）

36. 清·劉始興："言公歸豈無所乎，雖以遜位之故，但於女信處而已。蓋是時成王將迎周公，故云。"（《詩益》卷三）

37. 清·牟應震："言公歸無所，可與女同處於豳也。"（《詩問》卷三）

38. 清·牟庭："公昔欲歸朝，朝中無處所，故於汝豳邑淹留而信處。"（《詩切》）

39. 清·劉沅："今於女信處，不可不敬重也。"（《詩經恒解》卷二）

40. 清·鄧翔："言西周乃公歸之所，今于女信宿，亦女有光矣。皆迎公者之

辭。"(《詩經繹參》卷二)

41. 清·鄧翔:"聖賢經歷,後世猶低徊其遺迹,而遙想其流連之致。周公,大聖人,曾于此信處信宿,宜當時榮之,後世思之矣。夫公居東三年,久矣。而東人戀之,若以爲信宿信處焉耳。"(《詩經繹參》卷二)

42. 清·鄧翔:"指日而行,不過暫于女地信處焉耳。"(《詩經繹參》卷二)

43. 民國·王闓運:"王使來錫命周公,禮成當去,於乎女且留再宿謀之,此時謀定,治流言,罷二叔,則公執政無嫌,商奄不叛,惜朝廷之不察機也。"(《詩傳補》)

44. 民國·林義光:"烏汝信處,言汝將何所止宿乎?"(《詩經通解》卷十五)

45. 民國·焦琳:"盡留公於女乎信處,再加被餘暉之照與。"(《詩蠲》卷四)

46. 日本·岡白駒:"謂之信處,則豈可久哉。"(《毛詩補義》)

47. 日本·赤松弘:"假令公歸無所乎,於女信安處之而已。責其在位思公之弗至之詞也。"(《詩經述》卷四)

48. 日本·碕允明:"言欲信宿信處於汝所也。"(《古注詩經考》卷五)

49. 日本·中井積德:"東人以信處於我爲幸也,乃惜別之深矣。"(《古詩逢原》)

50. 日本·皆川願:"言二雅之文德,俱因其心存記國風之義,故暫寓在汝者,而至忘失國風之義,則歟將歸去,是故今其於汝,譬猶信處也。"(《詩經繹解》卷七)

51. 日本·伊藤善韶:"唯尊慕①之厚曰:於我家一再止宿爲幸,亦惜別之意也。"(《詩解》)

52. 日本·岡井鼏:"於汝使者,且信處于此地,莫欲速迎公而歸也。"(《詩疑》)

53. 日本·山本章夫:"公,聖人,歸必得位。今在此者唯如寄宿而已。"(《詩經新注》卷中)

54. 韓國·正祖《詩經講義》:"信處信宿,猶言暫爲寄迹。周公居東二年,而東人猶以爲暫,故一則曰信處,再則曰信宿,蓋誠愛之至而欲留之切,則二年猶之二日也。"(《弘齋全書》卷八十九)

---

① 慕,原文爲"暴",據上下文改。

次章章旨

唐·孔穎達《毛詩正義》卷八：
二章、三章陳往迎周公之時，告曉東人之辭。
告東方之人，云公不久留，刺王不早迎。
鄭以為，……美周公所在見愛，知東人願留之。
正義曰：言公西歸而無所居，則誠處是東都也。此章已陳告曉東人之辭，

宋·歐陽修《詩本義》卷五：
《本義》曰：其二章三章云鴻鴈遵渚遵陸，亦謂周公不得居朝廷而留滯東都，譬夫鴻鴈不得飛翔於雲際而下循渚陸也。因謂東都之人曰：我公所以留此者，未得所歸，故處此信宿間爾。言終當去也。

宋·蘇轍《詩集傳》卷八：
周公居東，周人思復召之，而恐東人之欲留公也，故告之曰：周公之在周，譬如鴻之於渚，亦其所當在也。昔也，公歸而無所，是以於女信處，苟獲其所矣，豈復於女長處哉。

宋·李樗《毛詩詳解》（《毛詩李黃集解》卷十八）：
惟周公處東方，如鴻遵渚非其宜矣，故西人告東人曰：言公歸朝廷無所乎，則當於汝東方信處矣。言公歸當復位，此則西人告東人之辭。【黃講同】

宋·范處義《詩補傳》卷十五：
今既未得其所，未復其舊，於女朝廷諸臣信能自安處乎，信能自安息乎。

宋·朱熹《詩經集傳》卷八：
女，東人自相女也。再宿曰信。東人聞成王將迎周公，又自相謂而言，鴻飛則遵渚矣，公歸豈無所乎，今特於女信處而已。

宋·吕祖谦《吕氏家塾读诗记》卷十六：

程氏曰：此章言公之不得其所也。鸿飞戾天者也，今乃遵渚，言不得其所。公既征而归，则未得其所，盖朝廷未以师保重礼往逆也，使公不得其所，於女信安处矣，则深责在朝廷之人也。（陈氏曰："今公未归其所，於女朝廷之臣，信能自安处乎。"）

宋·杨简《慈湖诗传》卷十：

鸿飞宜登天，今也遵渚而已，遵陆而已。公归宜复冢宰之位，今也不复，无其所以居之。诗人於是托辞曰：於女信处信宿乎，言朝廷无位居公也。再宿为信。

宋·林岊《毛诗讲义》卷四：

鸿，大鸟也。飞而遵渚，非其宜矣。周公宜归而未得其所，於女东山，亦暂且处耳。

宋·严粲《诗缉》卷十六：

西人欲公之归，谓东人曰：鸿飞宜戾天，而乃遵循於洲渚。周公宜在朝廷，而乃留滞於东土，岂公归无其处所，遂於汝东土诚安处乎。公归则朝廷有以处之，不久留於汝东土也。此所以讽朝廷也。

宋·戴溪《续吕氏家塾读诗记》卷一：

鸿飞而遵渚，言不得其所也。公欲归而无所，于女信处乎，言彼此俱不安也。

元·刘瑾《诗传通释》卷八：

东人闻成王将迎周公，又自相谓而言，鸿飞则遵渚矣，公归岂无所乎，今特於女信处而已。

元·朱公迁《诗经疏义》（《诗经疏义会通》卷八）：

二章三章以将归为忧。

元·朱善《诗解颐》卷一：

鸿飞而戾天，宜也。而有时乎遵渚，复有时而遵陆，则亦暂焉而已耳。公归而在朝，宜也。而于此乎信处，于此乎信宿，则亦岂久于是哉。

元·王逢《诗经疏义辑录》（《诗经疏义会通》卷八）：

东人闻成王将迎周公，又自相谓而言，鸿飞则遵渚矣，公归岂无所乎，今特於女信处而已。

元·刘玉汝《诗缵绪》卷八：

二章言公将归，专为将归而发，故再言之。

明·梁寅《詩演義》卷八：

公歸無所，言公之歸也，復爲冢宰，豈無其所乎。

明·胡廣《詩傳大全·詩序》卷八：

東人聞成王將迎周公，又自相謂而言，鴻飛則遵渚矣，公歸豈無所乎，今特於女信處而已。

明·季本《詩說解頤》卷十四：

渚，鴻所居，飛則不定也，故得至此地信處。

明·黄佐《詩經通解》卷八：

於女信處，未然看，言周公將歸，自今計之，但於此信處而已。（程氏曰："此章言公之不得其所也。鴻飛，戾天者也，今乃遵渚，言不得其所。公既征而歸，則未得其所。蓋朝廷未以師保重禮往逆也，使公不得其所，於女信安處矣，則深責在朝廷之人也。"）

按：二三章以將歸爲憂。

明·鄒泉《新刻七進士詩經折衷講意》卷一：

鴻飛遵渚二章。上章言幸見周公于東，此二章則言其有所歸而不久于東也。以人物各有所歸，而興无所，言其必相王室。

明·豐坊《魯詩世學》卷十五：

【正說】魯人聞成王將迎周公，又自相謂而言，鴻飛則遵渚矣，公歸豈無所乎，今特與女信處而已。

明·李資乾《詩經傳注》卷十八：

承上章九罭之難進易退，發明公之難進者，以漸之進，公之易退者，見機明決也。

按：夫遵渚則前無所往，後無所歸。歸周，周人不信，歸魯，我心西悲，故曰"公歸無所"。

明·許天贈《詩經正義》卷九：

東人於元聖兩興其將歸於國，而不久於東也。此二章俱以鴻飛句興公歸意。末句則言其不久於東也。

夫我公在東，固吾人所深幸矣，然亦不久於東也，是故鴻之飛也，則循乎小洲之渚矣，況我公之歸則必居冢宰之尊，而謨謀於廟堂之上，夫豈無其所乎。今之在東也，特於女信處而已，信處之外，安得復見之哉。

明·顧起元《詩經金丹》卷三：

東人聞成王將迎周公，又自相謂而言。鴻飛則遵渚矣，公歸豈無所乎，今特於女信處而已。

明·江環《詩經闡蒙衍義集注》（《詩經鐸振》卷三）：

【二章】然公之來也，吾人固甚喜矣。其如公之不可久留，何哉？彼鴻之飛也，則遵于渚，公之歸也，蓋將持衡政府出入朝寧之間矣。夫豈無所又乎，計其在東之日，特于汝信處而已。信處之外，爲欲留公之行而不可得也。袞衣繡裳，益藐乎其不可親矣，將何如其爲情哉。

明·方從哲等《禮部訂正詩經正式講意合注篇》卷四：

然此亦要識得不重二三章。此言親之者未几，而迎之者繼至，將不久于東也。公歸豈无所，必將持衡政府出入朝寧之間也。公歸不復，必將留相王室，永居輔弼之位也。朝廷爲重，則東土爲輕，不過信處信宿于此而已。自此之外，之子不可以常覯而袞衣繡裳將邈乎其不可親矣。此皆未然之詞，方接得下文"是以"字，若作已然則不止于信處信宿矣。

明·郝敬《毛詩原解》卷十六：

二章三章揣公必歸而托爲辭東人之語。

王以禮往，公必遄歸，如鴻飛宜戾天，今遵彼洲渚。公之居東，猶在渚也，王欲公歸，元宰虛席，豈其無所乎。今而後，於汝東土，不過信處而已。

明·馮時可《詩臆》卷上：

說詩者乃以次章爲西人語東人，以末章爲東人自相語，則失其旨矣。

明·徐光啓《毛詩六帖講意》卷一：

箋曰："鴻，大鳥也，不宜與鳧鷖之屬飛而循渚，以喻周公今與凡人處東都之邑，失其所也。信，誠也。時東都之人，欲周公留不去，故曉之云：公西歸而無所居，則可就女誠處是東都也。今公當歸復其位，不得留也。"

明·姚舜牧《重訂詩經疑問》卷三：

公歸豈無所乎，歸豈復來乎，蓋不過信宿於是焉而已，此東人繾綣不忍公去之至意也。

明·曹學佺《詩經剖疑》卷十二：

且鴻鴈之飛，必循乎渚，而公之歸，豈無所者乎，今特於女信處而已。

明·駱日升《詩經正覺》卷四：

然公之來也，吾人固甚喜矣，其如公之不可久留，何哉？彼鴻之飛也，則遵于渚，公之歸也，蓋將持衡政府出入朝寧之間矣。夫豈無所乎，計其在東之日，特於女信處而已。

此二章則言其有所歸而不久于東也。

明·陸化熙《詩通》卷一：

公歸無所，公歸不復，是明知留相王室爲公之所，無復來理，而心不忍捨。

明·徐奮鵬《詩經尊朱刪補》（《詩經鐸振》卷三）：

以鴻之遵，興公之歸無所，謂豈無其所，蓋必相王室也。不復，謂不復來東，蓋留相王室也。信處信宿，計其在東將歸之時，不過有此兩宿之留也。此蓋聞王將迎公而云然也。

明·顧夢麟《詩經說約》卷十：

東人聞成王將迎周公，又自相謂，而言鴻飛則遵渚矣，公歸豈無所乎，今特於女信處而已。

明·張次仲《待軒詩記》卷三：

彼時公以流言負謗，避嫌居東。一旦來迎，東人且悲且喜，且疑且信，故曰公歸而無所，公歸而不復。則但于女地爲信處信宿之留，仍來吾地可也。

明·黃道周《詩經琅玕》卷三：

吾方快睹公之臨于東，乃忽聞其將歸矣。鴻飛尚有遵渚之安，況我公歸豈無安居之所乎。蓋負扆爲安，居東爲暫。公之留於此也，將于女信處而已，信處之後，女其奈公何哉。

明·錢天錫《詩牖》卷五：

嚴華谷曰："公歸，則朝廷有以處之，必不久留汝東土也。所以諷朝廷也。"

鄧潛谷曰："公之孫而東也，猶鴻之遵陸，非其地也，何可久稽公也。"

明·何楷《詩經世本古義》卷十之上：

彼一時也，沖人之疑未釋，公雖欲歸周而無安身之所，故不得不暫于汝地爲信處耳。然謂之信也，而豈可久哉。所以然者，以公之精忠感格，必有悟主之期故也。此一章追前日居東時而言。

明·黃文煥《詩經嬾嬛》卷三：

然公之來也，吾人故甚喜矣，其如公之不可久留何哉。彼鴻之飛也，則遵于渚，公之歸也，蓋將持衡政府，出入朝寧之間矣。夫豈無所處乎。計其在東之日，特于汝信處而已，信處之外，即欲留公之存而不可得也，衮衣繡裳，亦藐乎其不可親矣，將何如其爲清①哉。

上節言幸見周公于東，此二節言其有所歸而不久于東也。

明·唐汝諤《毛詩蒙引》卷七：

嚴華谷曰："公歸則朝廷有以處之，必不久留汝東土也。所以諷朝廷也。"鄧潛谷曰："公之孫而東也，猶鴻之遵渚②且遵陸也，非其地也，何可久稽公也。今歸矣，自是東無公所矣，且不可復得矣。"

明·楊廷麟《詩經聽月》卷五：

然公之來也，吾人固甚喜矣。其如公之不可久留，何哉。彼鴻之飛也，則遵於渚，公之歸也，蓋將持衡政府出入朝寧之間矣。夫豈無所處乎。計其在東之日，特于汝信處而已，信處之外，即欲留公之行，而不可得也。衮衣繡裳，亦幾乎其不可親矣，將何如其爲情哉。

明·胡紹曾《詩經胡傳》卷五：

次二章遵渚遵陸，明公不宜居東。無所、不復，言無所以歸公反公之道。明道曰：於汝信安寢矣，深責在朝之人也。

明·范王孫《詩志》卷九：

夫既取象于鴻之遵渚遵陸，明說公之失所矣。末二句豈有願其不歸之理。

明·賀貽孫《詩觸》卷二：

遵渚遵陸，鴻之偶也，豈能久於渚陸哉。以興下文公將歸矣。公豈無所哉，特於女信處而已。公歸將不復至矣，特於女信宿而已。蓋惜之也。

明·陳元亮《鑒湖詩說》卷一：

雖朝廷不可一日無公，公亦無日不與朝廷爲念，顧留相之日久，而居東之日暫。公雖留，无傷也。東人只模寫己愛慕無已，不忍釋然，初不計及公之當歸與否，故苟得一宿再宿之留，以爲幸耳。

清·朱鶴齡《詩經通義》卷五：

二章三章，揣公必歸，而托爲辭東人之語。

二章三章，陳往迎時告曉東人之辭。遵渚遵陸，以鴻之卑飛，興公之居東爲

---

① 清，疑爲情之誤。
② 原文爲"者"，據上下文改。

失所也。公歸無所，公歸不復，言公歸豈無所乎，公歸豈不復乎。

清·錢澄之《田間詩學》卷五：

二章三章揣公必歸，而托爲辭東人之語，

鄭云："時東都之人欲周公留不去。故曉之曰：公西歸而無所居，則可就女處，是東都也。今公當復其位，不得留也。"

清·張沐《詩經疏略》卷四：

言朝廷若終不以爵服迎致周公，公終不可歸。公歸將于何所自處乎。他日亦惟情不可絕，暫來即去，如鴻飛之遵渚，然不過于女朝廷借信宿之暫而已。此可見公之德美矣。若果如此，朝廷之不智甚矣。

二章具見聖人之德焉。

清·冉覲祖《詩經詳説》卷三十二：

《毛傳》："周公未得禮也。"

鄭箋："時東都之人欲周公留不去，故曉之云公西歸而無所居，則可就女誠處是東都也。今公當歸復其位，不得留也。"

東人聞成王將迎周公，又自相謂而言，鴻飛則遵渚矣，公歸豈無所乎，今特於女信處而已。

【衍義】上章言幸見周公於東，此二章則言其有所歸，而不久於東也。……此言其將歸，皆未然之辭，方接得下文是以字起。若作已然，則不止於信處信宿矣。

【講】夫今日見公固甚快矣，而其如不可常見，何哉？彼鴻之飛也，則遵於渚矣，況我公之歸也，豈無其所乎。出入朝寧，原其重地，今之於女東人，特信處焉而欲去矣，其將如之何哉。

清·祝文彦《詩經通解》：

二三章　此與上章皆一時事，方幸其得見，又聞其將歸，故嘆其不久于留如此。

清·王鴻緒等《欽定詩經傳説彙纂》《詩序》上：

東人聞成王將迎周公，又自相謂而言，鴻飛則遵渚矣，公歸豈無所乎。今特於女信處而已。

【集説】張氏彩曰："鴻飛雖有時，遵渚而非其久居之所，言其別自有所也。豈以公歸而無所乎，今不過於女信處耳。言暫寄迹也。"

【附録】程子曰："此章言公之不得其所也。鴻飛戾天者也，今乃遵渚，言不得其所。蓋朝廷未以師保重禮往逆也。"陳氏鵬飛曰:"今公未歸其所,於女朝廷之臣信能自安處乎。"

清・姚際恒《詩經通論》卷八:

二章三章以鴻遵渚陸爲興,見公歸將不復矣,暫時信處信宿于女耳。

清・王心敬《豐川詩說》卷十一:

二章三章揣公必歸而托爲辭東人之語。

又恐東人之欲留公也,則告之曰:周公之在周,譬如鴻之于渚,亦其所當在也。今王欲公歸,元宰虛席,豈其所乎。今而後,於汝東土不過信處而已。

清・李塨《詩經傳注》卷三:

言鴻飛則循渚矣,公歸豈無所乎。今特於汝信處而已。……(朱注)皆恐公去之辭也。

清・姜文燦《詩經正解》卷十:

東人聞成王將迎周公,又自相謂而言,鴻飛則遵渚矣,公歸豈無所乎,今特于女信處而已。

【合參】然公之來也,吾人固甚喜矣。其如公之不可久留,何哉?彼鴻之飛也,則遵于小洲之渚而得其所矣。況我公之歸也,冠裳佩玉而出入于王朝,正笏垂紳而從容于殿陛,夫豈無其所哉。計其在東之日,特于女信處而已。信處之外,即欲留公之行而不可得也。蓋負扆爲常,則居東爲暫。袞衣繡裳將邈乎其不可親矣,吾其何以爲情也哉。

清・黃夢白、陳曾《詩經廣大全》卷九:

言鴻飛則遵渚矣,公歸豈無所乎,今於女東土不過信處而已。

清・張叙《詩貫》卷五:

此兩章惜周公之將歸也。

清・鄒聖脈《詩經備旨》卷三:

【二三章同旨】此與上章皆一時事。方幸其得見,又聞其將歸,故悲其不久於留,如此以物之有所循,興公之有所歸。無所反言,不復正言,皆言當相王室也。信處信宿只言其將歸,亦未然事,方接得下文"是以"二字。

【講】然公之來也,吾人固甚喜矣,其如公之不可久留,何哉?彼鴻之飛也,則遵于渚,公之歸也,蓋將持衡政府矣。夫豈無所歸乎,計其在東之日,特於女汝信處而已。信處之外,即欲留公之行而不可得也,將何如其爲情哉!

清·許伯政《詩深》卷十五：

試觀鴻飛遵渚，不過暫時來賓也。今公歸豈無所乎，茲幸而於女信處耳。

清·劉始興《詩益》卷三：

此下三章，復承首章，言今日所以得見周公之故，而道其願留之意也。……言公歸豈無所乎，雖以遜位之故，但於女信處而已。蓋是時成王將迎周公，故云。

清·程晉芳《毛鄭異同考》卷四：

案：此章大義，蘇《傳》得之。

清·顧鎮《虞東學詩》卷五：

因謂東人曰：女謂公將長留於此乎。鴻雁必飛翔雲際，其遵渚遵陸者，暫也。往者，公特欲歸而未得其所耳，今歸將不復來矣。（歐義）其於女乎信處信宿，猶鴻之於渚陸也。

清·傅恒等《御纂詩義折中》卷九：

成王以禮迎周公，東人知其將歸也，故相謂曰：鴻飛則遵渚矣，公歸豈無所乎，今特於女信處而已。

清·范家相《詩瀋》卷十：

鴻之遵渚而南，不得其所也，豈遂于女乎信處。……今于女不過信宿之暫處耳。

清·姜炳璋《詩序補義》卷十三：

鴻鴈，北鳥，有時而南，謂之鴻鴈來賓。南方多洲渚，遵渚，鴻之來賓時也，以喻周公來于東土。

上章①言遵渚，是喻其來，似以東土爲所矣。然公歸豈無所乎，特于女信處而已。

清·汪龍《毛詩異義》卷一：

二三章兩章爲告曉東人。

清·牟庭《詩切》：

有鴻飛而下，或遵小洲渚，比如遠到人，偶自居下土。公昔欲歸朝，朝中無處所，故於汝豳邑淹留而信處。

清·劉沅《詩經恒解》卷二：

又言鴻本高飛，暫時遵渚，公本冢宰，暫時來東，當優禮之。但惜此地微小，

---

① 上章云云，即指二章。

亦如渚然，無可以安公之所。今於女信處，不可不敬重也。

清·徐華嶽《詩故考異》卷十五：

《傳》："鴻不宜循渚也。（《正義》："王肅云：'以喻周公大聖，有定命之功，不宜久處下土，而不見禮迎。'"）周公未得禮也。再宿曰信。（《正義》：'莊三年《左傳》文。周公未得王迎之禮，歸則無所，故於汝東方信宿而處耳，終不久留於此。'）"《箋》："鴻，大鳥也，不宜與鳧鷖之屬飛而循渚，以喻周公今與凡人處東都之邑，失其所也。" "信，誠也。時東都之人欲周公留不去，故曉之云：公西歸而無所居，則可就女誠處是東都也。今公當歸復其位，不得留也。"（《正義》："鄭以此是告曉之辭，故易《傳》。"）

清·胡承珙《毛詩後箋》卷十五：

時東都之人欲周公留不去，故曉之云：公西歸而無所居，則可就女誠處是東都也。今公當歸復其位，不得留也。《正義》述《傳》云：'公未有所歸之時，故於汝信處，處汝下國。'……又述《箋》云：'卒章言'無以公西歸'，是東人留之辭，故知此是告曉之辭。"

清·林伯桐《毛詩通考》卷十五：

《傳》曰："周公未得禮也。"蓋以未得王迎之禮，則歸無所在，故於女東方信宿耳。……"公西歸而無所居，則可就女誠處是東都也。"何其紆曲乎。（三章，毛、鄭之意有別，亦如此。）

清·李詒經《詩經蠹簡》卷二：

下三章①言欲留公者，互相告語之情狀。

清·方玉潤《詩經原始》卷八：

夫鴻飛在天乃其常，然時而遵渚遵陸，特其暫耳。公今還朝，以相天子，豈無所乎？殆不復東來矣。其所以遲遲不忍去者，特爲女東人作信宿留也。

清·鄧翔《詩經繹參》卷二：

頁眉：言西周乃公歸之所，今于女信宿，亦女有光矣。皆迎公者之辭。

頁眉：聖賢經歷，後世猶低徊其遺迹，而遙想其流連之致。周公，大聖人，曾于此信處信宿，宜當時榮之，後世思之矣。夫公居東三年，久矣。而東人戀之，若以爲信宿信處焉耳。

---

① "下三章"或爲"下二章"之誤，指二三兩章。

清·龍起濤《毛詩補正》卷十四：

案：程子曰："此章言公不得其所。蓋朝廷未以師傅重禮逆公也。"

清·呂調陽《詩序議》卷二：

案：二三章悲公之歸也。……張氏彩曰："鴻飛雖有時遵渚，而非其久居之所，言其別自有所也，豈以公歸而無所乎，今不過於女信處耳，言暫寄迹也。"

清·梁中孚《詩經精義集鈔》卷二：

張氏彩曰："鴻飛雖有遵渚，而非其久居之所，言其別自有所也，豈以公歸而無所乎。今不過於女信處耳，言暫寄迹也。"

清·王先謙《詩三家義集疏》卷十三：

"時東都之人欲周公留不去，故曉之云：公西歸而無所居，則可就女誠處是東都也。（《豳譜》孔疏：'於時實未爲都而云都，據後營洛言之耳。'）今公當歸復其位，不得留也。"

胡承珙云："鴻不宜遵渚，謂公不宜居東也。不宜居則公應歸矣，而未有所也，故猶於東信處耳。……"

民國·王闓運《詩傳補》：

時東都之人欲周公留不去，故曉之云：公西歸而無所居，則可就女誠處是東都也。今公當歸復其位，不得留也。　補曰：……王使來錫命周公，禮成當去，於乎女且留再宿謀之，此時謀定，治流言，罷二叔，則公執政無嫌，商奄不叛，惜朝廷之不察機也。凡賓客事畢，留之以信宿爲節，故曰"有客信信"，又曰"申伯信邁"。

民國·馬其昶《詩毛氏學》卷十五：

昶按：言公以禮爲進退，未得禮，故公無所歸，而於女東土久處。公不復歸，而於女東土久宿。周大夫言此以諷朝廷之不知，可謂婉切矣。

民國·林義光《詩經通解》卷十五：

蓋謂周公去此而歸，則此方之民，將如飛鴻失水，不得安居也。

民國·焦琳《詩蠲》卷四：

鴻飛不留，而渚小易過。公之歸期伊邇矣。不知近在何所，則有限之仰瞻，尤宜珍惜，盍留公於女乎信處，再加被餘暉之照與。

日本·岡白駒《毛詩補義》卷五：

【二章】成王未知周公之志，則公不得其禮迎矣。公歸無所，且於汝信處耳。

謂之信處,則豈可久哉。蓋以公之精忠,必有王悟之期也。是深知公者也。

日本·赤松弘《詩經述》卷四:

言鴻鳥大者,宜在洲之大者,今特在小渚矣。以興周公之居東,非其所宜也。假令公歸無所乎,於女信安處之而已。責其在位思公之弗至之詞也。

日本·皆川願《詩經繹解》卷七:

此章言,鴻之飛,豈遵渚者邪。公欲歸,則亦豈無所者耶,今之於女者,乃信處者耳。

日本·伊藤善韶《詩解》:

言鴻雁飛而循洲渚,得其處,周公豈無歸處之可安乎。唯尊慕①之厚曰:於我家一再止宿爲幸,亦惜別之意也。

日本·冢田虎《冢注毛詩》卷八:

周公避流言之難,來居東土,故今雖成王迎之,東人猶憂之,而相言公歸于周京,恐將無安所焉,當於汝使信處焉。

日本·仁井田好古《毛詩補傳》卷十五:

【補】好古曰:周公之大聖,而歸則無其所,而信處於東方者,不得王迎之禮故耳,以刺王不早迎也。

日本·龜井昱《古序翼》卷四:

次二章以嘆公不獲復其位也。

日本·山本章夫《詩經新注》卷中:

東人聞成王迎周公,知其必復相位。言鴻,水鳥,飛必遵渚。公,聖人,歸必得位。今在此者唯如寄宿而已。

日本·竹添光鴻《毛詩會箋》卷八:

箋曰:"鴻當高飛雲路,而乃下循洲渚,正以喻公當在朝廷,不宜居東也。不宜居則公應歸矣,而未有所也,故猶於東信處耳。"……二章三章願朝廷迎公以歸,而托爲東人自相謂之語。

韓國·朴世堂《詩經思辨錄》:

鴻之遵渚遵陸,其飛也亦卑,則重以爲公失所之喻,又相謂云:豈公之歸而無所處乎,豈公之歸而不復位乎。今且於女而信處信宿,是又知公將不得久留于

---

① 慕,原文爲"暴",據上下文改。

東，而歡喜嘆惜之辭。

韓國・李瀷《詩經疾書》：

鴻飛承九罭說。今雖遵渚其飛，冥冥終必脫禍，又非恒處春，必北歸，豈魚網所罹哉。東人已揣周公之不久於此也。

韓國・尹廷琦《詩經講義續集》：

中兩章則追本公西歸時在路而言也。

韓國・朴文鎬《詩集傳詳說》卷六：

東人聞成王將迎周公，又自相謂而言，鴻飛則遵渚矣，（毛氏曰："鴻不宜循渚也。"）公歸豈無所乎。（鴻則失所而公必得所也。）今特於女信處（上聲）而已。

李雷東按：

次章章旨各家論述列述如下：

1. 唐・孔穎達："毛以鴻者大鳥，飛而循渚，非其宜，以喻周公聖人，久留東方，亦非其宜，王何以不迎之乎？又告東方之人云：我周公未得王迎之禮，歸則無其住所，故於汝東方信宿而處耳，終不久留於此。告東方之人，云公不久留，刺王不早迎。"（《毛詩正義》卷八）

2. 唐・孔穎達："鄭以爲，鴻者大鳥，不宜與鳧鷖之屬飛而循渚，以喻周公聖人，不宜與凡人之輩共處東都。及成王既悟，親迎周公，而東都之人欲周公即留於此，故曉之曰：公西歸若無所居，則可於汝之所誠處耳。今公歸則復位，汝不得留。美周公所在見愛，知東人願留之。"（《毛詩正義》卷八）

3. 唐・孔穎達引王肅云："以其周公大聖，有定命之功，不宜久處下土，而不見禮迎。"（《毛詩正義》卷八）

4. 唐・孔穎達："二章、三章陳往迎周公之時，告曉東人之辭。"又："言公西歸而無所居，則誠處是東都也。此章已陳告曉東人之辭。"（《毛詩正義》卷八）

5. 宋・歐陽修："其二章三章云鴻鴈遵渚遵陸，亦謂周公不得居朝廷而留滯東都，譬夫鴻鴈不得飛翔於雲際而下循渚陸也。因謂東都之人曰：我公所以留此者，未得所歸，故處此信宿間爾。言終當去也。"（《詩本義》卷五）

6. 宋・蘇轍："周公居東，周人思復召之，而恐東人之欲留公也，故告之曰：周公之在周，譬如鴻之於渚，亦其所當在也。昔也，公歸而無所，是以於女信處，苟獲其所矣，豈復於女長處哉。"（《詩集傳》卷八）清·程晉芳："再宿之説不可易。此章大義，蘇《傳》得之。"（《毛鄭異同考》卷四）

7. 宋·李樗《毛詩詳解》："惟周公處東方，如鴻遵渚非其宜矣，故西人告東人曰：言公歸朝廷無所乎，則當於汝東方信處矣。言公歸當復位，此則西人告東人之辭。"（《毛詩李黄集解》卷十八）

8. 宋·范處義："鴻當高飛雲漢而乃下遵於渚陸，喻周公宜在廟堂。今既未得其所，未復其舊，於女朝廷諸臣信能自安處乎，信能自安息乎。"（《詩補傳》卷十五）

9. 宋·朱熹："東人聞成王將迎周公，又自相謂而言，鴻飛則遵渚矣，公歸豈無所乎，今特於女信處而已。"（《詩經集傳》卷八）

10. 宋·吕祖謙引程氏曰："此章言公之不得其所也。鴻飛戾天者也，今乃遵渚，言不得其所。公既征而歸，則未得其所，蓋朝廷未以師保重禮往逆也，使公不得其所，於女信安處矣，則深責在朝廷之人也。"（《吕氏家塾讀詩記》卷十六）

11. 宋·楊簡："鴻飛宜登天，今也遵渚而已，遵陸而已。公歸宜復冢宰之位，今也不復，無其所以居之。詩人於是托辭曰：於女信處信宿乎，言朝廷無位居公也。"（《慈湖詩傳》卷十）

12. 宋·林岊："飛而遵渚，非其宜矣。周公宜歸而未得其所，於女東山，亦暫且處耳。"（《毛詩講義》卷四）

13. 宋·嚴粲："西人欲公之歸，謂東人曰：鴻飛宜戾天，而乃遵循於洲渚。周公宜在朝廷，而乃留滯於東土，豈公歸無其處所，遂於汝東土誠安處乎。公歸則朝廷有以處之，不久留於汝東土也。此所以諷朝廷也。"（《詩緝》卷十六）

14. 宋·戴溪："鴻飛而遵渚，言不得其所也。公欲歸而無所，于女信處乎，言彼此俱不安也。"（《續吕氏家塾讀詩記》卷一）

15. 元·劉瑾："東人聞成王將迎周公，又自相謂而言，鴻飛則遵渚矣，公歸豈無所乎，今特於女信處而已。"（《詩傳通釋》卷八）

16. 元·朱公遷《詩經疏義》："二章三章以將歸爲憂。"（《詩經疏義會通》卷八）

17. 元·朱善："鴻飛而戾天，宜也。而有時乎遵渚，復有時而遵陸，則亦暫焉而已耳。公歸而在朝，宜也。而于此乎信處，于此乎信宿，則亦豈久于是哉。"（《詩解頤》卷一）

18. 元·王逢《詩經疏義輯錄》:"東人聞成王將迎周公,又自相謂而言,鴻飛則遵渚矣,公歸豈無所乎,今特於女信處而已。"(《詩經疏義會通》卷八)

19. 元·劉玉汝:"二章言公將歸,專為將歸而發,故再言之。"(《詩纘緒》卷八)

20. 明·胡廣:"東人聞成王將迎周公,又自相謂而言,鴻飛則遵渚矣,公歸豈無所乎,今特於女信處而已。"(《詩傳大全·詩序》卷八)

21. 明·季本:"渚,鴻所居,飛則不定也,故得至此地信處。"(《詩說解頤》卷十四)

22. 明·黃佐:"於女信處,未然看,言周公將歸,自今計之,但於此信處而已。"(《詩經通解》卷八)

23. 明·郜泉:"此二章則言其有所歸而不久于東也。以人物各有所歸,而興无所,言其必相王室。"(《新刻七進士詩經折衷講意》卷一)

24. 明·豐坊:"魯人聞成王將迎周公,又自相謂而言,鴻飛則遵渚矣,公歸豈無所乎,今特與女信處而已。"(《魯詩世學》卷十五)

25. 明·李資乾:"承上章九罭之難進易退,發明公之難進者,以漸之進,公之易退者,見機明決也。"(《詩經傳注》卷十八)

26. 明·李資乾:"夫遵渚則前無所往,後無所歸。歸周,周人不信,歸魯,我心西悲,故曰'公歸無所'。"(《詩經傳注》卷十八)

27. 明·許天贈:"東人於元聖兩興其將歸於國,而不久於東也。此二章俱以鴻飛句興公歸意。末句則言其不久於東也。"(《詩經正義》卷九)

28. 明·許天贈:"夫我公在東,固吾人所深幸矣,然亦不久於東也,是故鴻之飛也,則循乎小洲之渚矣,況我公之歸則必居冢宰之尊,而謨謀於廟堂之上,夫豈無其所乎。今之在東也,特於女信處而已,信處之外,安得復見之哉。"(《詩經正義》卷九)

29. 明·江環《詩經闡蒙衍義集注》:"然公之來也,吾人固甚喜矣。其如公之不可久留,何哉?彼鴻之飛也,則遵于渚,公之歸也,蓋將持衡政府出入朝寧之間矣。夫豈無所乂乎,計其在東之日,特于汝信處而已。信處之外,為欲留公之行而不可得也。袞衣繡裳,益覿乎其不可親矣,將何如其為情哉。"(《詩經鐸振》卷三)

30. 明·方從哲等:"然此亦要識得不重二三章。此言親之者未幾,而迎之者繼至，將不久于東也。公歸豈无所，必將持衡政府出入朝寧之間也。公歸不復，必將留相王室，永居輔弼之位也。朝廷爲重，則東土爲輕，不過信處信宿于此而已。自此之外，之子不可以常覯而衮衣繡裳將邈乎其不可親矣。此皆未然之詞。"（《禮部訂正詩經正式講意合注篇》卷四）

31. 明·郝敬："二章三章揣公必歸而托爲辭東人之語。"（《毛詩原解》卷十六）

32. 明·郝敬："王以禮往，公必遄歸，如鴻飛宜戾天，今遵彼洲渚。公之居東，猶在渚也，王欲公歸，元宰虛席，豈其無所乎。今而後，於汝東土，不過信處而已。"（《毛詩原解》卷十六）

33. 明·姚舜牧："公歸豈無所乎，歸豈復來乎，蓋不過信宿於是焉而已，此東人繾綣不忍公去之至意也。"（《重訂詩經疑問》卷三）

34. 明·駱日升："此二章則言其有所歸而不久于東也。"（《詩經正覺》卷四）

35. 明·陸化熙："公歸無所，公歸不復，是明知留相王室爲公之所，無復來理，而心不忍捨。"（《詩通》卷一）

36. 明·徐奮鵬《詩經尊朱刪補》："以鴻之遵，興公之歸無所，謂豈無其所，蓋必相王室也。……信處信宿，計其在東將歸之時，不過有此兩宿之留也。此蓋聞王將迎公而云然也。"（《詩經鐸振》卷三）

37. 明·顧夢麟："東人聞成王將迎周公，又自相謂而言：鴻飛則遵渚矣，公歸豈無所乎，今特於女信處而已。"（《詩經説約》卷十）

38. 明·張次仲："彼時公以流言負謗，避嫌居東。一旦來迎，東人且悲且喜，且疑且信，故曰公歸而無所，公歸而不復。則但于女地爲信處信宿之留，仍來吾地可也。"（《待軒詩記》卷三）

39. 明·黄道周："吾方快睹公之臨于東，乃忽聞其將歸矣。鴻飛尚有遵渚之安，況我公歸豈無安居之所乎。蓋負扆爲安，居東爲暫。公之留於此也，將于女信處而已，信處之後，女其奈公何哉。"（《詩經琅玕》卷三）

40. 明·何楷："彼一時也，沖人之疑未釋，公雖欲歸周而無安身之所，故不得不暫于汝地焉信處耳。然謂之信也，而豈可久哉。所以然者，以公之精忠感格，必有悟主之期故也。此一章追前日居東時而言。"（《詩經世本古義》卷十之上）

41. 明·黄文焕："然公之來也，吾人故甚喜矣，其如公之不可久留何哉。彼鴻之飛也，則遵于渚，公之歸也，蓋將持衡政府，出入朝寧之間矣。夫豈無所處乎。計其在東之日，特于汝信處而已，信處之外，即欲留公之存而不可得也，袞衣繡裳，亦藐乎其不可親矣，將何如其爲清①哉。"（《詩經娜嬛》卷三）

42. 明·胡紹曾："次二章遵渚遵陸，明公不宜居東。無所、不復，言無所以歸公反公之道。"（《詩經胡傳》卷五）

43. 明·范王孫："夫既取象于鴻之遵渚遵陸，明說公之失所矣。末二句豈有願其不歸之理。"（《詩志》卷九）

44. 明·賀貽孫："遵渚遵陸，鴻之偶也，豈能久於渚陸哉。以興下文公將歸矣。公豈無所哉，特於女信處而已。公歸將不復至矣，特於女信宿而已。蓋惜之也。"（《詩觸》卷二）

45. 明·陳元亮："雖朝廷不可一日无公，公亦无日不與朝廷爲念，顧留相之日久，而居東之日暫。公雖留，无傷也。東人只模寫己愛慕無已，不忍釋然，初不計及公之當歸與否，故苟得一宿再宿之留，以爲幸耳。"（《鑒湖詩說》卷一）

46. 清·張沐："言朝廷若終不以爵服迎致周公，公終不可歸。公歸將于何所自處乎。他日亦惟情不可絕，暫來即去，如鴻飛之遵渚，然不過于女朝廷借信宿之暫而已。此可見公之德美矣。若果如此，朝廷之不智甚矣。"（《詩經疏略》卷四）

47. 明·陳元亮："二章具見聖人之德焉。"（《詩經疏略》卷一）

48. 清·冉覲祖："夫今日見公固甚快矣，而其如不可常見，何哉？彼鴻之飛也，則遵於渚矣，況我公之歸也，豈無其所乎。出入朝寧，原其重地。"（《詩經詳說》卷三十二）

49. 清·祝文彥："此與上章皆一時事，方幸其得見，又聞其將歸，故嘆其不久于留如此。"（《詩經通解》卷十五）

50. 清·王心敬："又恐東人之欲留公也，則告之曰：周公之在周，譬如鴻之于渚，亦其所當在也。今王欲公歸，元宰虛席，豈其所乎。今而後，於汝東土不過信處而已。"（《豐川詩說》卷十一）

51. 清·李塨："皆恐公去之辭也。"（《詩經傳注》卷三）

52. 清·許伯政："試觀鴻飛遵渚，不過暫時來賓也。今公歸豈無所乎，茲幸而於女信處耳。"（《詩深》卷十五）

53. 清·范家相："鴻之遵渚而南，不得其所也，豈遂于女乎信處。……今于

---

① 清，疑爲情之誤。

女不過信宿之暫處耳。"(《詩瀋》卷十)

54. 清·牟庭:"有鴻飛而下,或遵小洲渚,比如遠到人,偶自居下土。公昔欲歸朝,朝中無處所,故於汝豳邑淹留而信處。"(《詩切》)

55. 清·劉沅:"又言鴻本高飛,暫時遵渚,公本冢宰,暫時來東,當優禮之。但惜此地微小,亦如渚然,無可以安公之所。今於女信處,不可不敬重也。"(《詩經恒解》卷二)

56. 清·胡承珙:"既歸攝政,後設爲追刺之辭,故云鴻不宜遵渚,稱公不宜居東也。不宜居,則公應歸矣,而未有所也,故猶於東信處耳。"(《毛詩後箋》卷十五)

57. 清·李詒經:"下三章①言欲留公者,互相告語之情狀。"(《詩經蠹簡》卷二)

58. 清·方玉潤:"夫鴻飛在天乃其常,然時而遵渚遵陸,特其暫耳。公今還朝,以相天子,豈無所乎?殆不復東來矣。其所以遲遲不忍去者,特爲女東人作信宿留也。"(《詩經原始》卷八)

59. 清·鄧翔:"言西周乃公歸之所,今于女信宿,亦女有光矣。皆迎公者之辭。"(《詩經繹參》卷二)

60. 清·鄧翔:"聖賢經歷,後世猶低徊其遺迹,而遙想其流連之致。周公,大聖人,曾于此信處信宿,宜當時榮之,後世思之矣。夫公居東三年,久矣。而東人戀之,若以爲信宿信處焉耳。"(《詩經繹參》卷二)

61. 清·呂調陽:"二三章悲公之歸也。"(《詩序議》卷二)

62. 民國·王闓運:"王使來錫命周公,禮成當去,於乎女且留再宿謀之,此時謀定,治流言,罷二叔,則公執政無嫌,商奄不叛,惜朝廷之不察機也。"(《詩傳補》)

63. 民國·馬其昶:"言公以禮爲進退,未得禮,故公無所歸,而於女東土久處。公不復歸,而於女東土久宿。周大夫言此以諷朝廷之不知,可謂婉切矣。"(《詩毛氏學》卷十五)

64. 民國·林義光:"蓋謂周公去此而歸,則此方之民,將如飛鴻失水,不得安居也。"(《詩經通解》卷十五)

---

① "下三章"或爲"下二章"之誤,指二三兩章。

65. 民國·焦琳："鴻飛不留，而渚小易過。公之歸期伊邇矣。不知近在何所，則有限之仰瞻，尤宜珍惜，盍留公於女乎信處，再加被餘暉之照與。"（《詩蠲》卷四）

66. 日本·岡白駒："成王未知周公之志，則公不得其禮迎矣。公歸無所，且於汝信處耳。謂之信處，則豈可久哉。蓋以公之精忠，必有王悟之期也。是深知公者也。"（《毛詩補義》卷五）

67. 日本·赤松弘："言鴻鳥大者，宜在洲之大者，今特在小渚矣。以興周公之居東，非其所宜也。假令公歸無所乎，於女信安處之而已。責其在位思公之弗至之詞也。"（《詩經述》卷四）

68. 日本·冢田虎："周公避流言之難，來居東土，故今雖成王迎之，東人猶憂之，而相言公歸于周京，恐將無安所焉，當於汝使信處焉。"（《冢注毛詩》卷八）

69. 日本·龜井昱："次二章以嘆公不獲復其位也。"（《古序翼》卷四）

70. 日本·竹添光鴻："二章三章願朝廷迎公以歸，而托爲東人自相謂之語。"（《毛詩會箋》卷八）

71. 韓國·李瀷："今雖遵渚其飛，冥冥終必脫禍，又非恒處舂，必北歸，豈魚網所罹哉。東人已揣周公之不久於此也。"（《詩經疾書》）

72. 韓國·尹廷琦："中兩章則追本公西歸時在路而言也。"（《詩經講義續集》）

三章句解

鴻飛遵陸

《毛詩故訓傳》（《毛詩正義》卷八）：

陸非鴻所宜止。

宋·蘇轍《詩集傳》卷八：

鴻飛而遵陸，不得已也。周公之在東，亦猶是矣，非其所願居也。苟其得已，則義當復西耳。

宋·王質《詩總聞》卷八：

皆周公歸途所見之物也。魚游近罛，鴻飛近渚近陸，皆危地。

宋·朱熹《詩經集傳》卷八：

鴻飛遵陸（高平曰陸。）

宋·呂祖謙《呂氏家塾讀詩記》卷十六：

《爾雅》曰："高平曰陸。"

宋·楊簡《慈湖詩傳》卷十：

鴻飛宜登天，今也遵渚而已，遵陸而已。

宋·林岊《毛詩講義》卷四：

遵陸亦言非其所也。

宋·嚴粲《詩緝》卷十六：

《釋地》曰："高平曰陸。"

元·劉瑾《詩傳通釋》卷八：

高平曰陸。

211

元·朱善《詩解頤》卷一：

鴻飛而戾天，宜也。而有時乎遵渚，復有時而遵陸，則亦暫焉而已耳。

元·王逢《詩經疏義輯錄》（《詩經疏義會通》卷八）：

高平曰陸。

明·季本《詩説解頤》卷十四：

高平曰陸。陸鴻北向，則歸而不復矣。

明·黄佐《詩經通解》卷八：

鴻遵陸，鴻其不復矣，公歸豈可復乎。

明·豐坊《魯詩世學》卷十五：

【正説】高平曰陸。

明·李資乾《詩經傳注》卷十八：

上云渚，猶可以處警自守，至遵于陸，陸者，平易之地，无渚可避。

明·許天贈《詩經正義》卷九：

鴻之飛也，則循乎高平之陸矣。

明·江環《詩經闡蒙衍義集注》（《詩經鐸振》卷三）：

【三章】彼鴻之飛也，則遵于陸矣。

明·郝敬《毛詩原解》卷十六：

鴻飛宜高舉，而乃遵彼平陸，公之居東，猶在陸也。

明·姚舜牧《重訂詩經疑問》卷三：

鴻非就於渚者，亦非就於陸者，偶飛而遵渚遵陸耳。

明·駱日升《詩經正覺》卷四：

鴻之飛也，則遵于陸矣。

明·張次仲《待軒詩記》卷三：

高平曰陸。鴻不木栖，不于渚，則于陸。

明·黄道周《詩經琅玕》卷三：

鴻飛尚有遵陸之安，況我公歸寧有復東之期乎。

明·錢天錫《詩牘》卷五：

鄧潛谷曰："公之孫而東也，猶鴻之遵陸，非其地也，何可久稽公也。"

明·何楷《詩經世本古義》卷十之上：

陸，《説文》云："高平地。"鴻飛遵陸，蓋自南歸北之時，不復爲渚上之游，以况公之自東而還歸于周，亦將留相王室而不復來東也。故《易·漸卦》九二之象曰："鴻漸于陸，夫征不復。"公之歸，以之上九之象曰："鴻漸于陸。其羽可用爲儀。"公之不復以之。

明·黄文焕《詩經嫏嬛》卷三：

三章，彼鴻之飛也，則遵于陸矣。

明·唐汝諤《毛詩蒙引》卷七：

鄧潛谷曰："公之孫而東也，猶鴻之遵渚①且遵陸也，非其地也，何可久稽公也。"

姚承庵曰："鴻之遵渚②遵陸，亦偶飛至此，興公信宿之意。"

明·楊廷麟《詩經聽月》卷五：

彼鴻之飛也，則遵于陸矣。

明·萬時華《詩經偶箋》卷五：

鴻之遵渚遵陸，亦偶飛至此，興公信宿之意。

明·胡紹曾《詩經胡傳》卷五：

次二章遵渚遵陸，明公不宜居東。

又曰：鴻漸于陸，夫征不復。蓋陸非鴻所安，九三過剛不中，故有此象。不復者，離群醜也。然利用禦寇，公雖非過剛不中，而所遭如此，則爲師征之兆。至上九之陸（一作逵），即用爲天下之儀已。語既相類，事理亦符，原作詩之旨，及東人之愛公惜公，隱刺朝廷，盡在解中。竊謂阿蒙囈語通《周易》也。

鴻進有漸，飛有序，故禮曰：前有車騎，則載飛鴻。鴻，水鳥，而羽輝潔白，能薄雲霄，故取其漸于天逵。渚陸非所處也。或曰，鴻之集也，必于中澤。今飛而遵渚遵陸，正翔起之時，以興下二句。朱注正此意。

清·錢澄之《田間詩學》卷五：

高平曰陸。遵陸，漸有自南歸北之意，以况公將還京師，留相王室，而不復來東也。

清·張沐《詩經疏略》卷四：

高平曰陸。鴻，不居之鳥。于陸亦循之，不久居也。

---

① 原文爲"者"，據上下文改。
② 原文爲"諸"，據上下文改。

清·冉覲祖《詩經詳說》卷三十二：

高平曰陸。

《毛傳》："陸非鴻所宜止。"

按：陸亦非不宜止。

【講】彼鴻之飛也，則遵於陸矣。

清·李光地《詩所》卷二：

渚陸非鴻所安，暫寄迹耳，故以興公居東不過信宿，非久當歸也。

清·王鴻緒等《欽定詩經傳說彙纂》卷九：

《集傳》："高平曰陸。"

【集說】季氏本曰："鴻北向則歸而不復矣。言周公既歸則留王室而不復來東也。"姚氏舜牧曰："鴻子遵陸，亦偶飛至此，興公信宿之意。"

【附錄】毛氏萇曰："陸非鴻所宜止。"……蘇氏轍曰："鴻飛而遵陸，不得已也。周公之在東，亦猶是矣，非其所願居也。苟其得已，則義當復西耳。"

清·嚴虞惇《讀詩質疑》卷十五：

孔疏："高平曰陸。"

清·王心敬《豐川詩說》卷十一：

（三章）鴻飛遵陸，非其所願居也。

清·姜文燦《詩經正解》卷十：

高平曰陸。

【合參】彼鴻之飛也，則遵于高平之陸，若往而不返矣。

【析講】《埤雅》："鴻之爲物，其進有漸，其飛有序，其羽可用爲儀，君子之道也。"

清·許伯政《詩深》卷十五：

鴻飛遵陸，時去亦或時來也。

清·劉始興《詩益》卷三：

高平曰陸。渚尚近水，遵陸則愈非其宜矣。

清·傅恒等《御纂詩義折中》卷九：

高平曰陸。鴻離渚而遵陸，將北向也。季本曰："雁北向則經時不復矣。言周公歸，將留相王室而不復來東也。"

清·羅典《凝園讀詩管見》卷五：

【集傳】高平曰陸。

【管見】北方山原之亘，所在土厚而水深者，通爲陸。鴻自彼而飛，是舍陸而南翔也。然其飛自陸者，前於每歲之秋，亦皆因其故地而遵彼陸焉。則得遙想其所遵之陸，以期歸後之必復矣。

清·范家相《詩瀋》卷十：

鴻之遵陸而北，爰得我所。

清·段玉裁《毛詩故訓傳定本》卷十五：

"鴻飛遵陸"，陸非鴻所宜止。

清·姜炳璋《詩序補義》卷十三：

三章：北地高平，南方下隰。遵陸，北歸也。……此章言遵陸，是喻其去。

清·牟應震《詩問》卷三：

遵陸，喻歸周。

清·牟庭《詩切》：

《易·漸卦》："鴻漸于陸。"馬注曰："山上高平曰陸。"王注曰："陸高之頂也。"《楚詞》憂苦篇王注曰："大阜曰陸。"余按：遵陸，喻歸周也。《毛傳》曰"陸非鴻所宜止"，非矣。……有鴻飛而上，遠遵山頂陸，比如遠到人，歸爲天子輔。

清·劉沅《詩經恒解》卷二：

高平曰陸。……又言鴻飛遵陸，則將高飛。

清·李黼平《毛詩紬義》卷九：

下經"鴻飛遵陸"，《傳》亦云："陸非鴻所宜止者。"《傳》文變循言止，以鴻之飛必漸進愈高，乃爲羽儀可用。若止于陸，則有夫征不復之凶。……故《傳》謂"陸非鴻所宜止，以喻周公當歸王室，若止于東都，則諸陸皆非所宜"。

清·陳壽祺、陳喬樅《三家詩遺說考·齊詩遺說考》卷一：

【補】《易林》《師》之震："鴻飛在陸，公出不復。仲氏任只，伯氏客宿。"

喬樅謹案：《損》之蹇，《漸》之否，《剝》之升，《中孚》之同人，並無第三句。

清·林伯桐《毛詩通考》卷十五：

次章，《傳》以鴻是大鳥，不宜飛而循渚，以喻周公聖人，不宜久留東方。詞意俱順。《箋》云："以喻周公與凡人處東都，失其所。"夫凡人無處無之，豈專在東都乎。《傳》曰："周公未得禮也。蓋以未得王迎之禮，則歸無所在，故於女東方信宿耳。"《箋》云："信，誠也。公西歸而無所居，則可就女誠處是東都也。"何其紆曲乎。（三章，毛、鄭之意有別，亦如此。）

清·陳奐《詩毛氏傳疏》卷十五：

《傳》："陸非鴻所宜止。"

清·顧廣譽《學詩正詁》卷二：

此正與《易》"鴻漸于干""鴻漸于陸"相似。詳《傳》。《箋》亦是謂鴻雁之鴻，鴻雁以高飛爲宜，遵渚遵陸者暫耳，喻周公以在朝廷爲宜，其居東者亦暫耳。鄭言"大鳥"，猶上章毛以鱒魴爲大魚也。段氏《小箋》謂："即黃鵠，最爲大鳥，常集高山茂林之上，不當循小洲之渚、高平之陸也。"果爾，則毛、鄭何不明言鴻鵠邪。且鴻鵠絕少遵渚遵陸，時詩人亦不必取爲興矣。

清·方玉潤《詩經原始》卷八：

夫鴻飛在天乃其常，然時而遵渚遵陸，特其暫耳。

清·鄧翔《詩經繹參》卷二：

《易》九三："鴻漸於陸。"陸，高平之地，非鴻所宜，漸進于此也。征而不復，則爲失所，如鴻之不復于江也。此曰遵，鴻有時遵此而過焉耳，非□□□于此也。（以上頁眉）

【集解】高平曰陸。

清·龍起濤《毛詩補正》卷十四：

【毛】陸非鴻所宜止。

而卒也，公道大明，公歸不復，不爲羅網之鴻，亦不爲高飛之鴻，而終爲儀羽之鴻。

清·梁中孚《詩經精義集鈔》卷二：

高平曰陸。

姚氏舜牧曰：鴻之遵陸，亦偶飛至此。

清·王先謙《詩三家義集疏》卷十三：

【注】韓說曰："高平無水曰陸。"【疏】《傳》："陸非鴻所宜止。""高平无水曰陸"者，《玉篇·阜部》引《韓詩》文。《釋名》："高平曰陸。陸，漉也，水流漉而去也。"流漉而去則無水，與韓合。

《易林》損之蹇："鴻飛在陸，公出不復。伯氏客宿。"漸之否，剝之升，中孚之同人，同師之震，"伯氏"上多"仲氏任只"一句，皆不可曉。

民國·王闓運《詩傳補》：

陸非鴻所宜止。　　補曰：阜高平曰陸。鴻循陸，漸去水，將遠飛也。喻公在東都，亦將謀退遠朝廷。

民國·馬其昶《詩毛氏學》卷十五：

陸非鴻所宜止。（蘇轍曰："遵陸不得已也。在東亦猶是矣。"）

民國·李九華《毛詩評注》：

【注】陸非鴻所宜止。（《毛傳》）

民國·焦琳《詩蠲》卷四：

大陸之廣博無涯，而鴻飛之經歷有限，一過即不復來矣。

日本·中村之欽《筆記詩集傳》卷五：

一說古義云：鴻飛遵陸，不復爲渚上之游，以況公之自東而還歸于周，亦將留相王室而不復來東也。故《易·漸卦》九二之象曰："鴻漸于陸。夫征不復。"公之歸以之。

日本·岡白駒《毛詩補義》卷五：

陸非鴻所宜止。

日本·中井積德《古詩逢源》：

此陸與渚對，謂平地也。

日本·皆川願《詩經繹解》卷七：

陸，《說文》云："高平地。"

此章曰：遵陸者，比渚稍高也。

日本·伊藤善韶《詩解》：

高平曰陸。言鴻雁自水傍飛，而進陸地，相去益遠。

日本·冢田虎《冢注毛诗》卷八：

陸非鴻所宜止。

日本·大田元貞《詩經纂疏》卷七：

鴻（旁行小字：周公）飛遵陸①（旁行小字：東土）。

日本·仁井田好古《毛詩補傳》卷十五：

陸非鴻所宜止。

---

① 原文陸爲渚，據上下文改。

日本·岡井鼎《詩疑》：

《集傳》："高平曰陸。"（《釋地》）

鼎按：《易·漸卦》九二之象云："鴻漸于陸，夫征不復。"與此詩語仿佛相似。

日本·無名氏《詩經旁考》卷十一：

《易林》："鴻飛在陸，公出不復。"

日本·安藤龍《詩經辨話器解》卷八：

《傳》："陸非鴻所宜止。"

日本·山本章夫《詩經新注》卷中：

水傍則陸，故曰遵水。

日本·竹添光鴻《毛詩會箋》卷八：

陸非鴻所宜止。

箋曰：此陸與渚對，謂平地也。

韓國·朴世堂《詩經思辨錄》：

鴻之遵渚遵陸，其飛也亦卑，則重以爲公失所之喻。

韓國·申綽《詩次故》卷十：

《易林》："鴻飛在陸，公出不復。"

韓國·尹廷琦《詩經講義續集》：

鴻之自干而漸于陸，則已在平地之上，飛將于逵，遂無復下于干之理。故《漸》九三之"漸陸"曰"夫征不復"，今公之自東歸而已，至中路其猶鴻之自渚而已遵於陸。……既曰遵渚遵陸，則公之已發，行而遵歸路也。結之以於女信宿，則公之尚在東土也，蓋以鴻遵渚陸，以聖人之時義而言之，謂將西歸遵路也，非以已發歸而言也。

韓國·朴文鎬《詩集傳詳說》卷六：

高平曰陸。（毛氏曰："陸非鴻所宜止。"）

李雷東按：

"鴻飛遵陸"句解有"陸""遵陸"以及整句解說等幾個問題。現分述如下：

一　鴻

1. 清·張沐："鴻，不居之鳥。于陸亦循之，不久居也。"（《詩經疏略》卷四）

2. 日本·大田元貞："鴻（旁行小字：周公）"（《詩經纂疏》卷七）

二 陸

1. 宋·朱熹："高平曰陸。"（《詩經集傳》卷八）

2. 宋·呂祖謙引《爾雅》曰："高平曰陸。"（《呂氏家塾讀詩記》卷十六）

3. 明·何楷："陸，《說文》云：高平地。"（《詩經世本古義》卷十之上）

4. 清·王先謙："韓說曰：高平無水曰陸。"（《詩三家義集疏》卷十三）

5. 民國·王闓運："阜高平曰陸。鴻循陸，漸去水，將遠飛也。喻公在東都，亦將謀退遠朝廷。"（《詩傳補》）

6. 日本·中井積德："此陸與渚對，謂平地也。"（《古詩逢源》）

7. 日本·皆川願："此章曰遵陸者，比渚稍高也。"（《詩經繹解》卷七）

8. 日本·大田元貞："陸①（旁行小字：東土）。"（《詩經纂疏》卷七）

9. 日本·山本章夫："水傍則陸，故曰遵水。"（《詩經新注》卷中）

三 遵陸

1. 宋·林岊："遵陸亦言非其所也。"（《毛詩講義》卷四）

2. 清·錢澄之："遵陸，漸有自南歸北之意，以況公將還京師，留相王室，而不復來東也。"（《田間詩學》卷五）

3. 清·姜炳璋："北地高平，南方下豬。遵陸，北歸也。……此章言遵陸，是喻其去。"（《詩序補義》卷十三）

4. 清·牟應震："遵陸，喻歸周。"（《詩問》卷三）

四 整句解説

1. 《毛詩故訓傳》："陸非鴻所宜止。"（《毛詩正義》卷八）

2. 宋·蘇轍："鴻飛而遵陸，不得已也。周公之在東，亦猶是矣，非其所願居也。苟其得已，則義當復西耳。"（《詩集傳》卷八）

3. 宋·王質："皆周公歸途所見之物也。魚游近罶，鴻飛近渚近陸，皆危地。"（《詩總聞》卷八）

4. 宋·楊簡："鴻飛宜登天，今也遵渚而已，遵陸而已。"（《慈湖詩傳》卷十）

5. 元·朱善："鴻飛而戾天，宜也。而有時乎遵渚，復有時而遵陸，則亦暫焉

---

① 原文陸爲渚，據上下文改。

而已耳。"(《詩解頤》卷一)

6. 明·季本："陸鴻北向，則歸而不復矣。"(《詩說解頤》卷十四)

7. 明·黃佐："鴻遵陸，鴻其不復矣，公歸豈可復乎。"(《詩經通解》卷八)

8. 明·李資乾："上云渚，猶可以處警自守，至遵于陸，陸者，平易之地，无渚可避。"(《詩經傳注》卷十八)

9. 明·許天贈："鴻之飛也，則循乎高平之陸矣。"(《詩經正義》卷九)

10. 明·江環《詩經闡蒙衍義集注》："彼鴻之飛也，則遵于陸矣。"(《詩經鐸振》卷三)

11. 明·郝敬："鴻飛宜高舉，而乃遵彼平陸，公之居東，猶在陸也。"(《毛詩原解》卷十六)

12. 明·姚舜牧："鴻非就於渚者，亦非就於陸者，偶飛而遵渚遵陸耳。"(《重訂詩經疑問》卷三)

13. 明·張次仲："鴻不木栖，不于渚，則于陸。"(《待軒詩記》卷三)

14. 明·黃道周："鴻飛尚有遵陸之安，況我公歸寧有復東之期乎。"(《詩經琅玕》卷三)

15. 明·錢天錫引鄧潛谷曰："公之孫而東也，猶鴻之遵陸，非其地也，何可久稽公也。"(《詩牅》卷五)

16. 明·何楷："鴻飛遵陸，蓋自南歸北之時，不復爲渚上之游，以況公之自東而還歸于周，亦將留相王室而不復來東也。"(《詩經世本古義》卷十之上)

17. 明·唐汝諤引姚承庵曰："鴻之遵渚①遵陸，亦偶飛至此，興公信宿之意。"(《毛詩蒙引》卷七)

18. 明·胡紹曾："次二章遵渚遵陸，明公不宜居東。"(《詩經胡傳》卷五)

19. 明·胡紹曾："鴻漸于陸，夫征不復。蓋陸非鴻所安，九三過剛不中，故有此象。不復者，離群醜也。然利用禦寇，公雖非過剛不中，而所遭如此，則爲師征之兆。至上九之陸（一作逵），即用爲天下之儀已。語既相類，事理亦符，原作詩之旨，及東人之愛公惜公，隱刺朝廷，盡在解中。竊謂阿蒙甕語通《周易》也。"(《詩經胡傳》卷五)

20. 清·李光地："渚陸非鴻所安，暫寄迹耳，故以興公居東不過信宿，非久

---

① 原文爲"諸"，據上下文改。

當歸也。"(《詩所》卷二)

21. 清·王心敬："鴻飛遵陸，非其所願居也。"(《豐川詩說》卷十一)

22. 清·姜文燦："彼鴻之飛也，則遵于高平之陸，若往而不返矣。"(《詩經正解》卷十)

23. 清·許伯政："鴻飛遵陸，時去亦或時來也。"(《詩深》卷十五)

24. 清·劉始興："渚尚近水，遵陸則愈非其宜矣。"(《詩益》卷三)

25. 清·傅恒等："鴻離渚而遵陸，將北向也。……言周公歸，將留相王室而不復來東也。"(《御纂詩義折中》卷九)

26. 清·羅典："北方山原之亘，所在土厚而水深者，通爲陸。鴻自彼而飛，是舍陸而南翔也。然其飛自陸者，前於每歲之秋，亦皆因其故地而遵彼陸焉。則得遙想其所遵之陸，以期歸後之必復矣。"(《凝園讀詩管見》卷五)

27. 清·羅典："鴻飛遵渚，公歸無所，我心則悲也。鴻飛遵陸，公歸不復，我心則益悲也。"(《凝園讀詩管見》卷五)

28. 范家相："鴻之遵陸而北，爰得我所。"(《詩瀋》卷十)

29. 清·牟庭："有鴻飛而上，遠遵山頂陸，比如遠到人，歸爲天子輔。"(《詩切》)

30. 清·劉沅："言鴻飛遵陸，則將高飛。"(《詩經恒解》卷二)

31. 清·李黼平："以鴻之飛必漸進愈高，乃爲羽儀可用。若止于陸，則有夫征不復之凶。"(《毛詩紬義》卷九)

32. 清·方玉潤："夫鴻飛在天乃其常，然時而遵渚遵陸，特其暫耳。"(《詩經原始》卷八)

33. 清·鄧翔："陸，高平之地，非鴻所宜，漸進于此也。征而不復，則爲失所，如鴻之不復于江也。此曰遵，鴻有時遵此而過焉耳，非□□□于此也。"(《詩經繹參》卷二)

34. 民國·王闓運："鴻循陸，漸去水，將遠飛也。喻公在東都，亦將謀退遠朝廷。"(《詩傳補》)

35. 民國·焦琳："大陸之廣博無涯，而鴻飛之經歷有限，一過即不復來矣。"(《詩蠲》卷四)

36. 日本·中村之欽："一說古義云：鴻飛遵陸，不復爲渚上之游，以況公之自東而還歸于周，亦將留相王室而不復來東也。故《易·漸卦》九二之象曰：鴻

漸于陸。夫征不復，公之歸以之。"(《筆記詩集傳》卷五)

37. 日本·伊藤善韶："言鴻雁自水傍飛，而進陸地，相去益遠。"(《詩解》)

38. 韓國·朴世堂："鴻之遵渚遵陸，其飛也亦卑，則重以爲公失所之喻。"(《詩經思辨錄》)

39. 韓國·尹廷琦："鴻之自干而漸于陸，則已在平地之上，飛將于遠，遂無復下于干之理。故《漸》九三之'漸陸'曰'夫征不復'，今公之自東歸而已，至中路其猶鴻之自渚而已遵於陸。……既曰遵渚遵陸，則公之已發，行而遵歸路也。結之以於女信宿，則公之尚在東土也，蓋以鴻遵渚陸，以聖人之時義而言之，謂將西歸遵路也，非以已發歸而言也。"(《詩經講義續集》)

公歸不復

漢·鄭玄《毛詩箋》(《毛詩正義》卷八)：
今公當歸復其位，不得留也。

唐·孔穎達《毛詩正義》卷八：
《箋》以爲避居則不復，當謂不得復位。毛以此章東征，則周公攝位久矣，不得以不復位爲言也。當訓復爲反。王肅云："未得所以反之道。"《傳》意或然。

宋·歐陽修《詩本義》卷五：
《本義》曰：其曰公歸不復者，言公但未歸爾，歸則不復來也。

宋·蘇轍《詩集傳》卷八：
苟其得已，則義當復西耳。不復者，不復其舊也。

宋·李樗《毛詩詳解》(《毛詩李黃集解》卷十八)：
"公歸不復，於女信宿"者，言西人告東人，曰：公歸不復其位，於女信宿乎。【黃講同】

宋·范處義《詩補傳》卷十五：
今既未得其所，未復其舊。

宋·王質《詩總聞》卷八：
公歸恐復陷讒，不能免也。

宋·朱熹《詩經集傳》卷八：
不復，言將留相王室而不復來東也。

宋·吕祖謙《吕氏家塾讀詩記》卷十六：

程氏曰：不復，謂未還舊職。

宋·楊簡《慈湖詩傳》卷十：

公歸宜復冢宰之位，今也不復，無其所以居之。

宋·林岊《毛詩講義》卷四：

周公宜歸，而朝廷不亟復之。

宋·嚴粲《詩緝》卷十六：

豈公歸不復其舊位，而於汝東土誠安留乎。公歸必復其舊位矣。

宋·朱鑑《詩傳遺説》卷四：

公歸將不復來乎，汝但暫寓信處耳。（葉賀孫録）

元·胡一桂《詩集傳附録纂疏·詩序》卷八：

不復，言將留相王室而不復來東也。愚謂：不復，作豈不復其位乎，庶與上章豈無所處乎相應。

【附録】公歸將不復來，於汝但寓信宿耳。賀孫。

元·劉瑾《詩傳通釋》卷八：

不復，言將留相王室而不復來東也。

公歸將不復來，於汝但寓信宿耳。

元·王逢《詩經疏義輯録》（《詩經疏義會通》卷八）：

不復，言將留相王室而不復來東也。

明·梁寅《詩演義》卷八：

不復，言去不復來也。

明·胡廣《詩傳大全·詩序》卷八：

不復，言將留相王室而不復來東也。

朱子曰："公歸將不復來，於汝但寓信宿耳。"

明·吕柟《毛詩説序》卷二：

"公歸不復"，猶曰不復歸。

明·季本《詩説解頤》卷十四：

言周公既歸，則留王室而不復來東也。

明·黄佐《詩經通解》卷八：

鴻遵陸，鴻其不復矣，公歸豈可復乎。（程氏曰："不復，謂未還舊職。"）

明·鄒泉《新刻七進士詩經折衷講意》卷一：

不復，言其留相王室。

明·豐坊《魯詩世學》卷十五：

【正說】不復，言將留相王室而不復來魯也。

明·李資乾《詩經傳注》卷十八：

《漸卦》九三："夫征不復，婦孕不育之時。"上九"其羽可用爲儀"之處，故曰"公歸不復"。"不復"者，去而不返也。

明·顧起元《詩經金丹》卷三：

不復，言將留相王室而不復來東也。

【《九罭》三章】不復，謂不復來東，蓋留相王室也。此言其將歸，皆未然之詞，方接得下文"是以"字。

明·江環《詩經闡蒙衍義集注》（《詩經鐸振》卷三）：

【三章】公之歸也，蓋將留相王室，永居輔弼之位矣，夫豈復來東乎。

主意：此言其將歸，皆未然之詞，方接得下文"是以"字起，若作已然，則不止于信處信宿矣。信處信宿只一般。

明·方從哲等《禮部訂正詩經正式講意合注篇》卷四：

公歸不復，必將留相王室，永居輔弼之位也。

明·郝敬《毛詩原解》卷十六：

（三章）王欲公歸，公豈不復乎。

明·馮時可《詩臆》卷上：

公歸不復，國無重臣，而女乃信欲安處安宿乎。

明·徐光啓《毛詩六帖講意》卷一：

箋曰："今公當歸復其位，不得留也。"

明·姚舜牧《重訂詩經疑問》卷三：

公歸豈無所乎，歸豈復來乎，蓋不過信宿於是焉而已，此東人繾綣不忍公去之至意也。

明·曹學佺《詩經剖疑》卷十二：

復者，還公之相位也。

明·駱日升《詩經正覺》卷四：

公之歸也，蓋將留相王室，永居輔弼之位矣，夫豈復來東乎。

明·陸化熙《詩通》卷一：

公歸無所，公歸不復，是明知留相王室爲公之所，無復來理，而心不忍捨。

明·徐奮鵬《詩經尊朱刪補》（《詩經鐸振》卷三）：

不復，謂不復來東，蓋留相王室也。

明·顧夢麟《詩經說約》卷十：

不復，言將留相王室而不復來東也。

明·鄒之麟《詩經翼注講意》卷一：

不復，言其留相王室也。

明·張次仲《待軒詩記》卷三：

不復，謂不復其故位也。彼時公以流言負謗，避嫌居東。一旦來迎，東人且悲且喜，且疑且信，故曰公歸而無所，公歸而不復。則但于女地爲信處信宿之留，仍來吾地可也。

明·黃道周《詩經琅玕》卷三：

是言將留相王室，而不復來東也。

此言其將不復，皆未然之詞，方接得下文"是以"字起。若作已然，則不止于信處信宿矣。

【剖明】凌駿甫曰："公歸無所，公歸不復，是明知當相王室，爲公之所，無復來理，而心不忍捨。"

明·何楷《詩經世本古義》卷十之上：

故《易·漸卦》九二之象曰："鴻漸于陸，夫征不復。"公之歸，以之上九之象曰："鴻漸于陸，其羽可用爲儀。"公之不復以之。

明·黃文煥《詩經嫏嬛》卷三：

三章，公之歸也，蓋將留相王室永居輔弼之位矣，豈復來東乎。

不復，謂不復來東，留相王室也。此言其將歸，皆未然之詞，方接得下文"是以"字。

明·唐汝諤《毛詩蒙引》卷七：

鄧潛谷曰："今歸矣，自是東無公所矣，且不可復得矣。"

明·楊廷麟《詩經聽月》卷五：

公之歸也，蓋將留相王室，來居輔弼之位矣。夫豈復來東乎。

公歸不復。（是言將留相王室而不復來東也。）於女信宿。（此言其將歸，皆未然之詞，方接得下文"是以"字起，若作已然，則不止于信處信宿矣。）

明·陳組綬《詩經副墨》：

公歸無所，公歸不復，是明知留相王室爲公之所，無復來理，而心不忍捨。

明·朱朝瑛《讀詩略記》卷二：

公歸則不復來，故不忍遽別，而于女信宿也。……歸不復而信宿，以他日之甚不幸而翻爲今日之暫幸也。

明·胡紹曾《詩經胡傳》卷五：

無所、不復，言無所以歸公反公之道。

明·范王孫《詩志》卷九：

又云：公歸不復，祝之也。

明·賀貽孫《詩觸》卷二：

公歸將不復至矣，特於女信宿而已。蓋惜之也。

明·陳元亮《鑒湖詩說》卷一：

曰"公歸不復"，言終留相王室也。

清·朱鶴齡《詩經通義》卷五：

公歸無所，公歸不復，言公歸豈無所乎，公歸豈不復乎。復，言復位相成王也。

清·張沐《詩經疏略》卷四：

不復，不復爲上公攝政也。朝廷不以禮迎周公，周公雖異日有歸之時，亦不復攝政也。

清·冉覲祖《詩經詳說》卷三十二：

鴻飛遵陸，（句。陸韻）**公歸不復**。（句。復韻）**於女信宿**。（句。宿韻）

不復，言將留相王室而不復來東也。

指南：公歸無所，公歸不復，言上下清廟輔相當朝也。

【講】況我公之歸也，豈其復來東乎。

清·祝文彥《詩經通解》：

"無所"反言，"不復"正言，皆言當相王室也。

清·王鴻緒等《欽定詩經傳說彙纂》卷九：

《集傳》："不復，言將留相王室而不復來東也。"

集説：季氏本曰："言周公既歸則留王室而不復來東也。"

附錄：蘇氏轍曰："鴻飛而遵陸，不得已也。周公之在東，亦猶是矣，非其所願居也。苟其得已，則義當復西耳。"

清·嚴虞惇《讀詩質疑》卷十五：

朱注："不復，言將留相王室不復來也。"

清·王心敬《豐川詩說》卷十一：

（三章）王欲公歸，公豈不復乎。

清·李塨《詩經傳注》卷三：

不復，言留相王家而不反也。（朱注）皆恐公去之辭也。

清·姜文燦《詩經正解》卷十：

不復，言將留相王室而不復來東也。

【合參】況我公之歸也，持衡政府，而優游朝寧之間，留相天家，而永居輔弼之位，夫豈復來東乎。

【析講】公歸無所，公歸不復，言上入廟廷，輔相王朝也。……將歸皆未然之詞，方接得下文是以二字起。若作已然，則不止于信處信宿矣。公歸無所，公歸不復，是明知留相王室爲公之所，無復來理，而心不忍舍。

清·黃夢白、陳曾《詩經廣大全》卷九：

不復，言將留相王室，不復來東也。

清·張叙《詩貫》卷五：

不復，猶言豈不復乎。蓋將復公之位也。

清·汪紱《詩經詮義》卷四：

歸非無所，則不復東矣。周公忠誠貫於日月，清白顯於天壤，其不終見疑於王，東人自可先爲公信也，故聞金縢一啓而默知周公之不復東矣。

清·許伯政《詩深》卷十五：

若公歸則不復矣，茲幸而於女信宿耳。

清·劉始興《詩益》卷三：

不復，言不復來東也。

清·顧鎮《虞東學詩》卷五：

往者，公特欲歸而未得其所耳，今歸將不復來矣。（歐義）

清·傅恒等《御纂詩義折中》卷九：

言周公歸，將留相王室而不復來東也。

清·羅典《凝園讀詩管見》卷五：

【集傳】高平曰陸。

【管見】若公之長往而歸，非暫往而歸者，計其歸後欲同於鴻歸之終，必復則不復也。以公歸之不復而心繫之，其又能已於悲乎。

清·范家相《詩瀋》卷十：

鴻之遵陸而北，爰得我所，不復來東矣。

清·胡文英《詩經逢原》卷五：

不復，將留相王室也。

清·姜炳璋《詩序補義》卷十三：

三章：鴻去當再來，詩人深慨公之不復也，故云公歸將不復矣，特于女信宿耳。

清·牟應震《詩問》卷三：

言公歸朝則不復來，不過與女同此信宿耳。

清·牟庭《詩切》：

公今既歸朝，終古不來復。

清·劉沅《詩經恒解》卷二：

歸，謂歸王朝。……公歸王朝，亦不復來。

清·徐華嶽《詩故考異》卷十五：

《正義》：《箋》："不復，謂不得復位。"毛當訓復爲反。王肅云："未得所以反之道。"

清·李黼平《毛詩紬義》卷九：

經言"公歸不復"，王肅述毛，訓復爲反，云未得所以反之道。是《易》之"不復"，與此詩"不復"同。

清·胡承珙《毛詩後箋》卷十五：

《正義》曰："《箋》以爲避居則不復，當謂不得復位。毛以此章東征，則周公攝位久矣，不得以不復位爲言也，當訓復爲反。王肅云'未得所以反之道'，《傳》意或然。"承珙案：《毛傳》並未嘗以居東即爲東征。此孔疏之誤。其引王肅訓復爲反，蓋用《小雅》"言歸斯復"。《傳》云："復，反也。"但訓反，則"公歸"二字亦須讀斷，謂公本應歸而不得所以反之道，乃與上無所一例，否則既曰歸，又曰不反，不可通矣。

清·陳壽祺、陳喬樅《三家詩遺說考·齊詩遺說考》卷一：

【補】《易林》《師》之震："鴻飛在陸，公出不復。仲氏任只，伯氏客宿。"

喬樅謹案：《損》之蹇，《漸》之否，《剝》之升，《中孚》之同人，並無第三句。

清·李詒經《詩經蠹簡》卷二：

"公歸"二句言公歸雖無所定之日期，言在女東土不過信處信宿而已。此似是周公從者告東人之語。

清·陳奐《詩毛氏傳疏》卷十五：

疏："我行其野"傳："復，反也。"王肅云："未得所以反之道。"是不復爲不反也。

清·方玉潤《詩經原始》卷八：

公今還朝，以相天子，豈無所乎？殆不復東來矣。

清·鄧翔《詩經繹參》卷二：

《易》九三："鴻漸於陸。"……征而不復，則爲失所，如鴻之不復于江也。……不復者，不復再至陸也，與《易》異漸征二字，故□不同也。（以上頁眉）

【集解】言公歸不復來東方也。

清·龍起濤《毛詩補正》卷十四：

【補】不復，言將留相王室，不復東來也。

清·呂調陽《詩序議》卷二：

案：不復，言將留相王室，不復來東也。

清·王先謙《詩三家義集疏》卷十三：

【疏】胡承珙云："孔疏引王肅訓復爲反，蓋用《小雅》'言歸斯復'《傳》云：'復，反也。'但訓反，則'公歸'二字亦須讀斷，謂公本應歸而不得所以反之道，乃與上'無所'一例，否則既曰歸，又曰不反，不可通矣。《易林》損之蹇'鴻飛在陸，公出不復。伯氏客宿。'漸之否，剝之升，中孚之同人，同師之震，'伯氏'上多'仲氏任只'一句，皆不可曉。"

民國·王闓運《詩傳補》：

補曰：復，復相也。明言其不復，以息紛紜之議。

民國·焦琳《詩蠲》卷四：

公既西歸，雖更經營天下，而如鴻之遵陸而飛，不必有復其故所之時，是今後之仰瞻難再也。

日本·中村之欽《筆記詩集傳》卷五：

一説古義云：鴻飛遵陸，不復爲渚上之游，以況公之自東而還歸于周，亦將留相王室而不復來東也。故《易·漸卦》九二之象曰："鴻漸于陸。夫征不復。"公之歸以之。

日本·岡白駒《毛詩補義》卷五：

【三章】不復，謂不復舊職也。

日本·赤松弘《詩經述》卷四：

不復，謂未還舊職。

日本·磧允明《古注詩經考》卷五：

公歸不復。言公雖歸不復位。

日本·皆川願《詩經繹解》卷七：

復，復於元處也。

此章曰：曰不復者，言既有所，則終必有復也。

日本·伊藤善韶《詩解》：

今公歸豈有再復來之期乎。

日本·冢田虎《冢注毛詩》卷八：

復，反也。言公今歸于周京，則又將不反東土也。

日本·仁井田好古《毛詩補傳》卷十五：

【補】孔穎達曰："不復，謂不得復位。"

日本·岡井鼎《詩疑》：

鼎按：《易·漸卦》九二之象云："鴻漸于陸，夫征不復。"與此詩語仿佛相似。復如字，但此外當爲復位。

日本·無名氏《詩經旁考》卷十一：

鴻飛遵陸，公歸不復。（《易林》："鴻飛在陸，公出不復。"）

日本·安藤龍《詩經辨話器解》卷八：

公歸不復（旁行小字：未得所以復歸之道。）

（旁行小字：朱注："公歸不復，公歸將留相王室，而不復來東也。"）

日本·山本章夫《詩經新注》卷中：

不復，言不復來東也。

日本·竹添光鴻《毛詩會箋》卷八：

箋曰：公歸不復者，《小雅》"言歸斯復"《傳》云："復，反也。""公歸"二字亦須讀斷，謂公本應歸，而不得所以反之道，乃與上無所一列。

韓國·朴世堂《詩經思辨錄》：

又相謂云：……豈公之歸而不復位乎。

韓國·申綽《詩次故》卷十：

《易林》："鴻飛在陸，公出不復。"

韓國·尹廷琦《詩經講義續集》：

于時也，罪人既誅，邦亂悉平，已遵平坦之地，歸向天朝之路，無復中途復路反向東土之理，即鴻飛之已陸，遂不復下於渚干。斯謂公歸不復也。

韓國·朴文鎬《詩集傳詳說》卷六：

不復，言將留相（去聲）王室，而不復（去聲，下同）來東也。

李雷東按：

"公歸不復"句解有"不復"和整句解說等幾個問題。現分述如下：

一 歸

1. 清·劉沅："歸，謂歸王朝。"（《詩經恒解》卷二）

二 復

1. 唐·孔穎達："毛以此章東征，則周公攝位久矣，不得以不復位爲言也。當訓復爲反。"（《毛詩正義》卷八）
2. 明·李資乾："復者，去而不返也。"（《詩經傳注》卷十八）
3. 明·曹學佺："復者，還公之相位也。"（《詩經剖疑》卷十二）
4. 清·朱鶴齡："復，言復位相成王也。"（《詩經通義》卷五）
5. 民國·王闓運："復，復相也。"（《詩傳補》）
6. 日本·皆川願："復，復於元處也。"（《詩經繹解》卷七）

三 不復

1. 宋·蘇轍："不復者，不復其舊也。"（《詩集傳》卷八）
2. 宋·朱熹："不復，言將留相王室而不復來東也。"（《詩經集傳》卷八）

3. 宋·呂祖謙引程氏曰："不復，謂未還舊職。"（《呂氏家塾讀詩記》卷十六）

4. 元·胡一桂："不復，作豈不復其位乎，庶與上章豈無所處乎相應。"（《詩集傳附錄纂疏》卷八）

5. 明·梁寅："不復，言去不復來也。"（《詩演義》卷八）

6. 明·張次仲："不復，謂不復其故位也。彼時公以流言負謗，避嫌居東。一旦來迎，東人且悲且喜，且疑且信，故曰公歸而無所，公歸而不復。則但于女地爲信處信宿之留，仍來吾地可也。"（《待軒詩記》卷三）

7. 清·張沐："不復，不復爲上公攝政也。"（《詩經疏略》卷四）

8. 清·祝文彥："'無所'反言，'不復'正言，皆言當相王室也。"（《詩經通解》）

9. 清·鄧翔："不復者，不復再至陸也。"（《詩經繹參》卷二）

10. 民國·王闓運："明言其不復，以息紛紜之議。"（《詩傳補》）

11. 日本·皆川願："曰不復者，言既有所，則終必有復也。（《詩經繹解》卷七）

四　整句解説

1. 漢·鄭玄《毛詩箋》："今公當歸復其位，不得留也。"（《毛詩正義》卷八）

2. 唐·孔穎達："《箋》以爲避居則不復，當謂不得復位。"（《毛詩正義》卷八）

3. 唐·孔穎達引王肅云："未得所以反之道。"（《毛詩正義》卷八）

4. 宋·歐陽修："其曰公歸不復者，言公但未歸爾，歸則不復來也。"（《詩本義》卷五）

5. 宋·蘇轍："苟其得已，則義當復西耳。"（《詩集傳》卷八）

6. 宋·李樗《毛詩詳解》："言西人告東人，曰：公歸不復其位，於女信宿乎。"（《毛詩李黃集解》卷十八）

7. 宋·范處義："今既未得其所，未復其舊。"（《詩補傳》卷十五）

8. 宋·王質："公歸恐復陷讒，不能免也。"（《詩總聞》卷八）

9. 宋·楊簡："公歸宜復冢宰之位，今也不復，無其所以居之。"（《慈湖詩傳》卷十）

10. 宋·林岊："周公宜歸，而朝廷不亟復之。"（《毛詩講義》卷四）

11. 宋·嚴粲："豈公歸不復其舊位，而於汝東土誠安留乎。公歸必復其舊位

矣。"(《詩緝》卷十六)

12. 宋·朱鑑:"公歸將不復來乎,汝但暫寓信處耳。(葉賀孫録)"(《詩傳遺説》卷四)

13. 明·吕柟:"猶曰不復歸。"(《毛詩説序》卷二)

14. 明·黄佐:"鴻遵陸,鴻其不復矣,公歸豈可復乎。"(《詩經通解》卷八)

15. 明·李資乾:"《漸卦》九三:夫征不復,婦孕不育之時。上九:其羽可用,爲儀之處。故曰:公歸不復。"(《詩經傳注》卷十八)

16. 明·顧起元:"此言其將歸,皆未然之詞。"(《詩經金丹》卷三)

17. 明·江環《詩經闡蒙衍義集注》:"公之歸也,蓋將留相王室,永居輔弼之位矣,夫豈復來東乎。"(《詩經繹振》卷三)

18. 明·郝敬:"王欲公歸,公豈不復乎。"(《毛詩原解》卷十六)

19. 明·馮時可:"公歸不復,國無重臣,而女乃信欲安處安宿乎。"(《詩臆》卷上)

20. 明·姚舜牧:"公歸豈無所乎,歸豈復來乎,蓋不過信宿於是焉而已,此東人繾綣不忍公去之至意也。"(《重訂詩經疑問》卷三)

21. 明·陸化熙:"公歸無所,公歸不復,是明知留相王室爲公之所,無復來理,而心不忍捨。"(《詩通》卷一)

22. 明·張次仲:"彼時公以流言負謗,避嫌居東。一旦來迎,東人且悲且喜,且疑且信,故曰公歸而無所,公歸而不復。則但于女地爲信處信宿之留,仍來吾地可也。"(《待軒詩記》卷三)

23. 明·何楷:"故《易·漸卦》九二之象曰:鴻漸于陸,夫征不復。公之歸,以之上九之象曰:鴻漸于陸。其羽可用爲儀,公之不復以之。"(《詩經世本古義》卷十之上)

24. 明·唐汝諤引鄧潛谷曰:"今歸矣,自是東無公所矣,且不可復得矣。"(《毛詩蒙引》卷七)

25. 明·朱朝瑛:"公歸則不復來,故不忍遽别,而于女信宿也。……歸不復而信宿,以他日之甚不幸而翻爲今日之暫幸也。"(《讀詩略記》卷二)

26. 明·范王孫:"公歸不復,祝之也。"(《詩志》卷九)

27. 清·張沐:"朝廷不以禮迎周公,周公雖異日有歸之時,亦不復攝政也。"(《詩經疏略》卷四)

28. 清·冉覲祖："公歸無所，公歸不復，言上下清廟輔相當朝也。"又："況我公之歸也，豈其復來東乎。"（《詩經詳說》卷三十二）

29. 清·祝文彥："'不復'正言，皆言當相王室也。"（《詩經通解》卷十五）

30. 清·李塨："皆恐公去之辭也。"（《詩經傳注》卷三）

31. 清·汪紱："歸非無所，則不復東矣。周公忠誠貫於日月，清白顯於天壤，其不終見疑於王，東人自可先爲公信也，故聞金縢一啓而默知周公之不復東矣。"（《詩經詮義》卷四）

32. 清·許伯政："若公歸則不復矣，茲幸而於女信宿耳。"（《詩深》卷十五）

33. 清·羅典："若公之長往而歸，非暫往而歸者，計其歸後欲同於鴻歸之終，必復則不復也。以公歸之不復而心繫之，其又能已於悲乎。"（《凝園讀詩管見》卷五）

34. 清·姜炳璋："鴻去當再來，詩人深慨公之不復也，故云公歸將不復矣，特于女信宿耳。"（《詩序補義》卷十三）

35. 清·牟庭："公今既歸朝，終古不來復。"（《詩切》）

36. 清·胡承珙："謂公本應歸而不得所以反之道，乃與上無所一例。"（《毛詩後箋》卷十五）

37. 清·李詒經："'公歸'二句言公歸雖無所定之日期，言在女東土不過信處信宿而已。此似是周公從者告東人之語。"（《詩經蠹簡》卷二）

38. 清·方玉潤："公今還朝，以相天子，豈無所乎？殆不復東來矣。"（《詩經原始》卷八）

39. 民國·焦琳："公既西歸，雖更經營天下，而如鴻之遵陸而飛，不必有復其故所之時，是今後之仰瞻難再也。"（《詩蠲》卷四）

40. 日本·碕允明："公歸不復。言公雖歸不復位。"（《古注詩經考》卷五）

41. 日本·伊藤善韶："今公歸豈有再復來之期乎。"（《詩解》）

42. 日本·冢田虎："言公今歸于周京，則又將不反東土也。"（《冢注毛詩》卷八）

43. 韓國·尹廷琦："于時也，罪人既誅，邦亂悉平，已遵平坦之地，歸向天朝之路，無復中途復路反向東土之理，即鴻飛之已陸，遂不復下於渚干。斯謂公歸不復也。"（《詩經講義續集》）

於女信宿

《毛詩故訓傳》（《毛詩正義》卷八）：

宿猶處也。

宋·蘇轍《詩集傳》卷八：

周公之在東，亦猶是矣，非其所願居也。苟其得已，則義當復西耳。

宋·李樗《毛詩詳解》（《毛詩李黃集解》卷十八）：

宿猶處也。【黃講同】

宋·范處義《詩補傳》卷十五：

今既未得其所，未復其舊，於女朝廷諸臣信能自安處乎，信能自安息乎。

宋·王質《詩總聞》卷八：

國人憂周公而未孚成王，故欲且留再宿，以觀其變，女衆人共推爲可留之所也。

宋·呂祖謙《呂氏家塾讀詩記》卷十六：

程氏曰：宿，安息也。（陳氏曰："宿，猶處也。"）

宋·楊簡《慈湖詩傳》卷十：

詩人於是托辭曰：於女信處信宿乎，言朝廷無位居公也。再宿爲信。

宋·林岊《毛詩講義》卷四：

於女東山，亦暫宿耳。

宋·嚴粲《詩緝》卷十六：

程子曰："宿，安息也。"

豈公歸不復其舊位，而於汝東土誠安留乎。

宋·朱鑑《詩傳遺說》卷四：

公歸將不復來乎，汝但暫寓信處耳。（葉賀孫錄）

元·胡一桂《詩集傳附錄纂疏·詩序》卷八：

【附錄】公歸將不復來，於汝但寓信宿耳。賀孫。

元·劉瑾《詩傳通釋》卷八：

公歸將不復來，於汝但寓信宿耳。

元·許謙《詩集傳名物鈔》卷四：

《語錄》："公歸將不復來，於汝但暫寓信宿耳。"

元·朱善《詩解頤》卷一：

公歸而在朝，宜也。而于此乎信處，于此乎信宿，則亦豈久于是哉。

明·胡廣《詩傳大全·詩序》卷八：

朱子曰："公歸將不復來，於汝但寓信宿耳。"

明·黃佐《詩經通解》卷八：

信宿與信處一同。（程氏曰："宿，安息也。"）

明·李資乾《詩經傳注》卷十八：

故曰"于女信宿"，宿者，三宿出畫，浩浩然有歸志矣。

明·許天贈《詩經正義》卷九：

今之在東也，不過於女信宿而已，信宿之外，安得而覯之哉。

明·江環《詩經闡蒙衍義集注》（《詩經鐸振》卷三）：

【三章】計其在東之日，特于女信宿而已，信宿之外，即欲悅公之轍而不可得也。袞衣繡裳，亦睽然其不可睹矣，吾將何如其爲情哉。

明·方從哲等《禮部訂正詩經正式講意合注篇》卷四：

朝廷爲重，則東土爲輕，不過信處信宿于此而已。自此之外，之子不可以常覯而袞衣繡裳將邈乎其不可親矣。此皆未然之詞，方接得下文"是以"字，若作已然則不止于信處信宿矣。

明·郝敬《毛詩原解》卷十六：

（三章）今而後，於汝東土，不過信宿而已。

明·馮時可《詩臆》卷上：

公歸不復，國無重臣，而女乃信欲安處安宿乎。

明·曹學佺《詩經剖疑》卷十二：

公之歸，豈不留以復相王室者乎，特於女信宿而已。

明·駱日升《詩經正覺》卷四：

計其在東之日，特於女信宿而已。（此二章則言其有所歸而不久于東也。信處信宿，總是大概言其不久耳。下文"是以"字，緊承此說去。）

明·陸燧《詩筌》卷一：

信處與信宿一例，當自未然者言，俱就將迎時說。

明·徐奮鵬《詩經尊朱删補》（《詩經鐸振》卷三）：

信處信宿，計其在東將歸之時，不過有此兩宿之留也。此蓋聞王將迎公而云然也。

明·張次仲《待軒詩記》卷三：

則但于女地爲信處信宿之留，仍來吾地可也。一宿曰宿，再宿曰信。女，謂來使也。

明·黄道周《詩經琅玕》卷三：

信宿，是信處一般。

明·何楷《詩經世本古義》卷十之上：

宿，《説文》云："止也。"信宿即信處也。此一時也，王既悟而遣余輩銜命以迎公，公之留于女地，不過信宿間耳，歸不久矣。

明·黄文焕《詩經嫏嬛》卷三：

三章，計其在東之日，特于汝信宿而已，信宿之外，欲挽公之轍而不可得也，衮衣繡裳，亦渺然而不可睹矣，吾將何如其爲清①哉。

明·楊廷麟《詩經聽月》卷五：

計其在東之日，特于汝信宿而已，信宿之外，即挽公之轍而不得也。衮衣繡裳，亦暧然其不可睹矣。吾將何如其爲情哉。

張壯采曰："其曰'于女信處信宿'，見留相爲公之常，居東爲公之暫，又隱若有願公之迎者。雖留公之意惓惓，終非其本心也。當知風人意在言外。"

信宿是信處一般。

明·朱朝瑛《讀詩略記》卷二：

公歸則不復來，故不忍遽別，而于女信宿也。……歸不復而信宿，以他日之甚不幸而翻爲今日之暫幸也。

明·賀貽孫《詩觸》卷二：

公歸將不復至矣，特於女信宿而已。蓋惜之也。

明·陳元亮《鑒湖詩説》卷一：

東人只模寫已愛慕無已，不忍釋然，初不計及公之當歸與否，故苟得一宿再宿之留，以爲幸耳。

---

① 清，疑爲"情"之誤。

其曰"于女信處""信宿",見留相爲公之常,居東爲公之暫,又隱然若有願公之迎者。雖留公之意惓惓,終非其本心也。當知風人意在言外。

清·錢澄之《田間詩學》卷五：
言公之留于女地,不過信宿間耳,行且歸矣。

清·張沐《詩經疏略》卷四：
亦如鴻之于陸,于女信宿而已。周公終與王絕,非情也。故必言歸。信宿即去,又以義自斷。

清·冉覲祖《詩經詳說》卷三十二：
《毛傳》："宿猶處也。"
按：一宿爲宿,再宿爲信,何必別解。
【指南】信處信宿,見朝廷爲重,東土爲輕,不過信處信宿而已。自此之外,之子不可以常覿,而袞衣繡裳將邈乎其不可親矣。
【講】原其重職,今特於女信宿焉,而即欲去矣,其將如之何哉。

清·祝文彥《詩經通解》：
信處信宿,只言其將歸,亦未然事,遂接得下文"是以"二字。

清·王鴻緒等《欽定詩經傳説彙纂》卷九：
【附錄】毛氏萇曰："宿猶處也。"

清·王心敬《豐川詩説》卷十一：
信處信宿。
(三章)今而後,於汝東土不過信宿而已。

清·姜文燦《詩經正解》卷十：
【合參】計其在東之日,特于女信宿而已。信宿之外,即欲挽公之轍而不可得也。蓋朝廷爲重,則東土爲輕,袞衣繡裳將返哉,其不可覩矣,吾其何以爲情也哉。
【析講】信處信宿,見朝廷爲重,東土爲輕,不過于此信處信宿而已。總是言其不久處于是也。

清·汪紱《詩經詮義》卷四：
信處信宿,幸其猶未歸,而憂其已必歸,知其不可留,而悲其終不復也。

清·許伯政《詩深》卷十五：
若公歸則不復矣,兹幸而於女信宿耳。

清·顧鎮《虞東學詩》卷五：

其於女乎信處信宿，猶鴻之於渚陸也。……信宿，以今將歸言，承上"不復"意。

清·羅典《凝園讀詩管見》卷五：

"於女信處"，"於女信宿"，女指武庚。信處信處，猶俗稱暫住一兩日云爾。以爲公將歸而仍未歸，徒以女之子而袞衣繡裳者，未即就擒，故淹留兹土也。然女難終匿，公亦不可久羈，則今之未歸，不過信處焉而已，信宿焉而已。其於公歸無所之悲，與夫公歸不復之悲固有早集於心而不能去者。

清·段玉裁《毛詩故訓傳定本》卷十五：

宿，猶處也。

清·牟應震《詩問》卷三：

處，言久居。宿，言暫次也。

清·牟庭《詩切》：

《毛傳》曰："宿，猶處也。"《有客》毛傳曰："一宿曰宿。"《楚詞》七諫初放篇王注曰："夜止曰宿。"

公今既歸朝，終古不來復，但於汝豳邑假日以信宿。

清·劉沅《詩經恒解》卷二：

今於女信宿，不久之綢繆，尤當思所以厚公也。

清·徐華嶽《詩故考異》卷十五：

《傳》："宿猶處也。"

清·陳壽祺、陳喬樅《三家詩遺説考·齊詩遺説考》卷一：

【補】《易林》《師》之震："鴻飛在陸，公出不復。仲氏任只，伯氏客宿。"

喬樅謹案：《損》之蹇，《漸》之否，《剥》之升，《中孚》之同人，並無第三句。

清·陳奐《詩毛氏傳疏》卷十五：

《傳》："宿猶處也。"疏：《有客》傳："一宿曰宿。"此不同者，信、宿不平列，此信宿猶上章信處。處，止也。《説文》："宿，止也。"

清·方玉潤《詩經原始》卷八：

其所以遲遲不忍去者，特爲女東人作信宿留也。

清·鄧翔《詩經繹參》卷二：

【集解】宿，猶處也。

清・龍起濤《毛詩補正》卷十四：

【毛】宿猶處也。

清・王先謙《詩三家義集疏》卷十三：

【疏】《傳》："宿猶處也。"胡承珙云："《易林》損之蹇：'鴻飛在陸，公出不復。伯氏客宿。'漸之否，剝之升，中孚之同人，同師之震，'伯氏'上多'仲氏任只'一句，皆不可曉。"

民國・王闓運《詩傳補》：

宿猶處也。　補曰：信宿，三宿也。

民國・馬其昶《詩毛氏學》卷十五：

《說文》："止也。"昶按：不取"一宿曰宿"之義，仍取再義也。

民國・丁惟汾《詩毛氏傳解故》：

《傳》云："宿猶處也。"按：信、宿雙聲。《說文》："宿，止也。"《召南・江有汜》傳："處，止也。"

民國・李九華《毛詩評注》：

【注】宿猶處也，止也。（《毛傳》）

民國・林義光《詩經通解》卷十五：

於（烏）女（汝）信宿。

民國・焦琳《詩蠲》卷四：

盍請公於女乎信宿，少伸末後之綢繆與。

日本・中村之欽《筆記詩集傳》卷五：

信宿，即信處此一時也。

日本・岡白駒《毛詩補義》卷五：

於女信宿。（宿猶處也）

日本・赤松弘《詩經述》卷四：

宿猶處也。

日本・碕允明《古注詩經考》卷五：

鄭：信，訓誠。非也。

日本・皆川願《詩經繹解》卷七：

此章曰：曰信宿者，乃淹於信處也。

日本·伊藤善韶《詩解》:

若於我家信宿爲幸。

日本·岡井蒹《詩疑》:

宿,《說文》云:"止也。"信宿,何云:"即信處也。"

日本·安藤龍《詩經辨話器解》卷八:

《傳》:"宿猶處也。"

日本·山本章夫《詩經新注》卷中:

信宿,猶信處。

日本·竹添光鴻《毛詩會箋》卷八:

宿猶處也。

箋曰:"於女信宿",《有客》傳:"一宿曰宿。"與此《傳》不同者,信、宿不平列,此信宿猶上章信處。處,止也。《說文》:"宿,止也。"

韓國·朴世堂《詩經思辨錄》:

今且於女而信處信宿,是又知公將不得久留于東,而歡喜嘆惜之辭,

韓國·正祖《詩經講義》(《弘齋全書》卷八十九):

信處信宿,是周公將歸之時,於東人之最相親愛者,再宿而敘別歟?

有榘對:信處信宿,猶言暫爲寄迹。周公居東二年,而東人猶以爲暫,故一則曰信處,再則曰信宿,蓋誠愛之至而欲留之切,則二年猶之二日也。

韓國·趙得永《詩傳講義》:

御製條問曰:信處信宿,是周公將歸之時,於東人之最相親愛者,再宿而敘別歟?

臣對曰:此特言其殷勤繾綣之意而已,未必其真與再宿而敘別矣。

韓國·尹廷琦《詩經講義續集》:

然則公之今在東土,不過於女信處,只是故留也。(汝者,指東人也。)……姑且於女東而信宿,則非久當西歸也。……結之以於女信宿,則公之尚在東土也,蓋以鴻遵渚陸,以聖人之時義而言之,謂將西歸遵路也,非以已發歸而言也。

李雷東按:

"於女信宿"句解有"不復"和整句解説等幾個問題。現分述如下:

一　女

1. 明·張次仲："女，謂來使也。"（《待軒詩記》卷三）
2. 清·羅典："女指武庚。"（《凝園讀詩管見》卷五）

二　宿

1. 《毛詩故訓傳》："宿猶處也。"（《毛詩正義》卷八）
2. 宋·呂祖謙引程氏曰："宿，安息也。"（《呂氏家塾讀詩記》卷十六）
3. 明·李資乾："宿者，三宿出畫，浩浩然有歸志矣。"（《詩經傳注》卷十八）
4. 明·張次仲："一宿曰宿，再宿曰信。"（《待軒詩記》卷三）
5. 明·何楷："宿，《說文》云：止也。信宿即信處也。"（《詩經世本古義》卷十之上）
6. 清·牟應震："宿，言暫次也。"（《詩問》卷三）
7. 清·牟庭："《楚詞》七諫初放篇王注曰：夜止曰宿。"（《詩切》）

三　信宿

1. 明·黃佐："信宿與信處一同。"（《詩經通解》卷八）
2. 明·陸燧："信處與信宿一例，當自未然者言，俱就將迎時說。"（《詩筌》卷一）
3. 明·徐奮鵬《詩經尊朱刪補》："信處信宿，計其在東將歸之時，不過有此兩宿之留也。"（《詩經鐸振》卷三）
4. 清·祝文彥："信處信宿，只言其將歸，亦未然事。"（《詩經通解》卷十五）
5. 清·顧鎮："信宿，以今將歸言，承上'不復'意。"（《虞東學詩》卷五）
6. 清·羅典："信處信處，猶俗稱暫住一兩日云爾。"（《凝園讀詩管見》卷五）
7. 清·陳奐："信、宿不平列，此信宿猶上章信處。"（《詩毛氏傳疏》卷十五）
8. 日本·中村之欽："信宿，即信處此一時也。"（《筆記詩集傳》卷五）
9. 日本·皆川願："曰信宿者，乃淹於信處也。"（《詩經繹解》卷七）

四　整句解說

1. 宋·蘇轍："周公之在東，亦猶是矣，非其所願居也。苟其得已，則義當復西耳。"（《詩集傳》卷八）
2. 宋·范處義："今既未得其所，未復其舊，於女朝廷諸臣信能自安處乎，信能自安息乎。"（《詩補傳》卷十五）

3. 宋·王質:"國人憂周公而未孚成王,故欲且留再宿,以觀其變,女衆人共推爲可留之所也。"(《詩總聞》卷八)

4. 宋·楊簡:"詩人於是托辭曰:於女信處信宿乎,言朝廷無位居公也。"(《慈湖詩傳》卷十)

5. 宋·林岊:"於女東山,亦暫宿耳。"(《毛詩講義》卷四)

6. 宋·嚴粲:"豈公歸不復其舊位,而於汝東土誠安留乎。"(《詩緝》卷十六)

7. 元·朱善:"公歸而在朝,宜也。而于此乎信處,于此乎信宿,則亦豈久于是哉。"(《詩解頤》卷一)

8. 明·許天贈:"今之在東也,不過於女信宿而已,信宿之外,安得而覯之哉。"(《詩經正義》卷九)

9. 明·江環《詩經闡蒙衍義集注》:"計其在東之日,特于女信宿而已,信宿之外,即欲覩公之轍而不可得也。袞衣繡裳,亦睽然其不可睹矣,吾將何如其爲情哉。"(《詩經鐸振》卷三)

10. 明·方從哲等:"朝廷爲重,則東土爲輕,不過信處信宿于此而已。自此之外,之子不可以常覯而袞衣繡裳將邈乎其不可親矣。此皆未然之詞。"(《禮部訂正詩經正式講意合注篇》卷四)

11. 明·郝敬:"今而後,於汝東土,不過信宿而已。"(《毛詩原解》卷十六)

12. 明·馮時可:"公歸不復,國無重臣,而女乃信欲安處安宿乎。"(《詩臆》卷上)

13. 明·曹學佺:"公之歸,豈不留以復相王室者乎,特於女信宿而已。"(《詩經剖疑》卷十二)

14. 明·徐奮鵬《詩經尊朱删補》:"此蓋聞王將迎公而云然也。"(《詩經鐸振》卷三)

15. 明·張次仲:"則但于女地爲信處信宿之留,仍來吾地可也。"(《待軒詩記》卷三)

16. 明·何楷:"此一時也,王既悟而遣余輩銜命以迎公,公之留于女地,不過信宿間耳,歸不久矣。"(《詩經世本古義》卷十之上)

17. 明·楊廷麟張壯采曰:"其曰'于女信處信宿',見留相爲公之常,居東爲公之暫,又隱然若有願公之迎者。雖留公之意惓惓,終非其本心也。當知風人意在言外。"(《詩經聽月》卷五)

18. 明·朱朝瑛："公歸則不復來，故不忍遽別，而于女信宿也。……歸不復而信宿，以他日之甚不幸而翻爲今日之暫幸也。"(《讀詩略記》卷二)

19. 明·賀貽孫："公歸將不復至矣，特於女信宿而已。蓋惜之也。"(《詩觸》卷二)

20. 明·陳元亮："東人只模寫已愛慕無已，不忍釋然，初不計及公之當歸與否，故苟得一宿再宿之留，以爲幸耳。"(《鑒湖詩說》卷一)

21. 清·錢澄之："言公之留于女地，不過信宿間耳，行且歸矣。"(《田間詩學》卷五)

22. 清·張沐："亦如鴻之于陸，于女信宿而已。周公終與王絕，非情也。故必言歸。信宿即去，又以義自斷。"(《詩經疏略》卷四)

23. 清·冉覲祖："信處信宿，見朝廷爲重，東土爲輕，不過信處信宿而已。自此之外，之子不可以常覯，而袞衣繡裳將邈乎其不可親矣。"(《詩經詳說》卷三十二)

24. 清·冉覲祖："原其重職，今特於女信宿焉，而即欲去矣，其將如之何哉。"(《詩經詳說》卷三十二)

25. 清·王心敬："今而後，於汝東土不過信宿而已。"(《豐川詩說》卷十一)

26. 清·姜文燦："信處信宿，見朝廷爲重，東土爲輕，不過于此信處信宿而已。總是言其不久處于是也。"(《詩經正解》卷十)

27. 清·汪紱："信處信宿，幸其猶未歸，而憂其已必歸，知其不可留，而悲其終不復也。"(《詩經詮義》卷四)

28. 清·許伯政："若公歸則不復矣，茲幸而於女信宿耳。"(《詩深》卷十五)

29. 清·顧鎮："其於女乎信處信宿，猶鴻之於渚陸也。"(《虞東學詩》卷五)

30. 清·羅典："以爲公將歸而仍未歸，徒以女之子而袞衣繡裳者，未即就擒，故淹留茲土也。然女難終匿，公亦不可久羈，則今之未歸，不過信處焉而已，信宿焉而已。其於公歸無所之悲，與夫公歸不復之悲固有早集於心而不能去者。"(《凝園讀詩管見》卷五)

31. 清·牟庭："公今既歸朝，終古不來復，但於汝豳邑假日以信宿。"(《詩切》)

32. 清·劉沅："今於女信宿，不久之綢繆，尤當思所以厚公也。"(《詩經恒解》卷二)

33. 清·方玉潤:"其所以遲遲不忍去者,特爲女東人作信宿留也。"(《詩經原始》卷八)

34. 民國·王闓運:"信宿,三宿也。"(《詩傳補》)

35. 民國·馬其昶:"不取'一宿曰宿'之義,仍取再義也。"(《詩毛氏學》卷十五)

36. 民國·焦琳:"盡請公於女乎信宿,少伸末後之綢繆與。"(《詩蠲》卷四)

37. 日本·伊藤善韶:"若於我家信宿爲幸。"(《詩解》)

38. 韓國·朴世堂:"今且於女而信處信宿,是又知公將不得久留于東,而歡喜嘆惜之辭。"(《詩經思辨録》)

39. 韓國·尹廷琦:"姑且於女東而信宿,則非久當西歸也。……結之以於女信宿,則公之尚在東土也。"(《詩經講義續集》)

三章章旨

宋·歐陽修《詩本義》卷五：

《本義》曰：其二章三章云鴻鴈遵渚遵陸，亦謂周公不得居朝廷而留滯東都，譬夫鴻鴈不得飛翔於雲際而下循渚陸也。因謂東都之人曰：我公所以留此者，未得所歸，故處此信宿間爾。

宋·蘇轍《詩集傳》卷八：

鴻飛而遵陸，不得已也。周公之在東，亦猶是矣，非其所願居也。苟其得已，則義當復西耳。

宋·范處義《詩補傳》卷十五：

鴻當高飛雲漢而乃下遵於渚陸，喻周公宜在廟堂。今既未得其所，未復其舊，於女朝廷諸臣信能自安處乎，信能自安息乎。

宋·王質《詩總聞》卷八：

皆周公歸途所見之物也。魚游近罟，鴻飛近渚近陸，皆危地。公歸恐復陷讒，不能免也。國人憂周公而未孚成王，故欲且留再宿，以觀其變，女衆人共推爲可留之所也。

宋·楊簡《慈湖詩傳》卷十：

鴻飛宜登天，今也遵渚而已，遵陸而已。公歸宜復冢宰之位，今也不復，無其所以居之。詩人於是託辭曰：於女信處信宿乎，言朝廷無位居公也。

宋·林岊《毛詩講義》卷四：

遵陸亦言非其所也。周公宜歸，而朝廷不亟復之，於女東山，亦暫宿耳。

宋·嚴粲《詩緝》卷十六：

豈公歸不復其舊位，而於汝東土誠安留乎。公歸必復其舊位矣。

元·朱公遷《詩經疏義》（《詩經疏義會通》卷八）：

二章三章以將歸爲憂。

元·朱善《詩解頤》卷一：

鴻飛而戾天，宜也。而有時乎遵渚，復有時而遵陸，則亦暫焉而已耳。公歸而在朝，宜也。而于此乎信處，于此乎信宿，則亦豈久于是哉。

元·劉玉汝《詩纘緒》卷八：

二章言公將歸，專爲將歸而發，故再言之。

明·季本《詩說解頤》卷十四：

陸鴻北向，則歸而不復矣。言周公既歸，則留王室而不復來東也。

明·黄佐《詩經通解》卷八：

鴻遵陸，鴻其不復矣，公歸豈可復乎。

按：二三章以將歸爲憂。

明·鄒泉《新刻七進士詩經折衷講意》卷一：

鴻飛遵渚二章。上章言幸見周公于東，此二章則言其有所歸而不久于東也。

明·許天贈《詩經正義》卷九：

鴻之飛也，則循乎高平之陸矣，況我公之歸則必留相乎王室，而任乎參贊之司，豈復來於東乎。今之在東也，不過於女信宿而已，信宿之外，安得而覯之哉。

明·顧起元《詩經金丹》卷三：

【《九罭》三章】此二節則言其有所歸，而不久于東也。

明·江環《詩經闡蒙衍義集注》（《詩經鐸振》卷三）：

【三章】彼鴻之飛也，則遵于陸矣。公之歸也，蓋將留相王室，永居輔弼之位矣，夫豈復來東乎。計其在東之日，特于女信宿而已，信宿之外，即欲悦公之轍而不可得也。袞衣繡裳，亦睽然其不可睹矣，吾將何如其爲情哉。

主意：上章言幸見周公于東，此二章則言其有所歸而不久于東也。

明·方從哲等《禮部訂正詩經正式講意合注篇》卷四：

然此亦要識得不重二三章。此言親之者未幾，而迎之者繼至，將不久于東也。

明·郝敬《毛詩原解》卷十六：

二章三章揣公必歸而托爲辭東人之語。

（三章）鴻飛宜高舉，而乃遵彼平陸，公之居東，猶在陸也。王欲公歸，公豈不復乎。今而後，於汝東土，不過信宿而已。

明·姚舜牧《重訂詩經疑問》卷三：

公歸豈無所乎，歸豈復來乎，蓋不過信宿於是焉而已，此東人繾綣不忍公去之至意也。

明·曹學佺《詩經剖疑》卷十二：

又鴻飛而遵陸，公之歸，豈不留以復相王室者乎，特於女信宿而已。

明·駱日升《詩經正覺》卷四：

鴻之飛也，則遵于陸矣，公之歸也，蓋將留相王室，永居輔弼之位矣，夫豈復來東乎。計其在東之日，特於女信宿而已。（此二章則言其有所歸而不久于東也。）

明·徐奮鵬《詩經尊朱刪補》（《詩經鐸振》卷三）：

此蓋聞王將迎公而云然也。

明·張次仲《待軒詩記》卷三：

彼時公以流言負謗，避嫌居東。一旦來迎，東人且悲且喜，且疑且信，故曰公歸而無所，公歸而不復。則但于女地爲信處信宿之留，仍來吾地可也。

明·黃道周《詩經琅玕》卷三：

鴻飛尚有遵陸之安，況我公歸寧有復東之期乎。蓋朝廷爲重，則東土爲輕，公之留于斯也，特于女信宿而已，信宿之外，女又奈公何哉。

明·錢天錫《詩牗》卷五：

鄧潛谷曰："公之孫而東也，猶鴻之遵陸，非其地也，何可久稽公也。"

明·何楷《詩經世本古義》卷十之上：

此一時也，王既悟而遣余輩銜命以迎公，公之留于女地，不過信宿間耳，歸不久矣。此一章據見在迎公而言。

明·黃文煥《詩經嫏嬛》卷三：

三章，彼鴻之飛也，則遵于陸矣。公之歸也，蓋將留相王室永居輔弼之位矣，豈復來東乎。計其在東之日，特于汝信宿而已，信宿之外，欲挽公之轍而不可得也，袞衣繡裳，亦渺然而不可睹矣，吾將何如其爲清①哉。

上節言幸見周公于東，此二節言其有所歸而不久于東也。

明·唐汝諤《毛詩蒙引》卷七：

鄧潛谷曰："公之孫而東也，猶鴻之遵渚②且遵陸也，非其地也，何可久稽公

---

① 清，疑爲"情"之誤。
② 原文爲"者"，據上下文改。

也。今歸矣，自是東無公所矣，且不可復得矣。"

明·楊廷麟《詩經聽月》卷五：

彼鴻之飛也，則遵于陸矣，公之歸也，蓋將留相王室，來居輔弼之位矣。夫豈來東乎，計其在東之日，特于汝信宿而已，信宿之外，即挽公之轍而不得也。袞衣繡裳，亦暌然其不可睹矣。吾將何如其爲情哉。

此二章則言其有所歸，而不久于東也。

明·朱朝瑛《讀詩略記》卷二：

公歸則不復來，故不忍遽別，而于女信宿也。

明·范王孫《詩志》卷九：

夫既取象于鴻之遵渚遵陸，明説公之失所矣。末二句豈有願其不歸之理。

明·賀貽孫《詩觸》卷二：

公歸將不復至矣，特於女信宿而已。蓋惜之也。

明·陳元亮《鑒湖詩説》卷一：

雖朝廷不可一日无公，公亦无日不與朝廷爲念，顧留相之日久，而居東之日暫。公雖留，无傷也。東人只模寫己愛慕無已，不忍釋然，初不計及公之當歸與否，故苟得一宿再宿之留，以爲幸耳。

清·朱鶴齡《詩經通義》卷五：

二章三章，揣公必歸，而托爲辭東人之語。

清·錢澄之《田間詩學》卷五：

二章三章揣公必歸，而托爲辭東人之語。

言公之留于女地，不過信宿間耳，行且歸矣。

清·張沐《詩經疏略》卷四：

朝廷不以禮迎周公，周公雖異日有歸之時，亦不復攝政也。亦如鴻之于陸，于女信宿而已。周公終與王絶，非情也。故必言歸。信宿即去，又以義自斷。二章具見聖人之德焉。

清·冉覲祖《詩經詳説》卷三十二：

指南：並上章看，此視覯之者，未幾而迎之者，繼至又不久於東矣。

【講】彼鴻之飛也，則遵於陸矣。況我公之歸也，豈其復來東乎。留相王室，原其重職，今特於女信宿焉，而即欲去矣，其將如之何哉。

清·祝文彦《詩經通解》：

二三章　此與上章皆一時事，方幸其得見，又聞其將歸，故嘆其不久于留如此。

清·王鴻緒等《欽定詩經傳説彙纂》卷九：

集説：季氏本曰："鴻北向則歸而不復矣。言周公既歸則留王室而不復來東也。"

【附錄】蘇氏轍曰："鴻飛而遵陸，不得已也。周公之在東，亦猶是矣，非其所願居也。苟其得已，則義當復西耳。"

清·姚際恒《詩經通論》卷八：

二章三章以鴻遵渚陸爲興，見公歸將不復矣，暫時信處信宿于女耳。

清·王心敬《豐川詩説》卷十一：

二章三章揣公必歸而托爲辭東人之語。

（三章）鴻飛遵陸，非其所願居也。王欲公歸，公豈不復乎。今而後，於汝東土不過信宿而已。

清·姜文燦《詩經正解》卷十：

【合參】彼鴻之飛也，則遵于高平之陸，若往而不返矣。況我公之歸也，持衡政府，而優游朝寧之間，留相天家，而永居輔弼之位，夫豈復來東乎。計其在東之日，特于女信宿而已。信宿之外，即欲挽公之轍而不可得也。蓋朝廷爲重，則東土爲輕，袞衣繡裳將遐哉，其不可睹矣，吾其何以爲情也哉。

【析講】首章言幸見周公于東，此二章則言其有所歸，而不久于東也。方幸其得見，又聞其將歸，故言之。

清·張叙《詩貫》卷五：

此兩章惜周公之將歸也。

清·汪紱《詩經詮義》卷四：

歸非無所，則不復東矣。周公忠誠貫於日月，清白顯於天壤，其不終見疑於王，東人自可先爲公信也，故聞金縢一啓而默知周公之不復東矣。

清·鄒聖脈《詩經備旨》卷三：

【二三章同旨】此與上章皆一時事。方幸其得見，又聞其將歸，故悲其不久於留，如此以物之有所循，興公之有所歸。無所反言，不復正言，皆言當相王室也。信處信宿只言其將歸，亦未然事，方接得下文"是以"二字。

【講】彼鴻之飛也，則遵于陸矣。公之歸也，蓋將留相王室也，夫豈復來乎？

計其在東之日，時於女信宿而已，信宿之外，即欲挽公之轍而不可得矣，吾將何如其爲情哉！

清·許伯政《詩深》卷十五：

鴻飛遵陸，時去亦或時來也，若公歸則不復矣，茲幸而於女信宿耳。

清·顧鎮《虞東學詩》卷五：

因謂東人曰：女謂公將長留於此乎。鴻雁必飛翔雲際，其遵渚遵陸者，暫也。往者，公特欲歸而未得其所耳，今歸將不復來矣。（歐義）其於女乎信處信宿，猶鴻之於渚陸也。

清·傅恒等《御纂詩義折中》卷九：

季本曰："雁北向則經時不復矣。言周公歸，將留相王室而不復來東也。"

清·羅典《凝園讀詩管見》卷五：

若公之長往而歸，非暫往而歸者，計其歸後欲同於鴻歸之終，必復則不復也。以公歸之不復而心繫之，其又能已於悲乎。

清·范家相《詩瀋》卷十：

鴻之遵陸而北，爰得我所，不復來東矣。今于女不過信宿之暫處耳。

清·姜炳璋《詩序補義》卷十三：

三章：鴻去當再來，詩人深慨公之不復也，故云公歸將不復矣，特于女信宿耳。

清·牟應震《詩問》卷三：

遵陸，喻歸周。言公歸朝則不復來，不過與女同此信宿耳。

清·牟庭《詩切》：

有鴻飛而上，遠遵山頂陸，比如遠到人，歸爲天子輔，公今既歸朝，終古不來復，但於汝豳邑假日以信宿。

清·劉沅《詩經恒解》卷二：

又言鴻飛遵陸，則將高飛，公歸王朝，亦不復來。今於女信宿，不久之綢繆，尤當思所以厚公也。

清·陳壽祺、陳喬樅《三家詩遺説考·齊詩遺説考》卷一：

【補】《易林》《師》之震："鴻飛在陸，公出不復。仲氏任只，伯氏客宿。"

喬樅謹案：《損》之蹇，《漸》之否，《剝》之升，《中孚》之同人，並無第三句。

清·林伯桐《毛詩通考》卷十五：

《傳》曰："周公未得禮也。蓋以未得王迎之禮，則歸無所在，故於女東方信宿耳。"《箋》云："信，誠也。公西歸而無所居，則可就女誠處是東都也。"何其紆曲乎。（三章，毛、鄭之意有別，亦如此。）

清·李詁經《詩經蠹簡》卷二：

下三章言欲留公者，互相告語之情狀。

清·方玉潤《詩經原始》卷八：

夫鴻飛在天乃其常，然時而遵渚遵陸，特其暫耳。公今還朝，以相天子，豈無所乎？殆不復東來矣。其所以遲遲不忍去者，特爲女東人作信宿留也。

清·呂調陽《詩序議》卷二：

案：二三章悲公之歸也。

清·王先謙《詩三家義集疏》卷十三：

胡承珙云："《易林》損之蹇：'鴻飛在陸，公出不復。伯氏客宿。'漸之否，剝之升，中孚之同人，同師之震，'伯氏'上多'仲氏任只'一句，皆不可曉。"

民國·焦琳《詩蠲》卷四：

大陸之廣博無涯，而鴻飛之經歷有限，一過即不復來矣。公既西歸，雖更經營天下，而如鴻之遵陸而飛，不必有復其故所之時，是今後之仰瞻難再也。盍請公於女乎信宿，少伸末後之綢繆與？

蠲曰：三章言後會之無期。

日本·中村之欽《筆記詩集傳》卷五：

一説古義云：鴻飛遵陸，不復爲渚上之游，以況公之自東而還歸于周，亦將留相王室而不復來東也。故《易·漸卦》九二之象曰："鴻漸于陸。夫征不復。"公之歸以之。

日本·伊藤善韶《詩解》：

言鴻雁自水傍飛，而進陸地，相去益遠。今公歸豈有再復來之期乎，若於我家信宿爲幸。

日本·龜井昱《古序翼》卷四：

次二章以嘆公不獲復其位也。

日本·竹添光鴻《毛詩會箋》卷八：

二章三章願朝廷迎公以歸，而托爲東人自相謂之語。

韓國·朴世堂《詩經思辨錄》：

鴻之遵渚遵陸，其飛也亦卑，則重以爲公失所之喻，又相謂云：豈公之歸而無所處乎，豈公之歸而不復位乎。今且於女而信處信宿，是又知公將不得久留于東，而歡喜嘆惜之辭。

韓國·李瀷《詩經疾書》：

鴻飛承九罭說。今雖遵渚其飛，冥冥終必脫禍，又非恒處春，必北歸，豈魚網所罹哉。東人已揣周公之不久於此也。

韓國·尹廷琦《詩經講義續集》：

鴻之自干而漸于陸，則已在平地之上，飛將于逵，遂無復下于干之理。故《漸》九三之"漸陸"曰"夫征不復"，今公之自東歸而已，至中路其猶鴻之自渚而已遵於陸。于時也，罪人既誅，邦亂悉平，已遵平坦之地，歸向天朝之路，無復中途復路反向東土之理，即鴻飛之已陸，遂不復下於渚干。斯謂公歸不復也。姑且於女東而信宿，則非久當西歸也。既曰遵渚遵陸，則公之已發，行而遵歸路也。結之以於女信宿，則公之尚在東土也，蓋以鴻遵渚陸，以聖人之時義而言之，謂將西歸遵路也，非以已發歸而言也。

李雷東按：

三章章旨各家論述列出如下：

1. 宋·歐陽修："其二章三章云鴻鴈遵渚遵陸，亦謂周公不得居朝廷而留滯東都，譬夫鴻鴈不得飛翔於雲際而下循渚陸也。因謂東都之人曰：我公所以留此者，未得所歸，故處此信宿間爾。"（《詩本義》卷五）

2. 宋·蘇轍："鴻飛而遵陸，不得已也。周公之在東，亦猶是矣，非其所願居也。苟其得已，則義當復西耳。"（《詩集傳》卷八）

3. 宋·范處義："鴻當高飛雲漢而乃下遵於渚陸，喻周公宜在廟堂。今既未得其所，未復其舊，於女朝廷諸臣信能自安處乎，信能自安息乎。"（《詩補傳》卷十五）

4. 宋·王質："皆周公歸途所見之物也。魚游近罭，鴻飛近渚近陸，皆危地。公歸恐復陷讒，不能免也。國人憂周公而未孚成王，故欲且留再宿，以觀其變，女衆人共推爲可留之所也。"（《詩總聞》卷八）

5. 宋·楊簡："鴻飛宜登天，今也遵渚而已，遵陸而已。公歸宜復冢宰之位，今也不復，無其所以居之。詩人於是托辭曰：於女信處信宿乎，言朝廷無位居公也。"（《慈湖詩傳》卷十）

6. 宋·林岊："遵陸亦言非其所也。周公宜歸，而朝廷不亟復之，於女東山，亦暫宿耳。"（《毛詩講義》卷四）

7. 宋·嚴粲："豈公歸不復其舊位，而於汝東土誠安留乎。公歸必復其舊位矣。"（《詩緝》卷十六）

8. 元·朱公遷《詩經疏義》："二章三章以將歸爲憂。"（《詩經疏義會通》卷八）

9. 元·朱善："鴻飛而戾天，宜也。而有時乎遵渚，復有時而遵陸，則亦暫焉而已耳。公歸而在朝，宜也。而于此乎信處，于此乎信宿，則亦豈久于是哉。"（《詩解頤》卷一）

10. 明·季本："陸鴻北向，則歸而不復矣。言周公既歸，則留王室而不復來東也。"（《詩說解頤》卷十四）

11. 明·黃佐："鴻遵陸，鴻其不復矣，公歸豈可復乎。"（《詩經通解》卷八）

12. 明·鄒泉："鴻飛遵渚二章。上章言幸見周公于東，此二章則言其有所歸而不久于東也。"（《新刻七進士詩經折衷講意》卷一）

13. 明·許天贈："鴻之飛也，則循乎高平之陸矣，況我公之歸則必留相乎王室，而任乎參贊之司，豈復來於東乎。今之在東也，不過於女信宿而已，信宿之外，安得而覯之哉。"（《詩經正義》卷九）

14. 明·江環《詩經闡蒙衍義集注》："彼鴻之飛也，則遵于陸矣。公之歸也，蓋將留相王室，永居輔弼之位矣，夫豈復來東乎。計其在東之日，特于女信宿而已，信宿之外，即欲悅公之轍而不可得也。袞衣繡裳，亦瞑然其不可睹矣，吾將何如其爲情哉。"（《詩經鐸振》卷三）

15. 明·方從哲等："然此亦要識得不重二三章。此言親之者未幾，而迎之者繼至，將不久于東也。"（《禮部訂正詩經正式講意合注篇》卷四）

16. 明·郝敬："二章三章揣公必歸而托爲辭東人之語。"（《毛詩原解》卷十六）

17. 明·郝敬："鴻飛宜高舉，而乃遵彼平陸，公之居東，猶在陸也。王欲公歸，公豈不復乎。今而後，於汝東土，不過信宿而已。"（《毛詩原解》卷十六）

18. 明·姚舜牧："公歸豈無所乎，歸豈復來乎，蓋不過信宿於是焉而已，此

東人繾綣不忍公去之至意也。"(《重訂詩經疑問》卷三)

19. 明·曹學佺:"鴻飛而遵陸,公之歸,豈不留以復相王室者乎,特於女信宿而已。"(《詩經剖疑》卷十二)

20. 明·駱日升:"鴻之飛也,則遵于陸矣,公之歸也,蓋將留相王室,永居輔弼之位矣,夫豈復來東乎。計其在東之日,特於女信宿而已。(《詩經正覺》卷四)

21. 明·徐奮鵬《詩經尊朱刪補》:"此蓋聞王將迎公而云然也。"(《詩經鐸振》卷三)

22. 明·張次仲:"彼時公以流言負謗,避嫌居東。一旦來迎,東人且悲且喜,且疑且信,故曰公歸而無所,公歸而不復。則但于女地爲信處信宿之留,仍來吾地可也。"(《待軒詩記》卷三)

23. 明·黃道周:"鴻飛尚有遵陸之安,況我公歸寧有復東之期乎。蓋朝廷爲重,則東土爲輕,公之留于斯也,特于女信宿而已,信宿之外,女又奈公何哉。"(《詩經琅玕》卷三)

24. 明·錢天錫引鄧潛谷曰:"公之孫而東也,猶鴻之遵陸,非其地也,何可久稽公也。"(《詩牖》卷五)

25. 明·何楷:"此一時也,王既悟而遣余輩銜命以迎公,公之留于女地,不過信宿間耳,歸不久矣。此一章據見在迎公而言。"(《詩經世本古義》卷十之上)

26. 明·黃文煥:"彼鴻之飛也,則遵于陸矣。公之歸也,蓋將留相王室永居輔弼之位矣,豈復來東乎。計其在東之日,特于汝信宿而已,信宿之外,欲挽公之轍而不可得也,袞衣繡裳,亦渺然而不可睹矣,吾將何如其爲清①哉。"(《詩經嫏嬛》卷三)

27. 明·唐汝諤引鄧潛谷曰:"公之孫而東也,猶鴻之遵渚②且遵陸也,非其地也,何可久稽公也。今歸矣,自是東無公所矣,且不可復得矣。"(《毛詩蒙引》卷七)

28. 明·朱朝瑛:"公歸則不復來,故不忍遽別,而于女信宿也。"(《讀詩略記》卷二)

29. 明·范王孫:"夫既取象于鴻之遵渚遵陸,明說公之失所矣。末二句豈有願其不歸之理。"(《詩志》卷九)

30. 明·賀貽孫:"公歸將不復至矣,特於女信宿而已。蓋惜之也。"(《詩觸》

---

① 清,疑爲"情"之誤。
② 原文爲"者",據上下文改。

卷二）

31. 明·陳元亮："東人只模寫己愛慕無已，不忍釋然，初不計及公之當歸與否，故苟得一宿再宿之留，以爲幸耳。"（《鑒湖詩說》卷一）

32. 清·錢澄之："言公之留于女地，不過信宿間耳，行且歸矣。"（《田間詩學》卷五）

33. 清·張沐："朝廷不以禮迎周公，周公雖異日有歸之時，亦不復攝政也。亦如鴻之于陸，于女信宿而已。周公終與王絕，非情也。故必言歸。信宿即去，又以義自斷。二章具見聖人之德焉。"（《詩經疏略》卷四）

34. 清·冉覲祖："彼鴻之飛也，則遵於陸矣。況我公之歸也，豈其復來東乎。留相王室，原其重職，今特於女信宿焉，而即欲去矣，其將如之何哉。"（《詩經詳說》卷三十二）

35. 清·祝文彥："此與上章皆一時事，方幸其得見，又聞其將歸，故嘆其不久于留如此。"（《詩經通解》）

36. 清·姚際恒："二章三章以鴻遵渚陸爲興，見公歸將不復矣，暫時信處信宿于女耳。"（《詩經通論》卷八）

37. 清·張叙："此兩章惜周公之將歸也。"（《詩貫》卷五）

38. 清·汪紱："歸非無所，則不復東矣。周公忠誠貫於日月，清白顯於天壤，其不終見疑於王，東人自可先爲公信也，故聞金縢一啟而默知周公之不復東矣。"（《詩經詮義》卷四）

39. 清·許伯政："鴻飛遵陸，時去亦或時來也，若公歸則不復矣，茲幸而於女信宿耳。"（《詩深》卷十五）

40. 清·羅典："若公之長往而歸，非暫往而歸者，計其歸後欲同於鴻歸之終，必復則不復也。以公歸之不復而心繫之，其又能已於悲乎。"（《凝園讀詩管見》卷五）

41. 清·范家相："鴻之遵陸而北，爰得我所，不復來東矣。今于女不過信宿之暫處耳。"（《詩瀋》卷十）

42. 清·姜炳璋："鴻去當再來，詩人深慨公之不復也，故云公歸將不復矣，特于女信宿耳。"（《詩序補義》卷十三）

43. 清·牟庭："有鴻飛而上，遠遵山頂陸，比如遠到人，歸爲天子輔，公今既歸朝，終古不來復，但於汝豳邑假日以信宿。"（《詩切》）

44. 清·劉沅："言鴻飛遵陸，則將高飛，公歸王朝，亦不復來。今於女信宿，

不久之綢繆，尤當思所以厚公也。"（《詩經恒解》卷二）

45. 清·李詒經："下三章言欲留公者，互相告語之情狀。"（《詩經蠹簡》卷二）

46. 清·方玉潤："夫鴻飛在天乃其常，然時而遵渚遵陸，特其暫耳。公今還朝，以相天子，豈無所乎？殆不復東來矣。其所以遲遲不忍去者，特爲女東人作信宿留也。"（《詩經原始》卷八）

47. 清·呂調陽："二三章悲公之歸也。"（《詩序議》卷二）

48. 民國·焦琳："大陸之廣博無涯，而鴻飛之經歷有限，一過即不復來矣。公既西歸，雖更經營天下，而如鴻之遵陸而飛，不必有復其故所之時，是今後之仰瞻難再也。盍請公於女乎信宿，少伸末後之綢繆與。"（《詩蠲》卷四）

49. 民國·焦琳："三章言後會之無期。"（《詩蠲》卷四）

50. 日本·中村之欽："一說古義云：鴻飛遵陸，不復爲渚上之游，以況公之自東而還歸于周，亦將留相王室而不復來東也。"（《筆記詩集傳》卷五）

51. 日本·伊藤善韶："言鴻雁自水傍飛，而進陸地，相去益遠。今公歸豈有再復來之期乎，若於我家信宿爲幸。"（《詩解》）

52. 日本·龜井昱："次二章以嘆公不獲復其位也。"（《古序翼》卷四）

53. 日本·竹添光鴻："二章三章願朝廷迎公以歸，而托爲東人自相謂之語。"（《毛詩會箋》卷八）

54. 韓國·朴世堂："鴻之遵渚遵陸，其飛也亦卑，則重以爲公失所之喻，又相謂云：豈公之歸而無所處乎，豈公之歸而不復位乎。今且於女而信處信宿，是又知公將不得久留于東，而歡喜嘆惜之辭。"（《詩經思辨錄》）

55. 韓國·李瀷："鴻飛承九罭說。今雖遵渚其飛，冥冥終必脫禍，又非恒處春，必北歸，豈魚網所罹哉。東人已揣周公之不久於此也。"（《詩經疾書》）

56. 韓國·尹廷琦："鴻之自干而漸于陸，則已在平地之上，飛將于遠，遂無復下于干之理。…今公之自東歸而已，至中路其猶鴻之自渚而已遵於陸。……既曰遵渚遵陸，則公之已發，行而遵歸路也。結之以於女信宿，則公之尚在東土也，蓋以鴻遵渚陸，以聖人之時義而言之，謂將西歸遵路也，非以已發歸而言也。"（《詩經講義續集》）

卒章句解

是以有袞衣兮

漢·鄭玄《毛詩箋》（《毛詩正義》卷八）：

是，是東都也。東都之人欲周公留之爲君，故云"是以有袞衣"。謂成王所齎來袞衣，願其封周公於此。

唐·孔穎達《毛詩正義》卷八：

毛以爲，言王是以有此袞衣兮，但無以我公歸之道兮。

鄭以爲，言王是以有此袞衣兮，王令齎來，原即封周公於此，無以我公西歸兮。

正義曰：首章云迎周公當以上公之服往見之，於時成王實以上公服往，故東都之人即原以此衣封周公也。

宋·蘇轍《詩集傳》卷八：

使公居是，以有袞衣可也。

宋·李樗《毛詩詳解》（《毛詩李黃集解》卷十八）：

西人告東人，以爲公必歸，而東人又告西人曰：言有袞衣之服，宜在朝廷，不當留滯於此。【黃講同】

宋·王質《詩總聞》卷八：

雖此有所逆之服，然不可歸，恐墮其計也。

宋·朱熹《詩經集傳》卷八：

承上二章言，周公信處信宿於此，是以東方有此服袞衣之人。

宋·吕祖謙《吕氏家塾讀詩記》卷十六：

程氏曰：是以，猶所以也。朝廷所以有衮衣之章，用尊禮聖賢。

卒章曰"是以有衮衣兮，無以我公歸兮"，所謂禮亦宜之者也。

宋·楊簡《慈湖詩傳》卷十：

夫是以惟有衮衣而已。

宋·林岊《毛詩講義》卷四：

卒章東山之人曰"是以有衮衣兮"，應上衮衣繡裳之言也。

宋·魏了翁《毛詩要義》卷八：

箋云："是，是東都也。東都之人欲周公留爲之君，故云'是以有衮衣'。謂成王所齎來衮衣，願其封周公於此。以衮衣命留之，無以公西歸。"

宋·嚴粲《詩緝》卷十六：

汝固有裳衣以迎公之歸矣。……言衮衣者，因首章西人欲以衮衣繡裳迎公也。

宋·戴溪《續吕氏家塾讀詩記》卷一：

國家所以有衮衣者，正謂其禮賢也。

宋·朱鑑《詩傳遺説》卷四：

"是以有衮衣兮"，"是以"兩字如今都不説，蓋本謂緣公暫至於此，是以此間有披衣之人。（葉賀孫録）

元·胡一桂《詩集傳附録纂疏·詩序》卷八：

【附録】"是以有衮衣兮"，"是以"兩字而今都不説，蓋本謂緣公暫至於此，是以此間有被衮衣之人。賀孫。

元·劉瑾《詩傳通釋》卷八：

承上二章言，周公信處信宿於此，是以東方有此服衮衣之人。

"是以"兩字而今都不説，蓋本謂緣公暫至於此，是以此間有被衮衣之人。

元·許謙《詩集傳名物鈔》卷四：

《語録》："是以有衮衣兮"，"是以"二字如今都不説，蓋本謂緣公暫至於此，是以此間有被衮衣之人。

元·朱善《詩解頤》卷一：

夫惟其信處信宿于此也，是以東方有此服衮衣之人，此固東土之幸也。

元·王逢《詩經疏義輯録》（《詩經疏義會通》卷八）：

承上二章言。周公信處信宿於此，是以東方有此服衮衣之人。

元・何英《詩經疏義增釋》（《詩經疏義會通》卷八）：

增釋：此章一句尊之之辭也。

元・劉玉汝《詩纘緒》卷八：

袞衣，承首章。

明・梁寅《詩演義》卷八：

言公遭謗避位而來此，是以得見此袞衣之貴。

明・胡廣《詩傳大全・詩序》卷八：

承上二章言，周公信處信宿於此，是以東方有此服袞衣之人。

朱子曰："'是以有袞衣兮'，'是以'兩字而今都不説，蓋本謂緣公暫至於此，是以此間有被袞衣之人。"

明・季本《詩説解頤》卷十四：

承上二章言周公信處信宿於此，是以東方有此服袞衣之人。

明・黃佐《詩經通解》卷八：

"是以有袞衣兮"，須就將去時看。大意云：信處信宿之時，此時尚有袞衣，信處信宿之外，此外則無袞衣矣。或有周公居東，置於其先，然後説有袞衣，則初見時事，非承信處信宿文勢矣。（程子曰："是以，猶所以也。朝廷所以有袞衣之章，用尊禮聖賢。"）

明・豐坊《魯詩世學》卷十五：

【正説】朱子曰："承上二章言周公信處信宿于此，是以東方有此服袞衣之人。"

明・李資乾《詩經傳注》卷十八：

袞衣所以加九錫，其制龍首卷然。卷者，迴還之貌，猶欲公還周也。故曰"是以有袞衣兮"，應首章"袞衣繡裳"，猶云有袞衣，何不以之留賢，而使公去周歸魯也。此借袞衣以發屬望之意。

明・許天贈《詩經正義》卷九：

首句是承二章而言其得見之暫。

夫惟其信處於此，故信處之間，東方有此服袞衣之人焉。惟其信宿於此，故信宿之間，東方有此服袞衣之人焉。斯則一時之暫，猶可以慰我之心矣。

明・江環《詩經闡蒙衍義集注》（《詩經鐸振》卷三）：

【末章】夫我公惟其信處信宿于此，是以東方有此服袞衣之人，以聳吾人之觀瞻也。

明·方從哲等《禮部訂正詩經正式講意合注篇》卷四：

【四章意】惟有信處信宿之我公，是以有信處信宿之袞衣，而一去則不復來矣。

明·郝敬《毛詩原解》卷十六：

（四章）是以王之迎公也，有袞冕之衣矣。以公之忠順，王命不宿留，而君召豈俟駕。在我西人喜公還，在彼東人悲公去。曰王無以我公歸，無使我心悲，聖德所在，人心愛慕，豈朝廷之上而無知公者乎。

"是以有袞衣"，承上三章言。王果以袞衣繡裳往迎，而公遂去東西歸也。

明·姚舜牧《重訂詩經疑問》卷三：

是以有袞衣兮，其欣仰亦何至。

明·沈守正《詩經說通》卷五：

【附錄】東方何以有袞衣，"公歸無所，于女信處"，"公歸不復，于女信宿"，是以有袞衣兮。

明·曹學佺《詩經剖疑》卷十二：

公既信宿而將西歸。是以東方乍有此服袞衣之人，然又恐其不能久留也。

明·駱日升《詩經正覺》卷四：

夫我公惟其信處信宿於此，是以東方有此服袞衣之人，轉而為傷悲焉，其厚幸矣乎。

明·陸燧《詩筌》卷一：

信處與信宿一例，當自未然者言，俱就將迎時說。"是以"兩字根此。

明·徐奮鵬《詩經尊朱刪補》（《詩經鐸振》卷三）：

承上言周公信處信宿于此，是以東方有此服袞衣者，

明·顧夢麟《詩經說約》卷十：

承上二章言，周公信處信宿於此，是以東方有此服袞衣之人，

明·張次仲《待軒詩記》卷三：

此袞衣即首章之袞衣，是以有袞衣，上疑有脫簡，言此命服之來，必有一因緣，是以有此。蓋疑其未必出于誠然也。

明·黃道周《詩經琅玕》卷三：

"是以有"字承上信處信宿來。

夫我公惟信處信宿於此，是以東方尚有此服袞衣之人。

明·何楷《詩經世本古義》卷十之上：

是以有袞衣者，得請之辭，向之籌於王前者，曰"我覯之子，袞衣繡裳"，王不以其言爲非，所以今日有袞衣之命，而使人賚之以予公也。

明·黄文焕《詩經嫏嬛》卷三：

末章：夫我公惟信處信宿于此，是以東方有此服袞衣之人，以聳吾人之觀瞻。

明·楊廷麟《詩經聽月》卷五：

夫我公惟信處信宿於此，是以東方有此服袞衣之人，以聳吾人之观瞻。

有字根信處信宿來。

明·胡紹曾《詩經胡傳》卷五：

末章，毛云："王有此袞衣，不能反歸周公，將使我心悲兮。"鄭云："願王以此袞衣封公于此。"

明·賀貽孫《詩觸》卷二：

四章用"是以"二字緊接。惟公於女信處於女信宿，是以東土偶有此袞衣之人，豈能遽舍。

清·朱鶴齡《詩經通義》卷五：

末章承上言，公特信處信宿于彼，是以我得見此袞衣之服。

清·錢澄之《田間詩學》卷五：

袞，龍衣也。天子升龍，公降龍，龍形卷然，故謂之袞。

朱子曰："是以有袞衣兮"，"是以"二字，緣公甍至于此，是以此間有被袞衣之人，爲東山願留之意。

【愚按】"是以"二字，緊接上章"公歸不復"一句，爲東人怨望之詞。初見袞衣繡裳，以爲王錫之命，所以慰問公也。今乃知爲迎公而歸，是以有袞衣也。

清·張沐《詩經疏略》卷四：

此總前意而言。公既不以禮不歸，是以惟須有袞衣焉。

清·冉覲祖《詩經詳説》卷三十二：

承上二章言周公信處信宿於此，是以東方有此服袞衣之人。

按：鄭謂成王齎來袞衣，願封公於此。無以公西歸，何當有齎來袞衣之事，而願其封公於此邪。

【講】惟其信處信宿如此，是以我東方有此服袞衣之人兮。

清·秦松齡《毛詩日箋》卷二：

程子曰："是以猶所以也。朝廷所以有衮衣之章，用尊禮聖賢。"

清·王鴻緒等《欽定詩經傳說彙纂》卷九：

承上二章言。周公信處信宿於此，是以東方有此服衮衣之人。

清·嚴虞惇《讀詩質疑》卷十五：

朱注："公惟信宿於此，是以東方有此衮衣之人。"

清·王心敬《豐川詩說》卷十一：

（四章）是以王之迎公也，有衮冕之衣矣。

清·姜文燦《詩經正解》卷十：

承上二章言。周公信處信宿于此，是以東方有此服衮衣之人。

【合參】夫惟我公信處信宿于此，是以東方有此服衮衣之人，以聳吾人之瞻視也。

清·黃夢白、陳曾《詩經廣大全》卷九：

言我公信處信宿于此，是以東方有此服衮衣之人。

清·汪紱《詩經詮義》卷四：

衮衣跟首章而言。然直當聖人二字看。信處信宿，是以有衮衣。

清·顧棟高《毛詩訂詁》卷三：

程子曰："是以，猶所以也。朝廷所以有衮衣之章，用尊禮聖賢。"

案：若程子訓"是以"爲所以，"無以"爲以，則牽強屈曲，不甚明白。

清·許伯政《詩深》卷十五：

若公歸則不復矣，茲幸而於女信宿耳。是以不待羅至而有衮衣兮。

清·顧鎮《虞東學詩》卷五：

末章言今之有此衮衣之賜者，是欲以公歸耳。公之決歸而不能留，明矣。

清·傅恒等《御纂詩義折中》卷九：

朱子曰："承上二章言，周公信處信宿於此，是以東方有此服衮衣之人。"

清·羅典《凝園讀詩管見》卷五：

【管見】衣尊於裳，舉衮衣則繡裳可該。……所謂有衮衣者，武庚也。有武庚而公猶留，不有武庚而公遂歸，故言我東人之於公，不能致之信處信宿也，而於女衮衣者信處，於女衮衣者信宿，是以有衮衣兮，我不願其有也，而其先固能以我公來，而使我心喜矣。爲今之計有戀於公，何嫌於女。

清·范家相《詩瀋》卷十：

東國之僻陋，維公之來，幸得睹此衮衣兮。

清·胡文英《詩經逢原》卷五：

是，此外也。以，亦也。西北音以、亦相似，而通言此外亦有衮衣，願以衣公而留之也。

清·牟庭《詩切》：

公將歸矣，是以有衮衣之大夫來至豳矣。

是以田廬有客衣衮衣。

清·劉沅《詩經恒解》卷二：

是，謂殷地。是以，有①言不易有也。惟公因撫我之故，暫留於此，我東國乃有衮衣兮。

清·徐華嶽《詩故考異》卷十五：

《箋》："是，是東都也。東都之人欲周公留爲之君，故云'是以有衮衣'。謂成王所齎來衮衣，願其封周公於此，以衮衣命留之，無以公西歸。"（《正義》："鄭以此是東都之人欲留周公之辭，故易《傳》。時成王實以上公之服往，東人即願以此衣封周公也。"）

清·胡承珙《毛詩後箋》卷十五：

此詩首尾兩言衮衣，毛於"衮衣繡裳"《傳》云："所以見周公也，末章傳云：無與公歸之道也，二語正相應。言衮衣，固爲見公之服，然周公以道事君者也，使無所以迎之之道，而徒以其服，是以有此衮衣，而終無與公歸之道，能無使我心悲乎。蓋即首章衮衣之語，又推進一層。……毛蓋謂"是以"二字，緊承上二章"公歸無所""公歸不復"來。無所、不復，正言無與公歸之道，故以"是以"二字直接，言雖有其服而無其道也。

清·李詒經《詩經蠹簡》卷二：

"是以"句言我東土因爲流言，是以得有衮衣之人在此，大家對之歡樂耳。

清·陳奐《詩毛氏傳疏》卷十五：

疏：言朝廷有衮衣，當爲見公之服。

清·潘克溥《詩經說鈴》卷六：

王質云：鄭《箋》（末章）是東都也。東都欲留周公爲君，謂成王所齎來衮

---

① 有，或爲猶字之誤。

衣，願其封公於此。

清·顧廣譽《學詩詳説》卷十五：

卒章，程子謂："是以，猶所以也。朝廷所以有袞衣之章，用尊禮聖賢。"

清·方玉潤《詩經原始》卷八：

公於東人如此其誠，東人於公當更何如？夫是以想我東人之得覯此袞衣也，我東人之大幸也。

清·鄧翔《詩經繹參》卷二：

頁眉：末章第一句承首章意。

【集解】"今王迎公以上公之禮，是以有此袞衣。"

清·龍起濤《毛詩補正》卷十四：

【補】承上二章言周公信處信宿於此，是以東方有此服袞衣之人。

清·吕調陽《詩序議》卷二：

案："是以有袞衣兮"，承二三章言悲公之不來也。

清·梁中孚《詩經精義集鈔》卷二：

此承上二章言周公信宿于此，是以東人有此袞衣之人，願其且留于此。

朱氏善曰："惟其信處信宿於此也，是以東方有此服袞衣之人，此固東土之幸也。"

清·王先謙《詩三家義集疏》卷十三：

《箋》："是，是東都也。東都之人欲周公之留爲君，故云'是以有袞衣'，謂成王所齎來袞衣，願其封周公於此，以袞衣命留之，無以公西歸。"胡承珙云："周公以道事君，使無所以迎之道而徒以其服，是以有此袞衣而終無與公歸之道，能無使我心悲乎？"愚案：周公既受上公之服，則王禮已加。召公歸，則振旅而歸耳。使必待王迎然後歸，不迎則不歸，以此爲興公歸之道，豈所以爲周公乎。胡說非是。……言袞衣不言繡裳者，省文以成句也。

民國·王闓運《詩傳補》：

是以有袞衣兮，（補曰：是，是東都也。言因其辟居而就賜之，類於虛文，非所以待公。）無以我公歸兮，（《箋》云："是，是東都也。東都之人欲周公留爲之君，故云'是以有袞衣'，謂成王所齎來袞衣，願其封周公於此，以袞衣命留之，無以公西歸。" 補曰：就冊命之，是無迎公之意。）

民國·馬其昶《詩毛氏學》卷十五：

陳曰："言朝廷有袞衣，當爲見公之服。"

昶按：黃氏《日抄》疑袞衣公所素被，前未嘗襧，今安用以爲迎。然鄭武公好賢，亦以緇衣致其敬，此不足疑也。《伐柯》言"籩豆"，《九罭》言"袞衣"，皆所謂禮也。

民國·林義光《詩經通解》卷十五：

是，讀爲寔。《禮記·大學》："寔能容之。"《書·秦誓》作"是能容之"。是亦寔之省借也。"寔以有袞衣兮"，言周公之歸，徒以有袞衣耳，而周公非必服袞衣而後可也。蓋東人留公甚切，故不覺出辭之野如此。

民國·焦琳《詩蠲》卷四：

使袞衣即是袞衣，則無論前乎此後乎此未必不有，即終古不有，亦何足羨慕。若袞衣如首章所云也，則此有眞千載之嘉會，且忽有而未竟所有，更没世之遺憾矣。

日本·岡白駒《毛詩補義》卷五：

【卒章】王疑未釋，是但有此袞衣耳。

日本·赤松弘《詩經述》卷四：

是以，猶所以也。朝廷所以有袞衣之章者，以尊禮聖賢也。

日本·皆川願《詩經繹解》卷七：

此章言：苟知公之在，是以我有袞衣者也。

日本·伊藤善韶《詩解》：

言今是地以有袞衣服之人，冀勿有以我所慕之周公西歸也。

日本·冢田虎《冢注毛詩》卷八：

是，是東土也。東人欲留周公以爲君，故言庶以是土封公，而有服袞衣于此焉，當無以我公西歸也。

日本·仁井田好古《毛詩補傳》卷十五：

【補】好古曰：朝廷有袞龍之服，所以尊禮聖賢。

日本·岡井鼎《詩疑》：

鼐按："是以"二字緊承上"無所""不復"字，言公歸將復舊位而留王朝，是以有此持袞衣而來迎者。不然豈有此事哉。……按：鄭《箋》云：是以有袞衣，謂成王所齎來袞衣。

據此語，鄭亦以袞衣爲成王所齎來也。

日本·安藤龍《詩經辨話器解》卷八：

是（旁行小字：今成王）以有袞衣（旁行小字：命服）兮（旁行小字：以此？服封公于此。），無以我公歸兮，（《箋》云："是，是東都也。東都之人欲周公留之爲君，故云是以有袞衣，謂成王所齎來袞衣，願其封周公于此，以（旁行小字：此）袞衣命留之，無以公西歸。"）

日本·山本章夫《詩經新注》卷中：

承上二章言。周公信處信宿於此，是以東方有此服袞衣之人。

日本·竹添光鴻《毛詩會箋》卷八：

箋曰：是以二字，緊承上信處、信宿來，言是以東土偶有此袞衣之人而幸見之，既有袞衣之人，豈能遽舍，故又以下二句一氣疊去。……毛蓋謂"是以"二字緊承上二章公歸無所，公歸不復來。無所、不復，正言無與公歸之道，故以"是以"二字直接，言雖有其服而無其道也，此說蓋得毛旨。然從毛則第二句不與上句緊接，而末句作反語，亦文勢不順，故今不從。

韓國·沈大允《詩經集傳辨正》：

是以欲留公於洛也。

韓國·尹廷琦《詩經講義續集》：

是以者，指遵路而言也。鴻之遵陸，即公之西歸，故我周有此袞衣之大人也。

韓國·朴文鎬《詩集傳詳說》卷六：

承上二章言，周公信處宿於此，（從是以字說出）是以東方有此服袞衣之人，（承首章）

韓國·無名氏《詩義》：

吁！詩人之愛其人，而美其衣者，多矣，而未見"是以"二字矣。《緇衣》宜兮，周人之美其大夫也。《羔裘》晏兮，鄭人之美其大夫也。然而周人之美緇衣也，不曰"是以有緇衣"也，鄭人之美羔裘也，不曰"是以有袞衣兮"，則今夫東人之留周公也，必曰"是以有袞衣兮"，奚哉。噫！煌煌繡袞，是周公之衣兮，燦燦華蟲，是周公之裳兮，彼周公兮，西方之人兮，則惟此東方，豈有袞衣之人也。惟其赤舄一朝，公來居東，則緣公之信宿於此，而我覩其袞衣兮，因公之信處於此，而我見其袞裳兮，是以惟我東方有此袞衣。而公將遽歸，則吾思袞衣之不見也。然而非公之信宿，何以有此袞衣兮，非公之信處，何以見此袞衣兮，緣其暫至於此間而得見其袞衣，則衣是衣，而無遽歸矣，服是服，而亦可留矣。

此詩人以"是以"兩字詠言，於袞衣之上，則其所眷眷願留之意，自可見矣。執此，究之詩旨，可下蓋"是以"。

李雷東按：

"是以有袞衣兮"句解有"是""是以""有""是以有""袞衣"和整句解說等幾個問題。現分述如下：

一 是

1. 漢·鄭玄《毛詩箋》："是，是東都也。"（《毛詩正義》卷八）
2. 清·劉沅："是，謂殷地。"（《詩經恒解》卷二）
3. 民國·林義光："是，讀爲寔。"（《詩經通解》卷十五）
4. 日本·冢田虎："是，是東土也。"（《冢注毛詩》卷八）
5. 日本·安藤龍："今成王。"（《詩經辨話器解》卷八）

二 是以

1. 宋·呂祖謙引程氏曰："是以，猶所以也。"（《呂氏家塾讀詩記》卷十六）
2. 明·陸燧："信處與信宿一例，當自未然者言，俱就將迎時說。'是以'兩字根此。"（《詩筌》卷一）
3. 清·錢澄之："'是以'二字，緊接上章'公歸不復'一句，爲東人怨望之詞。"（《田間詩學》卷五）
4. 清·顧棟高："若程子訓'是以'爲所以，'無以'爲以，則牽強屈曲，不甚明白。"（《毛詩訂詁》卷三）
5. 清·胡文英："是，此外也。以，亦也。西北音以、亦相似。"（《詩經逢原》卷五）
6. 韓國·尹廷琦："是以者，指遵路而言也。"（《詩經講義續集》）

三 有

1. 明·楊廷麟："有字根信處信宿來。"（《詩經聽月》卷五）

四 是以有

1. 清·劉沅："是以有①言不易有也。"（《詩經恒解》卷二）

---

① 有，或爲猶字之誤。

268

五　袞衣

1. 宋·嚴粲："言袞衣者，因首章西人欲以袞衣繡裳迎公也。"（《詩緝》卷十六）

2. 清·汪紱："袞衣跟首章而言。然直當聖人二字看。"（《詩經詮義》卷四）

3. 清·羅典："衣尊於裳，舉袞衣則繡裳可該。……所謂有袞衣者，武庚也。"（《凝園讀詩管見》卷五）

4. 清·王先謙："言袞衣不言繡裳者，省文以成句也。"（《詩三家義集疏》卷十三）

六　整句解說

1. 唐·孔穎達："毛以爲，言王是以有此袞衣兮，但無以我公歸之道兮。"（《毛詩正義》卷八）

2. 漢·鄭玄《毛詩箋》："東都之人欲周公留之爲君，故云'是以有袞衣'。謂成王所齎來袞衣，願其封周公於此。"（《毛詩正義》卷八）

3. 唐·孔穎達："鄭以爲，言王是以有此袞衣兮，王令齎來，原即封周公於此，無以我公西歸兮。"（《毛詩正義》卷八）

4. 唐·孔穎達："首章云迎周公當以上公之服往見之，於時成王實以上公服往，故東都之人即原以此衣封周公也。（《毛詩正義》卷八）

5. 宋·蘇轍："使公居是，以有袞衣可也。"（《詩集傳》卷八）

6. 宋·李樗《毛詩詳解》："西人告東人，以爲公必歸，而東人又告西人曰：言有袞衣之服，宜在朝廷，不當留滯於此。"（《毛詩李黃集解》卷十八）

7. 宋·王質："雖此有所逆之服，然不可歸，恐墮其計也。"（《詩總聞》卷八）

8. 宋·朱熹："承上二章言，周公信處信宿於此，是以東方有此服袞衣之人。"（《詩經集傳》卷八）

9. 宋·呂祖謙引程氏曰："朝廷所以有袞衣之章，用尊禮聖賢。"（《呂氏家塾讀詩記》卷十六）

10. 宋·楊簡："夫是以惟有袞衣而已。"（《慈湖詩傳》卷十）

11. 宋·林岊："卒章東山之人曰'是以有袞衣兮'，應上袞衣繡裳之言也。"（《毛詩講義》卷四）

12. 宋·嚴粲："汝固有裳衣以迎公之歸矣。"（《詩緝》卷十六）

13. 宋·戴溪："國家所以有袞衣者，正謂其禮賢也。"（《續呂氏家塾讀詩記》卷一）

14. 宋·朱鑑："'是以有袞衣兮'，'是以'兩字如今都不説，蓋本謂緣公暫至於此，是以此間有披衣之人。（葉賀孫録）"（《詩傳遺説》卷四）

15. 元·朱善："夫惟其信處信宿于此也，是以東方有此服袞衣之人，此固東土之幸也。"（《詩解頤》卷一）

16. 元·何英《詩經疏義增釋》："此章一句尊之之辭也。"（《詩經疏義會通》卷八）

17. 明·梁寅："言公遭謗避位而來此，是以得見此袞衣之貴。"（《詩演義》卷八）

18. 明·黄佐："'是以有袞衣兮'，須就將去時看。"（《詩經通解》卷八）

19. 明·黄佐："信處信宿之時，此時尚有袞衣，信處信宿之外，此外則無袞衣矣。"（《詩經通解》卷八）

20. 明·李資乾："猶云有袞衣，何不異之留賢，而使公去周歸魯也。此借袞衣以發屬望之意。"（《詩經傳注》卷十八）

21. 明·許天贈："首句是承二章而言其得見之暫。"（《詩經正義》卷九）

22. 明·許天贈："夫惟其信處於此，故信處之間，東方有此服袞衣之人焉。惟其信宿於此，故信宿之間，東方有此服袞衣之人焉。斯則一時之暫，猶可以慰我之心矣。"（《詩經正義》卷九）

23. 明·江環《詩經闡蒙衍義集注》："夫我公惟其信處信宿于此，是以東方有此服袞衣之人，以聳吾人之觀瞻也。"（《詩經鐸振》卷三）

24. 明·方從哲等："惟有信處信宿之我公，是以有信處信宿之袞衣，而一去則不復來矣。"（《禮部訂正詩經正式講意合注篇》卷四）

25. 明·郝敬："是以王之迎公也，有袞冕之衣矣。"（《毛詩原解》卷十六）

26. 明·郝敬："'是以有袞衣'，承上三章言。王果以袞衣繡裳往迎，而公遂去東西歸也。"（《毛詩原解》卷十六）

27. 明·姚舜牧："是以有袞衣兮，其欣仰亦何至。"（《重訂詩經疑問》卷三）

28. 明·曹學佺："公既信宿而將西歸。是以東方乍有此服袞衣之人，然又恐其不肷久留也。"（《詩經剖疑》卷十二）

29. 明·張次仲："此袞衣即首章之袞衣，是以有袞衣，上疑有脱簡，言此命

服之來，必有一因緣，是以有此。蓋疑其未必出于誠然也。"（《待軒詩記》卷三）

30. 明·何楷："是以有袞衣者，得請之辭，向之籌於王前者，曰'我覯之子，袞衣繡裳'，王不以其言爲非，所以今日有袞衣之命，而使人賫之以予公也。"（《詩經世本古義》卷十之上）

31. 明·賀貽孫："惟公於女信處於女信宿，是以東土偶有此袞衣之人，豈能遽舍。"（《詩觸》卷二）

32. 清·錢澄之："初見袞衣繡裳，以爲王錫之命，所以慰問公也。今乃知爲迎公而歸，是以有袞衣也。"（《田間詩學》卷五）

33. 清·張沐："此總前意而言。公既不以禮不歸，是以惟須有袞衣焉。"（《詩經疏略》卷四）

34. 清·王心敬："是以王之迎公也，有袞冕之衣矣。"（《豐川詩説》卷十一）

35. 清·汪紱："信處信宿，是以有袞衣。"（《詩經詮義》卷四）

36. 清·許伯政："若公歸則不復矣，兹幸而於女信宿耳。是以不待羅至而有袞衣兮。"（《詩深》卷十五）

37. 清·顧鎮："末章言今之有此袞衣之賜者，是欲以公歸耳。公之決歸而不能留，明矣。"（《虞東學詩》卷五）

38. 清·羅典："有武庚而公猶留，不有武庚而公遂歸，故言我東人之於公，不能致之信處信宿也，而於女袞衣者信處，於女袞衣者信宿，是以有袞衣兮，我不願其有也，而其先固能以我公來，而使我心喜矣。爲今之計有戀於公，何嫌於女。"（《凝園讀詩管見》卷五）

39. 清·范家相："東國之僻陋，維公之來，幸得睹此袞衣兮。"（《詩瀋》卷十）

40. 清·胡文英："通言此外亦有袞衣，願以衣公而留之也。"（《詩經逢原》卷五）

41. 清·牟庭："公將歸矣，是以有袞衣之大夫來至豳矣。"（《詩切》）

42. 清·牟庭："是以田廬有客衣袞衣。"（《詩切》）

43. 清·劉沅："惟公因撫我之故，暫留於此，我東國乃有袞衣兮。"（《詩經恒解》卷二）

44. 清·胡承珙："言雖有其服而無其道也。"（《毛詩後箋》卷十五）

45. 清·李詒經："'是以'句言我東土因爲流言，是以得有袞衣之人在此，

大家對之歡樂耳。"(《詩經盡簡》卷二)

46. 清·陳奐:"言朝廷有袞衣，當爲見公之服。"(《詩毛氏傳疏》卷十五)

47. 清·方玉潤:"公於東人如此其誠，東人於公當更何如？夫是以想我東人之得覯此袞衣也，我東人之大幸也。"(《詩經原始》卷八)

48. 清·鄧翔:"今王迎公以上公之禮，是以有此袞衣。"(《詩經繹參》卷二)

49. 清·呂調陽:"承二三章言悲公之不來也。"(《詩序議》卷二)

50. 清·梁中孚:"此承上二章言周公信宿于此，是以東人有此袞衣之人，願其且留于此。"(《詩經精義集鈔》卷二)

51. 清·王先謙:"周公既受上公之服，則王禮已加。召公歸，則振旅而歸耳。使必待王迎然後歸，不迎則不歸，以此爲興公歸之道，豈所以爲周公乎。胡說非是。"(《詩三家義集疏》卷十三)

52. 民國·王闓運:"言因其辟居而就賜之，類於虛文，非所以待公。"又:"就冊命之，是無迎公之意。"(《詩傳補》)

53. 民國·林義光:"言周公之歸，徒以有袞衣耳，而周公非必服袞衣而後可也。蓋東人留公甚切，故不覺出辭之野如此。"(《詩經通解》卷十五)

54. 民國·焦琳:"使袞衣即是袞衣，則無論前乎此後乎此未必不有，即終古不有，亦何足羨慕。若袞衣如首章所云也，則此有真千載之嘉會，且忽有而未竟所有，更沒世之遺憾矣。"(《詩蠲》卷四)

55. 日本·岡白駒:"王疑未釋，是但有此袞衣耳。"(《毛詩補義》卷五)

56. 日本·赤松弘:"朝廷所以有袞衣之章者，以尊禮聖賢也。"(《詩經述》卷四)

57. 日本·皆川願:"苟知公之在，是以我有袞衣者也。"(《詩經繹解》卷七)

58. 日本·伊藤善韶:"言今是地以有袞衣服之人，異勿有以我所慕之周公西歸也。"(《詩解》)

59. 日本·冢田虎:"是，是東土也。東人欲留周公以爲君，故言庶以是土封公，而有服袞衣于此焉，當無以我公西歸也。"(《冢注毛詩》卷八)

60. 日本·岡井鼎:"言公歸將復舊位而留王朝，是以有此持袞衣而來迎者。不然豈有此事哉。"(《詩疑》)

61. 日本·安藤龍:"以此命服封公于此。"(《詩經辨話器解》卷八)

62. 韓國·沈大允:"是以欲留公於洛也。"(《詩經集傳辨正》)

63. 韓國·尹廷琦："鴻之遵陸，即公之西歸，故我周有此袞衣之大人也。"（《詩經講義續集》）

無以我公歸兮

《毛詩故訓傳》（《毛詩正義》卷八）：
無與公歸之道也。

漢·鄭玄《毛詩箋》（《毛詩正義》卷八）：
以袞衣命留之，無以公西歸。

唐·孔穎達《毛詩正義》卷八：
言王是以有此袞衣兮，但無以我公歸之道兮。王意不悟，故云無以歸道。

鄭以爲，此是東都之人欲留周公之辭，言王是以有此袞衣兮，王令齎來，原即封周公於此，無以我公西歸兮。

正義曰：周公在東，必待王迎乃歸。成王未肯迎之，故無與我公歸之道，謂成王不與歸也。……正義曰：《箋》以爲，王欲迎周公，而群臣或有不知周公之志者，故刺之。雖臣不知，而王必迎公，不得言無與公歸之道，故易《傳》以爲東都之人欲留周公之辭。首章云迎周公當以上公之服往見之，於時成王實以上公服往，故東都之人即原以此衣封周公也。

宋·歐陽修《詩本義》卷五：
《本義》曰：是以有袞衣者，雖宜在朝廷，然無以公歸，使我人思公而悲也。

宋·蘇轍《詩集傳》卷八：
東人安於周公，不欲其復西，故曰：使公居是，以有袞衣可也，無以公歸而使我悲也。

宋·李樗《毛詩詳解》（《毛詩李黃集解》卷十八）：
西人告東人，以爲公必歸，而東人又告西人曰：言有袞衣之服，宜在朝廷，不當留滯於此，無使我公歸而使我心傷悲。【黃講同】

宋·范處義《詩補傳》卷十五：
此章謂我東人以有袞衣在此爲重，無使公遽歸。

宋·王質《詩總聞》卷八：
雖此有所逆之服，然不可歸，恐墮其計也。

273

宋·朱熹《詩經集傳》卷八：

又願其且留於此，無遽迎公以歸。

宋·呂祖謙《呂氏家塾讀詩記》卷十六：

程氏曰：無以，以也。無以是服逆我公來歸。

卒章曰"是以有袞衣兮，無以我公歸兮"，所謂禮亦宜之者也。

宋·楊簡《慈湖詩傳》卷十：

夫是以惟有袞衣而已，詩人不勝其悲曰：公歸而無位以處之，不如無以公歸之愈也。

宋·林岊《毛詩講義》卷四：

"無以我公歸兮，無使我心悲兮"，應上"公歸不復，於女信宿"之言也。所謂西人欲其歸，東人欲其留也。托言與東山之人，酬應而美刺之意隱然矣。

宋·魏了翁《毛詩要義》卷八：

毛謂："王有袞衣，不迎公。"鄭："東人留公。"

無與公歸之道也。箋云："……東都之人欲周公留爲之君，故云是以有袞衣，謂成王所齎來袞衣願其封周公於此，以袞衣命留之，無以公西歸。"《正義》曰："……言王是以有此袞衣兮，但無以我公歸之道兮，王意不悟，故云無以歸道。"

宋·嚴粲《詩緝》卷十六：

東人欲公之留，答西人曰：汝固有袞衣以迎公之歸矣，然願無以我公歸而使我心悲也。

宋·戴溪《續呂氏家塾讀詩記》卷一：

國家所以有袞衣者，正謂其禮賢也，乃不以迎公而歸之。

元·劉瑾《詩傳通釋》卷八：

又願其且留於此，無遽迎公以歸。

元·朱善《詩解頤》卷一：

然相位不可以久虛，君德不可以無輔，人心天意不可以久咈，則必有迎公以歸者，而使我心悲矣。蓋留公者，東人之私情，而迎公者，天下之公論。一人之私情不足以勝天下之公論，此東人所以拳拳於公，雖欲挽而留之，而卒不可得也。

元·王逢《詩經疏義輯錄》（《詩經疏義會通》卷八）：

又願其且留於此，無遽迎公以歸。（【輯錄】《解頤》曰：留公者，東人之私情，迎公者，天下之公論。一人之私情不足以勝天下之公論。此東人所以拳拳於公,雖欲遂而留之,而卒不可得也。)

元·何英《詩經疏義增釋》(《詩經疏義會通》卷八):

增釋:二句親之之辭也,

元·劉玉汝《詩纘緒》卷八:

公歸承次兩章。

明·梁寅《詩演義》卷八:

王今悔悟,迎公以歸,願留于此,毋遽以公歸,而使我悲也。公固不可復留也,但以見東人惓惓之意耳。

明·胡廣《詩傳大全·詩序》卷八:

又願其且留於此,無遽迎公以歸。

明·季本《詩說解頤》卷十四:

願其且留而無遽歸。

明·黃佐《詩經通解》卷八:

程子曰:"無以,以也。無以是服逆我公來歸。"

明·鄒泉《新刻七進士詩經折衷講意》卷一:

注:歸則將不復來,亦本留相王室說。東人非不知公義所在,難以留公,特愛公者,至不欲其去之速耳。

明·豐坊《魯詩世學》卷十五:

【正說】朱子曰:"又願其且留于此,無遽迎公以歸。"

明·李資乾《詩經傳注》卷十八:

故曰"無以我公歸",不欲公之歸魯也。即上篇"我心西悲"之意。

明·許天贈《詩經正義》卷九:

下二句則表其願留之誠也。"無以我公"二句,一串說下。

然以公之盛德,雖曰親就之為未足也。若遽迎公以歸,則將不復來東,而使我心悲矣。

明·顧起元《詩經金丹》卷三:

又願其且留於此,無遽迎公以歸。

【"是以"末章】歸則不復來,亦本留相王室說。東人非不知公義所在,難以留公,特愛公者,至不欲其去之速耳。

明·江環《詩經闡蒙衍義集注》（《詩經鐸振》卷三）：

【末章】然公之留也，吾人以之爲喜，公之去也，吾人以之爲悲。吾願其且留于此，無處迎公以歸，則將不復來，而吾人之喜將轉而爲悲。

注"歸則將不復來"，亦本留相王室說。東人非不知公義①所在，難以留公，特愛公者至不欲其去之速耳。注且留字何等員活。

明·方從哲等《禮部訂正詩經正式講意合注篇》卷四：

【四章意】故"無以"二句乃致願留之意，須一串説。東人非不知公義所在，難以留公，特愛公者至不欲其去之速耳。注且留字員洽。

明·郝敬《毛詩原解》卷十六：

（四章）以公之忠順，王命不宿留，而君召豈俟駕。在我西人喜公還，在彼東人悲公去。曰王無以我公歸，無使我心悲，聖德所在，人心愛慕，豈朝廷之上而無知公者乎。

王果以袞衣繡裳往迎，而公遂去東西歸也。

明·姚舜牧《重訂詩經疑問》卷三：

無以我公歸兮，無使我心悲兮，其懷戀亦何深，信非盛德不足以至此。

明·沈守正《詩經説通》卷五：

【附録】程子云："無以，以也。"

明·曹學佺《詩經剖疑》卷十二：

是以東方乍有此服袞衣之人，然又恐其不皠久留也。願言無遽迎公以歸。

明·駱日升《詩經正覺》卷四：

蓋雖王朝之上不可以無人，獨計負扆王朝之日長，而衣被吾人之日短也，奈之何其忍不少需耶。……（注：歸則將不復來，亦本留相王室說，東人非不知公義所在，難以留公，特愛公者，至不欲其去之速耳。注："且留"字何等員活。）

明·徐奮鵬《詩經尊朱删補》（《詩經鐸振》卷三）：

然願其且留于此，無遽迎公以歸。

明·顧夢麟《詩經説約》卷十：

又願其且留於此，無遽迎公以歸。

明·鄒之麟《詩經翼注講意》卷一：

注："且留"字活，非不知其不可留，但致願留之意云。

---

① 義，原文爲以，據上下文改。

明·張次仲《待軒詩記》卷三：

無以我公歸，則直陳繾綣之情。

明·黄道周《詩經琅玕》卷三：

歸，是迎之以歸。"無以"者，是願其且留於此，無遽迎公以歸，歸則將不復來，亦永留相王室。説東人不知公義所在，難以留公，特愛公者至不欲其去之速耳。

然公之留也，吾人喜，公之去也，吾人悲。吾願其且留於此，無遽迎公以歸，歸則不復來，吾人喜將轉而爲悲。

【剖明】黄維章曰："是以"二字提起，緊接上信處信宿來，直寫自己一片戀戀無已之意。而公之當歸，致不暇恤矣。親信于西京，則彼□□于東土。□重於君側，則未免失望于民情。

明·何楷《詩經世本古義》卷十之上：

親之，故曰：我言今日衮衣來，而我公固將歸矣。然使風雷不作，則公安有今日，公之得有今日也，幸也。君臣相遇，自古稱難，況公以元勳叔父而猶遭此患，則患而被謗，信而見疑者，可勝道哉。

明·黄文焕《詩經嫏嬛》卷三：

然公之留也，吾人喜，公之去也，吾人悲。吾願其且留于此，無遽迎公以歸，歸則不復來。吾人喜將轉而悲。

東人非不知公義所在，難以留公。特愛公者，至不欲其去之速耳。

明·唐汝諤《毛詩蒙引》卷七：

朝廷不可一日無公，而公亦無日不以朝廷爲念，則公之歸自有不違恤乎人情者，但天下可喜而東人則可悲，故願於信處信宿之外得少留焉，即以爲幸也。

明·楊廷麟《詩經聽月》卷五：

然公之留也，吾人喜，公之去也，吾人悲。吾願其且留於此，無遽迎公以歸，歸則不復來。吾人喜將轉而爲悲。

歸是迎之以歸，……注：歸則將不復來，亦本留王室説。東人非不知公義所在，難以留公，特愛公者，至不欲其去之速耳。《注》"且留"字何等員活。

明·范王孫《詩志》卷九：

大凡人情有所期而不遂，則悲期愈切，則悲愈深。東人無日不望王之迎，無日不望公之歸，而不迎也，而不歸也，有不勝其悲傷者，于是故反其詞曰：無以我公歸兮，無使我公悲兮。蓋成王既得雷雨大風之變，欲迎而不果迎，故東人望之如此。

明・賀貽孫《詩觸》卷二：

是以東土偶有此衮衣之人，豈能遽舍。故又以下二句一氣疊去。公歸則我悲矣，無以公歸，無使我悲，猶冀王之不遽迎也。

清・朱鶴齡《詩經通義》卷五：

然使風雷不作，安能有此。無謂公今日歸，遂無使我銜悲往日之事也。蓋痛定思痛之辭。（本何玄子說）

清・錢澄之《田間詩學》卷五：

愚按：初見衮衣繡裳，以爲王錫之命，所以慰問公也。今乃知爲迎公而歸，是以有衮衣也。末二語，知其不可留，而請諸使者，無以公歸，亦無可奈何之情。人心之愛慕者至矣！

清・張沐《詩經疏略》卷四：

無以我公之歸爲意，徒使我心悲也。言公所重者禮義，有禮公自歸，無則徒望公歸不能也。

清・冉覲祖《詩經詳說》卷三十二：

又願其且留於此，無遽迎公以歸。

【衍義】注：歸則將不復來，亦本留相王室說。東人非不知公義所在，難以留公，特愛公者，至不欲其去之速耳。注"且留"字何等圓活。

【副墨】此只寫自己一片戀戀之情，而公之當歸與否，彼亦不暇計矣。

【集解】公之迎歸，東人未必不喜，只是想到迎歸後，必不能復來東土，不禁又起留戀深情耳。

【講】信處信宿之外，願其且留於此，無遽迎我公以歸兮。

清・秦松齡《毛詩日箋》卷二：

程子曰：無以，以也。無以是服逆我公來歸。

清・祝文彥《詩經通解》：

兩"無"字正眷眷之意。相王者天下之公，願留公者，一方之私情，東人非不知終不可留，特以拳拳于公，百計欲留之，以致其無已之情耳。

清・王鴻緒等《欽定詩經傳說彙纂》卷九：

《集傳》："又願其且留於此，無遽迎公以歸。"

清·嚴虞惇《讀詩質疑》卷十五：

朱注："又願其且留於此，無遽迎公以歸，而使我心悲也。"

清·王心敬《豐川詩說》卷十一：

蓋王雖不諒公，而公終未忍忘王，往迎則必反。故東人悲公歸而朝廷不恤公去。詩所以嘆其不知也。

（四章）以公之忠順王命，不宿，在我西人則喜公還，而在彼東人則應悲公去。曰：王無以我公歸，而使我心悲耳。蓋盛德所在，人心愛慕，豈朝廷之上無知公者乎。

清·姜文燦《詩經正解》卷十：

又願其且留于此，無遽迎公以歸。

【合參】然則我公一日之留，即我民一日之幸，而可以遽歸耶，吾願其且留于此。無日風雷之變已感，而相位不可以久虛，金縢之書已啓，而君側不可以無人。遽迎我公以歸兮，蓋歸則留相王室，事尊服主。

【析講】下二句一串，二"無"字亦宜發揮，要發出願留之意，始得注"歸則將不復來，亦本留相王室"說。東人非不知朝廷不可一日無公，公亦無日不以朝廷爲念，若曰留相之日久，而居東之日暫，公□留無傷也，……注"且留"字，無遽字，最圓活，蓋不欲去之速耳。豐城朱氏曰：留公者東人之私情，而迎公者天下之公論，一人之私情不足以勝天下之公論。此東人所以拳拳于公，雖欲挽而留之，而卒不可得也。陳大士文云：吾亦知公留此，僅治其四末已耳。公歸則所治者爲國家根本之圖，然小人無復畏忌，但使公留而我不悲，即人主之悲，若有不恤者耳。吾亦知公留此，僅恩其一方已耳，公歸則所恩者爲生民統同之惠，然小人無遠識，但使公留而我不悲，即四海之悲若有所不關者耳。

清·黃夢白、陳曾《詩經廣大全》卷九：

無遽迎公以歸，而使我心悲也。

清·汪紱《詩經詮義》卷四：

以我公歸則東方無聖人之迹矣，是使我心悲也。夫王室不可無周公，天下不可無周公，東人何得欲私之以爲己有，然親戴之情不能自已。廉仁縣令欽取入京，理當賀喜餞行，而父老反臥轍攀轅，涕泣挽留，欲得遲延數日，況東人於周公乎。

清·顧棟高《毛詩訂詁》卷三：

程子曰：無以，以也。無以是服逆我公來歸。

案：若程子訓"是以"爲所以，"無以"爲以，則牽强屈曲，不甚明白。

清·許伯政《詩深》卷十五：

願無遽以我公歸兮。

清·顧鎮《虞東學詩》卷五：

公之決歸而不能留，明矣。而東人不以朝廷之迎公爲可喜，徒以東國之失公爲可悲。愛之至而不暇計其他也。無以我公歸，無使我心悲，寫出東人卧轍攀轅，抵死不放之狀。固見公之盛德所感，亦以著東人之知愛夫公，而王之悔迎爲已晚，故兩《序》皆曰"美周公"，而衍者轉以爲刺王不知也。

清·傅恒等《御纂詩義折中》卷九：

願其且留於此，無遽迎公以歸。

清·羅典《凝園讀詩管見》卷五：

【管見】"無以"之以與下"使"字義略同。……女以公來者，無以我公歸兮，總期於女信處，於女信宿可耳。不然鴻飛遵渚，公歸無所，我心則悲也。鴻飛遵陸，公歸不復，我心則益悲也。我公來，與我公歸，惟女以之，則我公來而我心喜，與我公歸而我心悲，亦惟女使之，女使我心喜者，無使我心悲兮。我蓋苦於心之末如何，而激於悲之萬難堪也。嗟呼！東人無計以挽周公之歸轉，不惜長留武庚以羈周公，而使不得歸，其矢願近愚，而委懷乃益摯矣。讀者須善會之。

清·范家相《詩瀋》卷十：

然而東人之愛公彌甚也。曰：東國之僻陋，維公之來，幸得睹此袞衣兮，願朝廷之無以我公歸兮。

清·段玉裁《毛詩故訓傳定本》卷十五：

"無以我公歸兮"，無與公歸之道也。

清·牟庭《詩切》：

謂大夫無以我公歸，無使我豳人思公而悲也。《毛傳》云：無與公歸之道也。王肅云：公久不歸，則我群臣心悲。皆非矣。

是以田廬有客衣袞衣，袞衣客來，將以我公歸，我欲告袞衣，無以我公歸，無使我人思公而心悲。

清·劉沅《詩經恒解》卷二：

王豈不來迎公，無以我公歸兮，則無使我心悲兮。夫以暫時之留，而愛戀如此，信乎盛德之入人深矣。

清·徐華嶽《詩故考異》卷十五：

《傳》："無與公歸之道也。"（《正義》："言王有袞衣而不迎周公，故無以歸。又言王當早迎，無使我群臣念周公而悲。王肅云：'公久不歸，則我心悲。是大夫作者，言己悲也。'"）

清·胡承珙《毛詩後箋》卷十五：

《傳》文雖簡質，然讀"無以"之以爲與，又於公歸增"之道"二字，其意已明。

清·陳奐《詩毛氏傳疏》卷十五：

《傳》云："無與公歸之道也。"

疏：《傳》："無以"爲無與。古以、與通也。言朝廷有袞衣，當爲見公之服。今成王不持衣逆公，是無與公歸之道也。此周公未得成王命，故不得歸。

清·顧廣譽《學詩詳説》卷十五：

卒章，程子謂：無以，以也。無以是服迎我公來歸，無使士民之心悲思望公也。此呂氏所本。惟無以，以也，語似衍。案：《傳》謂"無與我公歸之道"，蓋言朝廷宜尊禮聖賢。是以有此袞衣，而曾無以此服迎我公歸者，是無其道矣。王宜亟以覯公，迎之來歸，無使我心悲也。毛、程義合。陳氏疏曰："終望朝廷之歸公，故云無使我心悲。"是矣。若嚴氏以首章爲主，二三章西人欲公歸，卒章東人欲公留，亦近《箋》義，未若毛、程之渾厚得大體也。

清·沈鎬《毛詩傳箋異義解》卷五：

《傳》："無與公歸之道也。"《箋》："東都之人欲周公留之爲君，故云'是以有袞衣'，謂成王所齎來袞衣，願其封周公於此，以袞衣命留之，無以公西歸。"

清·鄧翔《詩經繹參》卷二：

頁眉：第二句承次三章意，……周公，天下之周公也，而人人欲私之。公歸，則王朝喜矣，天下喜矣，而東人獨悲，東人之私心也。人人欲私之心，即天下至公之心也。

【集解】今王迎公以上公之禮，是以有此袞衣。我喜極而悲，願王即封周公于此地，無以公西歸。

清·龍起濤《毛詩補正》卷十四：

【補】又願其且留於此，無遽迎公以歸。

清·梁中孚《詩經精義集鈔》卷二：

無遽迎公以歸，歸將不復來，使我心悲也。

唐氏汝諤曰："朝廷不可一日無公，而公亦無一日不以朝廷爲念，則公之歸自有不遑恤夫人情者，但天下不可喜而東人則可悲，故願於信處信宿之外，得少留焉，即以爲幸也。"

朱氏善曰："然相位不可以久虛，君德不可以無輔，人心天意不可以久怫，則必有迎公歸者，使我心悲矣。"

清·王先謙《詩三家義集疏》卷十三：

胡承珙云："周公以道事君，使無所以迎之道，而徒以其服，是以有此袞衣，而終無與公歸之道。徒無使我心悲乎。"愚案：周公既受上公之服，則王禮已加。召公歸，則振旅而歸耳。使必待王迎然後歸，不迎則不歸，以此爲興公歸之道，豈所以爲周公乎。胡說非是。無以讀作"無與"，以、與古字通用。

民國·王闓運《詩傳補》：

無與公歸之道也。……補曰：就冊命之，是無迎公之意。

民國·馬其昶《詩毛氏學》卷十五：

無與公歸之道也。（陳曰：《傳》"無以"爲無與者，古以、與通也。言朝廷有袞衣，當爲見公之服。今成王不持衣謁公，是無與公歸之道也。此周公未得成王命，故不得歸。不得歸而終望朝廷之歸公，故云無使我心悲也。

民國·丁惟汾《詩毛氏傳解故》：

《傳》云："無與公歸之道也。"按：以、與雙聲。

民國·林義光《詩經通解》卷十五：

無（毋）以我公歸兮。

日本·中村之欽《筆記詩集傳》卷五：

《娜嬛》云：東人非不知公義所在，難以留公，特愛公者至不欲其去之速耳。

日本·岡白駒《毛詩補義》卷五：

【卒章】無與公歸之道，冀王之早迎公，無使我心悲哉。

日本·赤松弘《詩經述》卷四：

無之以用也。① 今無以是服用，我公之歸，則豈無使我心悲傷哉。此憂公既歸

---

① 無之以用也，疑當爲"無以之以，用也"，"無"下缺一"以"字。

之後，不復其舊職之詞也。

日本·碕允明《古注詩經考》卷五：

是東都之人愛惜之，且曰：雖歸，恐不復其位，不得爲其所，暫時於汝處信宿，强留之詞也。以此有德，有袞衣之服，今莫以周公而歸，莫使我悲傷也。

日本·中井積德《古詩逢原》：

無以、無使，是作呼公之從官而語也，勿挾迎者説。

日本·伊藤善韶《詩解》：

冀勿有以我所慕之周公西歸也。

日本·冢田虎《冢注毛詩》卷八：

東人欲留周公以爲君，故言庶以是土封公，而有服袞衣于此焉，當無以我公西歸也。

日本·大田元貞《詩經纂疏》卷七：

王肅云：表得所以反之道。孔云：謂成王不與歸也。

日本·仁井田好古《毛詩補傳》卷十五：

無與公歸之道也。【補】好古曰：豈謂無以我公歸之道哉。

日本·岡井鼎《詩疑》：

於是叙其私情，曰"無以我公歸"，而使我心悲。蓋雖喜公歸朝，而私情則悲不得　親公也。

日本·山本章夫《詩經新注》卷中：

雖知其不能不速歸，猶且請使者留公暫借我。其意言，無令我如乳哺兒之别慈母也。

韓國·正祖《詩經講義》（《弘齋全書》卷八十九）：

"無以"之"以"字當著眼看，明是東人請留之詞。然非敢直請于王，私相言之如此歟？

宗京對："無以"云者，只是心中所願而發於詠嘆耳。非敢以是請於王也。

韓國·金羲淳《講説·詩傳》（《山木軒集》卷五）：

御製條問曰："無以"之"以"字當著眼看，明是東人請留之詞。然非敢直請于王，私相言之如此歟？

臣對曰：此則明是東人請留之詞，而《集傳》所記，史籍所載，元無東人請王留公之事，則其爲私相言之者無疑矣。

韓國·丁若鏞《詩經講義》卷六：

御問曰："無以"之"以"字當著眼看，明是東人請留之詞，然非敢直請于王，私相言之如此歟？

（臣）對曰：東人亦皆知周公之居東，在東人雖樂，在周公爲不幸，則以其愛周公之心，豈能請留於成王乎，即亦表其懇懇欲留之意而已。

韓國·趙得永《詩傳講義》：

御製條問曰："無以"之"以"字當著眼看，明是東人請留之詞，然非敢直請于王，私相言之如此歟？

臣對曰：以公歸者，王也。雖不敢請留于王，而其繾戀不忍捨之意溢於言外，可見周公之德入人者，深矣。"以"字著眼之教，真切至之訓也。

韓國·沈大允《詩經集傳辨正》：

無以我公歸兮，言洛人之情如此也。治洛，周公之大事業也。故《書》有《洛誥》，《詩》有《九罭》也。

韓國·尹廷琦《詩經講義續集》：

無我公歸者，周人指東人而言之也。公即西歸矣，汝之東人更勿以公而東歸也。

韓國·朴文鎬《詩集傳詳説》卷六：

又願其留於此，無遽迎公以歸，歸則將不復來，（照上章）而使我心悲也。

韓國·無名氏《詩義》：

見東人愛公之私情也。

吁！迎公而歸者，天下之公論也。明堂負扆之事方急，則不可挽公之歸也。夙夜補袞之任惟重，則不可留公之歸也。然則式遄其歸者，惟我公之歸也。遵言旋歸者，亦我公之歸也。而今按詩曰"無以我公歸兮"，兹曷故？噫！以東人而幸見我公，則豈欲公之遽歸哉。東方之有袞衣，以我公之來此也。東方之有繡裳，以我公之至此。則我公雖於汝信宿，而愛公之心曷有限哉。我公雖於汝信處，而留公之心曷有已哉。是故，在公則雖不可一日在外，而東人則猶欲公之勿歸。於公則雖不可一時遲留，而東人則猶願公之無歸。眷眷之意，挽我公而曰"無以我公歸兮"，戀戀之心，留我公而曰"無以我公歸兮"，於此可。

李雷東按：

"無以我公歸兮"句解有"無"、"以"、"無以"和整句解說等幾個問題。現分述如下：

一　無

1. 清·祝文彥："兩'無'字正眷眷之意。"（《詩經通解》卷十五）
2. 無爲毋。民國·林義光《詩經通解》卷十五有此說。

二　以

1. 清·羅典："'無以'之以與下'使'字義略同。"（《凝園讀詩管見》卷五）
2. 清·陳奐："古以、與通也。"（《詩毛氏傳疏》卷十五）
3. 日本·赤松弘："無之以用也。①"（《詩經述》卷四）
4. 韓國·趙得永："'以'字著眼之教，真切至之訓也。"（《詩傳講義》【原書無卷次】）

三　無以

1. 《毛詩故訓傳》："無與公歸之道也。"（《毛詩正義》卷八）
2. 宋·吕祖謙引程氏曰："無以，以也。"（《吕氏家塾讀詩記》卷十六）
3. 清·顧棟高："若程子訓'是以'爲所以，'無以'爲以，則牽強屈曲，不甚明白。"（《毛詩訂詁》卷三）

四　整句解說

1. 《毛詩故訓傳》："無與公歸之道也。"（《毛詩正義》卷八）
2. 唐·孔穎達："毛以爲……言王是以有此袞衣兮，但無以我公歸之道兮。王意不悟，故云無以歸道。"（《毛詩正義》卷八）
3. 唐·孔穎達："周公在東，必待王迎乃歸。成王未肯迎之，故無與我公歸之道，謂成王不與歸也。"（《毛詩正義》卷八）
4. 漢·鄭玄《毛詩箋》："以袞衣命留之，無以公西歸。"（《毛詩正義》卷八）
5. 唐·孔穎達："鄭以爲，此是東都之人欲留周公之辭，言王是以有此袞衣兮，王令齎來，原即封周公於此，無以我公西歸兮。"（《毛詩正義》卷八）

---

① 無之以用也，疑當爲"無以之以，用也"，"無"下缺一"以"字。

6. 宋·歐陽修："是以有袞衣者，雖宜在朝廷，然無以公歸，使我人思公而悲也。"（《詩本義》卷五）

7. 宋·蘇轍："東人安於周公，不欲其復西，故曰：使公居是，以有袞衣可也，無以公歸而使我悲也。"（《詩集傳》卷八）

8. 宋·李樗《毛詩詳解》："西人告東人，以爲公必歸，而東人又告西人曰：言有袞衣之服，宜在朝廷，不當留滯於此，無使我公歸而使我心傷悲。"（《毛詩李黃集解》卷十八）

9. 宋·王質："雖此有所逆之服，然不可歸，恐墮其計也。"（《詩總聞》卷八）

10. 宋·朱熹："又願其且留於此，無遽迎公以歸。"（《詩經集傳》卷八）

11. 宋·呂祖謙引程氏曰："無以是服逆我公來歸。"（《呂氏家塾讀詩記》卷十六）

12. 宋·楊簡："夫是以惟有袞衣而已，詩人不勝其悲曰：公歸而無位以處之，不如無以公歸之愈也。"（《慈湖詩傳》卷十）

13. 宋·林岊："'無以我公歸兮，無使我心悲兮'，應上'公歸不復，於女信宿'之言也。所謂西人欲其歸，東人欲其留也。托言與東山之人，酬應而美刺之意隱然矣。"（《毛詩講義》卷四）

14. 宋·嚴粲："東人欲公之留，答西人曰：汝固有裳衣以迎公之歸矣，然願無以我公歸而使我心悲也。"（《詩緝》卷十六）

15. 宋·戴溪："國家所以有袞衣者，正謂其禮賢也，乃不以迎公而歸之。"（《續呂氏家塾讀詩記》卷一）

16. 元·朱善："然相位不可以久虛，君德不可以無輔，人心天意不可以久咈，則必有迎公以歸者，而使我心悲矣。"（《詩解頤》卷一）

17. 元·何英《詩經疏義增釋》："二句親之之辭也。"（《詩經疏義會通》卷八）

18. 元·劉玉汝："公歸承次兩章。"（《詩纘緒》卷八）

19. 明·鄒泉："東人非不知公義所在，難以留公，特愛公者，至不欲其去之速耳。"（《新刻七進士詩經折衷講意》卷一）

20. 明·李資乾："故曰'無以我公歸'，不欲公之歸魯也。即上篇'我心西悲'之意。"（《詩經傳注》卷十八）

21. 明·許天贈："然以公之盛德，雖日親就之爲未足也。若遽迎公以歸，則將不復來東，而使我心悲矣。"（《詩經正義》卷九）

22. 明·江環《詩經闡蒙衍義集注》："然公之留也，吾人以之爲喜，公之去也，吾人以之爲悲。吾願其且留于此，無處迎公以歸，則將不復來，而吾人之喜將轉而爲悲。"（《詩經鐸振》卷三）

23. 明·郝敬："以公之忠順，王命不宿留，而君召豈俟駕。在我西人喜公還，在彼東人悲公去。曰王無以我公歸，無使我心悲。"（《毛詩原解》卷十六）

24. 明·姚舜牧："無以我公歸兮，無使我心悲兮，其懷戀亦何深，信非盛德不足以至此。"（《重訂詩經疑問》卷三）

25. 明·駱日升："蓋雖王朝之上不可以無人，獨計負扆王朝之日長，而衣被吾人之日短也，柰之何其忍不少需耶。"（《詩經正覺》卷四）

26. 明·駱日升："'且留'字何等員活。"（《詩經正覺》卷四）

27. 明·鄒之麟："'且留'字活，非不知其不可留，但致願留之意云。"（《詩經翼注講意》卷一）

28. 明·張次仲："無以我公歸，則直陳繾綣之情。"（《待軒詩記》卷三）

29. 明·黃道周："然公之留也，吾人喜，公之去也，吾人悲。吾願其且留於此，無遽迎公以歸，歸則不復來，吾人喜將轉而爲悲。"（《詩經琅玕》卷三）

30. 明·黃道周："公之當歸，致不暇恤矣。親信于西京，則彼□□于東土。□重於君側，則未免失望于民情。"（《詩經琅玕》卷三）

31. 明·何楷："親之，故曰：我言今日袞衣來，而我公固將歸矣。然使風雷不作，則公安有今日，公之得有今日也，幸也。君臣相遇，自古稱難，況公以元勳叔父而猶遭此患，則患而被謗，信而見疑者，可勝道哉。"（《詩經世本古義》卷十之上）

32. 明·唐汝諤："朝廷不可一日無公，而公亦無日不以朝廷爲念，則公之歸自有不遑恤乎人情者，但天下可喜而東人則可悲，故願於信處信宿之外得少留焉，即以爲幸也。"（《毛詩蒙引》卷七）

33. 明·范王孫："大凡人情有所期而不遂，則悲期愈切，則悲愈深。東人無日不望王之迎，無日不望公之歸，而不迎也，而不歸也，有不勝其悲傷者，于是故反其詞曰：無以我公歸兮，無使我公悲兮。蓋成王既得雷雨大風之變，欲迎而不果迎，故東人望之如此。"（《詩志》卷九）

34. 清·朱鶴齡："然使風雷不作，安能有此。無謂公今日歸，遂無使我銜悲往日之事也。蓋痛定思痛之辭。（本何玄子說）"（《詩經通義》卷五）

35. 清·錢澄之："今乃知爲迎公而歸，是以有袞衣也。末二語，知其不可留，而請諸使者，無以公歸，亦無可奈何之情。"（《田間詩學》卷五）

36. 清·張沐："無以我公之歸爲意，徒使我心悲也。言公所重者禮義，有禮公自歸，無則徒望公歸不能也。"（《詩經疏略》卷四）

37. 清·冉覲祖："公之迎歸，東人未必不喜，只是想到迎歸後，必不能復來東土，不禁又起留戀深情耳。"（《詩經詳說》卷三十二）

38. 清·王心敬："以公之忠順王命，不宿，在我西人則喜公還，而在彼東人則應悲公去。曰：王無以我公歸，而使我心悲耳。"（《豐川詩說》卷十一）

39. 清·姜文燦："然則我公一日之留，即我民一日之幸，而可以遽歸耶，吾願其且留于此。無日風雷之變已感，而相位不可以久虛，金縢之書已啓，而君側不可以無人。遽迎我公以歸兮，蓋歸則留相王室，事尊服主。"（《詩經正解》卷十）

40. 清·姜文燦引陳大士文云："吾亦知公留此，僅治其四末已耳。公歸則所治者爲國家根本之圖，然小人無復畏忌，但使公留而我不悲，即人主之悲，若有不恤者耳。吾亦知公留此，僅恩其一方已耳。公歸則所恩者爲生民統同之惠，然小人無遠識，但使公留而我不悲，即四海之悲若有所不關者耳。"（《詩經正解》卷十）

41. 清·汪紱："以我公歸則東方無聖人之迹矣，是使我心悲也。"（《詩經詮義》卷四）

42. 清·顧鎮："無以我公歸，無使我心悲，寫出東人臥轍攀轅，抵死不放之狀。固見公之盛德所感，亦以著東人之知愛夫公，而王之悔迎爲已晚，"（《虞東學詩》卷五）

43. 清·羅典："女以公來者，無以我公歸兮，總期於女信處，於女信宿可耳。……我公來，與我公歸，惟女以之，則我公來而我心喜，與我公歸而我心悲，亦惟女使之，女使我心喜者，無使我心悲兮。我蓋苦於心之末如何，而激於悲之萬難堪也。"（《凝園讀詩管見》卷五）

44. 清·牟庭："謂大夫無以我公歸，無使我豳人思公而悲也。"（《詩切》）

45. 清·牟庭："袞衣客來，將以我公歸，我欲告袞衣，無以我公歸，無使我人思公而心悲。（《詩切》）

46. 清·陳奐："言朝廷有袞衣，當爲見公之服。今成王不持衣逆公，是無與公歸之道也。此周公未得成王命，故不得歸。"（《詩毛氏傳疏》卷十五）

47. 清·鄧翔："今王迎公以上公之禮，是以有此袞衣。我喜極而悲，願王即封周公于此地，無以公西歸。"（《詩經繹參》卷二）

48. 清·王先謙："周公既受上公之服，則王禮已加。召公歸，則振旅而歸耳。使必待王迎然後歸，不迎則不歸，以此爲興公歸之道，豈所以爲周公乎。"駁胡承珙說（《詩三家義集疏》卷十三）

49. 民國·王闓運："就冊命之，是無迎公之意。"（《詩傳補》）

50. 日本·岡白駒："無與公歸之道，冀王之早迎公。"（《毛詩補義》卷五）

51. 日本·赤松弘："今無以是服用，我公之歸，則豈無使我心悲傷哉。此憂公既歸之後，不復其舊職之詞也。"（《詩經述》卷四）

52. 日本·中井積德："無以、無使，是作呼公之從官而語也，勿挾迎者說。"（《古詩逢源》）

53. 日本·伊藤善韶："冀勿有以我所慕之周公西歸也。"（《詩解》）

54. 日本·冢田虎："東人欲留周公以爲君，故言庶以是土封公，而有服袞衣于此焉，當無以我公西歸也。"（《冢注毛詩》卷八）

55. 日本·仁井田好古："豈謂無以我公歸之道哉。"（《毛詩補傳》卷十五）

56. 日本·山本章夫："其意言，無令我如乳哺兒之別慈母也。"（《詩經新注》卷中）

57. 韓國·正祖《詩經講義》："'無以'云者，只是心中所願而發於詠嘆耳。非敢以是請於王也。"（《弘齋全書》卷八十九）

58. 韓國·金義淳《講說·詩傳》："則其爲私相言之者無疑矣。"（《山木軒集》卷五）

59. 韓國·丁若鏞："東人亦皆知周公之居東，在東人雖樂，在周公爲不幸，則以其愛周公之心，豈能請留於成王乎，即亦表其懇懇欲留之意而已。"（《詩經講義》卷六）

60. 韓國·趙得永："以公歸者，王也。雖不敢請留于王，而其綣戀不忍捨之意溢於言外，可見周公之德入人者，深矣。"（《詩傳講義》）

61. 韓國·沈大允："無以我公歸兮，言洛人之情如此也。"（《詩經集傳辨正》）

62. 韓國·尹廷琦："無我公歸者，周人指東人而言之也。公即西歸矣，汝之東人更勿以公而東歸也。"（《詩經講義續集》）

63. 韓國·朴文鎬："又願其留於此，無遽迎公以歸，歸則將不復來，（照上章）而使我心悲也。"（《詩集傳詳說》卷六）

64. 韓國·無名氏："見東人愛公之私情也。"（《詩義》）

無使我心悲兮

漢·鄭玄《毛詩箋》（《毛詩正義》卷八）：
周公西歸，而東都之人心悲，恩德之愛至深也。

唐·孔穎達《毛詩正義》卷八：
又言王當早迎周公，無使我群臣念周公而心悲兮。

鄭以爲，若以公歸，我則思之，王無使我思公而心悲兮。

正義曰：東都之人言已將悲，故知是心悲念公也。《傳》以爲刺王不知，則心悲謂群臣悲，故王肅云："公久不歸，則我心悲，是大夫作者言已悲也。"此經直言"心悲"，本或"心"下有"西"，衍字，與《東山》相涉而誤耳。定本無"西"字。

宋·蘇轍《詩集傳》卷八：
無以公歸而使我悲也。

宋·李樗《毛詩詳解》（《毛詩李黃集解》卷十八）：
無使我公歸而使我心傷悲。【黃講同】

宋·范處義《詩補傳》卷十五：
無使公遽歸，使我心思公而悲也。

宋·朱熹《詩經集傳》卷八：
歸則將不復來，而使我心悲也。

宋·呂祖謙《呂氏家塾讀詩記》卷十六：
程氏曰：無以是服逆我公來歸，無使士民之心悲思望公也。

宋·楊簡《慈湖詩傳》卷十：
公歸而不復故位，徒使我心悲耳。

宋·林岊《毛詩講義》卷四：
"無以我公歸兮，無使我心悲兮"，應上"公歸不復，於女信宿"之言也。所謂西人欲其歸,東人欲其留也。

宋·魏了翁《毛詩要義》卷八:

《正義》曰:"……又言王當早迎周公,無使我群臣念周公而心悲兮。"

宋·嚴粲《詩緝》卷十六:

東人欲公之留,答西人曰:汝固有裳衣以迎公之歸矣,然願無以我公歸而使我心悲也。

宋·朱鑑《詩傳遺說》卷四:

"無以我公歸兮,無使我心悲兮",其為東人願留之詩,豈不甚明白。(葉賀孫錄)

元·胡一桂《詩集傳附錄纂疏·詩序》卷八:

【附錄】"無以我公歸兮,無使我心悲兮",此為東人願留之詩,豈不甚明白。賀孫。

元·劉瑾《詩傳通釋》卷八:

歸則將不復來,而使我心之悲也。

元·許謙《詩集傳名物鈔》卷四:

《語錄》:"無以我公歸兮,無使我心悲兮",其為東人願留之詩,豈不甚明白。

元·朱善《詩解頤》卷一:

然相位不可以久虛,君德不可以無輔,人心天意不可以久咈,則必有迎公以歸者,而使我心悲矣。

元·王逢《詩經疏義輯錄》(《詩經疏義會通》卷八):

歸則將不復來,而使我心悲也。

元·何英《詩經疏義增釋》(《詩經疏義會通》卷八):

增釋:此章二句願留無已之辭也,而周公之德可見矣。

元·劉玉汝《詩纘緒》卷八:

而終以一句,乃詩之本意也。

明·胡廣《詩傳大全·詩序》卷八:

歸則將不復來,而使我心悲也。

明·季本《詩說解頤》卷十四:

願其且留而無遽歸,故惜其去而心悲也。

明·黃佐《詩經通解》卷八：

程子曰："無使士民之心悲思望公也。"

明·豐坊《魯詩世學》卷十五：

【正説】朱子曰："歸則將不復來而信我心悲也。"

明·許天贈《詩經正義》卷九：

吾願其且留於此，毋曰相位不可以久虛，而遽迎公以歸，使我心失其所主而至於傷悲也。爲吾君者，其庶幾體吾人之情哉。

明·顧起元《詩經金丹》卷三：

歸則將不復來，而使我心悲也。

明·江環《詩經闡蒙衍義集注》（《詩經鐸振》卷三）：

【末章】尚体吾民之情，無使我心悲兮。雖王朝之上不可以無公，而吾人之情亦不可重傷也。

明·馮時可《詩臆》卷上：

無使我士民悲思而不已也。此公之盛德感人而國人深望乎上，誠懇切至有如是焉。

明·姚舜牧《重訂詩經疑問》卷三：

無以我公歸兮，無使我心悲兮，其懷戀亦何深，信非盛德不足以至此。

明·曹學佺《詩經剖疑》卷十二：

願言無遽迎公以歸，歸則將不復來，而使我心悲也。

明·徐奮鵬《詩經尊朱删補》（《詩經鐸振》卷三）：

歸則不復來，而使我心悲也。

明·顧夢麟《詩經説約》卷十：

歸則將不復來，而使我心悲也。

明·張次仲《待軒詩記》卷三：

無使我心悲，所慮深矣。

明·黃道周《詩經琅玕》卷三：

悲，是悲其不來。

尚□吾民之情，無使我心悲兮。雖王朝之上，不可以無公，而吾人之情，亦不可重傷也。

明·何楷《詩經世本古義》卷十之上：

俯仰之間，感慨繫之，無謂以我公今日獲歸，而遂無可使我心悵然含悲者在也，忠厚悱惻，溢于言表，所謂言之無罪，聞之足以戒。

明·黃文煥《詩經嫏嬛》卷三：

末章：尚體吾民之情，無使我心悲兮。雖王朝之上不可以無公，而吾人之情，亦不可重傷也。

明·楊廷麟《詩經聽月》卷五：

尚体吾民之情，無使我心悲兮。雖王朝之上不可以無公，而吾人之情亦不可重傷也。

明·范王孫《詩志》卷九：

大凡人情有所期而不遂，則悲期愈切，則悲愈深。東人無日不望王之迎，無日不望公之歸，而不迎也，而不歸也，有不勝其悲傷者，于是故反其詞曰：無以我公歸兮，無使我公悲兮。蓋成王既得雷雨大風之變，欲迎而不果迎，故東人望之如此。

明·賀貽孫《詩觸》卷二：

公歸則我悲矣，無以公歸，無使我悲，猶冀王之不遽迎也。

清·朱鶴齡《詩經通義》卷五：

無謂公今日歸，遂無使我銜悲往日之事也。蓋痛定思痛之辭。（本何玄子説）

清·錢澄之《田間詩學》卷五：

【愚按】末二語，知其不可留，而請諸使者，無以公歸，亦無可奈何之情。人心之愛慕者至矣！

清·冉覲祖《詩經詳説》卷三十二：

歸則將不復來，而使我心悲也。

【集解】公之迎歸，東人未必不喜，只是想到迎歸後，必不能復來東土，不禁又起留戀深情耳。

【講】無使我東人方快睹之際而遂有不復見之悲兮，否則西京幸矣，而東人何以爲情邪。

清·秦松齡《毛詩日箋》卷二：

無使士民之心悲思也。終當以此説爲正。

清·王鴻緒等《欽定詩經傳說彙纂》卷九：

歸則將不復來而使我心悲也。

清·嚴虞惇《讀詩質疑》卷十五：

又願其且留於此，無遽迎公以歸，而使我心悲也。

清·王心敬《豐川詩說》卷十一：

（四章）以公之忠順王命，不宿，在我西人則喜公還，而在彼東人則應悲公去。曰：王無以我公歸，而使我心悲耳。蓋盛德所在，人心愛慕，豈朝廷之上無知公者乎。

清·姜文燦《詩經正解》卷十：

歸則將不復來，而使我心悲也。

【合參】尚其體吾民之情，無使我心悲兮，雖王朝之上不可以無公，獨計負扆王朝之日長，而衣被吾人之日短也，奈之何其不少緩耶。

清·黃夢白、陳曾《詩經廣大全》卷九：

無遽迎公以歸，而使我心悲也。

清·顧棟高《毛詩訂詁》卷三：

無以是服逆我公來歸，無使士民之心悲思望公也。

清·許伯政《詩深》卷十五：

無使我心感極而傷悲兮。

清·傅恒等《御纂詩義折中》卷九：

歸則將不復來而使我心悲也。

清·范家相《詩瀋》卷十：

歸則長使我望袞衣而心悲兮。

清·牟庭《詩切》：

謂大夫無以我公歸，無使我豳人思公而悲也。《毛傳》云："無與公歸之道也。"王肅云："公久不歸，則我群臣心悲。"皆非矣。鄭《箋》云："是以東都也。東都之人欲周公留之為君，故云是以有袞衣，謂成王所齎來袞衣，願其封周公於此，以袞衣命留之，無以公西歸。周公西歸而東都之人心悲。"亦非矣。

我欲告袞衣，無以我公歸，無使我人思公而心悲。

清·徐華嶽《詩故考異》卷十五：

《正義》：又言王當早迎，無使我群臣念周公而悲。王肅云："公久不歸，則我心悲。是大夫作者，言己悲也。"

周公西歸，而東都之人心悲，恩德之愛至深也。

清・陳奐《詩毛氏傳疏》卷十五：

此周公未得成王命，故不得歸，不得歸而終望朝廷之歸公，故云無使我心悲也。

清・顧廣譽《學詩詳說》卷十五：

王宜亟以覯公，迎之來歸，無使我心悲也。毛、程義合。陳氏疏曰："終望朝廷之歸公，故云無使我心悲。"是矣。

而久不以公歸，則使士民心悲朝廷，不可違人望也。

清・鄧翔《詩經繹參》卷二：

【集解】公西歸則使我心悲。恩德之愛至深矣。

清・龍起濤《毛詩補正》卷十四：

【補】歸則將不復來，而使我心悲也。

清・梁中孚《詩經精義集鈔》卷二：

歸將不復來，使我心悲也。

御纂：夫東方非公久居之地也，東人非不知之，而又心悲者，則其情有不能已也。聖人之於人也，德化有以動其性，禮教有以服其心，先得其所同然，故人見而莫不悅之，亦不能言其所以然也。後世循吏，所居民愛，所去民思，亦何以異此。

清・王先謙《詩三家義集疏》卷十三：

【疏】《箋》："周公西歸而東都之人心悲，思恩德之愛至深也。"時鴟鴞已貽之後，舉國皆知周公忠誠，而王未命歸，東人獨於公極其依戀，故詩人代爲周公悲而望王之悔悟，無使我心傷悲也。

民國・王闓運《詩傳補》：

《箋》云："周公西歸，而東都之人心悲，恩德之愛至深也。" 補曰：心悲不能言也。私臣無議政之道。

民國・馬其昶《詩毛氏學》卷十五：

不得歸而終望朝廷之歸公，故云無使我心悲也。

民國・林義光《詩經通解》卷十五：

無（毋）使我心悲兮。

日本・岡白駒《毛詩補義》：

【卒章】無與公歸之道，冀王之早迎公，無使我心悲哉。

日本・赤松弘《詩經述》卷四：

我公之歸，則豈無使我心悲傷哉。

日本・磧允明《古注詩經考》卷五：

以此有德，有袞衣之服，今莫以周公而歸，莫使我悲傷也。

日本・中井積德《古詩逢源》：

無以、無使，是作呼公之從官而語也，勿挾迎者説。

日本・伊藤善韶《詩解》：

既西歸，我心常悲傷而已，欲留止而不能，不得已而相別也。

日本・冡田虎《冡注毛詩》卷八：

今以公西歸，則東人皆心悲，當無使我心悲也。

日本・大田元貞《詩經纂疏》卷七：

王肅云："公久不歸則我心悲，是大夫作者，言已悲也。"

日本・仁井田好古《毛詩補傳》卷十五：

【補】好古曰：王當以是服逆我公，無使我群臣念周公而心悲也。

日本・岡井鼎《詩疑》：

鼎按：於是敘其私情，曰"無以我公歸"，而使我心悲。蓋雖喜公歸朝，而私情則悲不得復親公也。

日本・安藤龍《詩經辨話器解》卷八：

無使我心悲兮（旁行小字：云恩德之愛至深也。）。（《箋》云："周公西歸，而東都之人心悲，恩德之愛至深也。"）

李雷東按：

"無使我心悲兮"句解有"無""悲"和整句解説等幾個問題。現分述如下：

一　無

1. 無爲毋。民國・林義光《詩經通解》卷十五有此説。

二　悲

1. 明・黃道周："悲，是悲其不來。"（《詩經琅玕》卷三）

三　整句解説

1. 唐·孔穎達："毛以爲……又言王當早迎周公，無使我群臣念周公而心悲兮。"（《毛詩正義》卷八）

2. 漢·鄭玄《毛詩箋》："周公西歸，而東都之人心悲，恩德之愛至深也。"（《毛詩正義》卷八）

3. 唐·孔穎達："鄭以爲，若以公歸，我則思之，王無使我思公而心悲兮。"（《毛詩正義》卷八）

4. 唐·孔穎達引王肅云："公久不歸，則我心悲，是大夫作者言己悲也。"（《毛詩正義》卷八）

5. 宋·蘇轍："無以公歸而使我悲也。"（《詩集傳》卷八）

6. 宋·李樗《毛詩詳解》）："無使我公歸而使我心傷悲。"（（《毛詩李黄集解》卷十八）

7. 宋·范處義："無使公遽歸，使我心思公而悲也。"（《詩補傳》卷十五）

8. 宋·朱熹："歸則將不復來，而使我心悲也。"（《詩經集傳》卷八）

9. 宋·吕祖謙引程氏曰"無使士民之心悲思望公也。"（《吕氏家塾讀詩記》卷十六）

10. 宋·楊簡："公歸而不復故位，徒使我心悲耳。"（《慈湖詩傳》卷十）

11. 宋·林岊："'無以我公歸兮，無使我心悲兮'，應上'公歸不復，於女信宿'之言也。所謂西人欲其歸，東人欲其留也。"（《毛詩講義》卷四）

12. 宋·嚴粲："東人欲公之留，答西人曰：汝固有裳衣以迎公之歸矣，然願無以我公歸而使我心悲也。"（《詩緝》卷十六）

13. 宋·朱鑑："'無以我公歸兮，無使我心悲兮'，其爲東人願留之詩，豈不甚明白。（葉賀孫録）"（《詩傳遺説》卷四）

14. 元·劉瑾："歸則將不復來，而使我心之悲也。"（《詩傳通釋》卷八）

15. 元·朱善："則必有迎公以歸者，而使我心悲矣。"（《詩解頤》卷一）

16. 元·何英《詩經疏義增釋》："此章二句願留無已之辭也，而周公之德可見矣。"（《詩經疏義會通》卷八）

17. 元·劉玉汝："而終以一句，乃詩之本意也。"（《詩纘緒》卷八）

18. 明·李本："願其且留而無遽歸，故惜其去而心悲也。"（《詩説解頤》卷十四）

19. 明・許天贈："吾願其且留於此，毋曰相位不可以久虛，而遽迎公以歸，使我心失其所主而至於傷悲也。爲吾君者，其庶幾體吾人之情哉。"（《詩經正義》卷九）

20. 明・江環《詩經闡蒙衍義集注》："尚体吾民之情，無使我心悲兮。雖王朝之上不可以無公，而吾人之情亦不可重傷也。"（《詩經鐸振》卷三）

21. 明・馮時可："無使我士民悲思而不已也。此公之盛德感人而國人深望乎上，誠懇切至有如是焉。"（《詩臆》卷上）

22. 明・姚舜牧："無以我公歸兮，無使我心悲兮，其懷戀亦何深，信非盛德不足以至此。"（《重訂詩經疑問》卷三）

23. 明・張次仲："無使我心悲，所慮深矣。"（《待軒詩記》卷三）

24. 明・何楷："俯仰之間，感慨繫之，無謂以我公今日獲歸，而遂無可使我悵然含悲者在也，忠厚悱惻，溢于言表，所謂言之無罪，聞之足以戒。"（《詩經世本古義》卷十之上）

25. 明・范王孫："東人無日不望王之迎，無日不望公之歸，而不迎也，而不歸也，有不勝其悲傷者，于是故反其詞曰：無以我公歸兮，無使我公悲兮。蓋成王既得雷雨大風之變，欲迎而不果迎，故東人望之如此。"（《詩志》卷九）

26. 明・賀貽孫："公歸則我悲矣，無以公歸，無使我悲，猶冀王之不遽迎也。"（《詩觸》卷二）

27. 清・朱鶴齡："無謂公今日歸，遂無使我銜悲往日之事也。蓋痛定思痛之辭。（本何玄子說）"（《詩經通義》卷五）

28. 清・錢澄之："末二語，知其不可留，而請諸使者，無以公歸，亦無可奈何之情。人心之愛慕者至矣！"（《田間詩學》卷五）

29. 清・冉覲祖："公之迎歸，東人未必不喜，只是想到迎歸後，必不能復來東土，不禁又起留戀深情耳。"（《詩經詳說》卷三十二）

30. 清・冉覲祖："無使我東人方快睹之際而遂有不復見之悲兮，否則西京幸矣，而東人何以爲情邪。"（《詩經詳說》卷三十二）

31. 清・王心敬："王無以我公歸，而使我心悲耳。蓋盛德所在，人心愛慕，豈朝廷之上無知公者乎。"（《豐川詩說》卷十一）

32. 清・姜文燦："尚其體吾民之情，無使我心悲兮，雖王朝之上不可以無公，獨計負扆王朝之日長，而衣被吾人之日短也，奈之何其不少緩耶。"（《詩經正解》

卷十）

33. 清·許伯政："無使我心感極而傷悲兮。"（《詩深》卷十五）

34. 清·范家相："歸則長使我望袞衣而心悲兮。"（《詩瀋》卷十）

35. 清·牟庭："謂大夫無以我公歸，無使我豳人思公而悲也。"（《詩切》）

36. 清·陳奐："此周公未得成王命，故不得歸，不得歸而終望朝廷之歸公，故云無使我心悲也。"（《詩毛氏傳疏》卷十五）

37. 清·顧廣譽："王宜亟以覯公，迎之來歸，無使我心悲也。"（《學詩詳說》卷十五）

38. 清·顧廣譽："而久不以公歸，則使士民心悲朝廷，不可違人望也。"（《學詩詳說》卷十五）

39. 清·梁中孚："夫東方非公久居之地也，東人非不知之，而又心悲者，則其情有不能已也。"（《詩經精義集鈔》卷二）

40. 清·王先謙："時鴟鴞已貽之後，舉國皆知周公忠誠，而王未命歸，東人獨於公極其依戀，故詩人代為周公悲而望王之悔悟，無使我心傷悲也。"（《詩三家義集疏》卷十三）

41. 民國·王闓運："心悲不能言也。私臣無議政之道。"（《詩傳補》）

42. 日本·岡白駒："無與公歸之道，冀王之早迎公，無使我心悲哉。"（《毛詩補義》卷五）

43. 日本·赤松弘："我公之歸，則豈無使我心悲傷哉。"（《詩經述》卷四）

44. 日本·中井積德："無以、無使，是作呼公之從官而語也，勿挾迎者說。"（《古詩逢原》）

45. 日本·伊藤善韶："既西歸，我心常悲傷而已，欲留止而不能，不得已而相別也。"（《詩解》）

46. 日本·冢田虎："今以公西歸，則東人皆心悲，當無使我心悲也。"（《冢注毛詩》卷八）

47. 日本·岡井鼎："於是叙其私情，曰'無以我公歸'，而使我心悲。蓋雖喜公歸朝，而私情則悲不得復親公也。"（《詩疑》）

四章章旨

唐・孔穎達《毛詩正義》卷八：

正義曰：卒章陳東都之人欲留周公，是公反後之事。

卒章始陳東人留公之辭。此詩美周公，不宜處東。既言不宜處東，因論告曉東人之事。既言告曉東人，須見東人之意，故卒章乃陳東人之辭。

毛以爲，首章言王見周公，當以袞衣見之。此章言王有袞衣，而不迎周公，故大夫刺之。

鄭以爲，此是東都之人欲留周公之辭。

正義曰：《箋》以爲，王欲迎周公，而群臣或有不知周公之志者，故刺之。雖臣不知，而王必迎公，不得言無與公歸之道，故易《傳》以爲東都之人欲留周公之辭。

宋・歐陽修《詩本義》卷五：

《本義》曰：其卒章因道東都之人留公之意云爾。是以有袞衣者，雖宜在朝廷，然無以公歸，使我人思公而悲也。詩人述東都之人猶能愛公，所以深刺朝廷之不知也。

宋・蘇轍《詩集傳》卷八：

東人安於周公，不欲其復西，故曰：使公居是，以有袞衣可也，無以公歸而使我悲也。言周公之於天下，無有不欲己得而親事之者也。

宋・李樗《毛詩詳解》（《毛詩李黃集解》卷十八）：

西人告東人，以爲公必歸，而東人又告西人曰：言有袞衣之服，宜在朝廷，不當留滯於此，無使我公歸而使我心傷悲，此又東人愛周公之意也。【黃講同】

宋・范處義《詩補傳》卷十五：

此章謂我東人以有袞衣在此爲重，無使公遽歸，使我心思公而悲也。前三章引大義而責諸臣，後一章述私情而欲留公，此東人之志也。

宋・王質《詩總聞》卷八：

雖此有所逆之服，然不可歸，恐墮其計也。國人憂疑之心如此，懲已往不能保將來也。

宋・吕祖謙《吕氏家塾讀詩記》卷十六：

程氏曰：此章祈反周公誠切之意。

宋・楊簡《慈湖詩傳》卷十：

夫是以惟有衮衣而已，詩人不勝其悲曰：公歸而無位以處之，不如無以公歸之愈也，公歸而不復故位，徒使我心悲耳。

宋・林岊《毛詩講義》卷四：

卒章東山之人曰"是以有衮衣兮"，應上衮衣繡裳之言也。"無以我公歸兮，無使我心悲兮"，應上"公歸不復，於女信宿"之言也。所謂西人欲其歸，東人欲其留也。托言與東山之人，酬應而美刺之意隱然矣。

宋・魏了翁《毛詩要義》卷八：

《正義》曰："毛以爲首章言王見周公，當以衮衣見之。此章言王有衮衣而不以迎周公，故大夫刺之，……鄭以爲此是東都之人欲留周公之辭。"

宋・嚴粲《詩緝》卷十六：

東人欲公之留，答西人曰：汝固有裳衣以迎公之歸矣，然願無以我公歸而使我心悲也。言衮衣者，因首章西人欲以衮衣繡裳迎公也。

元・朱公遷《詩經疏義》（《詩經疏義會通》卷八）：

四章以勿歸爲願。

元・朱善《詩解頤》卷一：

蓋留公者，東人之私情，而迎公者，天下之公論。一人之私情不足以勝天下之公論，此東人所以拳拳於公，雖欲挽而留之，而卒不可得也。

元・王逢《詩經疏義輯錄》（《詩經疏義會通》卷八）：

【輯錄】《解頤》曰：留公者，東人之私情，迎公者，天下之公論。一人之私情不足以勝天下之公論。此東人所以拳拳於公，雖欲遂而留之，而卒不可得也。

明・梁寅《詩演義》卷八：

言公遭謗避位而來此，是以得見此衮衣之貴。王今悔悟，迎公以歸，願留于此，毋遽以公歸，而使我悲也。公固不可復留也，但以見東人惓惓之意耳。

明·胡廣《詩傳大全·詩序》卷八：

豐城朱氏曰："留公者，東人之私情，而迎公者，天下之公論。一人之私情不足以勝天下之公論，此東人所以拳拳於公，雖欲挽而留之，而卒不可得也。"

明·黃佐《詩經通解》卷八：

程子曰："此章祈反周公誠切之意。"

按：末章以勿歸爲願。

明·鄒泉《新刻七進士詩經折衷講意》卷一：

本其幸見之意，而表其願留之誠也。……朱氏曰："留公者，東人之私情，而迎公者，天下之公論。一人之私情，不足以勝天下之公論，此東人拳拳于公，雖欲留之而卒不可得也。"

明·許天贈《詩經正義》卷九：

東人於元聖幸其得見之暫，而致夫願留之誠也。

是則慶幸之意，方切於得見之餘，而願留之心益深於將去之際。東人之於周公如此，不可以觀盛德之感乎？

明·顧起元《詩經金丹》卷三：

此章其幸見之意，而表其願留之誠也。

明·江環《詩經闡蒙衍義集注》（《詩經鐸振》卷三）：

夫東人于公喜其來而悲其去，如此其惓惓好德之情，可謂有加而無已矣。然非公之忠誠感人，而何以有此哉。

此本其幸見之意，而表其願留之誠也。

徵弦云：召公之南，則愛及于甘棠，周公之東，則願見其袞衣，于此可以見二公之盛德。

明·方從哲等《禮部訂正詩經正式講意合注篇》卷四：

【四章意】此本其幸見之意，而表其願留之誠也。

明·馮時可《詩臆》卷上：

此公之盛德感人而國人深望乎上，誠懇切至有如是焉。説詩者乃以次章爲西人語東人，以末章爲東人自相語，則失其旨矣。

明·徐光啓《毛詩六帖講意》卷一：

末章只要模寫東人愛慕無極，不忍釋然之意。至於公之當歸，彼亦不及計也。不必説向公義一邊去，彼特自言其情如此。

召公之南，則愛及于甘棠，周公之東，則願見其袞衣，于此見二王之盛德矣。

明·姚舜牧《重訂詩經疑問》卷三：

是以有袞衣兮，其欣仰亦何至。無以我公歸兮，無使我心悲兮，其懷戀亦何深，信非盛德不足以至此。

明·曹學佺《詩經剖疑》卷十二：

是以東方乍有此服袞衣之人，然又恐其不能久留也。願言無遽迎公以歸。歸則將不復來，而使我心悲也。

明·駱日升《詩經正覺》卷四：

夫東人于公，喜其來而悲其去，如此其惓惓好德之情，可謂有加而無已矣。然非公之忠誠感人，而何以有是哉。（此本甚幸見之意，而表其願留之誠也。）

明·陸化熙《詩通》卷一：

末章直寫自己一片戀戀無已之意，而公之當歸彼不暇恤矣。

明·凌濛初《詩逆》：

末章只要描寫愛慕不忍釋然之意，至于公之當歸，彼亦不及計也。不必說向公義一邊，特自言其情耳。（六帖）

明·陸燧《詩筌》卷一：

此只模寫東人愛慕無極，不忍釋然之意，至于公之當歸，彼亦不及計也，不必說向公義一邊，彼特自言其情如此。

明·徐奮鵬《詩經尊朱刪補》（《詩經鐸振》卷三）：

此則愛慕而不欲其去之辭，非寔正成王之來迎也。

明·黃道周《詩經琅玕》卷三：

此本其幸見之意，而表其願留之誠也。

明·錢天錫《詩牗》卷五：

末章，只模寫東人愛慕無極，不忍釋然之意。至于公之當歸，彼亦不及計也。無以無使，一氣疊説。

明·黃文煥《詩經嫏嬛》卷三：

夫東人喜其東而悲其去，惓惓好德之情有加無已，非公之忠誠感人何以有此。此本其幸見之意，而表其願留之誠也。

明·唐汝諤《毛詩蒙引》卷七：

末章徐玄扈曰：此只模寫東人愛慕無極，不忍釋然之意。至於公之當歸，彼亦不及計也，不必說向公義一邊。彼特自言其情如此。

明·楊廷麟《詩經聽月》卷五：

夫東人喜其來而悲其去，惓惓好德之情有加無已。非公之忠誠感人何以有此。陸羽明曰：末章直寫目已一片戀戀無已之意，而公之當歸彼不暇恤矣。

此本其幸見之意，而表其願留之誠也。

明·萬時華《詩經偶箋》卷五：

末章只寫東人愛留之意，至于公之當歸，彼亦不及計也。彼各自言其私情如此，更不必說向公義一邊。

明·陳組綬《詩經副墨》：

末章直寫自己一片戀戀無已之意，而公之當歸，彼不暇恤矣。

親信于西京，則必疏闊于東土，養重于端揆，則未免失望于民情。

明·朱朝瑛《讀詩略記》卷二：

小民之于公，知有近者小者，而不計其遠者大者，故公之歸，不暇爲天下慶，而先爲東土悲也。

清·朱鶴齡《詩經通義》卷五：

末章承上言，公特信處信宿于彼，是以我得見此袞衣之服。然使風雷不作，安能有此。無謂公今日歸，遂無使我衛悲往日之事也。蓋痛定思痛之辭。（本何玄子說）歐陽以末二句爲述東人留公語，則章法不完。朱子作東人喜公而相語以留之解末章，似矣。而全旨又未合。

清·錢澄之《田間詩學》卷五：

四章迎公西歸，而托爲東人留公之語。

清·張沐《詩經疏略》卷四：

此總前意而言。公既不以禮不歸，是以惟須有袞衣焉。無以我公之歸爲意，徒使我心悲也。言公所重者禮義，有禮公自歸，無則徒望公歸不能也。

清·冉覲祖《詩經詳說》卷三十二：

豐城朱氏曰：留公者，東人之私情，而迎公者，天下之公論。一人之私情不足以勝天下之公論，此東人所以拳拳於公，雖欲挽而留之，而卒不可得也。

【衍義】此本其幸見之意，而表其願留之誠也。

【副墨】此只寫自己一片戀戀之情，而公之當歸與否，彼亦不暇計矣。

清·秦松齡《毛詩日箋》卷二：

諸家多以爲東人欲留公之辭。夫居東，周公之不幸也。東人當以朝廷之失公爲憂，不當以東土之得公爲喜，故謂是東人留公者，未必然也。程子曰：此章祈反周公誠切之意。

清·祝文彥《詩經通解》：

此本其幸見之意，而表其欲留之情也。……相王者天下之公，願留公者，一方之私情，東人非不知終不可留，特以拳拳于公，百計欲留之，以致其無已之情耳。

清·嚴虞惇《讀詩質疑》卷十五：

歐陽氏曰：此道東人留公之意云爾。東人猶能愛公，所以深刺朝廷之不知也。

清·王心敬《豐川詩說》卷十一：

是以王之迎公也，有袞冕之衣矣。以公之忠順王命，不宿，在我西人則喜公還，而在彼東人則應悲公去。曰：王無以我公歸，而使我心悲耳。蓋盛德所在，人心愛慕，豈朝廷之上無知公者乎。

清·李塨《詩經傳注》卷三：

末章留之之辭也。東人之愛公如此，而朝廷乃疑之，何哉？

清·姜文燦《詩經正解》卷十：

【合參】夫東人于公，喜其來而悲其去，如此其惓惓好德之情，可謂有加而無已矣。然東人之愛喜，一時想慕之情，周公之去留，天下安危所繫，東人誠不能爲公留矣。

【析講】此章本其幸見之意，而表其願留之誠也。……東人非不知朝廷不可一日無公，公亦無日不以朝廷爲念，若曰留相之日久，而居東之日暫，公□留無傷也，只摹寫已之愛慕無已，不忍釋然光景，初不計公之當歸與否。……豐城朱氏曰：留公者東人之私情，而迎公者天下之公論，一人之私情不足以勝天下之公論。此東人所以拳拳于公，雖欲挽而留之，而卒不可得也。陳大士文云：吾亦知公留此，僅治其四末已耳。公歸則所治者爲國家根本之圖，然小人無復畏忌，但使公留而我不悲，即人主之悲，若有不恤者耳。吾亦知公留此，僅恩其一方已耳，公歸則所恩者爲生民統同之惠，然小人無遠識，但使公留而我不悲，即四海之悲若有所不關者耳。妙絕。

清·黃夢白、陳曾《詩經廣大全》卷九：

徐光啓云："此東人愛慕無極，不忍釋然之意，至于公之當歸，彼亦不及計也。"

清‧張敘《詩貫》卷五：

此章知其終不久留，乃深致其繾綣無已之情，惻惻然如赤子之依戀於慈母也。聖人過化存神之妙，固應如是。

清‧汪紱《詩經詮義》卷四：

信處信宿，是以有袞衣。以我公歸則東方無聖人之迹矣，是使我心悲也。夫王室不可無周公，天下不可無周公，東人何得欲私之以爲己有，然親戴之情不能自已。廉仁縣令欽取入京，理當賀喜餞行，而父老反卧轍攀轅，涕泣挽留，欲得遲延數日，況東人於周公乎。

清‧鄒聖脈《詩經備旨》卷三：

【四章旨】此本其幸見之意，而表其欲留之情也。"是以"二字緊承信處信宿來。兩"無"字正眷眷之意。相王者，天下之公，願留公者，一方之私情。東人非不知終不可留，特以眷眷於公，百計欲留之，以致其無已之情耳。

【講】夫我公惟其信處信宿於此，是以東方有此服袞衣之人，以聳吾人之顧瞻也。吾願其且留於此，無人迎公以歸，則將不復來，而吾人之喜將轉而爲悲，尚體吾民之情，無使我心悲兮。夫東人於公喜其來而悲其去，惓惓好德之情，可謂有加而無已矣。

清‧劉始興《詩益》卷三：

末章終前二章"公歸無所，公歸不復"之意。

清‧顧鎮《虞東學詩》卷五：

末章言今之有此袞衣之賜者，是欲以公歸耳。公之決歸而不能留，明矣。而東人不以朝廷之迎公爲可喜，徒以東國之失公爲可悲。愛之至而不暇計其他也。無以我公歸，無使我心悲，寫出東人卧轍攀轅，抵死不放之狀。固見公之盛德所感，亦以著東人之知愛夫公，而王之悔迎爲已晚，故兩《序》皆曰"美周公"，而衍者轉以爲刺王不知也。

清‧范家相《詩瀋》卷十：

然而東人之愛公彌甚也。曰：東國之僻陋，維公之來，幸得睹此袞衣兮，願朝廷之無以我公歸兮，歸則長使我望袞衣而心悲兮。

清‧姜炳璋《詩序補義》卷十三：

是作詩主意。

清·牟應震《詩問》卷三：

重呼使臣而告以留公之意。

清·牟庭《詩切》：

是以田廬有客衣袞衣，袞衣客來，將以我公歸，我欲告袞衣，無以我公歸，無使我人思公而心悲。

清·劉沅《詩經恒解》卷二：

王豈不來迎公，無以我公歸兮，則無使我心悲兮。夫以暫時之留，而愛戀如此，信乎盛德之入人深矣。

清·胡承珙《毛詩後箋》卷十五：

鄭《箋》以末章爲東人留公之辭。《集傳》則謂全詩皆東人語。然二三章既云"於女"，則必非出自東人之口，即末章亦不必爲東人之言也。

清·林伯桐《毛詩通考》卷十五：

四章，《傳》意以成王有袞衣而不服之以迎周公，是無與公歸之道。又言王當迎周公，無使我群臣心悲，正是《小序》之意。《箋》云：東都之人欲周公留爲之君，又云：周公西歸，而東都之人心悲。於《小序》所謂"周大夫刺朝廷之不知"者，不相照應矣。

清·李詁經《詩經蠹簡》卷二：

末章似是東人答之之語。

清·顧廣譽《學詩詳說》卷十五：

四章爲朝廷望也。東方但可信處信宿耳，而久不以公歸，則使士民心悲朝廷，不可違人望也。

清·方玉潤《詩經原始》卷八：

公於東人如此其誠，東人於公當更何如？夫是以想我東人之得覯此袞衣也，我東人之大幸也。然則何策而使朝廷無以我公西歸乎？我東人庶得長睹冠裳，不至臨岐而心悲耳。此與宋民之遮道擁留司馬相公，曰"公無歸洛，留相天子，活百姓"者，同一出於至誠也。使非上下交乎，何以得民若是乎？詩意甚顯，《序》乃不知，殊可怪耳。朱晦翁雖能見及，而訓釋詩義亦未暢明，故特正之。

清·鄧翔《詩經繹參》卷二：

頁眉：惟末章則東人之辭矣。王悟迎公，是以有袞衣，此天下之公心公望也。惟我東人失公，不能無悲私心言之，誠不欲公歸也。

頁眉：周公，天下之周公也，而人人欲私之。公歸，則王朝喜矣，天下喜矣，而東人獨悲，東人之私心也。人人欲私之心，即天下至公之心也。

案：空桑三宿，桑下尚生恩愛。況周公居東三年，與東人士相親久矣，教育多矣，惠澤深矣，臨岐贈別，惓惓難乎爲情，微獨東人攀轅臥轍，如失父母，即周公能無顧之隕涕乎。

清·梁中孚《詩經精義集鈔》卷二：

朱氏善曰：蓋留公者東人之私情，迎公者天下之公論，一人之私情不足以勝天下之公論，此東人所以拳拳於公，雖欲挽而留之，而卒不可得也。（以上上格）

御纂：夫東方非公久居之地也，東人非不知之，而又心悲者，則其情有不能已也。聖人之於人也，德化有以動其性，禮教有以服其心，先得其所同然，故人見而莫不悦之，亦不能言其所以然也。後世循吏，所居民愛，所去民思，亦何以異此。（以上下格）

民國·李九華《毛詩評注》：

【注】上皆恐公去之之詞，末乃留之之詞。東人之愛公如此，而朝廷乃疑之，何哉？（傳注）

民國·焦琳《詩蠲》卷四：

蠲曰：以上二詩，《小序》竟無一字不同，曰：美周公也。周大夫刺朝廷之不知也。至此卒章，雖從《序》説者，亦不得不謂爲東人留公之意，而猶必曲附於《序》説，曰：東人猶愛公，何朝廷不恤公去乎。然詩本無此文，幾何不代東人作借寇之請哉。其辭旨不圓有如此，宜朱子譏其鶻突也。

日本·岡白駒《毛詩補義》卷五：

【卒章】孔穎達云：此章言王有衮衣而不迎周公也。

日本·赤松弘《詩經述》卷四：

此憂公既歸之後，不復其舊職之詞也。

日本·皆川願《詩經繹解》卷七：

此章言：苟知公之在，是以我有衮衣者也。則其亦必曰：無以我公歸，又必曰：無使我心悲也。

日本·龜井昱《古序翼》卷四：

翼曰：卒章以言衮衣之人不可不在王廷也。

韓國·朴世堂《詩經思辨錄》：

其卒章則又結首章之意，而明言其願得留公也。

韓國·沈大允《詩經集傳辨正》：

是以欲留公於洛也。

李雷東按：

四章章旨各家論述列出如下：

1. 唐·孔穎達："卒章陳東都之人欲留周公，是公反後之事。"又："卒章始陳東人留公之辭。此詩美周公，不宜處東。既言不宜處東，因論告曉東人之事。既言告曉東人，須見東人之意，故卒章乃陳東人之辭。"（《毛詩正義》卷八）

2. 唐·孔穎達："毛以爲……此章言王有袞衣，而不迎周公，故大夫刺之。

3. 唐·孔穎達："鄭以爲，此是東都之人欲留周公之辭。"（《毛詩正義》卷八）又："《箋》以爲，王欲迎周公，而群臣或有不知周公之志者，故刺之。雖臣不知，而王必迎公，不得言無與公歸之道，故易《傳》以爲東都之人欲留周公之辭。"（《毛詩正義》卷八）

4. 宋·歐陽修："其卒章因道東都之人留公之意云爾。是以有袞衣者，雖宜在朝廷，然無以公歸，使我人思公而悲也。詩人述東都之人猶能愛公，所以深刺朝廷之不知也。"（《詩本義》卷五）

5. 宋·蘇轍："東人安於周公，不欲其復西，故曰：使公居是，以有袞衣可也，無以公歸而使我悲也。言周公之於天下，無有不欲己得而親事之者也。"（《詩集傳》卷八）

6. 宋·李樗《毛詩詳解》："西人告東人，以爲公必歸，而東人又告西人曰：言有袞衣之服，宜在朝廷，不當留滯於此，無使我公歸而使我心傷悲，此又東人愛周公之意也。"（《毛詩李黃集解》卷十八）

7. 宋·范處義："此章謂我東人以有袞衣在此爲重，無使公遽歸，使我心思公而悲也。前三章引大義而責諸臣，後一章述私情而欲留公，此東人之志也。"（《詩補傳》卷十五）

8. 宋·王質："雖此有所逆之服，然不可歸，恐墮其計也。國人憂疑之心如此，懲已往不能保將來也。"（《詩總聞》卷八）

9. 宋·呂祖謙引程氏曰："此章祈反周公誠切之意。"（《呂氏家塾讀詩記》卷十六）

10. 宋·楊簡："夫是以惟有袞衣而已，詩人不勝其悲曰：公歸而無位以處之，不如無以公歸之愈也，公歸而不復故位，徒使我心悲耳。"（《慈湖詩傳》卷十）

11. 宋·林岊："所謂西人欲其歸，東人欲其留也。托言與東山之人，酬應而美刺之意隱然矣。"（《毛詩講義》卷四）

12. 宋·嚴粲："東人欲公之留，答西人曰：汝固有裳衣以迎公之歸矣，然願無以我公歸而使我心悲也。"（《詩緝》卷十六）

13. 元·朱公遷《詩經疏義》："四章以勿歸爲願。"（《詩經疏義會通》卷八）

14. 元·朱善："蓋留公者，東人之私情，而迎公者，天下之公論。一人之私情不足以勝天下之公論，此東人所以拳拳於公，雖欲挽而留之，而卒不可得也。"（《詩解頤》卷一）

15. 明·梁寅："言公遭謗避位而來此，是以得見此袞衣之貴。王今悔悟，迎公以歸，願留于此，毋遽以公歸，而使我悲也。公固不可復留也，但以見東人惓惓之意耳。"（《詩演義》卷八）

16. 明·鄒泉："本其幸見之意，而表其願留之誠也。"（《新刻七進士詩經折衷講意》卷一）

17. 明·許天贈："東人於元聖幸其得見之暫，而致夫願留之誠也。"（《詩經正義》卷九）

18. 明·許天贈："是則慶幸之意，方切於得見之餘，而願留之心益深於將去之際。東人之於周公如此，不可以觀盛德之感乎？"（《詩經正義》卷九）

19. 明·江環《詩經闡蒙衍義集注》："夫東人于公喜其來而悲其去，如此其惓惓好德之情，可謂有加而無已矣。然非公之忠誠感人，而何以有此哉。"（《詩經鐸振》卷三）

20. 明·江環《詩經闡蒙衍義集注》引做弦云："召公之南，則愛及于甘棠，周公之東，則願見其袞衣，于此可以見二公之盛德。"（《詩經鐸振》卷三）

21. 明·馮時可："此公之盛德感人而國人深望乎上，誠懇切至有如是焉。"（《詩臆》卷上）

22. 明·徐光啟："末章只要模寫東人愛慕無極，不忍釋然之意。至於公之當歸，彼亦不及計也。不必説向公義一邊去，彼特自言其情如此。"（《毛詩六帖講

意》卷一)

23. 明·姚舜牧:"是以有袞衣兮,其欣仰亦何至。無以我公歸兮,無使我心悲兮,其懷戀亦何深,信非盛德不足以至此。"(《重訂詩經疑問》卷三)

24. 明·曹學佺:"是以東方乍有此服袞衣之人,然又恐其不能久留也。願言無遽迎公以歸。歸則將不復來,而使我心悲也。"(《詩經剖疑》卷十二)

25. 明·陸化熙:"末章直寫自己一片戀戀無已之意,而公之當歸彼不暇恤矣。"(《詩通》)

26. 明·徐奮鵬《詩經尊朱删補》:"此則愛慕而不欲其去之辭,非寔正成王之來迎也。"(《詩經鐸振》卷三))

27. 明·陳組綬:"親信于西京,則必疏闊于東土,養重于端揆,則未免失望于民情。"(《詩經副墨》)

28. 明·朱朝瑛:"小民之于公,知有近者小者,而不計其遠者大者,故公之歸,不暇爲天下慶,而先爲東土悲也。"(《讀詩略記》卷二)

29. 清·朱鶴齡:"末章承上言,公特信處信宿于彼,是以我得見此袞衣之服。然使風雷不作,安能有此。無謂公今日歸,遂無使我銜悲往日之事也。蓋痛定思痛之辭。(本何玄子說)"(《詩經通義》卷五)

30. 清·錢澄之:"四章迎公西歸,而托爲東人留公之語。"(《田間詩學》卷五)

31. 清·張沐:"此總前意而言。公既不以禮不歸,是以惟須有袞衣焉。無以我公之歸爲意,徒使我心悲也。言公所重者禮義,有禮公自歸,無則徒望公歸不能也。"(《詩經疏略》卷四)

32. 駁"東人欲留公之辭"說。清·秦松齡:"諸家多以爲東人欲留公之辭。夫居東,周公之不幸也。東人當以朝廷之失公爲憂,不當以東土之得公爲喜,故謂是東人留公者,未必然也。"(《毛詩日箋》卷二)

33. 清·王心敬:"是以王之迎公也,有袞冕之衣矣。以公之忠順王命,不宿,在我西人則喜公還,而在彼東人則應悲公去。曰:王無以我公歸,而使我心悲耳。蓋盛德所在,人心愛慕,豈朝廷之上無知公者乎。"(《豐川詩說》卷十一)

34. 清·李塨:"末章留之之辭也。東人之愛公如此,而朝廷乃疑之,何哉?"(《詩經傳注》卷三)

35. 清·姜文燦:"夫東人于公,喜其來而悲其去,如此其惓惓好德之情,可

謂有加而無已矣。然東人之愛喜，一時想慕之情，周公之去留，天下安危所繫，東人誠不能爲公留矣。"（《詩經正解》卷十）

36. 清·張叙："此章知其終不久留，乃深致其繾綣無已之情，惻惻然如赤子之依戀於慈母也。聖人過化存神之妙，固應如是。"（《詩貫》卷五）

37. 清·汪紱："信處信宿，是以有袞衣。以我公歸則東方無聖人之迹矣，是使我心悲也。夫王室不可無周公，天下不可無周公，東人何得欲私之以爲已有，然親戴之情不能自已。"（《詩經詮義》卷四）

38. 清·顧鎮："末章言今之有此袞衣之賜者，是欲以公歸耳。公之決歸而不能留，明矣。而東人不以朝廷之迎公爲可喜，徒以東國之失公爲可悲。愛之至而不暇計其他也。…固見公之盛德所感，亦以著東人之知愛夫公，而王之悔迎爲已晚。"（《虞東學詩》卷五）

39. 清·范家相："然而東人之愛公彌甚也。曰：東國之僻陋，維公之來，幸得睹此袞衣兮，願朝廷之無以我公歸兮，歸則長使我望袞衣而心悲兮。"（《詩瀋》卷十）

40. 清·姜炳璋："是作詩主意。"（《詩序補義》卷十三）

41. 清·牟應震："重呼使臣而告以留公之意。"（《詩問》卷三）

42. 清·牟庭："是以田廬有客衣袞衣，袞衣客來，將以我公歸，我欲告袞衣，無以我公歸，無使我人思公而心悲。"（《詩切》）

43. 清·劉沅："王豈不來迎公，無以我公歸兮，則無使我心悲兮。夫以暫時之留，而愛戀如此，信乎盛德之入人深矣。"（《詩經恒解》卷二）

44. 清·胡承珙："末章亦不必爲東人之言也。"（《毛詩後箋》卷十五）

45. 清·李詒經："末章似是東人答之之語。"（《詩經蠡簡》卷二）

46. 清·顧廣譽："四章爲朝廷望也。東方但可信處信宿耳，而久不以公歸，則使士民心悲朝廷，不可違人望也。"（《學詩詳說》卷十五）

47. 清·方玉潤："公於東人如此其誠，東人於公當更何如？夫是以想我東人之得覩此袞衣也，我東人之大幸也。然則何策而使朝廷無以我公西歸乎？我東人庶得長睹冠裳，不至臨岐而心悲耳。"（《詩經原始》卷八）

48. 清·鄧翔："惟末章則東人之辭矣。王悟迎公，是以有袞衣，此天下之公心公望也。惟我東人失公，不能無悲，私心言之，誠不欲公歸也。"（《詩經繹參》卷二）

49. 清·鄧翔："周公，天下之周公也，而人人欲私之。公歸，則王朝喜矣，天下喜矣，而東人獨悲，東人之私心也。人人欲私之心，即天下至公之心也。"（《詩經繹參》卷二）

50. 清·梁中孚："夫東方非公久居之地也，東人非不知之，而又心悲者，則其情有不能已也。聖人之於人也，德化有以動其性，禮教有以服其心，先得其所同然，故人見而莫不悅之，亦不能言其所以然也。"（《詩經精義集鈔》卷二）

51. 日本·赤松弘："此憂公既歸之後，不復其舊職之詞也。"（《詩經述》卷四）

52. 日本·皆川願："苟知公之在，是以我有袞衣者也。則其亦必曰：無以我公歸，又必曰：無使我心悲也。"（《詩經繹解》卷七）

53. 日本·龜井昱："卒章以言袞衣之人不可不在王廷也。"（《古序翼》卷四）

54. 韓國·沈大允："是以欲留公於洛也。"（《詩經集傳辨正》）

分　章

唐·孔穎達《毛詩正義》卷八：

《九罭》四章，一章四句，三章章三句。

宋·蘇轍《詩集傳》卷八：

《九罭》四章章三句。

宋·王質《詩總聞》卷八：

聞句曰：舊一章四句，三章三句。今爲各三句，九罭之魚不斷。

清·牟應震《詩問》卷三：

舊分《伐柯》《九罭》爲二篇，豈未見兩"我覯之子"句乎。

問：合二詩爲一篇，其説似合，然當以何者名篇。曰：名篇之字有自後人增者，説見《小雅》，不敢妄删也，仍之以存古意。

清·牟庭《詩切》：

舊説以《破斧》三章爲一篇，《伐柯》二章别爲一篇，《九罭》四章又别爲一篇。今据文義當並爲一篇九章。

《破斧》，豳人送周公歸也。九章，三章章六句，三章章四句，三章章三句。

清·徐璈《詩經廣詁》：

《九罭》（四章）

清·陳僅《詩誦》卷二：

九罭之魚鱒魴，六字當作一句讀。此詩四章，章三句。蓋"九罭之魚"四字不能成句，必連鱒魴二字，與《魚麗》"于罶"四字句法不同。

清·鄒聖脈《詩經備旨》卷三：

《九罭》四章，一章四句，三章章三句。

民國·吳闓生《詩義會通》卷一：

闓生案：先大夫曰：《伐柯》、《九罭》當爲一篇。上言"我覯之子，籩豆有踐"，此言"我覯之子，袞衣繡裳"，文義相應。後人誤分爲二，於是上篇無尾，而此篇無首，其詞皆割裂不完矣。《毛傳》亦本一篇，故通以禮爲言。上言禮義治國之柄，此言周公未得禮，文義亦相聯貫，不以爲兩篇也。《小序》二篇同詞，則後人以一序分冠於二篇耳。

日本·中井積德《古詩逢原》：

四章，章三句，舊作一章四句，今改。

日本·竹添光鴻《毛詩會箋》卷八：

《九罭》四章，一章四句，三章章三句。

箋曰：首章"九罭之魚鱒魴"六字，當作一句，則是詩各章三句爲齊整，尤覺穩，舊讀不可從。

集　評

唐・孔穎達《毛詩正義》卷八：

九罭之魚，鱒魴。我覯之子，袞衣繡裳。

鱒、魴是大魚，處九罭之小網，非其宜，以興周公是聖人，處東方之小邑，亦非其宜。

鄭以爲，設九罭之網，得鱒、魴之魚，言取物各有其器，以喻用尊重之大禮，迎周公之大人，是擬人各有其倫。

正義曰：驗今鱒、魴非是大魚，言大魚者，以其雖非九罭密網，此魚亦將不漏，故言大耳，非大於餘魚也。《傳》以爲大者，欲取大小爲喻。王肅云："以興下土小國，不宜久留聖人。"《傳》意或然。

正義曰：《箋》解網之與魚大小，不異於《傳》，但不取大小爲喻耳。以下句"袞衣繡裳"是禮之上服，知此句當喻以禮往迎，故易《傳》以取物各有其器，喻迎周公當有禮。

鴻飛遵渚，公歸無所。於女信處！

毛以鴻者大鳥，飛而循渚，非其宜，以喻周公聖人，久留東方，亦非其宜。

鄭以爲，鴻者大鳥，不宜與鳧鷖之屬飛而循渚，以喻周公聖人，不宜與凡人之輩共處東都。

正義曰：言不宜循渚者，喻周公不宜處東。毛無避居之義，則是東征四國之後，留住於東方，不知其住所也。王肅云："以其周公大聖，有定命之功，不宜久處下土，而不見禮迎。"箋爲喻亦同，但以爲辟居處東，故云與凡人耳。

宋・歐陽修《詩本義》卷五：

《本義》曰：周大夫以周公出居東都，成王君臣不知其心而不召，使久處於處，譬猶鱒魴大魚反在九罭小罟。

宋·蘇轍《詩集傳》卷八：

鴻飛遵渚，公歸無所。於女信處！

周公之在周，譬如鴻之於渚，亦其所當在也。

宋·李樗《毛詩詳解》（《毛詩李黃集解》卷十八）：

李曰：毛氏以謂，鱒魴，言大魚，而處小網，非其宜也，以喻周公聖人，而乃留滯於東方，非其宜也。鄭氏謂，九罭之罟，乃得鱒魴之魚，言取物各有器，以喻周公聖德，當以袞衣往迎之。……鴻之飛宜其高也，今乃遵循於渚，非其宜也，以喻周公留滯東方，非其宜也。【黃講同】

宋·范處義《詩補傳》卷十五：

九罭之魚，鱒（才損）魴（房）。我覯之子，袞衣繡裳。

九罭，網之有囊者，不足以得大魚，而鱒魴之美，乃在其間，喻周公不當居東也。

鴻飛遵渚，公歸無所。於女信處。鴻飛遵陸，公歸不復。於女信宿。

鴻當高飛雲漢而乃下遵於渚陸，喻周公宜在廟堂。

是詩前三章皆比而賦之，後一章賦也。

宋·朱熹《詩經集傳》卷八：

九罭之魚，鱒魴。我覯之子，袞衣繡裳。（興也。）

鴻飛遵渚，公歸無所。於女信處。（興也。）

鴻飛遵陸，公歸不復。於女信宿。（興也。）

是以有袞衣兮，無以我公歸兮，無使我心悲兮。（賦也。）

宋·呂祖謙《呂氏家塾讀詩記》卷十六：

九罭之魚，鱒（才損反）魴（音房）。我覯之子，袞（古本反）衣繡裳。

【毛氏曰】興也。

凡詩之體，初言者本意也，再言者，協韻也。於女信處，本意也。於女信宿，協韻也。（詩亦有初淺後深，初緩後急者，然大率後章多是協韻。）

宋·楊簡《慈湖詩傳》卷十：

此詩謂九罭之網，惟可以得鱒魴爾，不可以得大魚，喻成王德量之不大，惟可以用中材，不可以得周公之大聖。

宋·林岊《毛詩講義》卷四：

卒章東山之人曰"是以有袞衣兮"，應上袞衣繡裳之言也。"無以我公歸兮，無使我心悲兮"，應上"公歸不復，於女信宿"之言也。

宋·魏了翁《毛詩要義》卷八：

《傳》意，九罭不可得鱒魴，《箋》：取物各有器。

九罭之魚，鱒魴。興也，……興者，喻王欲迎周公之來，當有其禮。……然則百囊之網非小網，而言得小魚之罟者，以其緻促網目能得小魚，不謂網身小也。王肅云："以興下土小國，不宜久留聖人。"《傳》意或然。《箋》解網之與魚大小，不異於《傳》，但不取大小爲喻耳。以下句"袞衣繡裳"是禮之上服，知此句當喻以禮往迎，故易《傳》以取物各有其器，喻迎周公當有禮。

鴻飛遵渚。《箋》云：鴻，大鳥也，不宜與鳧鷖之屬飛而循渚，以喻周公，今與凡人處東都之邑，失其所也。《正義》曰：言不宜循渚者，喻周公不宜處東。

宋·嚴粲《詩緝》卷十六：

九罭之魚，鱒魴。我覯之子，袞衣繡裳。

興也。言設九罭之常網，則僅可以得鱒魴之常魚，喻常禮非所以處周公也。

宋·朱鑑《詩傳遺説》卷四：

寬厚溫柔，詩教也。若如今人説，《九罭》之詩乃責其君之辭，何處討寬厚溫柔之意。（同上）

元·胡一桂《詩集傳附録纂疏·詩序》卷八：

【附録】寬裕溫柔，詩教也。若如今人説《九罭》之詩，乃責其君之辭，何處討寬裕溫柔之意。

鴻飛遵陸，公歸不復。於女信處。

愚謂：不復，作豈不復其位乎，庶與上章豈無所處乎相應。

元·劉瑾《詩傳通釋》卷八：

九罭之魚，鱒魴。我覯之子，袞衣繡裳。

興也。

鴻飛遵渚，公歸無所。於女（音汝，下同）信處。

興也。

此章飛、歸字是句腰，亦用韻，《詩》中亦有此體。

鴻飛遵陸，公歸不復。於女信宿。

興也。

是以有袞衣兮，無以我公歸兮，無使我心悲兮。

賦也。承上二章言。

元·王逢《詩經疏義輯錄》(《詩經疏義會通》卷八):

鴻飛遵渚,公歸無所。於女信處。

輯錄:朱子曰:此章飛、歸字是句腰,亦用韻,詩中亦有此體。

元·劉玉汝《詩纘緒》卷八:

在東托興於罛魚,將歸則托興於渚鴻,興有隱然相涉者,此類可見。

明·梁寅《詩演義》卷八:

九罭之魚,鱒魴。我覯之子,袞衣繡裳。

此章至三章皆興也。

鴻飛遵渚,公歸無所。於女信處。

因鴻飛起興,言公去而不留也。

是以有袞衣兮,無以我公歸兮,無使我心悲兮。

此章賦也。

明·季本《詩説解頤》卷十四:

九罭之魚,鱒魴。(興也)我覯之子,袞衣繡裳。(興意)

但以九罭所遇者,惟鱒魴,興我之所遇,則袞衣繡裳之周公。

鴻飛遵渚,(興也)公歸無所。於女信處。(興意)

鴻飛遵陸,(興也)公歸不復。於女信宿。(興意)

是以有袞衣兮,無以我公歸兮,無使我心悲兮。(賦也)

承上二章言周公信處信宿於此,是以東方有此服袞衣之人,

明·黄佐《詩經通解》卷八:

九罭之魚,鱒魴。我覯之子,袞衣繡裳。

九罭之魚,有鱒又有魴,之子之服,有衣又有裳。皆二者兼備之意,故以爲興。

鴻飛遵渚,公歸無所。於女信處(女音汝)。

此只興至"無所",以人物各有所爲興。

鴻飛遵陸,公歸不復。於女信宿。

以人物各不復爲興。

明·鄒泉《新刻七進士詩經折衷講意》卷一:

九罭之魚章。興其得見聖人,而因見盛服也。九罭,孫炎云:魚之所入有九囊也。非常之網,則有非常之魚,以興非常之人,則有非常之服。

鴻飛遵渚二章。以人物各有所歸，而興无所，言其必相王室。

明·戴君恩《讀風臆評》（陳繼揆《讀風臆補》下卷）：

九罭之魚，鱒魴。我覯之子，袞衣繡裳。（頁眉：何等瞻仰）

鴻飛遵渚，公歸無所。於女信處。　鴻飛遵陸，公歸不復。於女信宿。（頁眉：何等安慰。　妙在純是一片私情）

是以有袞衣兮，無以我公歸兮，無使我心悲兮。（頁眉：不作實語看，乃知此語之妙。）

信處信宿，明知公之必歸，明知公歸之爲大義，却說無以我公歸兮，無使我心悲兮，正詩之巧於寫其愛處，真奇真奇。

"無以我公歸兮"，詩人言語之妙如此，"不學詩無以言"，信夫。

章法句法字法俱妙。中二章飛字歸字句腰，亦用韻，又是一體。

明·李資乾《詩經傳注》卷十八：

九罭之魚，鱒魴。我遘之子，袞衣繡裳。

承上章"匪媒不得"，而言周公難进易退，難進則難得，易退則不易得，故引鱒、魴以起興。

鴻飛遵渚，公歸無所。于女信處。

承上章九罭之難進易退，發明公之難進者，以漸之進，公之易退者，見機明決也。故引鴻飛遵渚以起興。

明·許天贈《詩經正義》卷九：

九罭之魚　　　　一章

鴻飛遵渚　　　　合下章

東人於元聖兩興其將歸於國，而不久於東也。此二章俱以鴻飛句興公歸意。

是以有袞衣兮　　一章

"無以我公"二句，一串説下。

明·顧起元《詩經金丹》卷三：

九罭之魚，鱒魴。我遘之子，袞衣繡裳。

興其得見周公，而因見盛服也。九罭，魚之所入有九囊也。非常之網，則有非常之魚，以興非常之人，則有非常之服。

鴻飛遵陸，公歸不復。於女信宿。

興意，二句止，俱以物之有所循，興我之有所歸。

是以有袞衣兮，無以我公歸兮，無使我心悲兮。

"是以"句提起，緊接信處信宿句來，"無以""無使"一氣叠說。

明·江環《詩經闡蒙衍義集注》（《詩經鐸振》卷三）：

【首章】

【主意】下章興其得見聖人，而因見盛服也。九罭，孫炎云：魚之所入有九囊也。非常之網，則有非常之魚，以興非常之人，則有非常之服。

【三章】

主意：上章言幸見周公于東，此二章則言其有所歸而不久于東也。興意，二句止此，以人物各有所歸爲興。）

【末章】

"是以"句提起，緊接信處信宿句來。

明·方從哲等《禮部訂正詩經正式講意合注篇》卷四：

【首章意】此以喜于得魚而興喜于見公，重見公上。

【四章意】"是以"句提處，緊接信處信宿句來。

明·郝敬《毛詩原解》卷十六：

九罭之言九域，以比天子羅致大臣也。

鴻飛比公去位高蹈也。遵渚遵陸比二年居東也。

明·徐光啟《毛詩六帖講意》卷一：

末章只要模寫東人愛慕無極，不忍釋然之意。

明·沈守正《詩經説通》卷五：

【附録】歸云：小網而得美魚，喻東方而乃見之子之袞衣繡裳也，此服宜在朝廷者也，乃見於東方，非意所擬之詞。

明·朱謀㙔《詩故》卷五：

九罭之求鱒魴，喻袞繡上公之服迎周公也。

明·曹學佺《詩經剖疑》卷十二：

公歸無所，公歸不復，皆反詞。

明·駱日升《詩經正覺》卷四：

此章興其得見聖人，而因見盛服也。

明·陸化熙《詩通》卷一：

則説到信處信宿，已見悲端。末章直寫自己一片戀戀無已之意，而公之當歸彼不暇恤矣。

明·凌濛初《詩逆》卷：

信處與信宿一例，當自未然者言，俱就將迎時説。"是以"兩字根此，末二句一氣疊説，方見情之懇切處。此只模寫東人愛慕無極，不忍釋然之意，至于公之當歸，彼亦不及計也，

明·陸燧《詩筌》卷一：

魚有鱒又有魴，之子有衣又有裳，取兼備之意。

人物各有依歸，是皆必然之理也，故以爲興。

"是以"兩字根此，末二句一氣疊説，方見情之懇切處。

明·徐奮鵬《詩經尊朱删補》（《詩經鐸振》卷三）：

九罭之魚，鱒魴。我覯之子，袞衣繡裳。（興也。……首以大網所獲之魚，興見公所服之盛。）

鴻飛遵渚，公歸無所。於女信處。（興也。）

鴻飛遵陸，公歸不復。于女信宿。（興也。……以鴻之遵，興公之歸無所。）

明·顧夢麟《詩經説約》卷十：

九罭之魚，鱒魴。我遘之子，袞衣繡裳。

興也。

麟按：以鱒魴二魚，興衣裳二服，誇耀之詞也。

鴻飛遵渚，公歸無所。於女信處。

興也，

【疏義】人物各有依歸，是皆必然之理也，故以爲興。

【語類】鴻飛遵渚，公歸無所。鴻飛遵陸，公歸不復。飛、歸叶，是句腰，亦用韻，詩中亦有此體。

麟按：一句興一句，又一體也。第三句另説。

明·鄒之麟《詩經翼注講意》卷一：

末章"是以"二字提起，緊接上信處信宿來。

明·張次仲《待軒詩記》卷三：

九罭之魚，鱒（才損反）魴（音房）。我覯之子，袞衣繡裳。（興也。……時成王以命服迎周公，魯人僻陋未嘗見此，故以九罭自比，而爲此驚喜之語。想見一時人心，扶老攜幼，舉手加額，相顧誇詡之狀。）

鴻飛遵渚，公歸無所。於女信處。

鴻飛遵陸，公歸不復。於女信宿。（此二章，詩之所謂反興。……鴻不木栖，不于渚，則于陸。遵渚，自北而南，南多洲渚，是得其所也。故以興公歸不復。）

明·黃道周《詩經琅玕》卷三：

《九罭》全旨（曰于女信處信宿，見留相爲公之常，居東爲公之暫，又隱然若有願公之還者。雖留公之意惓惓，終非其本心也。當知風人意在言外。）

九罭之魚，鱒魴。我覯之子，袞衣繡裳。（興也。此章興其幸見聖人于東，而因見盛服也。……非常之網，則有鱒魴二魚，以興非常之人，則有衣裳二服，誇耀之詞也。）

鴻飛遵陸，公歸不復。於女信宿。（興也。此一章興周公所歸而不久于東也。興意二句止此，以人物各有所歸爲興。）

【剖明】黃維章曰："是以"二字提起，緊接上信處信宿來。直寫自己一片戀戀無已之意。……無以、無使一氣疊説。

明·錢天錫《詩牐》卷五：

其曰於汝信處信宿，見留相爲公之常，居東爲公之暫，又隱然若有願公之迎者。雖留公之意惓惓，終非其本心也。當知風人意在言外。

末章，只模寫東人愛慕無極，不忍釋然之意。至于公之當歸，彼亦不及計也。無以無使，一氣疊説。

明·何楷《詩經世本古義》卷十之上：

九罭之魚，鱒魴。我覯之子，袞衣繡裳。（興而比也。）

是以有袞衣兮，無以我公歸兮，無使我心悲兮。（"無以我公歸兮"一句，作一氣讀，上無字，略斷。）

明·黃文煥《詩經嫏嬛》卷三：

九罭（音域）之魚，鱒（音尊）魴。我覯之子，袞衣繡裳。

興其得見周公而因見盛服也。

鴻飛遵陸，公歸不復。於女信宿。

興意，二句止，俱以物之有所循，興公之有所歸。……此言其將歸，皆未然之詞，方接得下文"是以"字。

是以有袞衣兮，無以我公歸兮，無使我心悲兮。

"是以"句提起，緊接信處信宿句來。無以無使，一氣疊説。歸則不復來，亦

本留相王室説。（以上上格）

明·唐汝諤《毛詩蒙引》卷七：

許南台曰：其曰：於汝信處信宿，見留相爲公之常，居東爲公之暫，又隱然若有願公之迎者，雖留公之意惓惓，終非其本心也。當知風人意在言外。

設九罭之網而後得鱒魴，甚不易得也。興己何幸而得見此九章之服。

徐玄扈曰：想見一時人心，扶老攜幼，喜躍不勝，舉首加額，相顧誇詡之狀。

姚承庵曰：鴻之遵渚①遵陸，亦偶飛至此，興公信宿之意。

末章徐玄扈曰：此只模寫東人愛慕無極，不忍釋然之意。……無以無使，一氣叠説，方見情之懇切處。

明·楊廷麟《詩經聽月》卷五：

【章旨】重"無以我公歸"一句。首章之喜提起，壓下重一悲字，全要得他一片留公之情。

張壯采曰：其曰"于女信處信宿"，見留相爲公之常，居東爲公之暫，又隱然若有願公之迎者。雖留公之意惓惓，終非其本心也。當知風人意在言外。

陸羽明曰：末章直寫目已一片戀戀無已之意，而公之當歸彼不暇恤矣。

九罭之魚，鱒魴。我覯之子，袞衣繡裳。（興也。此章興其得見聖人，而因見盛服也。……非常之網，則有非常之魚，以興非常之人則有非常之服。）

【文法】余湛海擬"袞衣繡裳"一句題此，題要寫睹公之服，而顧念無窮意。當云天兵奪而此服之增光于廊廟者，久矣。今若不遺于荒辟之地，吾覯之子，而不勝光被之思矣。反側安而此服之覆庇于斯民者，多矣。今若不靳于耳目之常，吾覯之子而不勝瞻依之幸矣。要講得迫切。

鴻飛遵陸，公歸不復。於女信宿。（興也。……興意二句止此，以人物各有所歸爲興。此言其將歸，皆未然之詞，方接得下文"是以"字起，若作已然，則不止于信處信宿矣。）

明·萬時華《詩經偶箋》卷五：

設九罭之網，始得鱒魴，興己何幸得見袞衣九章之服。

鴻之遵渚遵陸，亦偶飛至此，興公信宿之意。

末章只寫東人愛留之意，至于公之當歸，彼亦不及計也。……無以無使一氣

---

① 原文爲"諸"，據上下文改。

叠説，方見其卷卷不忍舍之意。

明·陳組綬《詩經副墨》：

九罭之魚，鱒魴。我覯之子，衮衣繡裳。（興也。）

鴻飛遵渚，公歸無所。於女信處。（興也。）

鴻飛遵陸，公歸不復。於女信宿。（興也。）

是以有衮衣兮，無以我公歸兮，無使我心悲兮。（賦也。）

【章意】其曰"于女信處信宿"，見留相爲公之常，居東爲公之暫，又隱然若有願公之迎者。留公之意惓惓，終非其本心也。當知風人意在言外。　首章以不易得興不易見。

二三章以物之有所循，興公之有所歸。

公歸無所，公歸不復，是明知留相王室爲公之所，無復來理。而心不忍捨，則説到信處信宿，已見悲端。末章直寫自己一片戀戀無已之意，而公之當歸，彼不暇恤矣。

明·胡紹曾《詩經胡傳》卷五：

毛鄭意。首章興王迎周公，當以上公之禮。

明·范王孫《詩志》卷九：

此詩依《傳》作東人覿德而不能自釋之情，固無大味，有謂當意以上公禮迎周公者，意亦板實。愚意前三章猶以公之不得所言，諷王迎公，意只在末二句言處見之，詩情方淡遠可味。

若依朱《傳》而對言之者，則無如孫氏《詩揆》。《詩揆》曰："不欲公留者，爲國之公心也，不忍公去者，親德之私願也。故以推辭勸駕之心，翻爲攀轅卧轍之計，妙處全在末章。于苦留之中而幸公歸之心，隱言見於言處。"

又云：公歸不復，祝之也。公以一身繫天下安危，東人明知其必歸，明幸其歸而依依好德之誠，反言無以我公歸兮，意言恒立於不盡，此詩之所以妙也。

徐筆峒曰：詠公而始終以衣服言者，蓋周公遜居東土，衮衣其所不服。是時成王感悟，始以上公衮衣迎之，故東人始云"我覯之子"，謂必是衮衣繡裳之服也。而歸豈無所乎，歸寧不復相乎。惟其歸有所而復相，是以有衮衣兮，但以我公來歸，則吾人不得以遂常覯之願，無以我公歸而使我心悲方好也。此説雖佳，畢竟末二句無甚精神。

明·賀貽孫《詩觸》卷二：

遵渚遵陸，鴻之偶也，豈能久於渚陸哉。以興下文公將歸矣。……朱注"東人自相謂"五字最有情景。蓋公自宜歸，成王亦自宜迎公以歸，東人總不顧也。但相與低徊踟躕，不忍舍公，又不能留公，其繾綣無已之懷，俱於"自相謂"中見之。所謂私情也。四章用"是以"二字緊接。惟公於女信處於女信宿，是以東土偶有此袞衣之人，豈能遽舍。故又以下二句一氣疊去。公歸則我悲矣，無以公歸，無使我悲，猶冀王之不遽迎也。想似痴而情欲真，文似緊而意愈婉，妙不可言。時解謂周公鬱鬱，東人憤憤，大似代公作鳴冤錄，殊堪捧腹。

歸、飛二字，腰間插韻，女、處二字，隔字用韻，俱妙。

明·陳元亮《鑒湖詩說》卷一：

首章……興意，言有非常之網，則必有非常之魚，有非常之人，則必有非常之度。

東人只模寫己愛慕無已，不忍釋然，初不計及公之當歸與否，故苟得一宿再宿之留，以爲幸耳。

"是以"句提起，緊接"信處""信宿"來。"無以""無使"，一气叠說，懇切之情宛然。注中"且留"，並無"遽"字，極婉轉有味。

其曰"于女信處""信宿"，見留相爲公之常，居東爲公之暫，又隱然若有願公之迎者。雖留公之意惓惓，終非其本心也。當知風人意在言外。

清·朱鶴齡《詩經通義》卷五：

鴻飛遵渚，公歸無所。（朱子曰："飛、歸字是句腰，用韻，詩中有此格。"）于女信處。鴻飛遵陸，公歸不復。于女信宿。

首章，以魚網得魚，興周人喜得公而見之。

遵渚遵陸，以鴻之卑飛，興公之居東爲失所也。

末章承上言，公特信處信宿于彼，是以我得見此袞衣之服。……歐陽以末二句爲述東人留公語，則章法不完。

清·錢澄之《田間詩學》卷五：

鴻飛遵渚，公歸無所。于女信處。

朱子曰："此章飛、歸字是句腰，亦用韻，詩中亦有此體。"

清·張沐《詩經疏略》卷四：

是以有袞衣兮，無以我公歸兮，無使我心悲兮！

此總前意而言。

清·冉覲祖《詩經詳說》卷三十二：

九罭之魚，鱒魴。我覯之子，袞衣繡裳。

興也。

鄭箋：“設九罭之罟，乃後得鱒魴之魚，言取物各有器也。興者，喻王欲迎周公之來，當有其禮。”

孔疏：“王肅云：'以興下土小國不宜久留聖人。'《傳》意或然。”

【說約】以鱒魴二魚，興衣裳二服，誇耀之辭也。

【衍義】此章興其得見聖人，而因見盛服也。……非常之網，則有非常之魚，以興非常之人，則有非常之服。

鴻飛遵渚，（句。渚韻）公歸無所。（句，所韻）於女信處。（句，處韻）

興也。

鄭箋：“鴻，大鳥也，不宜與鳧鷖之屬飛而循渚，以喻周公今與凡人處東都之邑，失其所也。”

朱子曰：“此章飛、歸叶，是句腰，亦用韻，詩中亦有此體。” 按：腰韻之說不緊要。

【疏義】人物各有依歸，是必然之理也，故以為興。

【說約】一句興一句，又一體也。第三句另說。

【集解】“信”下便有悲端。

【衍義】興意二句止。此以人物各有所歸為興。……一說遵渚遵陸亦偶也，故以興公信宿之意，此又是真興至末矣。

鴻飛遵陸，公歸不復。於女信宿。

興也。

是以有袞衣兮，無以我公歸兮，無使我心悲兮。

賦也。承上二章言周公信處信宿於此，是以東方有此服袞衣之人。

【副墨】此只寫自己一片戀戀之情，而公之當歸與否，彼亦不暇計矣。

【集解】公之迎歸，東人未必不喜，只是想到迎歸後，必不能復來東土，不禁又起留戀深情耳。下語須有斟酌。

【指南】無以二句乃致願留之意，須一串說。

327

清・秦松齡《毛詩日箋》卷二：

九罭之魚，鱒魴。

九罭，諸家或以爲大網，或以爲小網。鱒魴，或以爲大魚，或以爲小魚，未有定説。程子曰："鱒魴，魚之美者。施九罭之網，則得鱒魴之魚。用隆厚之禮，則得聖賢。"其説平順。

是以有衮衣兮，無以我公歸兮，無使我心悲兮。

諸家多以爲東人欲留公之辭。夫居東，周公之不幸也。東人當以朝廷之失公爲憂，不當以東土之得公爲喜，故謂是東人留公者，未必然也。程子曰："此章祈反周公誠切之意。是以猶所以也。朝廷所以有衮衣之章，用尊禮聖賢。無以，以也。無以是服逆我公來歸，無使士民之心悲思也。"終當以此説爲正。

清・李光地《詩所》卷二：

九罭之魚，鱒魴。我覯之子，衮衣繡裳。

九罭，細網，乃有大魚。興下邑而得周公來臨，喜見衮衣繡裳之盛。

鴻飛遵渚，公歸無所。於女信處。

鴻飛遵陸，公歸不復。於女信宿。

渚陸非鴻所安，暫寄迹耳，故以興公居東不過信宿，非久當歸也。

清・祝文彦《詩經通解》：

首章　以非當之網而有非常之魚，興非常之人而有非常之服。

二三章　以物之有所循，興公之有所歸。

末章　"是以"二字緊接信宿信處來。兩"無"字正眷眷之意。

清・王鴻緒等《欽定詩經傳説彙纂》卷九：

九罭之魚，鱒魴。我覯之子，衮衣繡裳。

《集傳》："興也。"

集説：（朱氏公遷曰："九罭之魚，有鱒又有魴，之子之服，有衣又有裳，皆二者兼備之意，故以爲興。……"朱氏道行曰："以非常之魚不易網，興非常之人不易覯。"）

鴻飛遵渚，公歸無所。於女信處。

《集傳》："興也。"（朱子曰："二章飛、歸叶，是句腰，亦用韻，詩中亦有此體。"）

集説：黃氏一正曰：鴻順時而動，周公隨寓而安，故又以爲興也。

鴻飛遵陸，公歸不復。於女信宿。

《集傳》："興也。"

集說：姚氏舜牧曰："鴻子遵陸，亦偶飛至此，興公信宿之意。"

是以有袞衣兮，無以我公歸兮，無使我心悲兮。

《集傳》：賦也。承上二章言。

清·姚際恒《詩經通論》卷八：

九罭之魚，鱒魴。我覯之子，袞衣繡裳。（興也。）鴻飛遵渚，公歸無所。於女信處。（興也。）鴻飛遵陸，公歸不復。於女信宿。（興也。）是以有袞衣兮，無以我公歸兮，無使我心悲兮！（賦也。）（"是以"句旁有夾行小字：忽入急調，扳留情狀如見。）

首章以"九罭""鱒魴"爲興，追憶其始見也。二章三章以鴻遵渚陸爲興，見公歸將不復矣，暫時信處信宿于女耳。

清·嚴虞惇《讀詩質疑》卷十五：

鴻飛遵渚，公歸無所。於女信處。

興也。

鄭箋：鴻飛戾天，而今遵渚，喻周公處東都，失其所也。

鴻飛遵陸，公歸不復。於女信宿。

興也。

是以有袞衣兮，無以我公歸兮，無使我心悲兮。

賦也。

清·王心敬《豐川詩說》卷十一：

蓋王雖不諒公，而公終未忍忘王，往迎則必反。故東人悲公歸而朝廷不恤公去。詩所以嘆其不知也。而如篇中表公之盛德精忠，無絲毫怏怏懟王之情，則其辭義悲惻微婉矣。

（二章）又恐東人之欲留公也，則告之曰：周公之在周，譬如鴻之于渚，亦其所當在也。

清·姜文燦《詩經正解》卷十：

九罭（音域）之魚，鱒（音遵）魴。我覯之子，袞衣繡裳。

興也。

鴻飛遵渚。公歸無所。於女（音汝）信處。

興也。

鴻飛遵陸，公歸不復。於女信宿。

興也。

【析講】興意至二句止。人物各有依歸，此必然之理也。故以爲興。一説遵渚遵陸亦偶也，故以興公信宿之意，此又是直興至末矣。

麟士曰："一句興一句，又一體也。第三句另講，如《周南·麟趾》亦是。"朱子曰："此章飛、歸字是句腰，亦用韻，詩中亦有此體。"

是以有袞衣兮，無以我公歸兮，使我心悲兮。

賦也。承上二章言。

【析講】"是以"句提起，緊接信處信宿句來。下二句一串，二"無"字亦宜發揮，要發出願留之意。……吾亦知公留此，僅恩其一方已耳，公歸則所恩者爲生民統同之惠，然小人無遠識，但使公留而我不悲，即四海之悲若有所不關者耳。妙絶。

清·陸奎勳《陸堂詩學》卷五：

合袞衣章甫之歌而讀之，見大聖人過化之妙。

朱子《語録》云："此東人願留之詩，豈不甚明白。止緣①《序》有'刺朝廷不知'句，後之説詩者委曲附會，費多少辭語，到底鶻突。自看來，直是盡得聖人之心。"愚謂：説之當者，雖起詩人于九原而質之不惑，豈獨《九罭》一詩爲然哉。

鱒魴，大魚，而處九囊小網，喻周公聖人乃留滯于東方，非其宜也。鴻宜高飛，遵渚遵陸，亦喻失所。東人願公之留，而預知其不能留，立言曲折，耐人含咀。

《語録》又云："'鴻飛遵渚，公歸無所'，'鴻飛遵陸，公歸不復'，飛、歸恊，句腰亦用韻，詩中自有此體。"

清·黄夢白、陳曾《詩經廣大全》卷九：

九罭之魚，鱒魴。我覯之子，袞衣繡裳。

興也。……以喜于得魚，興喜于見公。（王服袞，公亦服袞。王九章，公亦九章。以此爲興。）

———

① 緣，原文誤作"緑"，據上下文改。

鴻飛遵渚，公歸無所。於女信處。

興也。以人物各有所歸爲興。一句興一句，又一體也。第三句另說。

鴻飛遵陸，公歸不復。於女信宿。

興也。

清·張叙《詩貫》卷五：

九罭之魚，鱒魴。我覯之子，衮衣繡裳。

以九罭細網而得鱒魴之大魚，興東方下國而見衮衣繡裳之大聖也。

鴻飛遵渚，公歸無所。於女信處。

鴻飛遵陸，公歸不復。於女信宿。

渚陸非鴻所安，暫寄迹耳。故以興公居東不過信宿於斯而已。

清·汪紱《詩經詮義》卷四：

是以有衮衣兮，無以我公歸兮，無使我心悲兮。

衮衣跟首章而言。然直當聖人二字看。……此詩以朱《傳》之意讀之，何等平易婉摯。以舊說之解讀之，何等艱澀勉強。故朱子自言某嘗謂去後千百年，須有人知此意，自看來，直是盡得古人之心也。

清·鄒聖脈《詩經備旨》卷三：

"是以"二字緊承信處信宿來。兩"無"字正眷眷之意。

清·牛運震《詩志》卷二：

鴻飛遵渚，公歸無所。於女信處。

似矜似妬，正深幸之語意，甚妙。

鴻飛遵陸，公歸不復。於女信宿。

是以有衮衣兮，無以我公歸兮，無使我心悲兮。

"是以"二字緊承信處信宿，老橫之極。　一氣捲下，却自曲折纏綿。　分明諷朝廷歸公，却說無以公歸，善用翻筆，委曲入妙。

末章收括上三節，結構甚妙。

劉始興《詩益》卷三：

九罭之魚，鱒魴。我覯之子，衮衣繡裳。

興也。九罭鱒魴，興己之得見周公也。

鴻飛遵渚，公歸無所。於女信處。

此下三章，復承首章，言今日所以得見周公之故，而道其願留之意也。……

鴻雖水鳥，然飛則宜戾天矣，渚非所宜止。喻周公居東之不得其所也，故以爲興。

　　是以有袞衣兮，無以我公歸兮，無使我心悲兮。

　　賦也。末章終前二章"公歸無所，公歸不復"之意。

清·顧鎮《虞東學詩》卷五：

　　蓋鱒魴，美魚。宜入九罭之網，興之子盛德宜服袞繡之衣。（《箋》義）……無以我公歸，無使我心悲，寫出東人臥轍攀轅，抵死不放之狀。

清·羅典《凝園讀詩管見》卷五：

　　九罭之魚，鱒魴。我覯之子，袞衣繡裳。

　　【管見】"九罭之魚，鱒魴"，喻武庚也。

　　鴻飛遵渚，公歸無所。於女信處。

　　鴻飛遵陸，公歸不復。于女信宿。

　　【管見】上章以魚喻武庚，此二章以鴻興周公。

清·汪梧鳳《詩學女爲》卷十五：

　　陸奎勳曰："鱒魴，大魚，而處九罭小網，喻周公聖人，乃留滯於東方。鴻宜高飛，遵渚遵陸，亦喻失所，蓋東人願公之留，而預知其必不能留也。"

清·段玉裁《毛詩故訓傳定本》卷十五：

　　"九罭之魚，鱒魴"，興也。

清·姜炳璋《詩序補義》卷十三：

　　三復《集傳》，字字當以金鑄。

　　二章：南方多洲渚，遵渚，鴻之來賓時也，以喻周公來于東土。

　　三章：以鴻之北歸，興公之西歸。上章言遵渚，是喻其來。……此章言遵陸，是喻其去。

　　四章：是作詩主意。

清·牟應震《詩問》卷三：

　　九罭之魚，鱒魴。我覯之子，袞衣繡裳。

　　鱒魴，小魚，而身有文采，喻袞繡。魚在網，喻不能有爲也。

　　鴻飛遵渚，公歸無所。於女信處。

　　鴻喻公。遵渚喻居幽無所，言公失位也。

　　鴻飛遵陸，公歸不復。於女信宿。

　　遵陸，喻歸周。

清·牟庭《詩切》：

鴻飛遵渚，公歸無所。於女信處。

余按：鴻者，水鳥，下集則在於水渚，上飛則在於山陸，故詩人以興周公隱見之致也。遵渚，喻居幽也。

鴻飛遵陸，公歸不復。於女信宿。

余按：遵陸，喻歸周也。

清·劉沅《詩經恒解》卷二：

九罭之魚，鱒魴。我覯之子，袞衣繡裳。（比也。……周公平殷亂，留撫殷民。殷之賢者喜而曰：九罭所得之魚至美，不過鱒魴而已，喻平日所見不過如此，）鴻飛遵渚，公歸無所。於女信處。（比也。）鴻飛遵陸，公歸不復。於女信宿。（比也。）是以有袞衣兮，無以我公歸兮，無使我心悲兮。（賦也。）

清·徐華嶽《詩故考異》卷十五：

九罭之魚，鱒魴。我覯之子，袞衣繡裳。

《傳》："興也。"

《箋》："興者，喻王欲迎周公之來，當有其禮。"

鴻飛遵渚，公歸無所。於女信處。

《傳》："鴻不宜循渚也。"（《正義》："王肅云：'以喻周公大聖，有定命之功，不宜久處下土，而不見禮迎。'"）

《箋》："鴻，大鳥也，不宜與鳧鷖之屬飛而循渚，以喻周公今與凡人處東都之邑，失其所也。"

清·胡承珙《毛詩後箋》卷十五：

九罭之魚，鱒魴。《傳》："興也。"……《箋》云："設九罭之罟，乃後得鱒魴之魚，言取物各有器也。興者，喻王欲迎周公之來，當有其禮。"《箋》解網之與魚大小，不異於《傳》，但不取大小為喻耳。承珙案：此疏非是。玩《箋》意，是謂鱒魴大魚，當以大網，故言物各有器，非小網大魚之謂，意實與毛異也。

清·馬瑞辰《毛詩傳箋通釋》卷十六：

九罭之魚，鱒魴。《傳》："興也。"……《箋》："設九罭之罟，乃後得鱒魴之魚，言取物各有器也。興者，喻王欲速周公之來，當有其禮。"（瑞辰）按：……《詩》以小網不可得大魚，喻朝廷之不知周公，處之不得其所，與下二章以鴻之遵陸遵渚興周公之失所，取義正同。

清·林伯桐《毛詩通考》卷十五：

九罭，《傳》意以小網不宜處大魚，喻東方小邑不宜處周公，是以欲見周公，當服袞衣繡裳以往。詞意甚順。《箋》云：言取物各有器也。則是以九罭當得鱒魴，全非毛意。又云：王迎周公，當以上公之服往見之。迎公專以衣服言，亦偏而不舉矣。

次章，《傳》以鴻是大鳥，不宜飛而循渚，以喻周公，聖人，不宜久留東方。詞意俱順。《箋》云：以喻周公與凡人處東都，失其所。夫凡人無處無之，豈專在東都乎。

清·徐璈《詩經廣詁》：

九罭之魚。

璈按：取鰕而得鱒魴，以興小國而居大臣，意出望外矣。

王肅曰："以興下土小國不宜久留聖人。"（《正義》）

清·馮登府《三家詩遺說》卷四：

《毛傳》："緵罟，小魚之網。"亦韓說爲長，喻小國而見大臣。

清·李詒經《詩經蠹簡》卷二：

正直贊美不妙，故就其彼此告語之情狀以立言。

清·李允升《詩義旁通》卷五：

鄭《箋》："設九罭之罟，乃後得鱒魴之魚，喻王欲迎周公，當有其體。鴻，大鳥，不宜與鳧鷖之屬飛而循渚，以喻周公今與凡人處東都之邑，失其所也。"

清·陳奐《詩毛氏傳疏》卷十五：

九罭之魚，鱒魴。

《傳》："興也。"

我覯之子。袞衣繡裳。

【疏】鱒魴之大魚，不宜居小魚之網，猶下文云鴻，大鳥，不宜循渚陸。鱒魴與鴻，皆以喻周公也。王肅云：以興下土小國不宜久留聖人。是其義矣。

鴻飛遵渚。公歸無所。於女信處。（鴻以喻周公也。）

清·潘克溥《詩經說鈴》卷六：

《詩志》：此詩依《傳》作東人觀德而不能自釋之情，固無大味，有謂王當以上公禮迎公者，意亦板。愚謂：前三章以公之不得所，言諷王迎公，意在末二句，言外詩情方淡遠。

清·顧廣譽《學詩詳説》卷十五：

《傳》："九罭，緵罟，小魚之網也。""鱒魴，大魚也。"《箋》："設九罭之罟，乃後得鱒魴之魚，言取物各有器也。"案：毛爲反興，鄭爲正興，以經文推之，鄭義較順，故諸儒多從鄭。嚴氏謂：設九罭之常網，則僅可以得鱒魴之常魚，喻常禮非所以處周公也，故我覯之子周公，當用龍衮之衣，及絺繡之裳，上公禮服往逆之。此亦反興，而義更名通，當爲正解。

《伐柯》之體直，《九罭》之體曲。

清·沈鎬《毛詩傳箋異義解》卷五：

九罭之魚，鱒魴。

《傳》："興也。……興者，喻王欲迎周公之來，當有其體。王肅云：下土小國不宜久留聖人。"鎬案：蓋九罭爲數罟，以九罭而得鱒魴，則出於意外，以喻東土不宜居周公，而成王不知反之。

清·方宗誠《説詩章義》中：

《九罭》四章，末章長言詠嘆，最有神味。

清·鄧翔《詩經繹參》卷二：

九罭，喻九章之服。韓文公以禮爲羅句從此化出。

末章第一句承首章意，第二句承次三章意，末句另篇□意。（以上頁眉）

清·龍起濤《毛詩補正》卷十四：

九罭之魚，鱒魴。我覯之子，衮衣繡裳。

【毛】興也。

【補】王肅曰："興下土小國不宜久留聖人。"（案：此以鱒魴興周公，以九罭喻下土小國。）

清·吕調陽《詩序議》卷二：

案：鱒魴在九罭之網，興之子服九章之衣。

清·梁中孚《詩經精義集鈔》卷二：

九罭之魚，鱒魴。我覯之子，衮衣繡裳。（興也）

朱氏道行曰："以非常之魚不易網，興非常之人不易覯。"

鴻飛遵陸，公歸不復。於女信宿。（興也）

姚氏舜牧曰："鴻之遵陸，亦偶飛至此，興公信宿之意。"

清·王先謙《詩三家義集疏》卷十三：

是以有袞衣兮，無以我公歸兮。愚案：言袞衣不言繡裳者，省文以成句也。

民國·王闓運《詩傳補》：

《九罭》，美周公也。（補曰：亦美公以諷朝廷。）周大夫刺朝廷之不知也。

九罭之魚，鱒魴。（興也。九罭，緵罟，小魚之網也。鱒魴，大魚也。《箋》云：設九罭之罟，乃後得鱒魴之魚，言取物各有器也。興者，喻王欲迎周公之來，當有其禮。　補曰：魴，鮒俎，實喻管蔡、周公，一善一惡，而朝廷拘文法，俱出之於外。）

鴻飛遵渚。（《箋》云："鴻，大鳥也，不宜與鳧鷖之屬飛而循渚，以喻周公今與凡人處東都之邑，失其所也。"　補曰：今以飛而循渚，喻公歸幽乃避流言而來。）公歸無所，於女信處。

鴻飛遵陸。（補曰：鴻循陸，漸去水，將遠飛也。喻公在東都，亦將謀退遠朝廷。）

民國·馬其昶《詩毛氏學》卷十五：

鴻飛遵渚，公歸無所。於女信處。

（鄭曰："鴻，大鳥也，不宜與鷖鳧之屬飛而循渚，以喻周公處東都之邑，失其所也。"）周公未得禮也。（昶按："公歸無所"，"公歸不復"，皆倒文，言公以禮爲進退，未得禮，故公無所歸，而於女東土久處。公不復歸，而於女東土久宿。周大夫言此以諷朝廷之不知，可謂婉切矣。）

民國·李九華《毛詩評注》：

九罭之魚，鱒魴。我覯之子，袞衣繡裳。

魴、裳韻。（《傳注》）

【注】九罭，緵罟也，小魚之網也。鱒魴，大魚。興下土小國不宜久留聖人。……以密網而得嘉魚，興東人得見周公也。（《傳注》）

鴻飛遵渚，公歸無所。於女信處。

【注】鴻不宜循渚，大鳥不宜與鷖鳧同飛循，喻周公居東都，爲失所也。（《毛傳》、鄭《箋》）

【評】於女信處，東人自相謂也。似矜似妒，正深幸之，語意甚妙。（《詩志》）

是以有袞衣兮，無以我公歸兮，無使我心悲兮。

【評】"是以"二字，緊承信處信宿，老橫之至。　一氣捲下，却自曲折纏

綿。　分明諷朝廷歸公，却説無以公歸。此《詩》之工於立言處。（《詩志》）

《九罭》四章，一章四句，三章章三句。（興也）

【總評】末章收括上三章，結構甚妙。（《詩志》）

民國·焦琳《詩蠲》卷四：

鴻飛遵陸，公歸不復。於女信宿。

蠲曰：次章言歸期之已迫，三章言後會之無期，雖暫時信處信宿，不勝別恨之銷魂，以動下章心悲也。而舊解不知各章所以聯絡貫注之意，而好作了語，使詩意迷離惝怳，斷續無情，甚至謂鴻之遵渚爲不得所，遵陸爲非所宜。夫鴻之飛也，南下衡山之陽，北超紫塞之外，遵子①又非止集之辭，此其行程，何所不歷，安見其不得所，非所宜哉。其强詩文就已意有如此者。

是以有袞衣兮，無以我公歸兮，無使我心悲兮。

使袞衣即是袞衣，則無諭前乎此後乎此未必不有，即終古不有，亦何足羨慕。若袞衣如首章所云也，則此有真千載之嘉會，且忽有而未竟所有，更没世之遺憾矣。故"無以我公歸兮，無使我心悲兮"，詳"無"字"我"字之神，如孤兒之別母，欲牽衣頓足而攔道也。然亦必將讀次章三章之心目留到此時，方得見之。若看得一章止是一章，亦莫由喻也。譬之長蛇，惟首尾一體，故得活，若中斷之，截截皆是死者。

民國·吴闓生《詩義會通》卷一：

是以有袞衣兮，無以我公歸兮，無使我心悲兮。

闓生案：末章舊評云：接得超忽，音節絶佳。

日本·中村之欽《筆記詩集傳》卷五：

首章，非常之網則有非常之魚，以興非常之人則有非常之服。袞衣繡裳亦不甚重，重得見其人上。《説約》云：以鱒魴二魚興衣裳二服，誇耀之詞也。

《娜嫟》云：二章三章俱以物之有所循，興公之有所歸，謂必相王室也。

日本·岡白駒《毛詩補義》卷五：

【二章】鴻飛遵渚，亦喻周公之不得其所也。

日本·赤松弘《詩經述》卷四：

鴻飛遵渚，公歸無所。於女信處。

---

① 子，或爲"字"之誤。

言鴻鳥大者，宜在洲之大者，今特在小渚矣。以興周公之居東，非其所宜也。

日本·皆川願《詩經繹解》卷七：

九罭之魚，鱒魴。（鱒魴，喻中有命存也。）我覯之子，衮衣繡裳。（衮衣繡裳，喻意亦與前"籩豆有踐"之此章同旨。）

鴻飛遵渚，（鴻，喻二雅之文德。此渚與下陸，並喻其心不存記國風之義者，蓋存記國風之義者，其地位高比君子矣，若失忘之，則地位卑比小人，故以諸臣爲喻也。）

日本·冢田虎《冢注毛詩》卷八：

九罭之魚，鱒魴。（設九罭之網，乃得鱒魴之魚，以爲衮衣繡裳，覯是子之興。）

鴻飛遵渚，（今飛循渚而集，以爲周公來居東土之興。）

日本·仁井田好古《毛詩補傳》卷十五：

九罭之魚，鱒魴。我覯之子，衮衣繡裳。（興也。……【補】王肅曰：小網大魚，以興下土小國不宜久留聖人。）

鴻飛遵渚，公歸無所。於女信處。（【補】好古曰：比也。程頤曰：鴻飛戾天者，今乃遵渚，以喻周公之不得其所也。）

鴻飛遵陸，公歸不復。於女信宿。（【補】好古曰：比也。）

日本·金濟民《詩傳纂要》卷二：

《語類》："鴻飛，鴻皈，飛、皈叶，是句腰，亦用韻，《詩》中亦有此体。"朱氏曰："人物各有依皈，是皆必然之理也。故以爲興。"顧氏曰："一句興一句，又一体也。第三句別説。"

日本·岡井鼎《詩疑》：

郝敬云："九罭以比天子羅致大臣。"

鼎按：首章言漁人以九罭捕鱒魴，以興成王以冕服迎周公，蓋以禮爲羅之意。

朱子云："此章飛、歸字是句腰，亦用韻，《詩》中亦有此體也。"

鼎按："是以"二字緊承上"無所""不復"字，言公歸將復舊位而留王朝，是以有此持衮衣而來迎者。

日本·竹添光鴻《毛詩會箋》卷一：

九罭之魚，鱒魴。（興也。）我覯之子，衮衣繡裳。（《箋》曰：比也。九罭，數罟也。鱒魴，名魚也。以比周公盛德而來留下國焉。）

鴻飛遵渚，公歸無所。於女信處。（箋曰：比也。受上而詠水景。……朱子曰："二章飛、歸叶，是句腰，亦用韻，《詩》中亦有此體。"）

鴻飛遵陸，公歸不復。於女信宿。

（箋曰："公歸"二字亦須讀斷，謂公本應歸，而不得所以反之道，乃與上無所一列。）

是以有袞衣兮，無以我公歸兮，（無與公歸之道也）無使我心悲兮。（箋曰：是以二字，緊承上信處、信宿來，言是以東土偶有此袞衣之人而幸見之，既有袞衣之人，豈能遽舍，故又以下二句一氣疊去。公歸則我悲矣，無以公歸，無使我悲，猶冀王之不遽迎也，想似癡而情愈真，文似緊而意愈婉。二章三章，又致其挽留之意。夫欲迎公者，爲國之公心，不忍公去者，亦親德之私願，故以推轂勸駕之思，翻作攀轅臥轍之語，妙處全在末章。若留公而願公之歸者，隱然言外。胡承珙曰：此詩首尾兩言袞衣，毛於"袞衣繡裳"傳云：所以見周公也，末章傳云：無與公歸之道也，二語正相應。言袞衣固爲見公之服，然王無迎之之禮，是以有此袞衣。而終無與公歸之道，能無使我心悲乎。蓋即首章袞衣之語，又推進一層。《傳》文雖簡質，然讀"無以"之"以"爲與，又於公歸增"之道"二字，其意已明。毛蓋謂"是以"二字緊承上二章公歸無所，公歸不復來。無所、不復，正言無與公歸之道，故以"是以"二字直接，言雖有其服而無其道也，此説蓋得毛旨。然從毛則第二句不與上句緊接，而末句作反語，亦文勢不順，故今不從。）

韓國·李瀷《詩經疾書》：

網至於九罭，雖鱒魴之美，亦爲所罹，喻讒口之多，聖人不免也。

韓國·丁若鏞《詩經講義》卷六：

（臣）對曰：（臣）又思之，九罭，密①網也，網密則大魚亦罹，以比讒巧則聖人不免也。

韓國·沈大允《詩經集傳辨正》：

鴻飛遵渚，公歸無所。於女（音汝）信處。

興也。鴻飛遵渚，以興公之居洛，然後可以有爲也。

韓國·尹廷琦《詩經講義續集》：

姑且於女東而信宿，則非久當西歸也。既曰遵渚遵陸，則公之已發，行而遵

---

① 密，原文爲蜜，據上下文改。

歸路也。結之以於女信宿，則公之尚在東土也，蓋以鴻遵渚陸，以聖人之時義而言之，謂將西歸遵路也，非以已發歸而言也。詩之取比立詞，先主時義，此當活看。

韓國·朴文鎬《楓山記聞録·經説·毛詩》：

我遘之子，上篇則比也，下篇則賦也，注遇事而各解之。（豐求）

末章復以首章衮衣結之，此與後世作文之法略同。亦《詩》之一例也。（洎衡）

韓國·朴文鎬《詩集傳詳説》卷六：

九罭（音域）之魚，鱒（才損反）魴（音房）。我覯之子，衮（古本反）衣繡裳。

九罭之網，則有鱒魴之魚矣，（二字爲一句，《詩》中罕例也。）我覯之子，（上下句文勢雖殊，"之"字則亦相應。）則見其衮衣繡裳之服矣。（周公之居東，公之不幸，而東人之幸也。）

鴻飛遵渚，公歸無所。於女（音汝）信處。

朱子曰：此章飛歸字是句腰，亦用韻。《詩》中亦有此體。按：女字亦然。蓋《麟趾》詩"振"字亦近於此體云。

李雷東按：

1. 《毛詩故訓傳》在"九罭之魚，鱒魴"一句後注曰："興也。"（《毛詩正義》卷八）

2. 宋·范處義《詩補傳》（卷十五）認爲是詩前三章皆比而賦之，後一章賦也。

3. 宋·朱熹《詩經集傳》（卷八）認爲此詩前三章爲興，末一章爲賦。

4. 宋·吕祖謙："凡詩之體，初言者本意也，再言者，協韻也。於女信處，本意也。於女信宿，協韻也。（詩亦有初淺後深，初緩後急者，然大率後章多是協韻。"（《吕氏家塾讀詩記》卷十六））

5. 元·劉瑾："此章飛、歸字是句腰，亦用韻，《詩》中亦有此體。"（《詩傳通釋》卷八）

6. 元·劉玉汝："在東托興於罭魚，將歸則托興於渚鴻，興有隱然相涉者，此類可見。"（《詩纘緒》卷八）

7. 明·梁寅："因鴻飛起興，言公去而不留也。"(《詩演義》卷八)

8. 明·黃佐《詩經通解》卷八認爲首章"九罭之魚，有鱒又有魴，之子之服，有衣又有裳。皆二者兼備之意，故以爲興。"又認爲二章"此只興至'無所'，以人物各有所爲興。"有認爲三章"以人物各不復爲興。"

9. 明·顧起元："'是以'句提起，緊接信處信宿句來，'無以''無使'一氣疊説。"(《詩經金丹》卷三)

10. 明·曹學佺："公歸無所，公歸不復，皆反詞。"(《詩經剖疑》卷十二)

11. 明·陸化熙："則説到信處信宿，已見悲端。末章直寫自己一片戀戀無已之意，而公之當歸彼不暇恤矣。"(《詩通》卷一)

12. 明·凌濛初："'是以'兩字根此，末二句一氣疊説，方見情之懇切處。此只模寫東人愛慕無極，不忍釋然之意，至于公之當歸，彼亦不及計也。"(《詩逆》)

13. 明·顧夢麟《詩經説約》卷十認爲首章"以鱒魴二魚，興衣裳二服，誇耀之詞也。"又認爲二章"一句興一句，又一體也。第三句另説。"

14. 明·何楷《詩經世本古義》卷十之上認爲首章興而比也。

15. 明·楊廷麟："重'無以我公歸'一句。首章之喜提起，壓下重一悲字，全要得他一片留公之情。"(《詩經聽月》卷五)

16. 明·范王孫："愚意前三章猶以公之不得所言，諷王迎公，意只在末二句言外見之，詩情方淡遠可味。"(《詩志》卷九)

17. 明·范王孫："妙處全在末章。于苦留之中而幸公歸之心，隱言見于言外。"(《詩志》卷九)

18. 明·范王孫："公歸不復，祝之也。公以一身繫天下安危，東人明知其必歸，明幸其歸而依依好德之誠，反言無以我公歸兮，意言恒立于不盡，此詩之所以妙也。"(《詩志》卷九)

19. 明·賀貽孫："想似癡而情欲真，文似緊而意愈婉，妙不可言。時解謂周公鬱鬱，東人憤憤，大似代公作鳴冤録，殊堪捧腹。"(《詩觸》卷二)

20. 清·冉覲祖："'信'下便有悲端。"(《詩經詳説》卷三十二)

21. 清·姚際恒："忽入急調，扳留情狀如見。"(《詩經通論》卷八"是以"句旁夾行小字)

22. 清·王心敬："如篇中表公之盛德精忠，無絲毫怏怏懟王之情，則其辭義悲惻微婉矣。"(《豐川詩説》卷十一)

23. 清·陸奎勳："合袞衣章甫之歌而讀之，見大聖人過化之妙。"（《陸堂詩學》卷五）

24. 清·顧鎮："無以我公歸，無使我心悲，寫出東人臥轍攀轅，抵死不放之狀。"（《虞東學詩》卷五）

25. 清·劉沅《詩經恒解》卷二認爲前三章爲比，末一章爲賦。

26. 清·李詒經："正直贊美不妙，故就其彼此告語之情狀以立言。"（《詩經蠹簡》卷二）

27. 清·顧廣譽："《伐柯》之體直，《九罭》之體曲。"（《學詩詳說》卷十五）

28. 清·方宗誠："《九罭》四章，末章長言詠嘆，最有神味。"（《說詩章義》中）

29. 清·鄧翔："九罭，喻九章之服。韓文公以禮爲羅句從此化出。"（《詩經繹參》卷二）

30. 民國·馬其昶："'公歸無所'，'公歸不復'，皆倒文。"（《詩毛氏學》卷十五）

31. 民國·焦琳："次章言歸期之已迫，三章言後會之無期，雖暫時信處信宿，不勝別恨之銷魂，以動下章心悲也。"（《詩蠲》卷四）

32. 民國·焦琳："詳'無'字'我'字之神，如孤兒之別母，欲牽衣頓足而攔道也。"（《詩蠲》卷四）

33. 民國·吳闓生："末章舊評云：接得超忽，音節絕佳。"（《詩義會通》卷一）

34. 日本·仁井田好古《毛詩補傳》卷十五認爲首章爲興，中二章爲比。

35. 日本·竹添光鴻《毛詩會箋》卷八認爲"九罭之魚，鱒魴"爲興，"我覯之子，袞衣繡裳"爲比。

36. 明·戴君恩《讀風臆評》（陳繼揆《讀風臆補》卷下）：

九罭之魚，鱒魴。我覯之子，袞衣繡裳。

鴻飛遵渚，公歸無所。於女信處。　鴻飛遵陸，公歸不復。於女信宿。（頁眉：何等安慰。　妙在純是一片私情）

是以有袞衣兮，無以我公歸兮，無使我心悲兮。（頁眉：不作實語看，乃知此語之妙。）

信處信宿，明知公之必歸，明知公歸之爲大義，却説無以我公歸兮，無使我心悲兮，正詩之巧於寫其愛處，真奇真奇。

"無以我公歸兮"，詩人言語之妙如此，"不學詩無以言"，信夫。

章法句法字法俱妙。中二章飛字歸字句腰，亦用韻，又是一體。

37. 清·牛運震《詩志》卷二：

鴻飛遵渚，公歸無所。於女信處。

似矜似妬，正深幸之語意，甚妙。

鴻飛遵陸，公歸不復。於女信宿。

是以有袞衣兮，無以我公歸兮，無使我心悲兮。

"是以"二字緊承信處信宿，老橫之極。 一氣捲下，却自曲折纏綿。 分明諷朝廷歸公，却說無以公歸，善用翻筆，委曲入妙。

末章收括上三節，結構甚妙。

附　錄

彙纂所錄文獻版本目錄

中國

1. 漢·毛亨傳，鄭玄 箋，唐·陸德明 音義，唐·孔穎達 疏《毛詩注疏》明汲古閣毛氏本
2. 宋·歐陽修《詩本義》宋吳縣潘氏滂憙齋藏宋刊本
3. 宋·蘇轍《詩集傳》宋淳熙七年蘇詡筠州公使庫刻本
4. 宋·蔡卞《毛詩名物解》文淵閣四庫全書本
5. 宋·李樗、黃櫄 解，宋·呂祖謙 釋音《毛詩李黃集解》文淵閣四庫全書本
6. 宋·范處義《詩補傳》文淵閣四庫全書本
7. 宋·王質《詩總聞》文淵閣四庫全書本
8. 宋·朱熹《詩集傳》四部叢刊三編本
9. 宋·朱熹《詩序辨說》明崇禎毛氏汲古閣刻本
10. 宋·呂祖謙《呂氏家塾讀詩記》常熟瞿氏鐵琴銅劍樓藏宋刊本
11. 宋·楊簡《慈湖詩傳》文淵閣四庫全書本
12. 宋·林岊《毛詩講義》文淵閣四庫全書本
13. 宋·輔廣《詩童子問》文淵閣四庫全書本
14. 宋·魏了翁《毛詩要義》宋淳祐十二年徽州刻本
15. 宋·嚴粲《詩緝》清味經堂刻本

16. 宋·戴溪《續呂氏家塾讀詩記》文淵閣四庫全書本
17. 宋·朱鑑《詩傳遺說》文淵閣四庫全書本
18. 元·胡一桂《詩集傳附錄纂疏》元泰定四年翠巖精舍刻本
19. 元·劉瑾《詩傳通釋》文淵閣四庫全書本
20. 元·梁益《詩傳旁通》文淵閣四庫全書本
21. 元·許謙《詩集傳名物鈔》通志堂經解本
22. 元·朱公遷《詩經疏義會通》文淵閣四庫全書本
23. 明·朱善《詩解頤》文淵閣四庫全書本
24. 元·劉玉汝《詩纘緒》文淵閣四庫全書本
25. 明·梁寅《詩演義》文淵閣四庫全書本
26. 明·胡廣等《詩傳大全》文淵閣四庫全書本
27. 明·呂柟《涇野先生毛詩說序》明嘉靖三十二年謝少南刻涇野先生五經說本
28. 明·季本《詩說解頤》文淵閣四庫全書本
29. 明·黃佐《詩經通解》明嘉靖辛酉刻本
30. 明·鄒泉《新刻七進士詩經折衷講意》明萬曆刻本
31. 明·豐坊《魯詩世學》清鈔本
32. 明·戴君恩《讀風臆評》載清陳繼揆《讀風臆補》清光緒六年寧郡述古堂刻本
33. 明·李資乾《詩經傳注》明刻本
34. 明·許天贈《詩經正義》明萬曆刻本
35. 明·顧起元《詩經金丹》日本內閣文庫藏明刊本
36. 明·江環《詩經鐸振》明刻本
37. 明·方從哲等《禮部訂正詩經正式講意合注篇》明刻本
38. 明·郝敬《毛詩原解》萬曆郝千秋郝千石刻九部經解本
39. 明·馮復京《六家詩名物疏》文淵閣四庫全書本
40. 明·馮時可《詩臆》明刻本
41. 明·徐光啓《毛詩六貼講意》明萬曆四十五年金陵書林廣慶堂唐振吾刻本
42. 明·姚舜牧《重訂詩經疑問》文淵閣四庫全書本
43. 明·沈守正《詩經說通》明萬曆四十三年刻本

44. 明・朱謀㙔《詩故》文淵閣四庫全書本

45. 明・曹學佺《詩經剖疑》明末刻本

46. 明・駱日升《詩經正覺》日本内閣文庫藏明刻本

47. 明・陸燧《詩筌》明虎闕堂本

48. 明・凌化熙《詩通》明書林李少泉刻本

49. 明・凌濛初《詩逆》四庫全書存目叢書本

50. 明・徐奮鵬《詩經尊朱删補》（《詩經鐸振》）明萬曆刻本

51. 明・顧夢麟《詩經説約》明崇禎織簾居刻本

52. 明・鄒之麟《新鎸鄒臣虎先生詩經翼注講意》明刻本

53. 明・張次仲《待軒詩記》文淵閣四庫全書本

54. 明・黄道周《詩經琅玕》日本内閣文庫藏明刻本

55. 明・錢天錫《詩牖》明天啓五年刻本

56. 明・何楷《詩經世本古義》文淵閣四庫全書本

57. 明・黄文焕《詩經嫏嬛》日本内閣文庫藏明刻本

58. 明・唐汝諤《毛詩蒙引》和刻本

59. 明・毛晉《毛詩陸疏廣要》文淵閣四庫全書本

60. 明・楊廷麟《詩經聽月》明刻本

61. 明・萬時華《詩經偶箋》明崇禎六年李泰刻本

62. 明・陳組綬《詩經副墨》四庫全書存目叢書本

63. 明・朱朝瑛《讀詩略記》文淵閣四庫全書本

64. 明・胡紹曾《詩經胡傳》明崇禎十六年胡氏春煦堂刻本

65. 明・范王孫《詩志》明末刻本

66. 明・賀貽孫《詩觸》清咸豐敕書樓刻水田居全集本

67. 明・陳元亮《鑒湖詩説》明刻本

68. 清・朱鶴齡《詩經通義》文淵閣四庫全書本

69. 清・錢澄之《田間詩學》文淵閣四庫全書本

70. 清・張沐《詩經疏略》清康熙十四年至四十年菁蔡張氏刻五經四書疏略本

71. 清・陳啓源《毛詩稽古編》清經解本

72. 清・冉覲祖《詩經詳説》清光緒七年大梁書局刻五經詳説本

73. 清·秦松齡《毛詩日箋》清康熙尊賢堂刻本
74. 清·李光地《詩所》文淵閣四庫全書本
75. 清·祝文彥《詩經通解》日本內閣文庫藏本
76. 清·王鴻緒等《欽定詩經傳說彙纂》文淵閣四庫全書本
77. 清·姚際恒《詩經通論》道光十七年鐵琴山館刻本
78. 清·嚴虞惇《讀詩質疑》文淵閣四庫全書本
79. 清·王心敬《豐川詩說》清刻本
80. 清·李塨《詩經傳注》清道光二十四年刻本
81. 清·姜文燦《詩經正解》清康熙二十三年深柳堂刻本
82. 清·陳大章《詩傳名物集覽》文淵閣四庫全書本
83. 清·陸奎勳《陸堂詩學》康熙五十三年陸氏小瀛山閣刻本
84. 清·黃中松《詩疑辨證》文淵閣四庫全書本
85. 清·姜兆錫《詩傳述蘊》清刻本
86. 清·方苞《朱子詩義補正》乾隆三十二年刻本
87. 清·黃夢白、陳曾《詩經廣大全》清康熙二十一年刻本
88. 清·張叙《詩貫》清乾隆刻本
89. 清·汪紱《詩經詮義》清光緒刊本
90. 清·顧棟高《毛詩訂詁》清光緒二十二年江蘇書局刻本
91. 清·顧棟高《毛詩類釋》文淵閣四庫全書本
92. 清·許伯政《詩深》清乾隆刻本
93. 清·鄒梧岡《詩經備旨》上海錦章圖書局石印本
94. 清·牛運震《詩志》清嘉慶五年空山堂刊本
95. 清·劉始興《詩益》乾隆八年尚古齋刻本
96. 清·程晉芳《毛鄭異同考》續修四庫全書本
97. 清·顧鎮《虞東學詩》文淵閣四庫全書本
98. 清·傅恒等《御纂詩義折中》文淵閣四庫全書本
99. 清·羅典《凝園讀詩管見》清刻本
100. 清·任兆麟《毛詩通說》清乾隆映雪草堂刻本
101. 清·范家相《詩瀋》文淵閣四庫全書本
102. 清·胡文英《詩經逢原》清乾隆間刻本

103. 清·汪梧鳳《詩學女爲》乾隆不疏園刻本

104. 清·段玉裁《毛詩故訓傳定本》嘉慶二十一年段氏七葉衍祥堂刻本

105. 清·姜炳璋《詩序補義》文淵閣四庫全書本

106. 清·牟應震《詩問》嘉慶牟氏刻道光咸豐朱氏補修毛詩質疑本

107. 清·汪龍《毛詩異義》清光緒歙縣鮑氏刊本

108. 清·戚學標《毛詩證讀》清嘉慶十年涉署刻本

109. 清·牟庭《詩切》清鈔本

110. 清·李富孫《詩經異文釋》光緒十四年南菁書院刻皇清經解續編本

111. 清·焦循《毛詩補疏》清經解本

112. 清·劉沅《詩經恒解》致福樓重刊本

113. 清·徐華嶽《詩故考異》咫聞齋刻本

114. 清·李黼平《毛詩紬義》清經解本

115. 清·胡承珙《毛詩後箋》皇清經解續編本

116. 清·林伯桐《毛詩通考》道光二十四年林世懋刻修本堂叢書本

117. 清·徐璈《詩經廣詁》道光十年刻本

118. 清·李詒經《詩經蠡簡》清單偉志慎思堂刻本

119. 清·馬瑞辰《毛詩傳箋通釋》清經解續編本

120. 清·陳壽祺、陳喬樅《三家詩遺說考》皇清經解續編本

121. 清·林伯桐《毛詩通考》續修四庫全書本

122. 清·徐璈《詩經廣詁》續修四庫全書本

123. 清·馮登府《三家詩遺說》續修四庫全書本

124. 清·黃位清《詩緒餘錄》續修四庫全書本

125. 清·李允升《詩義旁通》清咸豐二年易簡堂刻本

126. 清·陳奐《詩毛氏傳疏》清經解續編本

127. 清·夏炘《讀詩劄記》續修四庫全書本

128. 清·曾釗《詩毛鄭異同辨》嘉慶道光間曾氏刻面城樓叢書刊本

129. 清·潘克溥《詩經說鈴》清同治元年書業德記刻本

130. 清·魏源《詩古微》續修四庫全書本

131. 清·多隆阿《毛詩多識》遼海叢書十集本

132. 清·丁晏《毛鄭詩釋》咸豐二年楊以增刻本

133. 清·李灏《詩說活參》清英德堂刻本

134. 清·陳喬樅《詩經四家異文考》清經解續編本

135. 清·顧廣譽《學詩詳說》光緒三年刻本

136. 清·顧廣譽《學詩正詁》光緒三年刻本

137. 清·沈鎬《毛詩傳箋異義解》咸豐棣鄂堂刻本

138. 清·方玉潤《詩經原始》同治十年隴東分署刻本

139. 清·龔橙《詩本誼》清光緒十五年刻本

140. 清·黃雲鵠《群經引詩大旨》清光緒刻本

141. 清·鄧翔《詩經繹參》清同治六年孔氏刻本

142. 清·龍起濤《毛詩補正》清光緒二十五年刻鵠軒刻本

143. 清·呂調陽《詩序議》觀象盧叢書本

144. 清·梁中孚《詩經精義集鈔》清道光七年刻本

145. 清·王先謙《詩三家義集疏》虛受堂刻後印本

146. 清·王闓運《毛詩補箋》清光緒三十二年衡陽刊本

147. 清·馬其昶《詩毛氏學》桐城張氏適盧藏版

148. 清·張慎儀《詩經異文補釋》蔆園叢書抄本

149. 民國·丁惟汾《詩毛氏傳解故》詁雅堂叢書本

150. 民國·李九華《毛詩評注》1925 年四存學校鉛印本

151. 民國·林義光《詩經通解》1985 年印本

152. 民國·焦琳《詩蠲》1935 年鉛印本

153. 民國·吳闓生《詩義會通》文學社刊印本

日本

1. 日本·中村之欽《筆記詩集傳》明和元年刊本

2. 日本·稻生宣義《詩經小識》內閣文庫藏抄本

3. 日本·保谷玄悦《詩經多識參考集》築波大學中央圖書館藏抄本

4. 日本·岡白駒《毛詩補義》延享三年刊本

5. 日本·赤松弘《詩經述》早稻田大學圖書館藏抄本

6. 日本·碕允明《古注詩經考》天明二年京板

7. 日本·中井積德《古詩逢原》靜嘉堂文庫藏抄本

8. 日本・皆川願《詩經繹解》國立國會圖書館藏刊本
9. 日本・藤沼尚景《詩經小識補》比君亭藏本
10. 日本・伊藤善韶《詩解》築波大學中央圖書館藏抄本
11. 日本・冢田虎《冢注毛詩》環堵室和刻本
12. 日本・田邊匡敕《詩經名物圖》東京大學圖書館藏本
13. 日本・豬飼彥博《詩經集說標記》和刻本
14. 日本・大田元貞《詩經纂疏》静嘉堂文庫藏抄本
15. 日本・仁井田好古《毛詩補傳》昭和四年松雲堂本
16. 日本・龜井昱《古序翼》東京大學總合圖書館藏重抄本
17. 日本・茅原定《詩經名物集成》内閣文庫藏刊本
18. 日本・金濟民《詩傳纂要》静嘉堂文庫藏抄本
19. 日本・岡井鼎《詩疑》無窮會圖書館藏抄本
20. 日本・尾田玄古《詩經圖解》築波大學中央圖書館藏刊本
21. 日本・無名氏《詩經旁考》築波大學中央圖書館藏抄本
22. 日本・神吉主膳《詩經名物考》杏雨書屋藏抄本
23. 日本・滕知剛《毛詩品物正誤》杏雨書屋藏抄本
24. 日本・上田元冲《說詩小言》岩瀬文庫藏抄本
25. 日本・安藤龍《詩經辨話器解》静嘉堂文庫藏抄本
26. 日本・山本章夫《詩經新注》明治三十六年讀書室藏本
27. 日本・竹添光鴻《詩經會箋》臺灣大通書局1970年刊本

韓國

1. 韓國・朴世堂《詩經思辨録》西溪全書本
2. 韓國・李瀷《詩經疾書》星湖全書本
3. 韓國・金元行《渼上經義》渼湖集本
4. 韓國・正祖《詩經講義》弘齋全書本
5. 韓國・金義淳《講說・詩傳》山木軒集本
6. 韓國・申綽《詩次故》韓國刊本
7. 韓國・申綽《詩經異文》韓國刊本
8. 韓國・成海應《詩說》研經齋全書本

9. 韓國·丁若鏞《詩經講義》與猶堂集本
10. 韓國·丁學詳《詩名多識》韓國抄本
11. 韓國·趙得永《詩傳講義》日谷稿本
12. 韓國·崔璧《詩傳講義錄》質庵集本
13. 韓國·沈大允《詩經集傳辨正》韓國刊本
14. 韓國·尹廷琦《詩經講義續集》韓國刊本
15. 韓國·朴文鎬《楓山記聞錄·經說·毛詩》壺山集本
16. 韓國·朴文鎬《詩集傳詳說》壺山集本
17. 韓國·無名氏《詩義》七書辨疑本

圖書在版編目（CIP）數據

東亞《詩經·豳風·九罭》文獻彙纂 / 李雷東編著. -- 北京：社會科學文獻出版社，2023.12
 ISBN 978-7-5228-3007-0

Ⅰ.①東… Ⅱ.①李… Ⅲ.①《詩經》-詩歌研究 Ⅳ.①I207.222

中國國家版本館 CIP 數據核字（2023）第 237562 號

東亞《詩經·豳風·九罭》文獻彙纂

編　　著 / 李雷東

出 版 人 / 冀祥德
責任編輯 / 李建廷　王霄蛟
責任印製 / 王京美

出　　版 / 社會科學文獻出版社·人文分社（010）59367215
　　　　　地址：北京市北三環中路甲29號院華龍大廈　郵編：100029
　　　　　網址：www.ssap.com.cn
发　　行 / 社會科學文獻出版社（010）59367028
印　　裝 / 三河市東方印刷有限公司

規　　格 / 開　本：787mm×1092mm　1/16
　　　　　印　張：22.5　字　數：388千字
版　　次 / 2023年12月第1版　2023年12月第1次印刷
書　　號 / ISBN 978-7-5228-3007-0
定　　價 / 198.00 圓

讀者服務電話：4008918866

版權所有 翻印必究